LES AMANTS DE LA LUMIÈRE

IMAGINAIRE

Mot de l'éditeur

Evidence Editions a été créée dans le but de rendre accessible la lecture pour tous, à tout âge et partout. Nous accordons une grande importance à ce que chacun puisse accéder à la littérature actuelle sans barrière de handicap. C'est pourquoi nos ouvrages sont disponibles en format papier, numérique, dyslexique, malvoyant, braille et audio.

Tout notre professionnalisme est mis en œuvre pour que votre lecture soit des plus confortables.

En tant que lecteur, vous découvrirez dans nos différentes collections de la littérature jeunesse, de la littérature générale, des témoignages, des livres historiques, des livres sur la santé et le bien-être, du policier, du thriller, de la littérature de l'imaginaire, de la romance sous toutes ses formes et de la littérature érotique.

Nous proposons également des ouvrages de la vie pratique tels que : agendas, cahiers de dédicaces, Bullet journal, DIY (Do It Yourself).

Pour prolonger le plaisir de votre lecture, dans notre boutique vous trouverez des goodies à collectionner ainsi que des boxes livresques disponibles toute l'année.

Ouvrir un livre Evidence, c'est aller à la rencontre d'émotions exceptionnelles.

Bertrand Borie

Les amants de la lumière

Tome 3

Le soleil des preux

(Seconde édition)

Couverture : **Maïka**

Publié dans la **Collection Imaginaire**

À la mémoire de mon ami,
le compositeur Miklós Rózsa.
Ses mélodies ont fort souvent
résonné dans mes oreilles
durant la rédaction de cette épopée,
dont la lecture lui en aurait certainement
inspiré bien d'autres, avec la verve si unique
qu'il déploya dans ce genre.

PERSONNAGES

Le CIEL : Divinité hermaphrodite, masculine le jour, féminine la nuit

ISCHELTROËM : Divinité de l'Immortalité

THANATROS : Divinité de l'Opprobre

Les CÉLESTES : Filles d'Ischeltroëm et du Ciel Nocturne. Inspiratrices des pouvoirs et de l'imaginaire des hommes, elles sont au nombre de neuf, détenant chacune un des neuf pouvoirs fondateurs de l'action humaine :

LYRIA : la Conscience

PHRÉNÉA : le Savoir

ALÉRIA : le Courage

ÉPONIA : la Force

ASPARTIA : l'Espoir

PÉLUSIA : le Destin

OÏNÉA : le Rêve

SUNISIA : l'Harmonie

ARTELLA : l'Amour

ROYAUME DE THURM-KOOTH

GHERTRADT : Roi de Thurm-Kooth

ISTIANA : Reine de Thurm-Kooth, épouse de Ghertradt

FARKHAR : Prince de Thurm-Kooth, fils de Ghertradt et d'Istiana

OKSTROG : Roi des Renégats

ROYAUME DE SARM'EÏLOAN

ANTRÉGOR : Roi de Sarm'Eïloan

GWENALINE : Fille d'Antrégor

SILFADRED : Mage errant

THEINABRŸN : Magicien

AÏWANA : Fille de Theinabrÿn

SURANDIR : Nain

SPARTAN : Chevalier de la cour d'Antrégor

PANTRAX : Hurleur, lieutenant de Silfadred

TERRE NOIRE : Jument de Gwenaline

ACTARÈS : Destrier de Farkhar

UGROTH : Aigle – Créature fantastique, Incarnation de Silfadred

ROYAUME D'AAK-SOUR

VIRIDIUS : Roi d'Aak-Sour
OLERN : Conseiller de Viridius
THORWALD : Lieutenant de Viridius
SIRGUR : Frère de Thorwald

TERRES ORIENTALES DU ROYAUME DE SARM'EÏLOAN

EÏSERYNE : Reine des Iazliks
KHAASTER : Roi des Ouloukhs (Peuple Gardien)
TRUFFE D'OR : Chien d'Eïséryne
TRUFFE D'OMBRE : Chien d'Eïséryne

GLOSSAIRE

APOCALYPSE SUPRÊME

Phénomène inexpliqué qui a provoqué l'effondrement brutal d'une civilisation humaine jadis prospère. À sa suite, l'Humanité s'est trouvée condamnée à recommencer le cycle de son évolution. Elle est entrée dans l'Ère d'Ischeltroëm, le dieu qui préside à sa reconstruction.

DRAK'HOÏADE

Créature aquatique.

FEU D'ISCHELTROËM

Vaste brasier brûlant éternellement, il contient et dispense la force par laquelle le dieu Ischeltroëm nourrit la reconstruction de la civilisation humaine.

HURLEURS

Êtres que les habitants de Sarm'Eïloan et d'Aak-Sour supposent vivre les dans forêts qui environnent les deux royaumes : leur existence est connue seulement par les plaintes lugubres qui parviennent parfois de ces contrées, et qui leur ont valu ce nom.

IAZLIKS

Divinités et génies de la nature sous le règne d'Ischeltroëm, exilés de la pensée des hommes et du monde réel par la venue des Nuées.

INSENSIBLE (Monde de l')

Domaine du réel qui ne peut être saisi par les sens.

LAC DES MALÉFICES

Étendue d'eau engendrée par le déluge qui a succédé à l'extinction du Feu d'Ischeltroëm, prélude à l'arrivée des Nuées, et qui occupe désormais l'emplacement du brasier.

LIVRE DES CÉLESTES

Poème épique conçu par les Célestes durant leur captivité et écrit par elles après leur libération, pour conter les malheurs de l'Ère de Thanatros, qui a suivi l'extinction du Feu d'Ischeltroëm, et la geste de Farkhar.

OMPH

Créature invisible que seule la nuit révèle en la matérialisant.

OULOUKHS (ou PEUPLE GARDIEN)

Habitants des terres qui donnaient accès au domaine du dieu Ischeltroëm sous le règne de celui-ci.

RENÉGATS

Peuple barbare et dégénéré qui habite les forêts autour de la citadelle de Thürmlin.

TÉNÈBRES ou NUÉES

Cataclysme qui a suivi l'extinction du feu d'Ischeltroëm. Leur venue a plongé l'Humanité renaissante dans la dégénérescence et la barbarie, à l'exception de quelques îlots de civilisation qui se sont organisés en royaumes comme Thürmlin, Sarm'Eïloan et Aak-Sour. À la suite de la catastrophe, l'humanité est entrée dans l'Ère de Thanatros, le dieu responsable de sa déchéance.

THRUGHS

Êtres naissant de la matérialisation des cauchemars.

* * *

Un lexique des termes médiévaux, techniques, archaïques ou peu usités figure en fin de volume

De l'imminente nuit l'aura crépusculaire
Offre aux amants meurtris des promesses de feu :
Au gré d'étreintes d'or parcourues de chimères,
Exalté par l'espoir de jeux voluptueux,
De leurs sens enivrés s'exprime le mystère…

LIVRE DES CÉLESTES

Quatrième Incantation, v. 81-85

CHANT IV
LES CÉLESTES

ÈRE DE THANATROS

- année 518 -

Nous, filles d'Ischeltroëm, dont le destin fragile,
Noyé dans l'infini de mortelles prisons,
Est de voir sans broncher le félon qui distille
Dans le cœur des humains l'insidieux poison
Par lequel nos pouvoirs sont devenus stériles,

Contemplons à présent le bouillant chevalier
S'avançant à pas lents, majestueux et sobre.
Il n'a qu'un but : chasser par la flamme ou l'acier
De ce monde incertain l'intolérable opprobre,
De nos chastes appâts se faisant le guerrier !

LIVRE DES CÉLESTES
Quatrième Incantation, v. 186-195

Ô lumière cruelle aux multiples facettes,
Qui, si souvent, éclaire avec humilité
Le monde renaissant dans toute sa beauté,
Mais qui, parfois aussi, dans ses rayons secrète

Des abîmes de mort au visage trompeur !

LIVRE DES CÉLESTES
Chant IV, vers 73-77

55

Silfadred se dressa sur sa couche, écumant de rage. L'obscurité était épaisse, mais il distinguait à travers elle maint détail du décor de sa chambre, à commencer par le bleu profond du rectangle que dessinait sa fenêtre ouverte sur la nuit.

C'était à cette faculté de percer l'insondable qu'il devait son réveil brutal : en fait, plus son sommeil était total, plus son esprit était attentif aux pulsations intimes de l'univers.

Ce que ses sens avaient perçu dans l'immensité de la vie grouillante qui couvrait les terres tenait en quelques mots...

Prends-moi. Et puise en moi la force de ton combat.

… et en une sensation de lumière dont la source était un regard. Il en avait aussitôt reconnu l'éclat ambré, celui-là même qui l'avait défié quelques jours plus tôt dans une pièce hermétiquement close du château : celui d'une jeune fille prisonnière d'une cage.

Les derniers événements avaient trop accaparé son attention. Il se rendait à présent compte de son erreur. Il ignorait ce qui se passait. Mais il avait soudain une conviction : la fille de Theinabrÿn était vivante, et surtout, elle était libre et avait recouvré ses facultés. Il l'avait lu dans l'effronterie provocante que traduisait le chatoiement farouche de ses prunelles, et qu'il avait vu s'y éteindre, lorsqu'elle s'était trouvée en son pouvoir, dans l'instant où elle avait réalisé qu'il l'avait spoliée de ses dons de magicienne.

Malheureusement, il n'avait rien décelé d'autre que ce regard et cette phrase. À qui étaient-ils destinés ? Il n'en savait rien. Quoiqu'il eût quelque idée sur la réponse…

Il fallait qu'il sût !

Enveloppé dans la robe noire qu'il avait endossée pour dormir, il se leva, silhouette d'ébène dont les furtifs reflets de pâleur stellaire accrochés par la moire de son vêtement révélaient seuls la présence au sein des ténèbres.

Il s'apprêtait à se dénuder pour mettre à profit la nuit et s'échapper de son corps, en quête des réponses aux questions qui l'assaillaient, quand il lui sembla percevoir un son dans le couloir conduisant à sa chambre. Il fut rapidement évident qu'on venait chez lui.

Des coups retentirent à sa porte.

« Seigneur Silfadred !

— Que se passe-t-il ? »

Son ton était exaspéré.

Il parcourut les quelques pas le séparant de la porte, qu'il ouvrit pour découvrir un soldat : la lueur de la torche tenue par celui-ci le fit ciller. Déjà impressionné par la voix du mage, l'homme eut un mouvement de recul lorsqu'il affronta le regard de ce dernier, que le reflet de la flamme animait d'une vie inquiétante.

« Le... le roi Antrégor requiert votre présence sur le rempart extérieur, Seigneur », bredouilla-t-il, encore sous le choc.

Silfadred eut un sourire méprisant. Il aurait volontiers broyé l'importun, mais il ne pouvait se soustraire à la demande du roi. Il réfléchit un instant. Quoiqu'il arrivât par ailleurs, il aurait le temps de chercher à comprendre. Rien ne pouvait être urgent au point de ne pas attendre la nuit prochaine. Il pressentait que celle qui s'écoulait n'était pas près de prendre fin : il n'imaginait pas que le roi l'eût fait réveiller sans de bonnes raisons.

« Soit, dit-il d'une voix abrupte. Attends-moi ici : je revêts mon armure et j'arrive ! »

Il saisit la torche du soldat, s'en servit pour en allumer une autre accrochée à la muraille, à l'entrée de sa chambre, et la rendit à l'homme avant de refermer sa porte.

Il enfila posément son pourpoint, ses braies et des houseaux, puis son haubert. Hésitant un instant, il se dit que c'était une protection suffisante : après tout, il n'avait tout de même pas été convié à la bataille. Enfin il boucla le baudrier supportant son épée. Sur le point de sortir, il saisit néanmoins un camail qu'il disposa sur son crâne et ses épaules.

Du menton, il intima au soldat de le précéder en l'éclairant.

Ils s'engagèrent dans le couloir : regardant la torche dévoiler les murs au fur et à mesure de leur avance en laissant l'obscurité se refermer sur leur passage, Silfadred s'employait à calmer son impatience. Il se demandait ce qui avait poussé Antrégor à le solliciter en plein milieu de la nuit.

Lorsqu'il sortit de la citadelle, il sentit immédiatement qu'une effervescence inhabituelle agitait les rues de la cité. Sa hâte d'en découvrir la raison s'accrut aussitôt. Il était clair qu'il se passait quelque chose. Il s'interrogea : pourquoi ses sens, d'habitude si alertes, ne l'avaient-ils pas perçu plus tôt malgré l'isolement de sa chambre ?

* * *

L'écho des dernières paroles d'Aïwana résonne encore dans l'esprit de Farkhar :

Prends-moi. Et puise en moi la force de ton combat.

Tout en avançant vers elle, il contemple la forme féminine qui s'inscrit dans le cercle marbré de l'astre nocturne. La limpidité du dessin élégant et racé de ses courbes s'harmonise avec la rotondité inaltérée du disque lumineux qui la nimbe. L'alliance de leurs contours, l'un si insaisissable dans sa complexité que chaque instant en révèle des subtilités nouvelles, l'autre d'une élémentaire pureté, transcende la beauté de l'univers dans sa plénitude.

Murmure naissant de l'intimité nocturne, comme engendrée par la nature environnante, la voix de la magicienne enveloppe Farkhar :

« *Dans le monde où je t'accueille, il n'est plus aucune loi, ni du temps ni de l'espace… Durant l'instant d'éternité que nous allons partager, tout comme il fallut à Ischeltroëm neuf nuits pour donner naissance aux Célestes, neuf aubes vont naître dont chacune te mettra en présence de l'une d'elles et du sortilège qui l'emprisonne. Et durant cet instant…* »

Un flot de sensations de plus en plus ardentes envahit soudain Farkhar.

« … *Dans la flamme de mon regard,*
Dans la caresse de ma peau,
Dans le vertige de notre ivresse,
Dans la pulsation de nos cœurs,
Dans la rencontre de nos souffles,
Dans les frissons du plaisir,
Dans la fulgurance de nos chairs,
Dans l'embrasement de nos corps,
Dans l'apaisement de l'extase… »

Il se sent alors habité par une infaillible puissance dont lui échappent les ferments.

« ... *puise les forces dont la présence en ton être à la fois déchaînera chaque maléfice et te permettra de l'affronter. Dans le même temps, je serai à tes côtés et en toi, comme, dans le même temps, tu seras avec moi en ce lieu et nous parcourrons ensemble le chemin du Lac...* »

La perte progressive de toute sensation des vêtements qui l'emprisonnent offre la peau du prince à la tiédeur du soir. Le décor, déjà si indistinct, s'estompe. Ses yeux lentement s'accoutument au jeu de lumières jusqu'alors noyées par l'éclat sélénien, au sein duquel il lui semble percevoir une diaphane image d'Aïwana s'échappant de la silhouette de celle-ci, furtif fantôme de rêve se fondant aussitôt dans la nuit, dans l'instant où lui-même se sent ici et ailleurs.

À peine une question a-t-elle surgi dans son esprit...
(Où suis-je ?)
... qu'un murmure effleure sa pensée pour aller se perdre dans les méandres de celle-ci :
L'Insensible... l'Insensible... l'Insensible...

* * *

Silfadred n'avait pas voulu prendre son cheval. Une façon pour lui de montrer que, quelle que fût la raison pour laquelle on l'avait fait appeler, il restait maître de la situation : il ne voulait faire preuve d'aucune hâte qui aurait pu passer pour de la précipitation, voire de l'affolement.

Tandis qu'il marchait en direction de la fortification extérieure, il n'avait cessé d'entendre monter un grondement sourd et lointain. En l'analysant, il avait acquis la certitude que celui-ci était composé par les sons de milliers de pas. De toute part, la nuit était brillamment éclairée par des centaines de torches. De loin, dans le secteur faisant face à la rivière et au camp principal de Viridius, le haut de la muraille de bois n'était qu'un cordon de feu défiant la nuit : il fallait en être assez proche pour commencer à distinguer les flambeaux les uns des autres.

Quand il fut parvenu au pied de la palissade, le bruit enveloppait Sarm'Eïloan.

Silfadred gravit l'escalier de bois et déboucha sur le chemin de ronde derrière Antrégor, à côté duquel il reconnut Spartan, lui aussi de dos.

Le spectacle qu'il découvrit était saisissant.

Des collines à l'ouest, en direction d'Aak-Sour, un large torrent de flammes descendait vers la citadelle telle une coulée de lave ; au tiers de la pente, en amont du campement ennemi, il se divisait en deux rubans qui se répandaient de chaque côté de la cité, contournant les rangées de tentes en les illuminant de façon si vive que les foyers épars au milieu de celles-ci paraissaient dérisoires.

Combien de milliers étaient-ils ? Silfadred n'aurait su le dire. Personne n'ayant encore remarqué sa présence, il laissa un sourire satisfait s'afficher sur ses lèvres : le rassemblement des Hurleurs avait dépassé toutes ses attentes, et finalement, l'intervention des Thrughs contre le camp de Viridius, deux nuits plus tôt, avait merveilleusement servi ses plans en lui fournissant des renforts et en brouillant complètement la vision que le roi d'Aak-Sour pouvait avoir de son armée.

Le vacarme était énorme, constitué par le roulement de leur marche inexorable et la multitude de sons qui la composaient : cliquetis, éclats de voix, respirations rauques se mêlaient, le rythmant puissamment. Il semblait qu'un monstre de feu déferlait sur Sarm'Eïloan pour la broyer de ses mâchoires incandescentes.

« Vous m'avez fait mander, Sire ? » tonna Silfadred, pour couvrir le tumulte, en redonnant à ses traits toute la gravité qu'il jugeait de circonstance.

Les visages que tournèrent vers lui tous ceux qui l'entendirent, à commencer par le roi et son lieutenant, étaient blêmes, habités par des regards épouvantés. Antrégor mit un instant à s'extirper de la vision qui, depuis de longs moments, captivait d'autant plus son attention qu'elle occupait désormais tout le paysage.

« Dis-le-moi, Silfadred ! Comment ? Comment Viridius a-t-il pu réunir de telles forces ? » s'exclama Antrégor d'une voix dont il cachait difficilement le tremblement, dans son effort pour masquer son trouble face aux hommes qui l'entouraient, sachant combien leur énergie au combat dépendrait de sa détermination.

Silfadred resta le regard rivé sur le raz-de-marée flamboyant qui semblait ceinturer la cité sans jamais devoir connaître de fin, faisant mine de s'interroger.

« Je ne saurais le dire, Sire, à moins que...

— À moins que quoi ? Seigneur Silfadred », intervint Spartan d'une voix impatiente.

Décidé à jouer la comédie jusqu'au bout, le mage prit un air préoccupé avant de répondre :

« À moins que les hordes qui, autrefois, anéantirent ma cité, n'aient finalement atteint les Marches du Nord et ne se soient jointes aux forces de Viridius. »

Spartan parut sceptique.

« Sans que nos sentinelles dans ces régions s'en aperçoivent ?

— Tant de choses se sont produites depuis quelques jours que leur attention a pu être accaparée, répliqua Antrégor.

— En avez-vous seulement des nouvelles ? demanda Silfadred.

— Non. C'est exact. Nous ne savons rien de ce qui se passe dans les confins septentrionaux du royaume », convint le roi.

À la mimique du mage signifiant qu'il ne fallait peut-être pas chercher d'autre explication, Spartan opposa une moue peu convaincue : pour avoir sillonné les Marches du Nord durant de longs mois, il y avait encore peu, il imaginait mal un envahisseur de cette importance débouchant soudainement de ces contrées dans lesquelles on n'avait jamais aperçu âme qui vive. Lui-même avait toujours éprouvé, à l'égard des récits répandus par le mage sur les raisons de sa venue dans le royaume, une méfiance partagée par bien d'autres : la mise en garde de Farkhar, après leur combat contre les Hurleurs sur le gué, n'avait eu pour effet que de la renforcer.

Les yeux des trois hommes se tournèrent à nouveau vers la campagne : le tumulte, dont leur échange les avait détournés pendant quelques instants, s'était immiscé dans le silence qui avait succédé aux derniers mots d'Antrégor pour s'emparer à nouveau complètement de leur attention.

« Je n'ose songer à ce qui se passera quand ils s'en prendront à nos remparts ! » dit Antrégor.

— Nous avons de quoi les accueillir, Sire ! » rétorqua le mage, en se tournant vers l'intérieur de l'enceinte et en le balayant d'un geste ample.

Ignorant toutefois la venue des Iazliks d'Eïséryne, il ne pouvait dire combien lui-même était surpris, quand il regardait le nombre de combattants qui s'étaient accumulés en ce lieu. Leur importance était certes moins grande que celle de l'assaillant. Mais, comparé à ce qu'on pouvait imaginer concernant la population du royaume, c'était énorme, pour ne pas dire démesuré. En de multiples endroits, on apercevait des machines de jet disposées derrière la palissade, sur des emplacements prévus à cet effet au long du chemin de ronde. D'autres se trouvaient en retrait, au pied de celui-ci. L'ensemble permettrait d'assurer une riposte nourrie à tout assaut, et les rangées de flèches alignées derrière les piquets de bois s'avéreraient meurtrières pour les attaquants, qui éprouveraient sans doute de sérieuses difficultés à seulement atteindre le rempart.

Une rumeur sourde s'élevait des milliers d'êtres qui s'y bousculaient, agglutinés, accrochés les uns aux autres pour ne pas risquer une chute en contrebas. Ils contemplaient avec terreur les vagues incessantes de l'océan humain constitué par l'armée d'Aak-Sour, dont le flux se déversait sur les collines et les plaines entourant Sarm'Eïloan. Deux ponts de fortune avaient été établis pour franchir la rivière qui coulait à quelques centaines de pas de la fortification, coupant en deux le paysage avant d'aller se perdre, à leur droite et à leur gauche, dans la nuit.

Malgré l'immense satisfaction que lui inspirait le spectacle, Silfadred avait cependant le sentiment que quelque chose n'allait pas. Et que le phénomène s'amplifiait, par touches, gangrénant sournoisement son œuvre.

Sa vision était sans cesse traversée par l'obsédant regard de la fille de Theinabrÿn et par les mots qui l'avaient éveillé :

Prends-moi. Et puise en moi la force de ton combat.

La voix qui les prononçait portait son irritation à son comble, tant la chaleur humaine qui la caractérisait était étrangère à son esprit, tant la féminine sensualité qu'elle dégageait était en accord avec les prunelles d'ambre qui le défiaient, surgissant sporadiquement du fond de ses pensées, tant, surtout, il lisait, dans ce qu'elle avait dit, une obscure menace.

* * *

Dans un univers hors du temps et de l'espace, tous les sens de Farkhar se tendent vers la magicienne dont les ténèbres cisèlent la forme sculpturale.

Tandis que les lointaines lueurs de feu provenant des terres qui conduisent au Lac des Maléfices parfois la caressent, et la révèlent avec fugacité dans la translucide pâleur distillée par la nuit, les prunelles d'or de la sylphide l'envoûtent. Il lui tarde de saisir la main qu'elle tend doucement vers lui, dessinant dans la fluidité de l'air de diaphanes arabesques aussitôt dissipées par le souffle du temps.

Les bras de la jeune fille s'ouvrent, tel un havre où apaiser sa lassitude, ses craintes, ses tourments, et forger son âme et son corps en vue d'affronter les épreuves qui l'attendent.

Est-ce la lenteur irréelle de son geste, le mouvement de la lune qui s'accélère ou le temps qui se démultiplie ? Tandis que Farkhar sent le sol se dérober sous ses pas, le disque de lumière doucement s'élève, abandonnant peu à peu la silhouette d'ombre à la nuit qui l'engloutit.

Il lui semble bientôt qu'il évolue dans un espace libéré de toute entrave, étranger aux aurores et aux crépuscules qui s'apprêtent à rythmer le monde dans lequel une part de lui-même s'éveille sous les premiers rayons de l'aube...

* * *

En ouvrant les yeux, Farkhar éprouva le sentiment étrange de ne pouvoir sortir d'un rêve dont il n'avait par ailleurs aucun souvenir. Il lui semblait qu'en s'éveillant, il y avait laissé un peu de lui-même. Il n'avait jamais connu une telle sensation. Les heures précédentes étaient confuses dans sa mémoire. Pourtant, tout était là. Surandir, qui s'affairait à vérifier leurs selles et leurs montures. Aïwana, qui rassemblait leur barda et les portait au nain afin qu'il les répartisse sur les chevaux. Jusqu'à Truffe d'Or qui trottinait calmement autour d'eux, les chatoiements fauves de son pelage s'enflammant quand il débouchait de l'ombre d'un arbre pour s'exposer à la lumière du soleil levant : la vue de l'animal lui rappela l'autre chien, et aussitôt Eïséryne, partie avec celui-ci.

De toute évidence, il était le dernier à s'être éveillé. Sans qu'il eût le moins du monde manifesté le fait qu'il était sorti des limbes, Aïwana se tourna vers lui avec un sourire énigmatique. Les reflets d'ambre de ses yeux s'animèrent lorsque la lueur de l'aurore naissante les caressa, excitant dans les pensées du jeune homme d'inexplicables pulsions.

Puis ce fut au tour de Surandir de s'apercevoir que leur compagnon avait enfin repris conscience. Il le regarda d'un air goguenard :

« Le moment est venu, Farkhar… Si tu te sens prêt ! »

Ai-je le choix ? se demanda le garçon.

Oui, bien sûr, il avait le choix. On a toujours le choix d'accepter ou de refuser le présent, et le futur qui en découle.

Sur ce point du moins, tout se remettait en place. Les Célestes emprisonnées dans d'imprévisibles sortilèges le long du chemin conduisant au lac, la puissance de la magie de Silfadred, qui rendait ceux-ci redoutables. *Mortels pour qui les rencontre…* Tels avaient été les mots exacts de Theinabrÿn, dans la grotte, lors de leur dernière entrevue. Juste après que Gwenaline eut subi son horrible supplice.

Sans répondre au nain, et ostensiblement indifférent à l'expression mystérieuse d'Aïwana, dans laquelle il lui semblait percevoir une sorte d'ironie qui l'agaçait quelque peu, il se leva et se dirigea vers le versant de la colline qui surplombait le paysage menant au Lac des Maléfices.

Était-ce la vue de ces terres marquées par la mort et en proie aux cataclysmes engendrés par leurs entrailles ? Il sentait que, quelque part, quelque chose de terrible était en train de se jouer, à la connaissance de quoi il n'avait pas accès. Mais dont l'issue était liée à ce qu'il allait accomplir dans les jours…

(ou les instants ?)

… qui allaient suivre. Il balaya la notion qui avait inexplicablement traversé sa pensée de façon foudroyante, tant elle était éloignée de la réalité suggérée par le paysage : car en voyant le chemin empierré s'enfoncer parmi les collines de plus en plus élevées, n'ayant aucun moyen d'évaluer à quelle distance se trouvait le lac, ni aucune idée précise de la nature des périls qu'ils allaient devoir braver, sinon qu'ils étaient au nombre de neuf…

(mortels pour qui les rencontre)

… Farkhar ne doutait pas que leur trajet vers l'épreuve suprême qui l'attendait, lorsqu'il serait en vue du Lac des Maléfices, prendrait des jours.

D'autant que le caractère inhospitalier du décor laissait présager le pire quant aux conditions de leur avance, si toutefois aucune autre menace ne les guettait que celles annoncées.

Pourtant, quand il envisageait ce concept de durée, ce dernier se heurtait dans son esprit à celui de brièveté. Sans qu'il sût pourquoi. Comme si tous deux l'habitaient simultanément, l'un par suite de l'évidence, l'autre nourri par quelque obscure perception d'un phénomène qui lui échappait d'ailleurs totalement. Mais qu'il avait le curieux sentiment d'éprouver autant dans son esprit que dans ses chairs.

Il se tourna vers ses amis avec une expression perplexe dont ils n'eurent aucun mal à comprendre l'origine, tant ils éprouvaient des sentiments similaires aux siens à la vue du paysage dans lequel ils allaient devoir s'enfoncer. Devançant la question qu'il lisait sur les traits de Farkhar, le nain dit doucement :

« Non, Farkhar. Désolé : je n'en sais pas plus que toi sur la nature de ce qui nous attend. Rien, sinon ce que nous en a dit Theinabrÿn.

— Et qui était, conviens-en, plus chargé de mystère que d'informations utiles !

— J'en conviens, répliqua le nain avec un sourire qui visait à détendre l'atmosphère, mais qui n'eut aucun effet.

— Résumons-nous, dit posément Farkhar en s'approchant de Surandir, sans quitter des yeux Aïwana, comme s'il attendait de celle-ci une réponse aux questions qu'il se posait. Tout ce que nous savons, c'est que ce chemin conduit au Lac des Maléfices... à quelle distance se trouve celui-ci, selon toi ?

— Aucune idée !

— Je m'en doutais ! Nous savons aussi qu'au long de ce parcours, les Célestes sont emprisonnées dans des sortilèges qui... Comment a-t-il dit, déjà ?

— *Dont l'essence*, pour chacune, *est l'instrument que lui avait confié Ischeltroëm.* Tels furent les termes de Theinabrÿn, intervint Aïwana. Tu lui as alors demandé s'il s'agissait bien du vent, de la gravité... Et, loin de te contredire, il t'a même précisé qu'il ne savait pas sous quelle forme ils opéraient.

— Merveilleux ! Vous avez la liste en mémoire, je suppose ? »

— Moi, je l'ai, dit le nain. Mais à quoi servirait de la réciter ? Cela ne nous apprendrait rien sur la menace réelle contenue par chaque sortilège, ni sur l'ordre dans lequel ils vont se présenter ni sur la distance qui les sépare. Tout ce que nous savons, en fait, c'est qu'ils sont indécelables et que nous ne prendrons conscience de leur présence et de leur nature que dans l'instant où ils se déchaîneront contre nous !

— Voilà ce qu'on appelle une lutte à armes égales ! s'exclama le jeune homme.

— C'est un combat digne de Silfadred, Farkhar, le morigéna Surandir. Qu'attendais-tu d'autre d'un tel adversaire, dans un affrontement dont c'est lui qui a fixé toutes les règles ? »

Farkhar eut un soupir de dépit. Son regard croisa celui d'Aïwana.

(Puise en moi la force de ton combat.)

Comme s'il sentait la détresse inavouée du prince, Truffe d'Or vint se coller contre sa cuisse. Celui-ci baissa le visage vers l'animal. L'expression de ses iris mordorés éveilla soudain en Farkhar une confiance sans limites.

« Je crois me souvenir aussi d'un détail, dit Farkhar d'une voix empreinte d'ironie : il nous faut agir au plus vite.

— Avant que Silfadred ait conduit Aak-Sour et Sarm'Eïloan à leur perte, rappela la jeune fille.

— Ton père a simplement oublié de nous préciser combien de temps notre ennemi mettrait à parvenir à ses fins ! Qui nous dit que ce n'est pas terminé ? Que le monde n'est pas déjà en train de s'enfoncer de façon irréversible dans le néant de l'ignominie voulue par Thanatros et sa charmante progéniture ? »

Surandir leva les yeux vers le ciel calme qui dominait les terres à travers lesquelles ils étaient parvenus jusque-là.

« Je pense que si cela était, nous le saurions. Qu'Eïséryne l'aurait su. Que Truffe d'Or le percevrait. Que nous-mêmes, nous nous sentirions déjà sombrer inéluctablement en même temps que tout ce qui nous entoure. Quand les Nuées ont envahi le monde, je ne crois pas qu'il a fallu bien longtemps à tout ce qu'il y avait de vivant pour comprendre, d'une manière ou d'une autre, qu'une certaine forme d'existence prenait fin. »

Piquée par la remarque de Farkhar, Aïwana ajouta sur un ton légèrement acerbe :

« Tu dois le réaliser : il est des choses que Theinabrÿn, malgré toute sa science, ne pouvait prédire. Nous sommes les acteurs d'une lutte dans laquelle s'affrontent bien plus que des hommes : des forces terrifiantes, dont certaines sont nos alliées, d'autres nos adversaires, certaines manipulées par Silfadred, d'autres échappant à tout contrôle, se nourrissant de leur propre énergie. Notre seule certitude, c'est que Silfadred fera tout pour hâter l'issue de cette lutte. Mais je pense que ce dénouement nous laisse encore une marge d'action, et que plus nous avancerons, plus nous le retarderons ! »

Farkhar s'apprêtait à commencer de descendre la pente conduisant au Chemin des Maléfices. Il posa sur ses compagnons un regard dans lequel se mêlaient inquiétude et scepticisme.

« Qu'est-ce qui vous rend si sûr de vous ?

— Ne te souviens-tu pas des paroles d'Eïséryne, quand les Thrughs se sont manifestés sur notre chemin vers le Peuple Gardien ? » demanda Surandir.

Farkhar hésita.

« Pas précisément, non…

— *Les puissances que ta venue sur ces terres a commencé d'éveiller le font de façon anarchique et sauvage, a-t-elle dit, avant de poursuivre : elles ont été trop longtemps endormies, étouffées, pour qu'il en soit autrement. Tant que les Célestes n'inspireront pas les lois du monde de l'Imaginaire, dont la fécondité est infinie, il est à craindre que certaines de ses forces se déchaînent mortellement, comme d'autres ont permis, d'une façon tout opposée, le retour de mon peuple.* »

Le regard de Farkhar trahit son soudain ébahissement :

« Comment peux-tu te souvenir de tels détails avec tout ce qui nous arrive ? »

Surandir avait entrepris de revêtir son armure accrochée à une branche.

« Tout ce que je sais, c'est que, depuis quelque temps, le moindre brin d'herbe que mes yeux rencontrent me semble s'inscrire dans ma mémoire aussi clairement que l'image que j'ai de toi en cet instant.

— Que ta connaissance du futur n'est-elle à ce point précise ! »

Surandir se renfrogna en posant son casque sur sa tête.

« Pardonne-moi… s'empressa d'ajouter le jeune homme. Mon intention n'était pas de te blesser. Ta seule présence est inestimable. Mais notre ignorance rend l'avenir immédiat si effrayant ! En fait, je n'éprouve aucune peur. C'est…c'est autre chose, que je serais incapable de décrire.

— Je te comprends. Mais sache puiser dans l'inconnu plus d'espoir encore, du fait même que tu ne sais pas ce qu'il recèle. C'est une grande erreur de l'esprit de ne chercher dans ce qu'il ne connaît pas que matière à la crainte. »

Farkhar inspira profondément. Son regard plongea vers le bas de la pente.

« Facile à dire... Mais tu as sans doute raison ! »

Le garçon s'engagea dans la descente. Puis se retourna soudain, après quelques pas :

« Et comment allons-nous survivre sur ces terres ? demanda-t-il.

— J'ai rassemblé quelques provisions, répliqua Surandir en tapant du plat de la main sur un sac qui pendait à la selle de son cheval. Oh ! Pas grand-chose... mais en nous restreignant ! J'ai vu qu'il restait un peu d'eau dans nos gourdes. De quoi tenir jusqu'à ce qu'on croise la rivière.

— La rivière ? Quelle rivière ?

— Tu n'es pas très observateur, Farkhar ! dit Aïwana, une nuance de reproche dans la voix. Alors, scrute un peu plus en détail le paysage. »

Le jeune homme se retourna vers les terres dans lesquelles ils s'apprêtaient à s'engager. Et tout à coup réalisa que par endroits, on distinguait bien comme un ruban qui brillait dans l'atmosphère rougeâtre, se rapprochant parfois du chemin. Il plissa les yeux.

« Vous êtes sûrs que c'est un cours d'eau ?

— Cela en a toutes les apparences, répliqua le nain. Dire que ce que nous y puiserons ne nous brûlera pas plus que cela nous rafraîchira, je n'irai pas jusque-là.

— Et si ce n'en est pas un ?

— Eh bien, il nous faudra atteindre le lac ! »

Farkhar secoua la tête, atterré par la résignation de son ami. À moins que ce ne fût du cynisme.

Surandir eut la surprise de voir le haubert de Farkhar recouvrir lentement le corps de ce dernier et son épée surgir à sa hanche. Il leva le regard vers le ciel, où il lui sembla apercevoir comme un sourire esquissé par le dessin des nuages.

Ah, Theinabrÿn ! songea-t-il. *À ta façon, tu es toujours là. Mais que n'es-tu davantage encore à nos côtés* !

Voyant qu'Actarès avait spontanément emboîté le pas de son maître, et qu'Aïwana s'engageait à son tour sur la pente, il saisit la bride de son cheval et commença de descendre à leur suite.

Chez les preux la sagesse ouvre toujours la voie
Qui conduit leur esprit à vaincre la fureur.

LIVRE DES CÉLESTES
Chant IV, vers 162-163

56

C'est seulement lorsqu'ils furent à l'entrée du chemin que les trois compagnons réalisèrent combien ils pénétraient dans un monde situé aux antipodes de celui qu'ils quittaient.

Au point que, sans qu'ils se fussent concertés, aucun d'eux ne risqua un regard en arrière, comme s'ils avaient craint d'être gagnés par une irrépressible envie de repartir.

Dans leur dos, une nature luxuriante, apaisée, parée de la lumière d'un firmament serein, et vibrant des mille sons d'une vie polymorphe.

À leurs pieds, à perte de vue jusqu'à un horizon qui les dominait d'une morgue chargée de menace, la mort sous toutes ses formes, écrasée par un ciel que plombaient d'épais et tumultueux nuages.

Truffe d'Or se glissa entre eux, restant en arrêt devant un spectacle voué à devenir leur cadre de vie.

La végétation, comme pétrifiée, était couverte de la même cendre qui grisait de son manteau l'ensemble du paysage, s'agrippant à ses moindres détails, qu'ils fussent pierres, branches tordues d'arbres réduits à l'état de squelettes, herbes ou arbustes chétifs, dont on se demandait quelle mystérieuse sève les maintenait encore dressés.

Des dalles grossières émergeaient par-ci, par-là de ce linceul, matérialisant de façon inégale la voie menant au Lac des Maléfices. Celle-ci grimpait entre des monticules formés par le terrain : bosselé de toute part, il paraissait le produit d'un antique bouleversement qui l'aurait en tous sens retourné, laissant aux siècles le soin de tasser peu à peu ses effets. Farkhar, Aïwana et Surandir la voyaient s'élever, puis disparaître dans des creux successifs pour chaque fois se lancer, rendue plus étroite par l'éloignement, à l'assaut d'une nouvelle éminence, toujours plus haute que la précédente, jusqu'au dernier sommet visible depuis l'endroit où ils se trouvaient. S'ils n'avaient su qu'elle conduisait à un lieu précis, ils auraient pu imaginer qu'au-delà, elle continuait à l'infini. Mais la distance sur laquelle elle cheminait était au nombre des inconnues qui seules, ou presque, constituaient leur futur.

Curieusement, l'alernance des collines et les déformations de la surface donnaient une paradoxale uniformité à ce qui présentait, au premier regard, toutes les apparences d'un chaos.

Le sol était parcouru par des trépidations intermittentes : elles s'accompagnaient de grondements que brisaient, par instants, de sinistres craquements. Quoique ces terres respirassent la mort, leurs entrailles semblaient animées d'une vie monstrueuse. Ils se demandaient si le simple fait d'y poser le pied ne risquait pas d'y ouvrir une faille sur de fatals abîmes.

« Qui ne verrait pas dans cette abomination l'œuvre de Silfadred ? » ne put s'empêcher de grommeler Surandir.

Du sommet déchiqueté de certains bombements, véritables montagnes en miniature, des fumerolles livides s'échappaient, s'éparpillant ici dans l'air avec nonchalance, et là jaillissant avec violence, comme produites par le souffle d'entités souterraines. De même que la bosselure du sol trouvait son pendant dans le relief montueux, de même, çà et là, des hauteurs dont les pentes étaient plus abruptes que celles des autres s'ouvraient sur un cratère : des particules enflammées en surgissaient épisodiquement, s'accompagnant de coulées flamboyantes qui déferlaient par à-coups le long des versants. Les lueurs rougeâtres qui en émanaient illuminaient par endroits le gris irrégulier de l'océan formé par les nuages, que déchiraient de sporadiques fulgurations.

« Je ne sais ce qui nous attend, dit Farkhar, mais j'en viens à douter que, même sans les maléfices de Silfadred, nous ayons quelque chance de survivre à la traversée d'une telle contrée ! On se demande pourquoi il y a semé ses pièges. Je ne vois pas qui pourrait être tenté de faire un pas plus avant !

— Et pourtant, nous allons le faire ! »

La voix d'Aïwana avait retenti, ramenant ses compagnons à la réalité sous sa forme la plus brutale.

C'est finalement Truffe d'Or qui se montra le plus intrépide, en bondissant d'un coup sur les premières pierres du chemin, provoquant un petit nuage de poussière qui s'éleva doucement avant de retomber avec une lenteur surnaturelle. Avait-il décidé de donner l'exemple en comprenant ce qu'impliquaient les paroles de la jeune fille ? Il s'arrêta bientôt, regardant les humains, la langue pendante, haletant légèrement, manifestant son impatience de les voir l'imiter autant que sa résolution de ne pas revenir en arrière.

Farkhar et Surandir échangèrent un regard presque penaud, et le premier donna le signal, aussitôt suivi par les deux autres. À l'instant où leurs pieds touchaient la voie, ils eurent le sentiment d'avoir franchi une frontière invisible pour entrer dans un monde perdu.

* * *

Sarm'Eïloan se dessinait lentement dans la pâle lumière du matin.

Viridius la contemplait depuis l'auvent de toile qui surmontait l'entrée de son pavillon. Celui-ci était spacieux, dominé par un large gonfanon blanc portant les armes d'Aak-Sour : une tête de cheval rouge, au-dessus de laquelle deux épées de même couleur se croisaient. On y pénétrait sur une partie meublée par une table et plusieurs sièges. Aux quatre angles, des candélabres permettaient, le soir venu, de l'éclairer. De part et d'autre de ce premier espace se trouvaient deux autres plus petits faisant office de chambres. L'une était celle de Viridius. Il avait tenu à ce qu'Olern occupât la seconde. Il n'avait pas voulu que son vieux conseiller se sente seul dans le camp, au milieu des soldats. En son for intérieur, toutefois, il ne pouvait démentir l'idée que la présence de l'ami de toujours contribuait à sa propre sérénité. Sans doute était-ce aussi une façon de montrer à Olern qu'en dépit de leurs récentes dissensions, l'affection presque filiale qu'il lui portait n'avait rien perdu de sa force.

Viridius se sentait habité par une énergie inépuisable : grâce à elle, après avoir assisté à l'arrivée de ses troupes durant une partie de la nuit, il avait parcouru le camp en tous sens pour surveiller leur disposition autour de Sarm'Eïloan. Puis, sans prendre un instant de repos, il était retourné à sa tente.

La pente, devant lui, était occupée par une multitude d'abris en toile, comme tous les champs et les coteaux qui entouraient la cité.

En avant de leur ligne, les soldats étaient en train de fabriquer avec des pieux deux palissades discontinues : chaque ouverture de la première correspondait, dans la seconde, à une partie de fortification plus large. Ainsi, de loin, pouvait-on croire que la rangée de piquets était ininterrompue. Destinée à faire obstacle à une éventuelle attaque des assiégés, cette double ligne de défense permettrait, le cas échéant, un repli rapide des troupes d'Aak-Sour derrière elle.

Devant la construction, des lambeaux de fumée s'échappaient paresseusement des restes du bûcher sur lequel, la veille, on avait brûlé les corps de Sirgur, le frère de Thorwald, et de l'émissaire traîtreusement assassiné d'une flèche devant le rempart de bois qui courait autour de Sarm'Eïloan.

Une félonie de plus, songeait Viridius au souvenir de l'instant où, de loin, il avait vu l'homme tomber de son cheval tandis que celui-ci, dans un violent écart, opérait une soudaine volte-face et revenait au galop vers le camp, traînant son cavalier dont le pied était resté coincé dans un étrier. Pour la centième fois, peut-être, le jeune souverain se demandait comment expliquer pareille attitude de la part d'un roi comme Antrégor, qui s'était montré si longtemps le plus loyal des amis, envers son père d'abord, puis envers lui.

Il regarda un chevalier qui, venant au grand galop de la rivière, franchissait les palissades pour se diriger vers lui en ralentissant le pas. Aussi bien sa carrure que le fin collier de barbe encadrant son visage et le robuste plastron de cuir sombre aux armes d'Aak-Sour couvrant son torse le rendaient immédiatement identifiable. Il arrêta sa monture quand il fut en présence du roi, qui lui adressa un sourire :

« Alors, Thorwald, que m'annonces-tu ?

— La cité d'Antrégor est totalement investie, Sire. Bien sûr, il reste quelques points à consolider, mais le dispositif est complet. Pas même une souris ne pourrait s'en échapper sans qu'on la voie ! »

L'énergie de son ton et le semblant de plaisanterie dont il avait assorti son propos n'étaient pas parvenus à masquer la tristesse qui l'habitait. La veille au soir, il avait regardé partir en fumée le corps de son frère Sirgur, mort vaillamment dans la bataille qui avait opposé, deux nuits plus tôt, les forces d'Aak-Sour à une armée de démons. Les deux hommes étaient très proches : il faudrait beaucoup de temps au jeune lieutenant de Viridius pour apaiser son chagrin.

« Si c'était là le seul genre d'adversaire que nous ayons à affronter ! » répondit le roi avec amertume.

Son ardeur guerrière n'avait en rien diminué. Mais les événements survenus ces dernières heures l'avaient mis brutalement en face de la tragique réalité à laquelle il était confronté et qu'il avait, dans une certaine mesure, délibérément provoquée, il en était conscient. Une réalité qu'avaient soudain abandonnée tout panache, toute gloire.

Il observait l'activité des hommes, partout dans le camp, aussi loin que portait son regard, l'imaginant là où il ne pouvait la voir ; il en allait de même dans la ville assiégée : les mouvements à l'intérieur de la palissade entourant celle-ci lui en donnaient un aperçu. Le spectacle faisait monter en lui une tension inhabituelle. Il aurait aimé réconforter son compagnon d'armes, mais les mots lui manquaient. Peut-être parce que, indirectement, il se sentait, sinon responsable de la mort de Sirgur, du moins à son origine, et qu'il lui semblait ne pas pouvoir aborder ce sujet sans avoir à se remettre en cause. Ce qui, pour tout homme, et surtout en semblables circonstances, est la chose la plus difficile au monde.

« Je te remercie, Thorwald. Mais surtout, reste vigilant. Je doute que la moindre faille dans notre système échappe à la sagacité de notre adversaire. Même si l'arrivée nocturne de nos dernières troupes a dû l'impressionner ! »

Thorwald repartit après un petit hochement de tête.

Une voix s'éleva alors dans le dos de Viridius.

« Je te sens moins fier que naguère… »

Le roi se tourna vers l'entrée de la tente, où Olern était apparu. Ses traits étaient fatigués, mais son regard n'avait rien perdu d'un éclat qui en renforçait la sévérité. Il portait son armure, si simple comparée à celle de son monarque. Mais celui-ci savait que la lourde épée pendant au côté de son mentor pouvait, en dépit de son âge, s'avérer redoutable.

Il sentit au regard d'Olern que celui-ci avait dans la tête d'en revenir à leur querelle.

« Alors, Olern, la nuit fut-elle riche en conseils ? demanda-t-il d'une voix ostensiblement badine, pour désamorcer la situation.

— Suis-je celui de nous deux qui a le plus besoin des leçons de la nuit ? » lui répliqua le vieil homme d'un ton acerbe.

Dans le même temps, Viridius réalisa qu'il avait peut-être prononcé les seuls mots qu'il aurait dû éviter. Du moins s'il tenait au peu de quiétude que lui laissait le cours des événements. Conscient de son erreur, il attendit l'orage. Comme celui-ci ne venait pas, il prit l'initiative, voyant le regard d'Olern se perdre dans la plaine.

« Tu sembles bien songeur, mon ami. »

Olern inspira profondément. Il était un peu plus petit que Viridius. Gonfler la poitrine lui donnait sans doute l'impression de compenser par le volume la différence de taille, car il n'était pas rare qu'il eût ce réflexe quand il s'apprêtait à dire quelque chose de grave en présence de son disciple, comme s'il se souvenait soudain que ce dernier était aussi son roi.

« *Affligé* serait plutôt le terme. Ce que je vois ne peut guère me réjouir le cœur, quand je me remémore toutes les fois où, par le passé, j'ai franchi les portes de cette citadelle en compagnie de ton père, pour rendre à Antrégor d'amicales visites ! Je t'imaginais tant y entrer en d'autres circonstances. »

Sentant qu'il devait s'imposer, Viridius lui répliqua avec une certaine sécheresse :

« Tu sais très bien que tout cela est désormais impossible. Et que ce n'est pas par mon fait ! »

Puis son ton se radoucit, s'imprégnant de mélancolie :

« Moi aussi, je me rêvais à la tête d'un autre cortège... »

Il parut se perdre soudain dans de lointaines pensées.

« Comme Gwenaline doit sourire de voir ce qu'elle a déclenché ! De mémoire de mortel, ce me semble, jamais femme ne fut cause d'une telle querelle, d'un tel affrontement ! Ma revanche sera de lire dans son regard, quand je lui porterai la tête tranchée de son beau prétendant ! Si toutefois il ose se mettre à découvert !

— Prends garde ! Silfadred n'est pas un adversaire comme les autres ! Je serais fort étonné qu'il te craigne, et qu'il te suffise d'abattre ton glaive pour que sa tête tombe. »

Viridius sourit. Il ignora les paroles d'Olern.

« Peut-être aussi Antrégor, lorsqu'il aura pleinement pris conscience de notre puissance, sera-t-il le premier à demander grâce !

— Cesse de te bercer d'illusions, Viridius. Tu sais parfaitement qu'on ne prépare pas la défense d'une cité comme l'a fait Antrégor pour la livrer dès que l'ennemi paraît, quelles que soient ses forces. Si un terme peut être mis à cette guerre avant qu'elle devienne fatale, cela ne peut venir que de toi. De toi, et de nul autre ! »

Le regard de Viridius se fit méfiant.

« Que dois-je comprendre ? » demanda-t-il avec une fausse candeur, car il avait déjà saisi où voulait en arriver son interlocuteur.

Jusque-là, Olern n'avait pas quitté des yeux la plaine. Il fixa soudain le roi avec un air de défi.

« Tu sais que je n'ai jamais été favorable à ce conflit. »

Ah ! *Nous y voilà* ! songea Viridius. *Faudra-t-il donc, vieux sage, que tu me poursuives jusque sur le champ de bataille avec tes idées de paix* ?

Mais cette fois, semblait-il, Olern avait décidé d'être plus direct que jamais et d'aller jusqu'au bout. Aussi enchaîna-t-il, sans accorder la moindre attention à l'éclair railleur qui avait traversé le regard de Viridius :

« Bien des éléments ne me plaisent pas dans toute cette affaire. »

Cela, Viridius le savait déjà. Mais la suite prit un tournant nouveau :

« Pour tout t'avouer, je sens là-dessous quelque chose qui nous conduira tous, je dis bien *tous*, à la mort, et ne laissera ni vainqueur ni vaincu ! »

Le discours d'Olern avait tout à coup délaissé toute réprobation, pour être envahi par une forme de désespoir que Viridius n'y avait jamais perçue. Son visage reflétait une terreur contenue.

« Ne me demande pas ce qui motive en moi semblable sentiment. Je le sens, c'est tout, comme j'ai senti depuis longtemps derrière l'enchaînement des faits la présence de forces terribles dont certaines se sont, hélas ! déjà manifestées. »

Ses yeux se portèrent sur les ultimes volutes de fumée qui s'échappaient encore des restes du bûcher funéraire ; ils les suivirent s'élevant dans l'air en s'effilochant.

« Et avec quelles conséquences ! » conclut-il, sur un ton malheureux.

Leur attention fut attirée par un étendard que des soldats dressaient à quelques pas en avant du camp. Le tissu blanc s'agitait mollement dans le vent matinal, défiant autant la turbulence des hommes de son flottement tranquille que les défenseurs de la citadelle du mouvement aléatoire de ses dessins, dont la couleur sang paraissait annoncer leur imminent destin.

L'ambiance sonore du camp augmentait régulièrement, plus diversifiée à chaque instant. Cris, interpellations, bruits de roulements, chocs d'outils, hennissements se mêlaient; clairs et distincts à proximité, ils décroissaient avec la distance pour ne plus former qu'une toile de fond confuse, un univers immatériel respirant la vie trépidante des milliers d'êtres qui s'activaient sans relâche.

Toute la plaine n'était que mouvement, donnant, dans le lointain, l'impression que le sol lui-même palpitait. Des écharpes de brume translucides étaient par endroits suspendues, estompant les silhouettes qu'elles enveloppaient sans jamais les soustraire complètement au regard, achevant de noyer le tableau dans une paradoxale atmosphère d'effervescence tranquille.

La vue de ce spectacle faisait naître dans l'âme d'Olern des sentiments contradictoires. Aux craintes et aux doutes qui l'agitaient se heurtait l'inévitable exaltation engendrée par l'impression d'énergie colossale que dégageaient une activité aussi multiforme et le chatoiement dont la rehaussait le ballet des couleurs. Il se défendait de céder à l'enthousiasme qu'il lisait dans le regard de Viridius, mais en même temps se sentait tout prêt de s'y laisser entraîner. Cela également lui faisait peur.

La voix de Viridius le tira de ses pensées :

« Crois-tu que ce puisse être Antrégor, sur la palissade ? »

Une silhouette était apparue sur le chemin de ronde, au-dessus de la large porte que les assiégés avaient aménagée dans le rempart de bois édifié tout autour de la citadelle.

La vue d'Olern commençait à légèrement se brouiller avec les ans. Il ne parvenait pas à discerner les détails de l'homme, dont le buste dépassait seul de la rangée de piquets. Il lui semblait que le parement était vert pâle. Il n'aurait pu en dire davantage, d'autant qu'un heaume couvrait en partie le visage. Pourtant, même avec la distance, il trouvait à l'inconnu quelque chose de familier qu'il aurait été bien en peine de définir. À tel point qu'il eut très vite la certitude que c'était Antrégor, sans toutefois pouvoir l'affirmer. Aux côtés de celui qu'il croyait être le souverain de Sarm'Eïloan venait de surgir un autre personnage : accompagnant visiblement celui-ci, il avait débouché à sa suite de ce qui devait être un escalier.

« Ce n'est pas impossible… » répliqua-t-il, perplexe.

* * *

Attentifs à toute manifestation, si tant est qu'il fût aisé d'en déceler dans un univers en proie à une perpétuelle agitation, Farkhar, Surandir et Aïwana progressaient lentement. Ils avaient très vite compris que dans une telle ambiance, le premier piège était constitué par cette contradictoire monotonie qui endormait la vigilance.

Au bout d'un moment, ils finirent par ne plus remarquer le vacarme qui, avec une intensité variable, occupait sans arrêt l'espace. Il était devenu partie intégrante de l'environnement, comme les monticules, les fumées, les éruptions, la voûte nuageuse et les effets de lumière rougeâtres qui la parcouraient.

Leurs yeux ne cessaient de surveiller les alentours. Leurs oreilles s'ouvraient à tout. Ils prêtaient même attention à des sensations olfactives qu'en temps normal ils eussent sans doute ignorées, du moins consciemment.

Brisant l'atmosphère sonore qui les enveloppait, le bruit des sabots devenait rassurant lorsqu'ils heurtaient une dalle dont la couverture poudreuse, plus fine qu'ailleurs, laissait l'impact retentir de façon moins sourde qu'à l'accoutumée.

La chaleur les oppressait légèrement. Ils ne l'avaient pas tout de suite remarquée, tant elle s'accordait avec l'ambiance générale des lieux. Mais bientôt, ses effets ne passèrent plus inaperçus, quand un réflexe les amena une première fois à essuyer la sueur qui trempait leurs visages du revers de la main.

C'est le moment que choisit Farkhar pour marquer une halte. La pente, quoique douce, était continue. Associée aux autres facteurs, elle devenait épuisante. Il se retourna et constata avec surprise que l'entrée du chemin se perdait déjà dans une brume légère qu'ils n'avaient pas notée jusque-là.

On dirait qu'elle se forme sur notre passage, songea le chevalier. S'ajoutant à la distance qui les séparait à présent des territoires où ils avaient passé la nuit, elle rendait définitif leur sentiment que, quoi qu'il arrivât, ils n'avaient d'autre choix que d'aller de l'avant.

« Je n'aurais jamais cru que nous avions autant marché ! » s'ébahit Surandir, après avoir imité son compagnon.

Ses derniers mots furent dévorés par un fracas de tonnerre qui leur fit faire volte-face. Sur la gauche, loin devant eux, un cratère crachait une gerbe de scories enflammées qu'enveloppait un nuage animé par une formidable puissance.

« Marcher..., dit Aïwana d'un air songeur. Tu as raison, pourquoi nous épuiser à marcher ? »

Elle monta sur son cheval.

Surandir et Farkhar la regardèrent avec étonnement – pas un instant, ils n'avaient jusque-là songé à utiliser leurs montures – puis firent de même.

Ils reprirent leur chemin, de plus en plus crispés, enserrant dans leurs cuisses les flancs des animaux qui semblaient gagnés par leur nervosité. Ils auraient préféré avancer vers une armée rangée dans une plaine à cette progression vers un inconnu qui pouvait à tout instant se matérialiser pour fondre sur eux : mais l'absence de toute menace précise les réduisait à une attentive passivité, qui ouvrait la porte à toutes les angoisses.

Truffe d'Or se déplaçait calmement entre les chevaux. Contrairement à l'habitude, il ne gambadait pas ni ne furetait sur les abords du chemin en surveillant d'un œil apparemment distrait les moindres faits et gestes des humains qu'il accompagnait. Son panache fièrement dressé, il trottinait le museau droit devant lui, faisant preuve de la même vigilance qu'eux.

Farkhar l'observait souvent, se demandant ce que ressentait l'animal. Ce qu'il déduisait de son comportement ne le rassurait guère.

Bientôt, à gauche de la voie, le sol disparut pour laisser place à un creux : ils s'aperçurent qu'ils commençaient à longer un vallon dont, à peine plus tôt, ils n'auraient eu aucune raison de soupçonner l'existence. Surandir dévia son cheval vers le creux.

« Impressionnant ! » dit-il.

Curieux, suivi par la jeune fille, Farkhar alla voir et Actarès eut un mouvement de recul. Si la vallée n'était pas en soi très profonde, c'était toutefois un véritable à-pic qui plongeait vers elle. Il eut l'impression qu'une nervosité nouvelle imprégnait les traits d'Aïwana, et la mit sur le compte de leur découverte. Ébranlés par celle-ci, qui n'avait rien pour rendre rassurant le paysage, les cavaliers gagnèrent avec prudence la moitié droite de la route, d'où une pente s'élevait doucement.

Soudain, Truffe d'Or passa délibérément en avant et stoppa net. Le cou tendu, il fixait devant lui un point dans la direction duquel les regards des trois compagnons se concentrèrent, pour autant qu'ils pussent en estimer la position. Mais en vain. Pourtant l'attitude de Truffe d'Or n'était que trop claire : il avait détecté quelque chose.

« Farkhar… » souffla Surandir.

Dans l'instant où le nain prononçait son nom, le jeune homme perçut le changement.

* * *

« Ils nous narguent, Sire !

— De toute évidence », répliqua Antrégor d'une voix douce.

Vers la fin de la nuit, le flot des troupes de Viridius s'était enfin tari, quand on pouvait le croire interminable. Presque soulagés, Antrégor et Spartan s'étaient retirés en quête de quelque repos. Silfadred les avait suivis de peu. Puis, après un sommeil aussi bref qu'agité, le roi avait éprouvé le besoin de retourner sur la palissade.

Il n'avait pas tardé à sentir Spartan se placer à ses côtés. Celui-ci ne portait pas de casque. Le soleil levant, dans son dos, intensifiait le roux de sa chevelure, dont les boucles souples descendaient jusqu'à sa nuque, enveloppant son visage d'un nimbe flamboyant qui en accentuait l'énergique noblesse.

Ils scrutaient des soldats qui élevaient lentement une oriflamme en avant des défenses ennemies : ils empiétaient sur le territoire de Sarm'Eïloan, qu'on était en droit de croire s'étendre encore jusqu'à leur ligne : par là même, il défiait les défenseurs de la cité. C'était plus symbolique que réel, mais, du fait de la rapidité avec laquelle ces derniers avaient vu les terres qui, la veille, étaient leurs, disparaître sous les pas puis les tentes de l'envahisseur, cette implantation avancée prenait la signification d'une provocation.

Derrière eux, comme dans les positions adverses, retentissait un vacarme sourd, entrecoupé par des bruits plus aisément reconnaissables, tels le galop d'un cheval, le passage d'un chariot, ou simplement les vitupérations des soldats dont l'agitation générale envenimait les esprits.

Que ce fût autour de la ville assiégée ou à l'intérieur de ses fortifications, la tension qui montait dans toute la plaine était de plus en plus palpable, révélatrice de l'ambiance guerrière qui s'emparait de cette contrée jadis baignée de paix. L'oreille la plus attentive n'aurait fait aucune différence entre les atmosphères sonores dégagées par les deux camps, chargées l'une comme l'autre d'hostilité, de haine contenue, de volonté de vaincre portée à son paroxysme par la seule vue de ce qui se passait chez l'adversaire. Ces sentiments étaient accrus de part et d'autre par les circonstances : dans les rangs d'Aak-Sour, par celui de puissance qu'inspiraient le statut d'agresseur et l'encerclement, et dans ceux de Sarm'Eïloan, par la rage qu'engendrait la sensation du piège refermé sur eux.

« Et si nous tentions une sortie pour mettre fin à leurs manifestations d'arrogance ? suggéra Spartan. Je suis prêt à la conduire moi-même, si vous le souhaitez, Sire. »

Son regard avait brillé. Les sentiments qui l'avaient animé lors du combat sur la rivière, lorsqu'il s'était précipité au secours de Farkhar et de ses amis accablés par les Hurleurs, ne s'étaient pas éteints en lui. Ils ne demandaient qu'à se réveiller. D'une certaine manière, ils étaient galvanisés par l'inaction à laquelle il était contraint face à ce qui se produisait depuis quelques heures. Il prenait à présent conscience des instincts restés tapis dans son cœur tout au long des mois passés avec le malheureux Ormgur dans les Marches du Nord, dans l'attente d'un hypothétique adversaire qui ne venait jamais ; la mort tragique de son compagnon, alors qu'ils longeaient la forêt séparant les deux royaumes en descendant vers le sud, les avait brutalement éveillés ; le combat contre les Hurleurs les avait décuplés. Maintenant, il devait le reconnaître, il guettait l'occasion d'en découdre à nouveau, pourvu que ce fût pour une cause juste. L'honneur de Sarm'Eïloan en était à ses yeux une bien suffisante.

Il regretta aussitôt ses paroles : tenter une action militaire contre les envahisseurs aurait eu pour conséquence de négliger ce qui faisait l'objet de sa présence auprès d'Antrégor. Le cheminement de sa pensée l'avait ramené à Farkhar, à Aïwana – dont la vue, il devait l'avouer, avait fait chavirer son esprit tout autant que celle de Gwenaline les quelques fois où il l'avait croisée dans les couloirs du château – et à ce curieux nain qui les accompagnait, et dont la taille aussi bien que la difformité laissaient si peu présager ses qualités de combattant. Où étaient-ils à présent ? Qu'en était-il de cette mystérieuse mission dont le prince, alors, lui avait dit ne rien pouvoir lui dévoiler ? Quel que fût son degré de frustration sur ce point, Spartan avait toujours l'esprit occupé par celle que lui avait confiée Farkhar : rester son allié fidèle jusqu'à son retour, et, surtout, veiller sur Antrégor. S'il ne pouvait imaginer en quoi il pourrait être utile au chevalier lorsque celui-ci reviendrait, il remplissait sa tâche au mieux en ce qui concernait le deuxième point : il ne quittait jamais le souverain, gardant toujours sur lui et ce qui l'entourait un œil vigilant, bien qu'il ne sût pas d'où pouvait surgir la menace – en dehors de Silfadred, sur lequel il exerçait une surveillance aussi discrète que serrée.

Il fut donc soulagé d'entendre le roi couper court à sa téméraire suggestion, après avoir mûrement pesé sa réponse :

« Non. Je ne risquerai pas la vie d'un seul homme pour un simple étendard. Dans la situation où nous sommes, toutes les existences sont précieuses. La tienne, en particulier. »

Spartan sourit intérieurement. La confiance du roi et l'attachement que ce dernier lui portait visiblement l'honoraient, et le confortaient dans sa détermination à respecter la parole qu'il avait donnée à Farkhar de protéger le souverain.

« Qui vous dit qu'il faille engager des vies pour mettre un terme à la superbe de notre ennemi ? »

Les deux hommes se retournèrent brutalement vers celui dont la voix grave avait interrompu leur échange. Ils l'avaient sans mal reconnue. Découvrir l'armure d'ébène qui revêtait le mage ne les surprit pas, non plus que l'effrayante ardeur du regard qu'il posait sur eux. Une fois de plus, ils ne l'avaient pas entendu arriver : ils auraient été incapables de dire depuis combien de temps il était là, les écoutant, les observant. Dans le brouhaha qui régnait, et au sein duquel leurs propres paroles, prononcées sur un ton de confidence, se fondaient presque, celles du mage avaient retenti comme un gong.

« Silfadred ! dit Antrégor, encore sous le coup de la surprise. Quel nouveau tour nous prépares-tu ? »

L'ébauche d'un sourire narquois déforma imperceptiblement les lèvres du nouveau venu. Sa noire chevelure, qu'aucun casque ne retenait, se déversait souplement sur ses épaules de métal.

« Je dis simplement, Sire, que, pour résoudre ce genre de problème, il est des moyens qui n'engagent pas la vie d'autrui et peuvent être plus impressionnants que bien des hommes d'armes, car l'adversaire ne s'y attend pas.

— Eh bien, surprends-nous, Silfadred ! Je te laisse ce soin. J'ai quant à moi d'autres questions plus urgentes à régler que la présence d'un morceau de tissu agité par le vent. Viens avec moi, Spartan ! »

Encore agacé par l'irruption de Silfadred dans leur conversation, Antrégor se dirigea vers l'escalier sans autre forme de procès, accompagné par le jeune chevalier.

Silfadred les suivit d'un regard glacial, en se disant qu'il ferait mieux, à l'avenir, de ne pas quitter de l'œil celui que le roi considérait de toute évidence, désormais, comme son second. Voire d'envisager son élimination pure et simple. Il le sentait d'autant plus dangereux qu'une nouvelle fois, il avait l'occasion de s'étonner de l'assurance qu'Antrégor manifestait depuis quelque temps, particulièrement face à lui.

* * *

Ce fut tout d'abord ténu. En face des trois cavaliers, une zone pâlissait. Puis le phénomène s'accéléra. Un point de lumière était né dans l'espace devant eux puis, s'étendant, avait entrepris de le dévorer. La sensation d'aveuglement se précipita vers eux, gommant toute vision du décor pour les enfermer dans un éblouissement total, si vif que leurs globes oculaires devinrent douloureux. Les chevaux se cabrèrent, victimes de la même agression et, aussitôt, Farkhar réalisa le danger qui les guettait. Ses yeux le brûlaient, Actarès hennissait, en proie à la panique, reculant instinctivement en s'agitant. Dans la confusion, les sons qui lui provenaient de l'endroit où se tenaient Aïwana et Surandir lui firent comprendre que ses compagnons étaient dans une posture tout aussi périlleuse.

Les chevaux se débattaient, piaffant avec violence, tournant sur eux-mêmes, enlevant aux trois amis tout moyen d'estimer où ils se trouvaient par rapport au vide.

Les aboiements de Truffe d'Or émergèrent soudain du vacarme et Farkhar sentit Actarès se déplacer par bonds successifs dans une même direction. Se pouvait-il que le chien, doté d'une sensibilité particulière, eût continué de discerner le précipice que ni les humains ni leurs montures ne pouvaient plus voir, et eût entrepris de repousser ces dernières pour les en éloigner ? Farkhar ne pouvait aucunement vérifier son hypothèse. L'univers de blancheur dans lequel il se démenait au rythme que lui imposait le cheval lui donnait le sentiment de pénétrer dans son crâne, d'envahir tout son être. Il avait l'impression que ses yeux étaient incandescents. Ne contrôlant plus l'animal, il était réduit à faire en sorte de rester en selle.

Alors qu'il réprimait difficilement un hurlement de souffrance, il lui sembla apercevoir une forme translucide au sein de la lactescence qui l'enveloppait : un mouvement plus qu'une silhouette. En d'autres circonstances, il aurait juré que c'était une femme – pourquoi ? Il était incapable de le dire. Fugitivement, il crut la voir lever le bras dans sa direction.

La lumière devient si douloureuse qu'il détourne la tête. Au moment où il réalise l'inutilité de son réflexe, tant la luminescence est agressive, et comprend qu'elle va avoir raison d'eux, ses yeux croisent ceux d'Aïwana.

Tandis que dans l'obscurité diaphane, invisibles, ils s'approchent l'un de l'autre, le regard d'ambre de la magicienne, immense, d'une brûlante intensité, l'enveloppe. Dans ces prunelles soudain luit une flamme, d'où naît un océan d'aveuglante clarté : et son être, embrasé par cette nitescence dont le flux le submerge, devient pure lumière...

... qui jaillit de la pointe de son épée brandie – quand l'a-t-il dégainée ? Il ne le sait pas !

Émanant de son corps et se propageant à travers son bras et la lame, une vague éblouissante se répand autour de lui et repousse la vive lueur engendrée par le maléfice. Contracté par l'effort, il lutte pour ne pas être désarçonné par Actarès qui se cabre une nouvelle fois avec fureur. Sur le moment, Farkhar ne comprend pas ce qui se passe. Il sait simplement qu'en lui a surgi la puissance capable de vaincre le péril mortel.

Farkhar sentit le destrier s'apaiser tout à coup. Bientôt, du coin de l'œil, il discerna de nouveau ses compagnons : ils reprenaient le contrôle de leurs chevaux, émergeant d'une brume qui se dispersait à la vitesse de l'éclair. Les hennissements, assourdissants un instant plus tôt, s'atténuèrent. Truffe d'Or, dressé sur ses pattes arrière, mordilla une dernière fois celles du cheval de Surandir, l'obligeant à un nouvel écart qui l'éloigna du ravin.

Et tout redevint comme avant.

À l'exception de la forme diaphane enveloppée de voiles bleus comme un ciel d'aurore qui se tenait debout, sur le bord de la voie, nimbée par une clarté diffuse. Immobile.

* * *

Après avoir longuement suivi des yeux Antrégor et Spartan qui partaient vers la citadelle en se mêlant à la foule des combattants et des réfugiés, dans l'espace ceint par la palissade, Silfadred se tourna lentement vers l'extérieur. La présence de cet étendard lui importait peu. Illustrant le penchant des esprits avides de s'emparer des moindres futilités pour les ériger en montagnes de sable, les misérables réactions humaines l'étonnaient : elles lui offraient toujours le moyen d'entrer dans le jeu de cette lamentable espèce, à laquelle, conforté par ses pouvoirs, il se sentait si étranger. En l'occurrence, l'occasion se présentait à lui de provoquer l'adversaire, ce qui ne pouvait aller que dans le sens de son désir de hâter le dénouement du conflit.

Il avisa un aigle qui volait, haut dans le ciel, dessinant de larges cercles, sans doute en quête d'une proie. Depuis qu'il avait perdu tout contact avec Ugroth, Silfadred savait qu'il était privé d'un allié de poids. Il était temps qu'il s'en approprie un autre.

Le regard qu'il fixa sur l'oiseau devint incandescent, et, au bout d'un long moment, l'animal commença de descendre vers lui, resserrant progressivement son vol. Quelle source de jouissance c'était de sentir peu à peu l'être se soumettre à sa volonté jusqu'à ce qu'il l'absorbe pour le faire sien ! Le lien se resserrait entre eux, toujours plus fort à mesure que le rapace était plus proche. Dans peu de temps, celui-ci se fondrait en lui, prêt à surgir à tout instant pour être ses yeux, ses oreilles, et exercer sa volonté partout où il le souhaiterait. Silfadred savourait le torrent de puissance qui montait en lui, parfaitement soumis à son indéfectible maîtrise de soi. Bientôt, l'aigle virevolta au-dessus de sa tête, comme peu à peu attiré vers lui par un aimant à la force duquel il ne pouvait échapper.

Soudain, fulgurant, un éblouissement priva le mage de toute sensation visuelle. Ce fut si rapide qu'il se demanda un instant s'il n'avait pas été le jouet d'une hallucination. Le temps de réaliser que l'oiseau avait repris son vol, échappant à son magnétisme jusqu'alors infaillible. Il se concentra sur la créature ailée, cherchant à recouvrer sa domination sur elle, mais celle-ci continuait de prendre de la distance : pire, elle ne tournoyait plus. Elle partait à tire-d'aile, comme ayant tout à coup pris conscience d'un danger qu'elle devait fuir, au mépris de tout autre instinct.

Troublé, Silfadred se résolut à la regarder s'éloigner, impuissant. Il se demanda ce qui s'était passé. Sans trouver de réponse. Tout était allé si vite… Comment avait-il pu être victime d'une telle faiblesse ? En peu de temps, l'oiseau ne fut plus qu'un point virevoltant dans le ciel, et le mage sentit le dépit l'envahir : un type de sentiment qu'il n'avait jamais imaginé ressentir un jour.

Son regard d'acier visa l'étendard flottant toujours librement, sur lequel, un moment plus tôt, il pensait lâcher l'animal pour une retentissante démonstration dont le mystère eût, à coup sûr, impressionné les deux camps. La rage le gagna. Il fixa intensément le mât, et bientôt, à la base de celui-ci naquit une flamme qui, en peu de temps, embrasa le bois sur toute sa hauteur, le transformant en une torche géante. Les soldats qui venaient d'élever la bannière sursautèrent en hurlant.

De loin, le mage regarda le spectacle en souriant. Mais c'était un pâle sourire. Car ce matin, un nouvel épisode venait de lui confirmer que quelque chose se passait qui minait ses pouvoirs, même s'ils restaient encore très puissants.

* * *

Le visage de l'apparition, d'une intemporelle jeunesse, exprima un sourire que n'esquissaient pas ses lèvres, tout comme, sans que celles-ci bougeassent, un son clair et doux pénétra dans l'esprit de Farkhar, s'imposant à travers le tumulte ambiant :

« *Je suis Lyria et tu es mon sauveur, prince, toi dont nous guettions sans espoir la venue depuis si longtemps... Grâce à toi, les hommes vont bientôt recouvrer la conscience de leur univers et de sa richesse.* »

La voix tremblante de Surandir l'arracha à sa contemplation :

« Tu as réussi, Farkhar, tu as réussi ! par Ischeltroëm ! »

Se sentant observé, il tourna la tête vers sa droite et rencontra les yeux d'Aïwana qui le fixait. Elle ferma lentement les paupières en hochant imperceptiblement la tête, et les rouvrit aussitôt avec un sourire empreint d'une satisfaction discrète, sur laquelle la voix de la déité ne lui laissa pas le temps de s'interroger :

« Las ! Chevalier. Tu m'as délivrée du sortilège qui me retenait prisonnière, mais je suis encore enchaînée à ce sol, et le resterai aussi longtemps que la mort l'imprégnera et que mes sœurs seront soumises aux maléfices qui les entravent...

— C'est Lyria, n'est-ce pas ? demanda Surandir, qui, visiblement, n'avait pas perçu les propos tenus par la Céleste.

— Oui, répliqua doucement Aïwana. C'est Lyria. »

Un peu surpris, Farkhar fit tourner son destrier vers la jeune fille : « Qu'est-ce qui te l'a fait deviner ?

— La lumière, Farkhar. La Lumière ! Comment son attribut aurait-il pu mieux être mis en œuvre pour nous détruire ? Si Truffe d'Or n'avait éloigné nos chevaux du précipice et si tu n'avais trouvé en toi le pouvoir...

(que tu as puisé dans mes yeux)

... de devenir un instant pure luminescence, nous ne serions plus que des tas de chair sanglante au fond de ce trou ! À défaut de pouvoir deviner ce qui nous attend la prochaine fois, nous avons maintenant une idée de ce qui se cache derrière l'affirmation de Theinabrÿn concernant les maléfices.

— Oui... Avouons toutefois que cette lumière ne nous éclaire guère, dit Farkhar avec un sourire désabusé. »

Non, songea Aïwana, *mais elle me dit avec quelle intensité tu vis ce que toi et moi partageons à ton insu, en cet instant, dans un ailleurs dont tu ne soupçonnes même pas l'existence. Et cela me suffit, car notre passion ne durera que le temps d'une étreinte, mais ce qui en naîtra vivra pour l'éternité.*

Farkhar descendit de cheval, affichant un étonnement soudain.

Il posa un genou à terre et tendit une main vers Truffe d'Or, qui ne le quittait pas des yeux en frétillant. L'animal semblait n'attendre que ce geste : à peine Farkhar l'avait-il esquissé qu'il bondit souplement vers lui.

« Mon brave Truffe d'Or. Tu es un merveilleux compagnon, mais je vais finir par croire que tu es beaucoup plus, et qu'Eïséryne nous a fait un don inestimable en liant nos destinées… »

Alors, par une réaction remarquable, le chien se dressa sur ses membres postérieurs et se laissa retomber en posant une patte sur chacune des épaules de Farkhar, le fixant intensément. Le jeune homme flatta ses flancs avec une énergique douceur et ils restèrent ainsi longuement. Puis le chevalier se releva, et se tourna vers Surandir, l'air inquisiteur. Silencieux, la main gauche sur la tête de Truffe d'Or.

« Qu'est-ce que tu as à me regarder comme cela ? s'énerva Surandir au bout d'un moment.

— Rien… C'est… Tout ce qui vient d'arriver doit m'avoir mis la cervelle sens dessus dessous. Ce n'est rien, je t'assure. J'avais l'impression que… Mais non, ce n'est pas possible !

— Ben… Dis toujours !

— Non, non. Laisse-moi reprendre mes esprits, cela ira mieux après. »

Surandir eut un geste résigné. Coupant court à leur échange, Farkhar se tourna vers Aïwana :

« Te sens-tu en état de poursuivre notre route ?

— Il le faut bien, sourit-elle. N'oublie pas que c'était seulement la première des épreuves : qu'en sera-t-il si nous nous laissons abattre par elle ?

— Si cela doit toujours se passer de la même façon, je me demande à quoi nous allons servir, toi et moi ! » lâcha Surandir d'un ton dépité, à l'intention de la jeune fille.

Aïwana l'observa longuement, en silence. Elle saisissait parfaitement ce qui avait intrigué Farkhar. C'était si ténu que, comme celui-ci, elle se demandait si ce n'était pas un effet de son imagination.

« Ah non ! s'insurgea le nain. Tu ne vas pas t'y mettre toi aussi ! On croirait que vous ne m'avez jamais vu ! Ma laideur est-elle devenue à ce point surprenante ? »

Et il se tourna brutalement vers son cheval, furibond.

Non, Surandir, pensa Aïwana. *Ce n'est pas ta laideur qui est surprenante, mais la beauté qui s'en nourrit...*

Le grondement lointain d'une éruption ébranla l'air : à l'orient, le plafond déjà sombre fut parcouru par une onde de lumière rougeâtre qui tremblota longtemps avant de s'atténuer.

« Je crois que nous n'avons pas fini de la regretter, notre forêt d'hier soir ! » dit Farkhar en attrapant Actarès par la bride et en l'enfourchant pour reprendre la route.

Il ne vit pas la mimique moqueuse de la jeune fille ni n'entendit les paroles qu'elle murmura :

« Qui te dit que tu n'y es pas encore, et en la plus douce des compagnies ? »

***

Viridius et Olern avaient suivi toute la scène des yeux : l'embrasement du mât, inexplicable, le bref flottement de l'étendard se tordant dans le mouvement d'air chaud avant de devenir à son tour la proie de flammes qui l'avaient dévoré en un rien de temps, la danse des flammèches dans le vent, le recul affolé des soldats affairés autour du phénomène, puis l'afflux de ceux qui, alentour, avaient assisté au prodige.

« Ai-je besoin de préciser ma pensée ? demanda le second en se tournant vers le roi.

— Selon toi, qui peut être l'homme, sur les remparts ? questionna Viridius, le regard obstinément rivé sur ceux-ci.

— Je n'en ai aucune idée, répliqua Olern après une hésitation.

— Tu mens mal ! »

Les yeux d'Olern se plissèrent.

« Tu veux vraiment savoir le fond de ma pensée ?

— Hm, Hm...

— Je pense que, pour la première fois, nous venons de nous heurter directement aux pouvoirs de Silfadred.

— D'après toi, ce serait lui qu'on aperçoit ? demanda Viridius.

— Dès le départ, je n'en ai guère douté, bien que je ne le connaisse pas ni n'aie pu distinguer en détail le personnage. Ce qui vient de se produire, et qui me semble lié à son arrivée, en est pour moi la confirmation ! »

Viridius gardait le silence. La silhouette sombre qu'il voyait sur la palissade restait immobile. Sans pouvoir le justifier, il avait la conviction que l'individu les observait.

Au pied du mât en feu, en haut duquel l'étendard portant les armes d'Aak-Sour avait disparu, dévoré par les flammes, les soldats se regroupaient. D'autres les rejoignaient, qui avaient été témoins de l'incident. Les conversations s'animaient, soulignées par des gestes éloquents : l'ensemble trahissait le climat de terreur créé sur le moment par un événement qui, fort heureusement, était resté très localisé. Viridius ne doutait pas qu'en d'autres circonstances, il aurait provoqué un début de panique.

« Je ne suis pas certain que le moral de nos troupes résiste à d'autres démonstrations de ce type, dit Olern. Ces hommes ne sont pas habitués à la guerre, Viridius. Pour peu qu'ils sentent en face d'eux des forces qui les dépassent, je ne donne pas cher de leur combativité ! »

Une sourde inquiétude gagnait Viridius. Il était parfaitement conscient que son conseiller était dans le vrai. Il aurait fallu qu'il remporte une victoire pour gonfler le cœur de ses soldats. Mais la situation ne s'y prêtait guère. Il n'avait le choix qu'entre un assaut et l'attente. Des deux alternatives, la première était très risquée, sinon impossible à envisager. La seconde ouvrait la porte à toutes les tentatives que pourrait envisager l'ennemi pour déstabiliser son armée. Il ne put réprimer un soupir qui, quoique discret, n'échappa pas à Olern.

« Mets à profit l'effet qu'a dû produire chez l'adversaire l'arrivée massive de ton ost pour proposer une entrevue à Antrégor... » suggéra ce dernier avec circonspection, s'attendant à déclencher cette fois l'ire de Viridius.

Un lourd silence s'installa entre les deux hommes, dans lequel s'insinua le tumulte provoqué par ceux qui s'assemblaient, de plus en plus nombreux, autour du morceau de bois en train de se calciner.

Olern voulut y lire une hésitation de la part du souverain, et s'engouffra dans la brèche :

« Vous n'avez jamais eu l'occasion de débattre de ce qui vous a divisés. Ce n'est point là une attitude de rois ! »

À mesure qu'il parlait, son ton s'enflammait, comme si cela lui eût permis de devancer toute réaction de Viridius.

« Demande-lui à voir Gwenaline ! Expurge la haine de ton cœur ! Ce genre de sentiment n'a jamais conduit qu'au désastre, plus encore s'il est aveugle ! Ne te comporte pas comme un jeune sot qui joue avec son pouvoir : montre que celui-ci est réel et s'appuie sur une vraie grandeur d'âme ! Sois digne de ce que tu prétends être ! »

Son ton se fit plus sombre, traduisant le regret qu'il éprouvait à prononcer la suite :

« Et si tout cela échoue, alors te restera la solution ultime, dans laquelle tu ne t'es déjà que trop imprudemment engagé. »

Viridius se tourna lentement vers lui.

Enfin, songea Olern. *Il daigne m'affronter* !

Le regard de Viridius était impassible, jaugeant avec froideur son interlocuteur qui s'attendait au pire. Puis, soudain, son expression s'adoucit, tandis qu'il s'approchait d'Olern et posait ses mains sur les épaules de ce dernier dans un geste chaleureux, accompagné presque aussitôt par un sourire qui ne l'était pas moins. Olern sentit une vague d'émotion le submerger : il y avait combien de temps qu'ils n'avaient partagé un tel élan ?

« Mon vieil ami, dit lentement Viridius, jusqu'à quel degré d'abnégation m'entraînera le respect que je te porte ?

— Ce n'est pas de renoncement que je te parle, mon fils, mais de sagesse ! »

Viridius fut ému. Il était si rare qu'Olern l'appelle ainsi. Ce n'était arrivé que depuis la mort de son père, et en des occasions d'exceptionnelle complicité.

« Veux-tu dire que tu acceptes ? risqua Olern, incrédule.

— Si tu te charges d'organiser ma rencontre, oui. Et si tu y assistes, il va de soi. »

Olern le regardait avec curiosité. L'expression du roi se fit soudain ironique :

« Puis-je toutefois savoir comment tu entends t'y prendre pour proposer une réunion à Antrégor ? »

Viridius eut un mouvement du menton en direction du bûcher qui finissait de se consumer.

« Car, apparemment, ceux d'entre nous qui ont l'audace d'approcher les fortifications de Sarm'Eïloan n'ont pas de grandes chances de les franchir !

— Il existe, tu le sais, un autre moyen que celui-là pour atteindre directement Antrégor. Ton père et celui-ci y avaient parfois recours, quand ils souhaitaient une réponse urgente sur un problème précis.

— Que ne l'as-tu utilisé plus tôt, si ce que tu prétends concernant Antrégor est vrai !

— J'en conviens. Encore eût-il fallu que je connaisse à l'avance la tournure qu'allaient prendre les événements. »

Le regard d'Olern se fit sévère :

« Avoue que, de ton côté, à partir du moment où j'ai commencé d'entrevoir que la manière habituelle n'était pas adaptée à la situation, tu ne m'as guère laissé le loisir d'agir à ma façon. »

Changeant de sujet, le roi prit un ton faussement inquisiteur :

« Dois-je comprendre que tu as amené ici ce qu'il fallait ? »

Olern hocha lentement la tête en l'affrontant du regard.

« Ce qui signifie qu'en partant d'Aak-Sour, tu avais prévu d'entrer en rapport avec Antrégor par ce moyen !

— Si la moindre occasion se présentait, oui.

— Tu n'es décidément qu'un vieux renard obstiné ! » répliqua le souverain à la façon de celui qui admet de mauvaise grâce avoir été joué.

Il tournait le dos, quand Olern l'interpella :

« Viridius ! »

Celui-ci marqua une pause.

« Puis-je savoir ce qui t'a fait changer d'avis si promptement ? »

Viridius lui adressa un de ces sourires pleins de fraîcheur dont il était coutumier jusqu'à ce que le destin bascule, quelque temps plus tôt. Il s'exclama, sur un ton dans lequel Olern, qui le connaissait bien, entrevit le fantôme de sa gaîté de jadis :

« Imagine qu'en me voyant, Gwenaline se souvienne des promesses qui nous liaient, elle et moi ! Ne serait-ce pas le plus sûr motif de mettre fin sur le champ à cette guerre ? »

Et le roi tourna le dos, sans qu'Olern pût savoir s'il se retirait vers ce qu'il avait dans l'idée accomplir ou vers ses rêves.

« Alors, tu peux compter sur moi ! » dit Olern d'une voix forte, pour couvrir le vacarme du camp, en le suivant longuement des yeux tandis qu'il descendait la colline vers le lieu où s'étaient rassemblés les soldats.

Il regarda les alentours de la citadelle, puis le soleil, maintenant haut dans le ciel, en fermant presque complètement les paupières. Il s'étonnait de voir les rythmes de la nature – et celle-ci elle-même – rester si immuables quand le monde des hommes était ébranlé par de tels bouleversements. Comme si, en certaines circonstances, leurs routes, pourtant d'ordinaire si étroitement unies, se séparaient.

Puis les dernières paroles de Viridius lui revinrent en mémoire, et une question le tracassa soudain.

Certes, un retour de Gwenaline à ses premiers sentiments serait ce qui pourrait survenir de plus heureux. Mais dans ce cas, comment réagirait Silfadred ?

Et son regard s'assombrit, lorsqu'il se demanda si l'on n'en était pas arrivé à un point où la situation, insoluble, ne pouvait conduire qu'au pire.

* * *

Depuis la palissade, le mage n'avait cessé de fixer les deux hommes qui parlaient à l'entrée du pavillon royal. Imaginant sans mal l'identité du plus jeune, il avait eu la tentation d'exercer son pouvoir sur la tente, mais en même temps s'était dit que ce serait une erreur. Impressionner, oui ; terroriser, non. Du moins pas encore.

Si son ouïe avait été aussi perçante que sa vue, il aurait pu entendre leurs propos. Sans doute la perspective que venait d'ouvrir leur échange l'eût-elle moins enchanté que le tableau de ce qu'il avait provoqué. Il sourit en voyant les soldats palabrer avec agitation autour de ce qui avait été, de façon tout éphémère, un étendard fièrement érigé en face de Sarm'Eïloan.

Son regard balaya la plaine de droite à gauche. Partout, la terre avait disparu sous les tentes et les troupes ennemies. Il imaginait déjà le choc des deux armées, engloutissant dans son tourbillon Sarm'Eïloan et tout ce que la population d'Aak-Sour comptait de fort et de valide. Face au déchaînement final de sa puissance, ceux qui étaient restés en arrière ne pèseraient pas plus que des fétus.

Une sourde résonance vibrait dans son crâne, produit de la relation mentale qu'il entretenait avec les Hurleurs introduits par milliers dans l'ost de Viridius. Depuis quelque temps, il ne la percevait que très faiblement : sans doute le résultat de la colossale dépense d'énergie que lui avait coûtée l'inopportune intervention des Thrughs, sur Sarm'Eïloan d'abord, puis sur l'armée ennemie, trois jours plus tôt. Elle était enfin revenue.

Toutefois, il ressentait une anomalie.

Depuis quelque temps, les signes provenant des Hurleurs étaient moins puissants qu'auparavant. Il lui semblait aussi distinguer dans l'amas des êtres qui s'agitaient à l'intérieur de l'enceinte quelque chose de différent, qui n'était pas proprement humain. Ou plutôt, pas *uniquement* humain. C'était indéfinissable, situé à un niveau que l'extrême acuité de ses sens pouvait seule ressentir.

Quant à l'analyser…

Il ne parvenait pas non plus à expliquer la cause de l'éblouissement qui l'avait frappé ni de l'échec qui l'avait suivi : car il ne faisait guère de doute que les deux faits étaient liés.

La colère s'empara de lui au souvenir du rapace, pourtant si proche, échappant soudain à son emprise.

* * *

Alors que le soir tombait sur Sarm'Eïloan, Silfadred décida, comme chaque jour, de faire le tour de la citadelle en suivant le chemin de ronde, sur les remparts.

Durant l'après-midi, en même temps qu'il s'adonnait à des tâches toutes plus impératives les unes que les autres, il avait ressassé les derniers événements.

Il allait falloir qu'il tente de comprendre. De voir ce qui se passait. D'habitude si sûr de lui et de sa puissance, il était troublé par un doute certes infime, mais totalement nouveau.

Et cela lui déplaisait plus que tout.

Levant les yeux, il remarqua la silhouette noire d'un oiseau qui voletait dans le ciel empourpré par le couchant. Le volatile paraissait hésiter. Puis soudain, survolant l'espace entouré par la palissade, il se dirigea vers l'occident, rapetissant jusqu'à devenir minuscule.

Le mage le suivit un instant du regard, puis s'en désintéressa pour observer une scène désormais familière : dans la cité, les façades sombres des demeures étaient tachetées par les lumières des torchères et des candélabres grâce auxquels les habitants s'éclairaient, commençant une soirée que l'incertitude du lendemain allait, une nouvelle fois, rendre bien plus longue que celles qu'ils connaissaient il y a peu de temps encore. Offrant une vision plus récente, mais entrant peu à peu dans le domaine de l'ordinaire, l'espace délimité par la palissade était parsemé de multiples feux autour desquels il apercevait les humains agglutinés au milieu de rangées d'abris, pour la plupart de fortune : des hommes, des femmes, des enfants, d'où montait une sourde rumeur, si ténue qu'elle se noyait dans l'air du soir, mais bien audible cependant, comparée à l'univers de silence dans lequel la campagne environnant la citadelle se fondait habituellement à la tombée du jour. Et au-delà, à quelque distance de la fortification de bois, pour la deuxième fois, les collines se tapissaient de lueurs flamboyantes : leurs halos éclairaient les innombrables tentes du camp de Viridius, révélant des terres qui auraient dû, à certains endroits du moins, être depuis longtemps devenues indistinctes dans l'uniformité de la pénombre crépusculaire.

Silfadred sourit en contemplant son œuvre, imaginant ce que pourrait être la suite. Si toutefois les choses cessaient de lui échapper, comme c'était parfois le cas désormais. Il redoutait presque d'en connaître la raison, tant ce qu'impliquaient ses soupçons était lourd de menaces pour son entreprise.

Jadis, il avait, presque d'un coup, fait basculer le monde humain dans un processus qu'il croyait irréversible. Se pouvait-il que, finalement, celui-ci s'inversât, mettant en péril des siècles d'un labeur qui lui paraissait tout à coup harassant, parce que se heurtant à des obstacles aussi invisibles qu'inattendus ?

Les inquiétudes et la colère du mage auraient toutefois été accrues s'il avait su que l'oiseau dont il avait suivi le vol d'un regard distrait était parti du rebord de la fenêtre d'Antrégor, et si, poursuivant son observation, il l'avait vu, plus tard, piquer droit sur la tente de Viridius.

De la nuit embaumée par l'étreinte des âmes,
Les sens sont souverains, tandis qu'à leur insu,
De leur enivrement récoltant le tribut,
Le jour révèle au preux ses méandres infâmes.

LIVRE DES CÉLESTES

Chant IV, vers 373-376

57

L'univers était pourpre. Les rangées de monts déchirés par la fureur tellurique, les eaux du fleuve qui descendaient du lac et le lac lui-même, dont il avait jadis provoqué la formation pour noyer le feu divin : tout était plongé dans un rougeoiement tourmenté dont sa pensée, mue comme toujours par une sensibilité exacerbée, saisissait la quintessence autant que la réalité.

Survolant les forêts vers le sud-est de Sarm'Eïloan, l'esprit de Silfadred n'avait plus senti la présence des Hurleurs dont la mission était de stopper à jamais l'avance des fugitifs. Par contre, il avait perçu les effluves d'autre chose dont il méconnaissait la substance, mais qui lui rappelait de façon inquiétante ce qui émanait des êtres amassés à l'intérieur de la palissade : le rapport existant entre les deux lui échappait complètement, car il ignorait tout du réveil des Iazliks, et même de leur existence. Quand il avait mis fin au règne d'Ischeltroëm et de ses filles, il lui avait suffi de savoir qu'il éliminait tout ce qui pouvait s'opposer à l'œuvre de son père, Thanatros. Aussi ignorait-il la façon dont ces divinités du monde végétal avaient éradiqué les Hurleurs infestant le secteur, en reprenant possession de leur domaine, avant de se transporter massivement à Sarm'Eïloan pour s'y mêler au peuple d'Antrégor.

Puis, en parcourant les territoires qui bordaient les chaînes de montagnes bouleversées, au sein desquelles se nichait l'étendue aqueuse jadis créée par lui, il avait été surpris de ne trouver aucune trace de ce peuple stupide qu'il avait si aisément acquis au service de son père : les Ouloukhs, désormais voués par sa magie à interdire l'accès de la voie sur laquelle étaient emprisonnées les Célestes. Qu'étaient devenus ces petits êtres ridicules, ces semblants d'hommes asservis à son pouvoir ?

Trop de signes néfastes concordaient pour qu'il n'y vît pas une raison de s'inquiéter.

Poursuivant son voyage aérien, l'esprit de Silfadred avait fini par atteindre l'indistincte frontière délimitant les terres menant au lac, dans lesquelles il avait semé la désolation avant de les quitter.

Au moment de la franchir, son attention avait été attirée par une petite clairière dans laquelle il avait cru déceler une présence puis, s'apercevant que rien ne justifiait ce soupçon, il s'était lancé dans l'exploration de cette zone qu'il croyait devenue depuis longtemps son domaine, et d'où lui parvenaient des signes alarmants.

Observant les collines de plus en plus élevées, il comprit la fatidique erreur qu'il avait commise par excès de confiance en soi, lorsqu'il aperçut la silhouette féminine immobile drapée de bleu, au bord de la voie, et surtout, les deux hommes, la femme et le chien qui avançaient lentement sur celle-ci. S'il n'avait aucune idée de ce qu'était le quadrupède ni de ce qu'il faisait avec eux, il n'eut aucun mal à reconnaître Farkhar, le gnome dont son adversaire semblait être devenu inséparable, et la fille de Theinabrÿn.

Certain de la perfection de son œuvre, le mage n'avait pas jeté depuis longtemps le moindre regard sur les terres conduisant au lac : tout être s'y aventurant était voué à la mort et à l'oubli. À présent, il le regrettait, comme il regrettait de n'avoir pas été suffisamment vigilant à tout ce qui se produisait dans le royaume de Sarm'Eïloan et dans les contrées alentour. Surtout, il s'étonnait que ses sens ne l'eussent pas averti de ce qui s'y passait. Leur acuité n'avait-elle pas toujours été infaillible ? N'était-ce pas grâce à elle qu'il avait eu connaissance de la naissance de Farkhar dans le royaume de Thurm-Kooth auquel, jusqu'alors, il ne prêtait aucune attention particulière ? Grâce à elle qu'il avait pressenti bien à l'avance sa venue dans celui de Sarm'Eïloan ?

Éclairée par une torche accrochée au mur, dont la lueur fluctuante se heurtait, dans l'encadrement de la fenêtre, à l'obscurité de la nuit, la forme nue et musculeuse de Silfadred était accroupie sur les dalles de sa chambre. Elle tressaillit légèrement lorsque sa pensée partie en quête de vérité réintégra l'enveloppe de chair, l'envahissant d'un sentiment de frustration si puissant qu'elle émit un grognement de rage qui ébranla la muraille.

Silfadred se redressa lentement, tremblant sous l'effet d'une fureur portée à son comble : elle se dérobait au contrôle qu'il exerçait d'habitude si totalement sur les moindres parcelles de son être.

Ainsi le prince de Thurm-Kooth avait une fois de plus échappé aux hordes lâchées contre lui ! Et voilà qu'à présent, la destinée de son adversaire suivait son cours sans que rien ne l'en alertât !

Deux détails, en plus, l'intriguaient : considérant avec mépris l'image qu'il avait eue du nabot, il fut saisi par le sentiment que l'être n'était pas exactement semblable à celui qu'il avait aperçu, quelques jours plus tôt, dans sa vision du trio rassemblé dans la grotte de Theinabrÿn. Mais où se situait la différence ? Et qu'impliquait-elle ? Il eût été bien en peine de le dire. Scruter ce rebut d'humanité ne l'avait mené à rien, sinon à la conviction inexplicable, mais intime, que celui-ci était *différent*.

Par ailleurs, il avait perçu autour du chien accompagnant les trois personnages une indéfinissable aura, qui en faisait à ses yeux un être bien distinct de tous les animaux vivant dans l'enceinte de Sarm'Eïloan. Là encore, sans qu'il sût déceler le sens de cette constatation.

Toutefois, le pire n'était peut-être pas là.

Le spectacle de la Céleste délivrée de sa prison maléfique éveillait en Silfadred bien des craintes. Et maintenant que Farkhar avait pénétré sur ces terres, il ne pouvait plus agir à sa guise contre celui-ci ! La dévastation qu'il y avait propagée les avait rendues si exsangues que nul ne pouvait y exercer le moindre pouvoir, pas même lui ! Il ne pouvait plus compter que sur les sortilèges qu'il y avait semés pour anéantir son adversaire.

À moins... Mais cela allait prendre un peu de temps. Or, il avait la certitude qu'à présent, le temps était son ennemi. Il fallait sceller le sort de Sarm'Eïloan et d'Aak-Sour au plus vite, avant que Farkhar eût fini de mener à bien ce qu'il avait entrepris.

Ce n'est pas ce que lui avait appris Antrégor le soir précédent qui allait l'aider.

Quand il était rentré de sa ronde habituelle, quelques heures plus tôt, il avait trouvé dans sa chambre un message du souverain, l'invitant à le rejoindre. Le roi lui avait alors annoncé qu'il avait accepté une rencontre avec Viridius : celle-ci devait avoir lieu en début d'après-midi. Silfadred s'était montré surpris de n'avoir eu vent d'aucune ambassade de l'ennemi – laquelle, ne put-il s'empêcher de songer, n'aurait pas eu grande chance d'atteindre son destinataire ! – et plus encore de la réaction d'Antrégor, laconique :

« Qu'il te suffise, Silfadred, de savoir que la proposition de Viridius m'est parvenue, et que je m'y suis rangé.

— C'est extrêmement risqué ! avait objecté le mage. Ne craignez-vous pas un piège ?

— Nous nous rencontrerons sans armes, en avant de sa ligne de défense. En terrain neutre. Son conseiller, Olern, lui et moi. Et toi, bien sûr, bien que je te devine hostile à cette entrevue. Durant celle-ci, je confierai la responsabilité de Sarm'Eïloan et de notre dispositif à Spartan. Cela te convient-il ? Cela te *rassure*-t-il ? »

Détournant la tête, il ajouta, comme pour lui-même :

« J'ajoute que j'ai totalement confiance en la loyauté de Viridius. »

Jaugeant Antrégor, Silfadred avait estimé qu'il n'avait d'autre choix que de s'incliner.

« C'est vous le roi, Sire... » s'était-il contenté de répondre avant de sortir, par crainte de trahir sa colère et son dépit.

Réprimant lentement les sentiments qui le transportaient avec violence, Silfadred finit par apaiser son esprit et son corps. Maintenant, il lui fallait se préparer et réfléchir à la façon dont il pouvait briser Farkhar. Il avait pour cela toute la matinée. Qu'espérait Antrégor en s'humiliant devant Viridius ? La paix ? Cette seule pensée fit sourire le mage. Il devenait de plus en plus clair pour lui qu'il pouvait mettre à profit ce contretemps. Faire qu'il se retourne en sa faveur. D'ailleurs, existait-il une alternative ?

Regardant vers sa fenêtre, il crut percevoir les prémices d'une lueur encore lointaine. La nuit était bien plus avancée qu'il ne l'avait d'abord songé. De toute évidence, elle était même en passe de s'achever.

* * *

Il semblait à Surandir et à ses compagnons qu'ils marchaient depuis des heures. Pourtant, simultanément, le temps leur paraissait n'avoir aucune épaisseur. N'apercevant toujours pas la rivière, au point de se demander si elle n'était pas née de leur imagination, ils économisaient leurs réserves, ce qui avait pour conséquence, dans la chaude atmosphère environnante, d'accroître leur fatigue. La luminosité des nuées, au-dessus de leur tête, suggérait que le soleil approchait de son zénith, transformant peu à peu les lieux en une fournaise que renforçait le confinement de la voûte nuageuse. En dépit des changements de paysage, ils avaient l'impression de ne pas progresser.

Cette sensation, plus que tout, les mettait mal à l'aise. La présence de Truffe d'Or, avançant lentement entre eux, les précédant parfois de quelques pas pour s'arrêter et les attendre, ne leur apportait qu'un infime réconfort. Ils sentaient l'animal inquiet, attentif à tout. Plongés dans une ambiance sonore tourmentée, il leur était par ailleurs bien difficile d'être certains que rien ne pût leur échapper.

Aussi redoublaient-ils de vigilance. Ils savaient à présent de quelle essence étaient les maléfices laissés par leur redoutable adversaire sur le chemin du lac : non pas, comme ils l'avaient un moment imaginé, des entités monstrueuses, mais des phénomènes puissants, violents, utilisant les forces les plus terribles de la nature. Farkhar pressentait que ce qui permettrait de les affronter se tenait en lui. Mais il en ignorait l'origine.

(Puise en moi la force de ton combat.)

Malgré le sentiment de cette puissance tapie au plus intime de son être, il se disait que les Hurleurs étaient, finalement, des adversaires plus faciles à combattre, si terrifiants et imprévus fussent-ils : une bonne épée, et des armes aussi élémentaires que la ruse, voire la fuite, offraient une chance de leur échapper. Au contraire, dans les circonstances présentes, il n'avait aucun moyen de deviner la forme que prendrait la prochaine attaque. Il n'avait même aucune certitude que surgiraient en lui les ressources nécessaires pour faire face à celle-ci, et sans l'intervention desquelles ils seraient perdus.

En dépit de la réconfortante présence de Surandir, d'Aïwana et de Truffe d'Or, il se sentait prisonnier d'une solitude dont il ne pouvait faire part à ses compagnons.

Truffe d'Or leva la tête vers lui. Les iris ambrés de l'animal furent traversés par une lueur qui pénétra l'esprit du chevalier. Celui-ci eut le sentiment que le chien avait sondé son âme ; la douceur qu'il lut aussitôt dans les yeux de ce dernier lui donna l'impression que Truffe d'Or avait lu son désespoir, et voulu lui dire qu'il était moins seul qu'il l'imaginait. Un étrange réconfort monta en lui. Inexplicable. Comme l'étaient tant de choses depuis quelque temps.

Ils avaient laissé loin derrière eux les premières éminences, et loin le départ du chemin, comme Farkhar s'en rendit compte en jetant instinctivement un regard en arrière. Le même paysage tourmenté et monotone les entourait. Devant. Derrière. À droite. À gauche. Partout, cette désolation habitée par une fausse vie. À mesure que le sentier s'élevait, la végétation gagnait en hauteur, souvent éparse, toujours de cette blancheur verdâtre qui rappelait sa vraie nature, sans lui ôter son apparence de mort. Ils ne prêtaient même plus attention aux grondements qui parcouraient constamment les profondeurs du sol ni aux explosions qui, sporadiquement, les ébranlaient. Il eût fallu que l'une d'elles ouvrît la voie sous leurs pieds pour qu'ils s'en émeuvent.

Surandir s'arrêta soudain, poussant un long soupir.

« Que se passe-t-il ? » s'exclama Aïwana, en alerte.

Le nain tourna vers elle un regard las, remarquant au passage le souci qui s'affichait dans les traits de Farkhar.

« Oh rien ! Ne vous inquiétez pas. Si nous nous arrêtions un instant, qu'en pensez-vous ? »

L'idée avait déjà germé dans l'esprit du chevalier, mais il fut heureux qu'elle vînt de son compagnon.

« En effet, cela ne nous fera pas de mal. » répliqua-t-il.

Il adressa à Surandir un pâle sourire qui se voulait réconfortant, mais ne déclencha chez ce dernier qu'une mimique amère accompagnée d'une sorte de hoquet. Farkhar se demanda combien de temps ils pourraient tous trois endurer une adversité dont les multiples faces étaient, singulièrement, privées de visages.

Ils descendirent de leurs chevaux et s'assirent sur des rochers en bordure de la route, échangeant des banalités, évitant surtout d'aborder ce qui les angoissait, car ils savaient que cela serait inutile, aucun d'eux ne détenant la moindre réponse.

Meublé par les sons environnants, le silence s'installa entre eux. Il semblait à Farkhar que la chaleur dans laquelle ils baignaient, et que l'absence de tout répit faisait paraître de plus en plus écrasante, s'atténuait.

Contemplant le paysage couvert de nuages, il en chercha la raison : vainement, car autour d'eux, rien de visible n'avait changé.

Il se demandait ce qui avait pu causer une telle désolation. Le phénomène avait dû être brutal : la végétation été saisie en pleine exubérance. En même temps, si cela remontait au moment où Silfadred avait éteint le Feu d'Ischeltroëm, il était surprenant qu'elle fût encore là. Se pouvait-il que la vie eût été pétrifiée en elle, mais non point détruite ? Il réalisa combien, dès lors que l'ombre du mage planait sur les choses, plus rien n'était étonnant.

* * *

Le dévouement de Pantrax à l'égard de Silfadred était indéfectible. Parmi les Hurleurs que ce dernier avait introduits dans Sarm'Eïloan, il était celui en qui il avait le plus confiance. C'était pour cette raison qu'il l'avait épargné à deux reprises : lorsque Farkhar avait échappé à sa surveillance et s'était évadé du cachot dont il n'aurait dû sortir que pour marcher au supplice, et après son échec, toujours face à Farkhar, lorsqu'il avait reçu pour mission de poursuivre celui-ci et de l'anéantir.

Le mage regardait sa créature, venue le retrouver lorsqu'elle avait perçu l'appel de son maître. Elle était d'une force exceptionnelle que sa stature, pourtant effrayante, comparée à celle d'un humain, ne laissait pas imaginer : une force que décuplait l'absence, dans ce qui lui tenait lieu de pensée, de toute émotion devant les spectacles de la souffrance et de la mort d'autrui. Aucun frein ne bridait Pantrax. Silfadred n'était même pas certain qu'il pût, comme lui, en tirer une jouissance.

L'un des rares sentiments dont fût capable un Hurleur était la soif de destruction et tout ce qui l'alimentait ou l'accompagnait. À quoi s'ajoutait, assez étonnamment, quelque chose qui ressemblait à… la dignité ? À l'orgueil ? Au besoin de paraître infaillible ? Silfadred n'aurait su le dire. Mais s'il y avait une chose dont le mage était certain, c'était que la haine de Pantrax à l'encontre du prince de Thurm-Kooth était totale, et motivée par la façon dont ce dernier l'avait humilié à deux reprises. Une autre raison pour laquelle Silfadred n'avait pas châtié son sbire.

Debout, attendant les ordres du maître, Pantrax s'était néanmoins relâché. Son faciès épais d'humain dégénéré, d'une laideur repoussante, passait régulièrement par des stades informes, se remodelant sans cesse, trahissant sa capacité à prendre l'apparence que lui dictaient le mage ou les circonstances. Assis dans un ample fauteuil en le regardant avec satisfaction, Silfadred savait que si l'être avait été nu, il n'était pas une partie de sa physionomie qui aurait échappé au phénomène. Mais sur le visage, c'était plus terrifiant. Cauchemardesque.

« Pantrax... »

La voix de Silfadred avait résonné dans la pièce de façon sépulcrale.

« Oui, Maître !

— Que dirais-tu de repartir à la poursuite du prince Farkhar et de ses amis ? »

La face du Hurleur se stabilisa pour afficher une grimace qui n'était que la caricature d'un sourire cruel.

« Cette fois, je les lacérerai, Maître. »

La créature avait brandi une main dont les ongles s'allongèrent comme des griffes pour se rétracter aussitôt. Au même instant, le reflet du soleil sorti d'un nuage frappa son visage, accentuant la rusticité de ses traits en les rendant plus monstrueux encore.

« Cela, je n'en doute pas, dit Silfadred, tout en se levant pour aller vers la fenêtre. À condition, bien sûr, que tu sois plus efficace que les fois précédentes... »

Son œil accrocha l'expression mortifiée de Pantrax, lui permettant de vérifier qu'il ne s'était pas trompé : même réduits à la condition de brutes qu'il leur avait réservée, les Hurleurs étaient décidément dotés d'une certaine complexité psychologique. Quoique celle-ci fût relative, il devait en tenir compte.

« Mais rassure-toi, poursuivit Silfadred, les alliés que je vais t'adjoindre cette fois ne feront aucune pitié ni aucun écart, même s'il t'arrivait de faillir. Je pense que si le contrôle que je te donnerai sur eux t'échappe, tu seras leur première victime dans l'instant qui suivra. »

Les traits du Hurleur se contractèrent imperceptiblement.

« Je veux que tu partes la nuit prochaine.

— Pourquoi pas maintenant, Maître ?

— Je ne pourrai rassembler ceux qui t'accompagneront que durant celle-ci, quand le sommeil aura gagné tes semblables réunis parmi les assiégeants. À la faveur de l'obscurité, ton départ passera inaperçu, pourvu que tu ne sortes pas par la porte principale de la palissade. Je ferai appel à toi le moment venu. Va, maintenant ! »

Pantrax tourna les talons sans un mot et disparut.

Lorsqu'il fut parti, Silfadred se dit qu'il lui restait assez de temps avant d'aller avec Antrégor vers le camp ennemi pour essayer de comprendre mieux ce qui se passait sur les terres menant au Lac des Maléfices. Maintenant qu'il savait où se trouvaient ses adversaires, il était plus simple de les surveiller : il n'avait pas besoin, pour cela, de mettre en œuvre les moyens qui avaient été nécessaires quand il ignorait où diriger ses recherches.

Après tout, ces territoires n'étaient-ils pas un peu les siens ? Le reflet de son âme ?

Ses yeux, lentement, se révulsèrent, ne laissant plus apparaître que le blanc de leurs globes, monstrueux d'impersonnalité, images d'un vide où palpitaient toutes les turpitudes. Et par la volonté de sa pensée, coupée de la réalité qui environnait son corps, il se retrouva mentalement au-dessus du chemin sur lequel il espérait trouver

Farkhar, pour s'apercevoir que celui-ci n'y était pas. Ou, du moins, n'était pas là où il croyait le trouver.

Il se dit d'abord que c'était impossible. À moins que le second maléfice n'ait eu raison de leur vie ? Puis il réalisa qu'une autre loi pouvait régir l'avance de ses ennemis, et remonta le long de la voie. Certes, les Célestes étaient disposées dans un certain ordre. Mais était-ce dans celui-ci que les affrontait Farkhar ? Il devenait clair que le chevalier n'était pas seul. Plus précisément que les puissances qui l'accompagnaient n'étaient pas uniquement humaines. Silfadred était le premier à savoir que dans ce cas, l'étroite logique dans laquelle s'enfermaient habituellement les hommes n'avait guère cours. C'était l'occasion ou jamais, après quelques grossières erreurs d'appréciation, de se souvenir que lui-même n'était pas soumis à celle-ci.

Cette fois, il eut bientôt la preuve que son intuition ne l'avait pas trompé, quand il vit…

* * *

… Farkhar passer sa main sur son front, comme il le faisait régulièrement, tant le geste était devenu machinal. La regardant, il s'aperçut qu'il transpirait toujours autant. Mais il réalisa qu'il ne sentait plus les coulures de sueur sur son visage.

Puis il prit lentement conscience que le paysage commençait d'exercer sur lui une sorte de fascination, engendrant dans son esprit une frayeur semblable à celle qu'on éprouve quand, pris de vertige devant un vide, on est attiré par lui tout en partageant l'impérieux besoin de s'en écarter. Mais c'était autre chose. En fait, sa vue se brouillait, à mesure que les sons, autour de lui, s'estompaient, et qu'il se sentait sombrer dans un univers ouaté. C'était infime, mais il lui semblait que le phénomène s'amplifiait imperceptiblement.

La voix de Surandir l'arracha à l'engourdissement qui le gagnait peu à peu, sans qu'il ne pût rien lui opposer.

« Farkhar ! »

Entendre son nom provoqua en lui un sursaut, comme s'il sortait brutalement d'un profond sommeil.

« C'est étrange… J'ai l'impression que mon armure ne pèse pas plus qu'une plume… »

Les paroles du nain devenaient lointaines.

« Non, Surandir, s'exclama-t-il tout à coup, car sa volonté n'avait en rien faibli. Ton armure n'est pas moins lourde. Ce sont nos sens qui perdent leur pouvoir ! »

Silfadred vit Farkhar se dresser, et sourit : le garçon était déjà prisonnier du maléfice. Dans un réflexe absurde, il voulut saisir son épée, et se trouva réduit à s'agiter sottement, à tenter de regarder sa hanche.

Le mage imaginait avec délectation ce que devait ressentir l'intrépide qui osait prétendre défier ses pouvoirs en s'apercevant que ses doigts ne sentaient plus rien, que sa vue ne lui permettait plus de distinguer les détails. Sans doute en cet instant ne sentait-il même plus le sol sous ses pieds.

Un vague écho parvint à Farkhar, qu'il interpréta comme les hurlements de ses compagnons. Tout en gardant présente à l'esprit sa nature charnelle, il éprouvait l'atroce impression que son corps n'existait plus.

L'horreur l'envahit quand il comprit que, dans un instant, il serait complètement coupé de l'univers qui s'estompait autour de lui. Et que ce serait la mort, sans souffrance, mais sans autre appréhension que celle de sombrer dans un gouffre…

C'est alors que Silfadred vit le chien se précipiter vers Farkhar et refermer ses crocs sur sa cuisse.

Une sensation violente naît au niveau de ce que le chevalier sait être sa jambe, et dont il ne perçoit plus la présence. Une douleur déchirante, comparée à l'insensibilité qui le gagnait.

Il sait qu'il doit se cramponner à elle : elle est l'ultime refuge de la conscience qu'il a de ses muscles, de tout son être. Ses paupières se ferment d'elles-mêmes : de l'obscurité qui l'entoure émerge un regard et les extrémités de ses bras perçoivent l'annonce d'un attouchement.

Dans le même instant, le mage vit le regard de la fille de Theinabrÿn se figer sur Farkhar et, surgissant d'un univers auquel il n'avait pas accès, une vision étrange s'imposa à Silfadred : deux mains se tendaient l'une vers l'autre. Il ne savait à qui elles appartenaient, mais était sûr que l'une était celle d'une femme, l'autre celle d'un homme.

Farkhar a vu le bras d'Aïwana se tendre vers lui, et le sien s'est levé vers ce corps qui lui offre sa nudité drapée dans les ténèbres. Déchirant les voiles de la nuit, leurs deux mains l'une vers l'autre s'élancent : leurs doigts s'effleurent avant de s'enlacer dans une danse étrange dont le mouvement propage dans son corps la subtile caresse de la peau d'Aïwana. Il en perçoit les lignes et toute la finesse, et la chaleur ardente qu'irradie en elle la montée du désir.

S'abandonnant à cette perception si pure, il redevient soudain être de chair…

Et lorsque les mains des deux jeunes gens se rencontrèrent, il sembla au mage que l'inexistant dans lequel se noyaient ses victimes prenait consistance, se fragmentait et se brisait, telle une masse de terre séchée implosant sous l'effet d'une pression intérieure.

Avec une rage muette, il vit la main de Farkhar se refermer sur le pommeau de son glaive, alors qu'il ouvrait les yeux sur un monde ressuscité. Les crocs de Truffe d'Or étaient encore serrés sur son mollet. Il sentit leur pointe dans sa peau à la limite de la déchirure, et, lorsque l'animal éprouva la chaleur qui parcourait son maître, l'étreinte se relâcha lentement.

Farkhar sut aussitôt que tirer son arme serait vain. Il balaya l'air de son bras, et eut la surprise de ne pas percevoir d'abord son glissement sur toute la longueur du membre, alors que l'autre, plaqué contre son torse, avait recouvré toutes ses facultés tactiles. Puis, le gardant tendu devant lui, l'impression que, peu à peu, son épiderme redevenait sensible se propagea lentement jusqu'à ses doigts : il comprit que le maléfice qui les avait enveloppés se retirait, repoussé par son corps que parcourait une vibration ténue.

À quelques pas de lui, Surandir paraissait sortir d'un long sommeil ; sa vigueur se réveillait ; bientôt il s'étira puissamment, comme étonné de se retrouver là où il était et de la vie qui regagnait sa personne.

Mais ce qui poussa l'ire du mage à son comble, ce fut de voir apparaître, en même temps qu'émergeait le monde sensible, une femme étendue sur le sol, dont la nudité transparaissait à travers des voiles d'un jaune si pâle qu'ils la rehaussaient plus qu'ils ne la soustrayaient aux regards.

Silfadred perçut avec mépris la vive émotion qui s'emparait des deux hommes, dénuée de toute concupiscence, tant l'être qui s'offrait de façon si impudique paraissait d'une fragilité intemporelle, accrue par une aura diaphane dans le champ de laquelle les végétaux, tout autour d'elle, reprenaient les couleurs de la vie.

Mais saisir le sourire esquissé par les lèvres d'Aïwana dans l'instant même où il réalisait qu'elle n'avait jamais vraiment souffert du sortilège qui s'abattait sur ses compagnons lui en dit soudain plus que tout : la fille de Theinabrÿn était capable de résister à ses pouvoirs, et il sut que les mains dont il avait eu la vision étaient la sienne et celle de Farkhar. Comment la jeune fille opérait-elle pour insuffler dans le jeune homme la force nécessaire pour affronter les maléfices ? Il l'ignorait. Mais ce dont il était à présent certain, c'était qu'elle représentait le vrai danger. Et l'animal, aussi, d'une façon plus obscure encore.

Quand les prunelles de Silfadred s'ouvrirent à nouveau sur la lumière diurne, il dut s'avouer que quantité d'éléments lui échappaient. À commencer par la vision si incomplète qu'il avait eue de quelque chose qui se passait ailleurs, mais dont tout dépendait, à commencer sans doute par l'ordre dans lequel Farkhar affrontait ses sortilèges. S'il parvenait à percer ce secret, il aurait une chance de prévoir où se trouveraient ses adversaires, car il savait où était précisément emprisonnée chaque Céleste. Il savait surtout qu'il était plus que temps de lancer ses âmes damnées sur les terres menant au lac, pendant que lui-même se consacrerait à la tâche qui l'attendait à Sarm'Eïloan. Sans les quitter des yeux, bien sûr !

« Phrénéa… » souffla Surandir. Ce ne peut être qu'elle, qu'on dit source de toute sensation et, par là même, du Savoir !

Farkhar amorça un pas vers elle, mais la voix du nain le stoppa net dans son élan.

« Non, Farkhar ! Laisse-la ! Tout comme Lyria, elle est enchaînée à ce sol, et le restera jusqu'à ce que tu aies complètement rétabli l'ordre des choses. C'est ainsi que Silfadred a protégé son œuvre de malheur ! Il a fait non seulement de la délivrance de chaque Céleste une épreuve redoutable, mais aussi de leur libération un tout. Ce n'est que lorsque tu seras parvenu au terme de ta tâche…

— Si j'y parviens !

— … et seulement alors, qu'elles seront complètement libres. Toutefois, ce à quoi nous assistons nous prouve une chose fort heureuse : le pouvoir de chacune renaît en partie dès lors que nous vainquons le maléfice dont elle est prisonnière ! Mais… »

Farkhar attendit la suite. Celle-ci ne venant pas, son regard, qui ne s'était pas détaché de l'envoûtement dans lequel l'avait plongé la vue de la déité, s'en détourna pour se porter sur le nain.

« Mais ? » dit-il.

Dans le même instant, la surprise le cloua sur place.

« Mais il nous est impossible de savoir quels sont les réels effets de notre action. Enfin… de *ton* action, car j'ai le sentiment de ne pas être utile à grand-chose. »

Surandir marqua une pause avant de reprendre :

« Toutefois, peut-être n'est-il point d'œuvre en ce bas monde qui ne trouve son terme ailleurs que dans l'absolu ! »

Un court silence succéda à ses paroles.

« Surandir… »

L'atterrement que le nain perçut dans la voix de Farkhar l'arracha à sa réflexion. Il regarda le chevalier.

« Qu'y a-t-il ? L'apparition du dieu Ischeltroëm lui-même ne te ferait pas plus d'effet ! »

Le garçon restait muet. Il savait à présent que ce dont il était témoin n'était pas une illusion, comme il l'avait cru après qu'ils eurent délivré la première Céleste.

« Aïwana, ne vois-tu rien ? » demanda-t-il d'une voix étranglée.

Certes, l'apparence générale de Surandir n'avait guère changé. Il paraissait cependant un peu moins contrefait. Et surtout l'esquisse d'une noblesse avait imprégné ses traits, que leur difformité taisait jusqu'alors. C'était extrêmement subtil. Mais bien réel. La disgrâce de son expression était altérée, ses yeux s'étaient à peine proportionnés. Il semblait qu'une forme de beauté était en gestation dans son faciès, puisant sa source dans la laideur au sein de laquelle elle était tapie.

« Surandir, je peux te dire qu'en toi, je contemple ce qui est aussi, sans nul doute, un résultat de notre action. Mais quelle en est la signification, et vers quoi tend-elle ? Je ne puis le dire. »

Le nain vit le jeune homme venir vers lui et lever une main dont il éprouva aussitôt après la caresse sur son visage. Comme si Farkhar cherchait à palper la réalité de ce que son regard lui apprenait.

« Je sais, dit lentement son compagnon. Je sens aussi que quelque chose se passe en moi. Peut-être, en effet, es-tu en train de libérer plus que les Célestes. Beaucoup plus... Mais tout est si obscur dans mon esprit, tant de souvenirs confus s'éveillent du néant, dont je ne saisis que l'ébauche ! »

Le silence reprit entre eux ses droits, toujours sous-tendu par les sons d'une terre qui semblait à chaque instant sur le point d'imploser, nourrissant en son sein une puissance colossale bridée par d'invisibles entraves.

Une lueur attira le regard de Farkhar. C'était le pelage flamboyant de Truffe d'Or qui tournait, intrigué, autour de la Céleste, et que venait d'effleurer un rayon de soleil.

Un rayon de soleil ?

Le prince leva les yeux. Une improbable trouée s'était ouverte dans les nuées, minuscule, mais suffisante pour laisser l'astre effleurer de son doigt lumineux l'animal, sur lequel, suivant le rai, les yeux de Farkhar s'étaient à nouveau posés. Truffe d'Or les sentit-il ? Son museau se leva en direction du chevalier, vers lequel il se dirigea d'un pas nonchalant. Farkhar s'agenouilla devant le chien.

« Tu les *sens*, n'est-ce pas ? Tu *sens* quand ils se déchaînent, tu *sens* quelle menace ils contiennent, tu *sens* ce qu'il faut chaque fois faire pour que… »

Pour que quoi, au juste ? se demanda-t-il. *Que s'est-il passé en moi pour que je parvienne à affronter victorieusement les deux premiers maléfices* ? *À part le désir sauvage que j'ai senti parcourir chaque fois mon corps, une irrésistible pulsion située hors du temps présent qui s'apaisait – ou semblait s'apaiser – pour revenir, plus forte, la fois suivante…*

(Puise en moi la force de ton combat)

… telle la houle puissante d'un océan terré dans les méandres les plus intimes de mon être ? *Et mû par quelles forces* ?

Truffe d'Or le fixait d'un regard presque humain, tant il était riche de nuances, d'expression, d'intensité.

L'animal avança son museau et le posa sur l'épaule de Farkhar qui sentit sa chaleur gagner celle-ci, tout en serrant le cou de Truffe d'Or de son bras. Ils restèrent ainsi longuement. Surandir et Aïwana les regardaient : ils ne pouvaient deviner ce que se disaient ces deux êtres d'apparences si différentes ni par quelle forme de langage ils communiquaient. Mais le nain et la magicienne étaient certains que le jeune homme et l'animal partageaient quelque chose, et qu'à travers cet échange passait un message bien plus fort que tout ce qu'auraient pu traduire les mots.

Rompant le mutisme dans lequel elle était plongée depuis le début, Aïwana ramena bientôt les deux hommes à la réalité.

« Peut-être faudrait-il songer à reprendre notre route, dit-elle doucement. La tâche qu'il reste à accomplir à Farkhar est longue, et long le chemin à parcourir… »

Farkhar la regarda.

« Quelle tâche ? demanda-t-il. J'ai l'impression que les choses se font toutes seules. Que tout à coup un pouvoir surgit en moi dont j'ignore la source. Encore, lorsque j'en prends conscience, opère-t-il déjà !

— Il n'opérerait pas, si ton esprit n'était pas apte à l'accueillir et tout ton être capable d'en user », répondit-elle.

Elle lui paraissait distante et, en même temps, inexplicablement si proche. Comme l'avait été Gwenaline, la nuit où… Un frisson le parcourut, incompréhensible, venu du tréfonds de son corps.

« Tu as raison, avançons », dit-il en suivant des yeux la voie s'élevant parmi les collines.

Les nuages s'étaient refermés, renforçant l'ambiance rougeâtre qui les enveloppait, répercutant les sons de la terre qui les environnaient en leur donnant le sentiment qu'il n'y avait aucune issue leur permettant de sortir du monde dans lequel ils avaient pénétré depuis la veille. Qu'ils n'avaient d'autre choix que de s'y enfoncer.

En contemplant le paysage, Farkhar sentit resurgir en lui un pressentiment qui le tenaillait depuis leur réveil, au matin. Indéfinissable. Et d'autant plus obsédant.

Lorsque la félonie du destin est maîtresse,
Il n'est aucun rempart pour briser ses assauts !

LIVRE DES CÉLESTES
Chant IV, vers 451-452

58

En milieu de journée, un voile nébuleux avait plongé Sarm'Eïloan dans la grisaille. Depuis la barricade édifiée en avant de ses lignes, Viridius contemplait la large bande de terre entre celles-ci et la palissade érigée autour de la cité assiégée, et que traversait la petite rivière.

Environ huit cents pas séparaient les deux fortifications, dont les deux tiers se trouvaient entre celle de la citadelle et le cours d'eau. Le vallonnement irrégulier laissait passer celui-ci, qui coupait son dispositif d'encerclement, à sa droite pour aller se perdre dans des plaines, et à sa gauche en provenant de hauteurs un peu plus prononcées qui conduisaient vers les Marches du Nord ; il y prenait sans doute sa source quelque part, à une distance que le roi ne pouvait imaginer.

Olern était à ses côtés, à cheval comme lui, avec quelques cavaliers. Conformément à ce qui en avait été convenu, aucun d'eux ne portait d'armure ni d'armes. Ils étaient vêtus de simples braies et de tuniques d'un tissu épais. Un vent frais balayait par intermittence la campagne, rappelant que l'été n'était point encore arrivé, en dépit du temps plutôt clément. Tendus par l'attente, les deux hommes étaient silencieux, prêts à s'avancer lorsqu'ils verraient paraître Antrégor, anxieux de savoir qui l'accompagnerait. Au fond de lui-même, Viridius n'osait espérer voir Gwenaline. Une sorte d'excitation, mêlée d'appréhension, montait lentement en lui à l'idée que ce pût être Silfadred lui-même, auquel cas il se demandait comment il ferait pour conserver sa contenance et se garder de toute hostilité, dans le souci de préserver l'atmosphère de conciliation dans laquelle était censée se dérouler la rencontre.

À peu de distance de la rivière, sur la pente menant à son camp, Viridius avait fait aménager une tente qui servirait à l'entrevue. Simple, elle était d'une teinte beige clair, dépouillée de toute fioriture. Aucun étendard ne la surmontait, Viridius n'ayant pas voulu qu'elle parût appartenir à un parti plus qu'à un autre.

Bientôt, ils virent la solide porte de bois de la palissade s'ouvrir, et une escorte de quelques cavaliers apparut, avançant au trot, autour de deux personnages dont l'un était vêtu d'un ensemble sombre portant les armes de Sarm'Eïloan, et l'autre de braies pourpres et d'une tunique noire.

Malgré la distance, et bien qu'ils ne connussent qu'Antrégor, ni Olern ni Viridius n'hésitèrent à mettre un nom sur le second.

La troupe venant de la citadelle s'arrêta à l'entrée du petit pont; Viridius et ses hommes partirent au galop à leur rencontre, puis stoppèrent sur la rive opposée.

Le silence succéda au martèlement sourd des sabots sur la terre.

Viridius mit un moment à regarder Antrégor, tant la prestance de Silfadred l'étonna. L'austérité de son visage anguleux était rehaussée par la froideur glaciale de ses yeux; elle aurait contrasté avec la puissance de son corps, si la dureté de son expression n'était venue conforter l'impression d'invulnérabilité qui émanait de tout le personnage. En un instant, le jeune souverain réalisa combien l'adversaire devait être redoutable. Non seulement impitoyable, mais habité par des forces surhumaines. Le sourire qu'il adressa à Viridius fit frémir celui-ci: il était clair que l'homme saisissait parfaitement ce que sa vue inspirait au roi. C'était plus effrayant encore que son aspect.

Lorsque le jeune homme parvint à arracher son regard à l'envoûtement qu'exerçait sur lui le mage, il le reporta sur Antrégor, et ressentit un nouveau choc, d'une tout autre nature. Sa mémoire gardait l'image d'un homme dont la noblesse rayonnait de maturité, dont l'expression, d'une énergie affable, suscitait le respect tout autant que l'amitié, d'une dignité humaine sans faille, semblable à celle qu'il avait toujours perçue chez son propre père.

Certes, au premier abord, Antrégor n'avait pas changé. Mais le visage que découvrit Viridius était marqué par une fatigue que confirmait l'infime affaissement de la silhouette. Son intuition lui dit que les signes qu'il percevait résultaient moins de l'épuisement que de la torture infligée par un combat intérieur destructeur. Quiconque ne l'ayant jamais vu eût sans doute été impressionné par la majesté d'Antrégor ; mais aux yeux de Viridius, il ne paraissait plus que le fantôme de lui-même. En même temps qu'elle ranimait bien des souvenirs, la vision qu'il eut du souverain lui inspira une compassion exempte de toute condescendance, qui l'émut profondément.

Sachant que la situation ne lui autorisait pas la moindre démonstration de faiblesse, Viridius se contraignit à masquer le tremblement de sa voix, mais comprit à l'expression qui s'afficha sur les traits de Silfadred, dès ses premières paroles, que le mage était de ceux qu'on ne dupait pas aisément :

« Sire, vous plaira-t-il d'accepter cette tente pour lieu de notre rencontre ? » dit-il en désignant de la main l'édifice de toile qui se dressait à quelques pas derrière lui.

Antrégor acquiesça silencieusement ; avec ses hommes il traversa le pont et, lorsqu'ils furent face à face, mit pied à terre, manifestant par cette vulnérabilité la confiance qu'il plaçait en son interlocuteur. Viridius fit de même, et se dirigea vers lui. Ils se donnèrent l'accolade de deux amis mettant un terme à une longue brouille : marquée d'abord par une discrète retenue, puis rapidement chaleureuse. Devant ce spectacle, Silfadred et Olern descendirent à leur tour de leurs montures.

Quand les deux rois se séparèrent, ils se regardèrent un moment, les mains de chacun posées sur les épaules de l'autre. Viridius eut l'impression que les yeux d'Antrégor brillaient furtivement – le temps nécessaire pour réprimer une montée de larmes. Puis celui-ci lâcha simplement, d'une voix secrètement brisée :

« Comment ? Seigneur Viridius. Comment en sommes-nous venus à de telles extrémités ? »

Le jeune roi ne sut quelle attitude adopter. Tout commençait si différemment de ce qu'il avait prévu, et au nom de quoi il avait imaginé les propos qu'il tiendrait ! Il s'attendait à de l'arrogance, il rencontrait une humble dignité ; il craignait d'iniques reproches, et ne percevait que les marques d'une grandeur d'âme brisée par le chagrin. La morgue dont il s'apprêtait à faire preuve face à ce qu'il redoutait d'affronter se fissura comme un rempart dérisoire.

« C'est pour nous en entretenir, Sire, que nous sommes en présence l'un de l'autre. »

Il invita d'un geste Antrégor à se diriger vers la tente, en faisant signe à son escorte de se retirer, aussitôt imité par le roi de Sarm'Eïloan. Tandis qu'ils gravissaient la petite pente, les nuages se déchirèrent et le soleil commença de frapper le chemin qu'ils suivaient.

Lorsqu'ils pénétrèrent dans le pavillon, la luminosité se trouva tamisée par la toile, renforçant l'intimité de l'atmosphère qui y régnait. Silfadred et Olern restèrent à l'extérieur, de part et d'autre de l'entrée, s'observant sans chercher à dissimuler, l'un son mépris, l'autre sa défiance.

Sur une table étaient posées deux coupes et une aiguière dont Viridius versa le contenu ambré dans celles-ci, en tendant une à son hôte. Ils les portèrent à leurs lèvres, burent une gorgée, debout, négligeant les deux sièges semblables que Viridius avait fait disposer de chaque côté de la table, traduisant le sentiment d'égalité que le souverain d'Aak-Sour avait voulu maintenir entre eux.

« Je vous suis reconnaissant, Sire, d'avoir si spontanément répondu à mon invitation. »

Antrégor s'apprêtait à répondre, mais Viridius sentit soudain remonter toute son amertume, sous-tendue par une ardeur juvénile :

« Que n'avez-vous fait de même, quand je vous adressais des messagers porteurs de missives vous enjoignant de me donner au moins une raison de rompre l'alliance qui devait à jamais unir nos royaumes ! Vous et votre fille, Gwenaline, m'avez humilié, Sire. Au-delà de tout ce qui était acceptable, en regard de nos relations passées. »

La façon inattendue dont blêmit Antrégor en entendant ces paroles plongea Viridius dans la gêne, tant la réaction paraissait sincère.

« Je n'ai jamais rien reçu de vous, seigneur Viridius. Jamais ! Comment interpréter, alors, l'action d'un homme qui entre sur mes terres avec son armée, brûlant les villages, semant la terreur, sinon comme un acte d'agression criminel ? Mais surtout...

— Pourquoi devrais-je croire moi-même en de tels propos, Sire, quand mon dernier messager fut l'un de mes compagnons les plus fidèles ? Quand, ayant pour mission de vous remettre ma lettre en mains propres, il n'est jamais revenu en Aak-Sour ? »

Son ton s'apaisa aussi soudainement qu'il s'était enflammé :

« Pour ce qui est du village que mes soldats ont détruit, Messire Antrégor, je vous dois d'humbles excuses : jamais je n'ai ordonné un méfait aussi révoltant, et les coupables ont été châtiés comme ils le méritaient. Comment dois-je toutefois juger à mon tour l'acte de lâcheté dont a été victime, il y a deux jours, l'émissaire que j'ai envoyé sous vos murs ? »

Le visage d'Antrégor se contracta légèrement.

« De la même façon que je dois juger la ruine d'un de mes villages, et pour les mêmes raisons. Cette félonie n'a pas été mon fait !

— Livrez-moi le coupable, alors !

— En quoi cela réglerait-il notre différend ?

— Cela me prouverait votre bonne foi. »

Les deux hommes se jaugèrent, aucun d'eux ne pouvant saisir la moindre ombre dans la franchise qu'il lisait chez l'autre.

« Ne suffit-il pas que je vous fasse serment de n'avoir jamais reçu vos lettres ? dit lentement le roi de Sarm'Eïloan.

— Sur votre honneur ?

— Sur mon honneur

— Sur ce que vous avez de plus cher ?

— Sur ce que j'ai de plus cher !

— Donc sur votre fille, la princesse Gwenaline, dont j'ai requis la présence et les explications, avant-hier encore, mais qui préfère se terrer derrière vos murailles plutôt que d'affronter le regard de celui à qui elle s'était promise ! »

Antrégor redevint livide, réprimant difficilement le sanglot qui monta dans sa gorge, en dépit des circonstances. Lorsqu'il reprit la parole, sa voix était brisée.

« Gwenaline... Ne le savez-vous donc pas, Seigneur Viridius ? Las ! Depuis bien des jours, ma tendre fille n'est plus de ce monde... »

Un univers de noirceur enveloppa Viridius dans l'instant où il réalisa ce qu'impliquaient les mots d'Antrégor. Il lui sembla tout à coup que tout perdait son sens : ses sentiments, les événements récents, jusqu'à sa présence en ce lieu.

« Morte, dites-vous, balbutia-t-il. Mais… De quelle façon ? »

Évitant soudain le regard de Viridius, Antrégor eut envie de lui épargner la souffrance que lui occasionnerait un exposé sans fard des faits, redoutant peut-être aussi pour lui-même de devoir se livrer à un tel récit. Faisant mine d'ignorer la question, il choisit donc de temporiser, en revenant à l'objet premier de leur rencontre :

« Ainsi donc, Seigneur Viridius, si j'ai bien compris la raison de votre courroux, il semble que notre querelle n'ait plus matière à se prolonger davantage. Ne serait-il pas sage de cesser cette guerre avant qu'elle n'aille trop loin, et de nous réunir pour pleurer celle dont l'absence nous est si cruelle ? »

Simultanément, Antrégor réalisa qu'il n'avait pas même pris le temps d'honorer la mémoire de Gwenaline, tant le tourbillon des événements l'avait emporté sans lui laisser le moindre répit.

Il fit un pas vers la sortie de la tente, montrant par là qu'il comptait mettre fin à leur entretien sur ces paroles de conciliation. Mais Viridius s'approcha de lui et le saisit fermement par le coude, l'obligeant à se retourner.

« Sire ! Vous me cachez quelque chose, je le sens. Quelque terrible cela pût-il être, et quoi qu'il dût m'en coûter, je vous en conjure : dites-moi ce qui s'est passé. »

Antrégor fixa le ciel en s'arrachant à son emprise :

« Dire la vérité n'a jamais rien changé à la réalité, Seigneur Viridius. Sinon, parfois, pour la rendre plus noire qu'elle ne l'est déjà. »

Le visage du jeune homme se tendit, incertain. Mais aucun d'eux n'eut le loisir de donner à la rencontre la suite qu'il envisageait. Une silhouette massive s'inscrivit dans l'ouverture, assombrie par le contre-jour, barrant le passage à Antrégor. La voix grave de Silfadred brisa le silence :

« Pourquoi, Sire, lui cacher ce qui s'est vraiment produit ? »

Viridius fixa le nouveau venu :

« Seigneur Silfadred... Car, c'est bien vous n'est-ce pas ? »

Le mage posa sur lui un regard dédaigneux et provocateur :

« Oui, roi Viridius : je suis celui pour lequel Gwenaline vous avait délaissé.

— Antrégor, quel est ce nouvel affront ? » s'insurgea le jeune homme.

Le souverain de Sarm'Eïloan pâlit. Mais Silfadred ne lui laissa pas le temps d'intervenir, et s'adressa avec froideur à Viridius :

« Il vous importera sans doute de savoir que, loin d'être rivaux sur ce point, nous partageons le même déshonneur : celui d'avoir été le jouet de la frivolité d'une princesse indigne de son rang ! »

Un éclair de scepticisme traversa les yeux de Viridius.

« Car, poursuivit le mage, votre fiancée ne s'était pas plus tôt détournée de vous qu'elle me trahissait pour se jeter dans les bras d'un chevalier errant, auquel le roi Antrégor avait eu la mansuétude d'offrir le refuge de sa cour !

— Un prince ! Silfadred. Farkhar était le fils d'un roi ! corrigea Antrégor.

— Quelle preuve en avons-nous, Sire ? Quelle foi accorder aux dires d'un individu qui a dupé votre confiance autant que la mienne ? »

L'expression de Viridius s'était faite douloureuse, puis s'apaisa :

« Ce que vous dites est impossible, Seigneur Silfadred. Je voulais bien admettre que Gwenaline se fût lassée de moi. Mais je ne l'ai jamais crue déloyale au fond de son cœur ! »

La haine instinctive que lui inspirait le mage éclata soudain :

« Je réclamerai réparation de quiconque osera salir son souvenir ! »

Antrégor s'interposa en regardant Viridius.

« Hélas ! Viridius, si le père ne songe qu'à juger avec clémence la conduite de celle qui était née de sa chair, le roi ne peut que confirmer ce qui vient d'être dit. »

— Aussi la princesse a-t-elle subi dans le feu le juste châtiment de sa forfaiture ! » intervint Silfadred.

L'horreur envahit le regard de Viridius, moins devant les faits énoncés, qu'en décelant une nuance de triomphe dans le ton du mage.

« Comment avez-vous pu accepter cela, Sire ? demanda-t-il. Comment... ?

— C'était conforme aux lois de Sarm'Eïloan ! le coupa Silfadred. Et nul, pas même le roi, n'est au-dessus des lois ! »

Un subtil changement s'était produit chez Antrégor : les efforts qu'il faisait pour rester digne ne parvenaient plus à masquer complètement son effondrement.

Il fit un pas pour sortir de la tente, en murmurant d'une voix accablée :

« Roi Viridius, le souvenir de cette tragédie hante sans cesse mon existence : l'évoquer me bouleverse. Me permettrez-vous, durant quelques instants, d'interrompre cet entretien, le temps de surmonter mon chagrin ? »

Il sortit, sous le regard de Viridius, qui croisa au passage celui de Silfadred : l'indifférence glaciale qu'il y lut le révolta. C'était celle d'un manipulateur, détaché de tout ce qui s'était produit. Ni l'évocation de la mort de Gwenaline ni l'accablement d'Antrégor ne l'émouvaient. Viridius se demandait même s'il n'y puisait pas un certain plaisir. Il aperçut Olern, qui s'approchait d'Antrégor. Sans doute son conseiller avait-il tout entendu. Bien des paroles, bien des suppositions de son mentor lui revinrent en mémoire, tant il sentait obscurément qu'elles trouvaient leur justification dans cet instant. Alors, il éprouva l'irrépressible besoin de provoquer Silfadred.

« Pardonnez-moi, Sire, dit-il assez fort pour être compris d'Antrégor. Mais je ne veux rien croire de tout cela, hormis l'horrible mort infligée à celle que j'aimais par ce félon, dont les machinations sont seules responsables des troubles qui agitent nos cœurs et nos royaumes ! »

D'un geste, Silfadred fit retomber la toile qui fermait la tente et n'était jusqu'alors retenue que par une simple corde. Il lança à Viridius un regard chargé de défi, en maugréant tout bas :

« Vous étiez bien faits l'un pour l'autre, Gwenaline et toi : l'homme qui, face au déshonneur, fait preuve d'une faiblesse d'âme telle que la tienne ne mérite pas autre chose qu'une traînée !

— Ton insolence sonnera le glas de ta mort, scélérat ! grommela Viridius en se jetant sur Silfadred pour le saisir à la gorge.

Dans son élan, la main du roi effleura sa tunique. Les yeux du mage le foudroyèrent, et dans le même instant, Viridius sentit son poing se refermer sur un objet. S'arrêtant net, il le regarda et eut la surprise d'y découvrir une dague. Silfadred mit à profit son hésitation pour lui saisir le bras, et lancer d'une voix forte :

« Trahison, Sire ! Le roi était armé ! La trêve est rompue ! »

La toile se souleva et Olern apparut. Il vit le mage tordre le poignet de Viridius, le couteau sur le point de tomber. Craignant pour la vie du garçon, il voulut se jeter sur Silfadred, mais celui-ci, plus vif, saisit le poignard au vol, et l'enfonça dans le ventre du vieil homme qui s'immobilisa avec un cri de stupeur, s'accrochant à son assassin. Ce dernier retira l'arme des chairs et frappa une nouvelle fois, puis une autre, jusqu'à ce que sa victime s'effondre, arrachant la toile qu'il tenait d'une main, agrippée à Silfadred qui chancela, manquant d'être entraîné dans sa chute.

Tout s'était passé si brusquement que nul n'avait encore réagi. Viridius, pétrifié, aperçut Antrégor qui se précipitait, tandis que Silfadred repoussait Olern et que celui-ci s'affaissait lourdement dans un râle, les doigts crispés sur sa poitrine.

Silfadred brandit la lame ensanglantée devant les yeux d'Antrégor :

« Voyez, Sire, c'était un piège ! Un guet-apens ! C'est à vous qu'était destiné le sort de ce traître », vociféra-t-il en désignant Olern : celui-ci se tordait sur le sol, hurlant d'horreur en tâtant d'un geste maladroit son corps déchiré, baignant dans une flaque rouge qui allait s'élargissant.

Avec stupéfaction, Viridius saisit le détail du poignard : sur la garde brillait un écusson aux armes d'Aak-Sour, preuve irréfutable de son origine. Les yeux d'Antrégor se tournèrent vers lui :

« Seigneur Viridius, dit le roi d'une voix blanche, comment avez-vous osé, vous qui aviez le premier proposé que nous nous rencontrions sans armes ? »

Mais le jeune souverain ne s'intéressait déjà plus à lui. Il se jeta à genoux au côté d'Olern : celui-ci respirait par saccades, un filet de sang coulait de ses lèvres, son regard se voilait, de sa gorge sortait une sorte de gargouillis étouffé qui, par instants, se transformait en un sifflement rauque. Viridius ne cherchait pas à réprimer les larmes qui montaient à ses yeux. Un tourbillon de rage, décuplé par le sentiment de son impuissance, balayait son esprit : que pouvait-il dire, quand tout parlait contre lui ? Qu'il n'avait jamais porté cette dague ? Qu'elle était apparue par magie dans son poing ? Au risque de se ridiculiser et d'empirer la situation, en passant pour le plus piètre des menteurs ? Il s'efforça de raffermir sa voix :

« Roi Antrégor, dit-il gravement, il faudra bien qu'un jour la vérité éclate ! Pour vous prouver que la félonie n'est pas là où on la désigne, je ne profiterai pas de mon avantage, quand un seul geste pourrait faire de vous mon prisonnier. Partez librement... »

Il se releva lentement en poursuivant :

« Il a été déjà versé assez de sang sur cette affaire. Je crains pourtant que ce ne soient que quelques gouttes, comparé aux flots qui vont couler dans les jours qui viennent. »

Lorsqu'il fut debout, Silfadred voulut faire mine de s'interposer entre les deux hommes, mais Antrégor l'écarta, soutenant le regard de Viridius :

« Que cela soit clair, dit ce dernier : à présent, je n'ai plus aucun courroux contre vous, car je vous sais loyal, comme je l'ai toujours été. Mais cet homme qui vous accompagne est le Mal en personne. Empêchez-le de nuire davantage : livrez-le-moi, et je lèverai mon camp. Sinon, c'est par les armes que je tirerai vengeance de lui. Dussé-je raser votre royaume pour l'atteindre ! »

Il baissa la tête d'un geste vif, en fermant les yeux, signifiant qu'il en avait fini.

« Partez, souffla-t-il. Partez, avant que je change d'avis ! »

Silfadred commença d'entraîner Antrégor vers l'endroit où se tenaient les deux escortes, qui ne semblaient prendre conscience de la tragédie que très lentement.

Ils étaient à mi-chemin, quand la voix de Viridius brisa le silence :

« Silfadred ! »

Le mage se retourna, laissant Antrégor se diriger vers son cheval.

« Sache que je respecte le roi Antrégor. C'est à sa seule présence que tu dois de repartir libre. Mais je n'aurai de cesse de te faire payer tes crimes, jusqu'à mon dernier souffle ! »

Le visage du mage s'illumina d'un sourire hautain :

« Vraiment ? »

Et il tourna le dos pour rejoindre Antrégor. Celui-ci montait sur son cheval. Au moment de tourner bride, il lança vers Viridius un regard accablé, puis la petite troupe repartit vers Sarm'Eïloan.

Viridius retourna auprès d'Olern. S'agenouillant à nouveau, il souleva ses épaules d'un bras et le serra contre lui. Le visage du blessé avait pris une teinte cireuse. Son souffle était devenu à peine perceptible.

« Mon vieil et fidèle ami, murmura Viridius en passant ses doigts sur le front de l'agonisant, que ne t'ai-je davantage écouté ? Pourras-tu jamais… »

Rassemblant ses dernières forces, Olern avait saisi son bras d'une main ensanglantée qui s'était crispée sur lui :

« Ne te trompe pas, Viridius…, le coupa-t-il. C'est Silfadred ton ennemi, et… et lui seul qu'il faut abattre… Et qu'ensuite, la haine quitte ton cœur. »

Olern avala difficilement sa salive, avant d'éructer un jet de sang. Une larme avait perlé au coin de son œil.

« Je… je t'ai toujours aimé… comme un… fils… »

Lisant dans ces paroles le pardon qu'il n'avait pas eu le temps de demander, Viridius murmura :

— Je t'ai toujours aimé comme mon propre père… »

Mais Olern n'entendit jamais ces mots.

Car au moment où Viridius ouvrait la bouche pour les prononcer dans un sanglot, le regard du vieil homme se figea, s'échappant de ses yeux pour aller se perdre à jamais dans l'immensité du ciel…

* * *

La nuit avait étendu son suaire sur Sarm'Eïloan et ses environs.

Depuis le rempart du château, Antrégor regardait d'un œil humide la lueur que projetait le bûcher allumé sur le flanc de la colline, loin en face de lui. À l'endroit même où Olern était tombé.

Tout autour d'elles, les flammes bravaient l'obscurité, mais très rapidement, celle-ci l'emportait, noyant le paysage dans lequel, comme chaque soir désormais, étaient répandus une multitude de foyers. Il semblait au roi que la terre offrait un reflet grossier du ciel constellé d'étoiles. Et que tous ces feux épars annonçaient bien d'autres bûchers qui, un jour prochain, couvriraient la plaine. Les images des nombreuses fois où il avait rencontré Olern par le passé traversaient douloureusement son esprit. Voir l'homme s'effondrer l'avait bouleversé tout autant que de devoir s'éloigner de lui sans un regard : il se sentait coupable d'avoir trahi quelque chose d'inexprimable, de s'être renié soi-même. De s'être montré lâche.

Pourtant, avait-il le choix, eu égard aux circonstances ? Silfadred ne le lui avait pas laissé, lorsqu'il l'avait entraîné en profitant du fait qu'il était sous le choc.

Sous le choc de quoi, au fait ? De ce qui s'était passé ? Ou de l'image qu'en avaient donnée les affirmations du mage ? Il ne savait plus. Et ne saurait sans doute jamais. Quoique conscient du fait qu'il est des domaines dans lesquels l'ignorance ne constitue jamais une excuse, Antrégor était désarmé. La mort avait à nouveau frappé, aveugle, celui d'eux tous qui le méritait le moins. Et lui l'avait absoute. Sans un mot, sans une pensée… sans un regard ! De cela aussi, il se sentait responsable.

De même, il ne saurait jamais quels espoirs étaient nés dans l'esprit des habitants de Sarm'Eïloan quand ils l'avaient vu franchir le portail de la palissade pour se diriger vers le camp de Viridius. Lui-même était si partagé entre la consternation que lui inspirait la situation et l'exaltation que suscitait en lui l'invincible montée de l'effervescence guerrière qui s'était emparée de la contrée, qu'il avait du mal à concevoir ce qui pouvait se passer chez les autres.

Ce qui était certain, c'est que la nouvelle de ce qui s'était produit lors de la rencontre entre les deux souverains s'était répandue à travers tout l'espace délimité par la palissade aussi rapidement que si le vent en eût été le messager. En peu de temps, l'agitation, après avoir marqué une pause, y avait repris de plus belle.

Quand il se réfugia dans sa chambre, moins pour soulager sa fatigue que pour échapper à un spectacle qui lui hurlait sa honte, Antrégor savait que la nuit, une nouvelle fois, allait être longue. Désespérément longue.

* * *

Depuis la palissade, Silfadred observait le camp de Viridius endormi. Cette fois, contrairement aux précédentes, il n'était pas en face de la tente de Viridius. La lumière du bûcher d'Olern, loin sur sa droite, lui importait peu. Lorsqu'il s'était trouvé face au vieil homme, il avait saisi à travers son regard le fond de ses pensées, devinant que c'était lui l'instigateur de la rencontre entre les deux souverains. Il avait tout de suite compris qu'il était hors de question qu'il le laissât vivre. La suite avait été très simple. C'était le cadavre d'un adversaire qui se consumait : l'un de ceux qui risquaient le plus de contrecarrer ses plans.

Parcourant des yeux la plaine et les collines, le mage percevait dans les alignements de tentes la présence des milliers de Hurleurs qui s'y étaient regroupés pour dormir, troupeau fidèle et impitoyable. Il excita de loin ce qui leur tenait lieu de pensée, y faisant s'éveiller les seules images qu'ils étaient capables d'y assembler : celles engendrées par leur laideur, leur monstruosité, leur cruauté. Pour les hommes, sur l'âme desquels il avait étendu le voile de sa puissance, cette nuit, comme les suivantes, serait dénuée de rêves. L'alerte avait été trop chaude quelques jours plus tôt. Mais pour ses créatures, ce serait celle de tous les cauchemars.

Il sentit peu à peu les miasmes exhalés par leurs cerveaux débiles s'échapper et se rassembler lentement. Ils formaient en leur sein d'implacables volutes, comme si l'air qu'ils brassaient se densifiait. Nul être humain n'eût été capable de les détecter. Mais pour lui, leur dessin, chaque instant plus tumultueux, était palpable, allant jusqu'à accrocher parfois la lueur des feux brûlant parmi les tentes ; ils façonnaient de fugitifs et mouvants fantômes de lumière s'étirant, puis s'effilochant avant de se noyer dans l'opacité.

Bientôt ils prendraient consistance. Il y a peu, ils avaient été ses ennemis, qu'il avait employé des prodiges d'énergie à détruire pour certains, et à transformer en ses créatures pour les autres. Cette fois il les laisserait à leur état pur.

Car il avait compris quatre nuits plus tôt qu'il existait quelque chose de plus sanguinaire, de plus impitoyable et de plus terrifiant encore que les Hurleurs eux-mêmes : les Thrughs engendrés par leurs songes démentiels. Et quand ceux-ci s'incarneraient, ils formeraient l'abomination la plus effroyable qu'eussent jamais portée les terres.

Même celles conduisant au Lac des Maléfices !

Lorsqu'il sut le moment arrivé, il lança son appel à Pantrax et descendit l'attendre dans l'embrasure de la poterne. Il ouvrit lentement la porte. Peu de temps après, il aperçut le Hurleur qui traversait les bivouacs de fortune éparpillés à l'intérieur de l'enceinte et se dirigeait vers lui, tirant un cheval par la bride.

Quand ils furent ensemble, Silfadred plongea son regard dans celui de sa créature.

« Je suis prêt, Maître, dit simplement celle-ci

— C'est bien, répliqua le mage. Cette fois, ne me déçois pas. »

Dans la froideur de sa voix, Pantrax décela une nuance de menace suffisante pour lui faire comprendre qu'il n'avait plus droit à l'erreur. Il acquiesça d'un mouvement de tête et tourna le dos pour monter sur l'animal et s'enfoncer dans la nuit en direction du camp de Viridius.

Silfadred le suivit des yeux, puis les leva vers le ciel où il aperçut, au cœur de leur noirceur, la tourmente des démons assemblés. Peu après que Pantrax eut disparu parmi les tentes ennemies, les arabesques de ténèbres se concentrèrent sur le chemin qu'il empruntait puis se précipitèrent vers le sol, se métamorphosant lentement en des entités grotesques aux apparences monstrueuses et aussi diverses qu'elles étaient nombreuses.

Le mage perçut l'écho d'un lourd galop qui s'éloignait sans encombre : les Hurleurs avaient laissé le passage à celui dans lequel ils avaient reconnu l'un des leurs. Et la troupe infernale, silencieuse d'abord, se perdit dans les forêts menant vers le sud-est de la citadelle, martelant le sol de pas de plus en plus sonores à mesure que les émanations des cauchemars des Hurleurs, d'abord inconsistantes, s'incarnaient.

La route menant aux Terres maudites était longue, mais le cheval du Hurleur qui les conduisait était rapide et les Thrughs, êtres de vent autant que de chair, de cuir et de métal, étaient capables de le suivre sans relâche, quel que fût son rythme.

Silfadred savait que d'ici qu'ils parviennent sur le lieu de leur mission, Farkhar et ses compagnons poursuivraient peut-être leur entreprise sains et saufs – quoiqu'il espérât toujours qu'un de ses sortilèges aurait raison d'eux.

Il savait aussi que le temps et l'accroissement de la distance séparant les Thrughs de ceux dont ils étaient nés seraient peu à peu fatals à beaucoup d'entre eux, les reléguant dans les gouffres de l'oubli : n'était-ce pas le destin de la plupart des rêves, souvent effacés des mémoires dès la fin du sommeil ? Mais il en survivrait en nombre suffisant, et lorsque Pantrax et sa troupe rejoindraient les fugitifs, ceux-ci avaient peu de chances d'échapper à la mort qu'ils sèmeraient.

Rassuré par cette pensée, Silfadred posa un regard nostalgique sur un passé où ce genre de préoccupation ne le concernait pas, puis partit vers la citadelle pour se préparer à une nouvelle journée destinée à faire entrer le conflit dans une voie qu'il espérait cette fois irréversible.

Souffles de la nature ! Orgueilleux tourbillons !
Sur le preux déchaînez l'horreur de vos tempêtes !
Libérez dans les cieux, au-dessus de sa tête,
La folie qui conduit vos sombres bataillons !

Dans vos forces brisées par son humble vaillance,
Du dieu jadis déchu renaîtra le pouvoir...

LIVRE DES CÉLESTES
Chant IV, vers 589-594

59

Eïséryne frissonna dans son sommeil, dont la tira la sensation d'un danger encore lointain.

Depuis qu'elle avait quitté Farkhar et ses amis, deux jours et demi plus tôt, sur la colline surplombant les Terres menant au Lac des Maléfices, elle ne cessait de penser à eux.

Le fait qu'elle se sentît apaisée lui laissait entendre que pour eux, tout se passait bien. Elle savait que leur tâche était rude, et redoutables les épreuves semées sur leur chemin. Mais elle les savait aussi à la hauteur de leur entreprise. Aïwana était la digne fille de Theinabrÿn, et détenait en elle le pouvoir de donner à Farkhar la force d'affronter les pièges de Silfadred, à condition que lui-même sût la puiser en elle. Pour cela, elle était confiante dans le tempérament enflammé du garçon, dont l'imaginaire était propre à tirer la sève de tout univers s'ouvrant à lui : celui que lui offrait Aïwana en ces moments difficiles était sans doute le plus riche qu'il rencontrerait jamais. Il était tant de choses que la sensibilité féminine d'Eïséryne avait perçues en observant Aïwana, les yeux qu'elle posait sur le chevalier et leurs échanges de regards.

Elle sortit du pavillon qu'elle occupait dans le monde de l'Insensible, là même où elle avait accueilli Farkhar, Surandir et Aïwana, après que les Iazliks les eurent sauvés d'une mort certaine dans la forêt infestée de Hurleurs. Truffe d'Ombre marchait à ses côtés, avec cette majesté caractérisant son pas souple, à l'énergie contenue, qui faisait de lui le digne compagnon de la déité.

Si nul ne pouvait les voir, à l'inverse, leur perception de l'univers environnant était totale. Eïséryne sentit sur son visage la caresse de la brise matinale, puis le frémissement qu'elle imprima à l'ensemble feuillu qui parait son corps à la manière d'un vêtement : l'infinie variété de celui-ci trouvait son écho dans les fleurs qui parsemaient sa chevelure, dont la pâle blondeur s'illumina sous les premiers rayons du soleil. Son regard fut attiré par la soudaine brillance du pelage de l'animal, ondulant sous l'effet conjugué du vent et de ses mouvements.

Elle sourit en songeant à la façon dont, en quittant Aïwana, sans même que celle-ci en eût sur le moment conscience, elle lui avait transmis la capacité de pénétrer dans le Monde de l'Insensible : elle lui avait ainsi offert le moyen d'entraîner le jeune homme en un lieu où pourrait s'accomplir, en toute quiétude, ce dont tout dépendait à présent, et sans quoi les Célestes n'auraient jamais l'espoir de recouvrer leur liberté, ni le règne d'Ischeltroëm d'être rétabli, ni les portes de l'imaginaire de s'ouvrir toutes grandes... Après tout, par ce don que lui-même n'avait pas eu le temps de faire à sa fille, n'avait-elle pas contribué à faire d'Aïwana la digne héritière de Theinabrÿn ?

Reine des divinités et des génies de la nature, d'un peuple dont l'importance s'était d'abord comptée au nombre des espèces constituant la flore de l'univers, puis avait crû avec le temps comme c'était le destin de toute espèce, fût-elle d'essence divine, chacun de ses gestes et de ses mouvements exprimait sa grâce délicate.

Tandis qu'elle avançait d'un pas qui semblait caresser le sol plus que le fouler, elle sentit une présence à ses côtés ; sa main se posa avec légèreté sur le museau de Truffe d'Ombre. Dans le frémissement qui le parcourut, elle saisit la confirmation de ce qui l'avait éveillée. Autour d'elle, les femmes et les quelques hommes Iazliks qui n'étaient pas partis se mêler au peuple d'Antrégor s'affairaient. Elle sentait s'élever de leur communauté une tension qui ne leur était pas coutumière. Cela imprégnait l'air qu'ils respiraient, et partageaient avec les habitants du monde réel.

« Toi aussi, tu le sens, n'est-ce pas ? » dit-elle avec douceur.

Baissant la tête, elle croisa le regard que le chien venait de lever vers elle en entendant sa voix, et qui valait toutes les réponses qu'il aurait pu lui adresser s'il avait été doué de la parole.

Mais entre eux, l'absence de tout langage de type humain n'était pas un obstacle. Il était tant d'autres moyens de communiquer.

Eïséryne accéléra son allure, portée par le vent à travers forêts et valons, sentant toujours plus proche ce qu'elle avait interprété comme une menace. À mesure qu'elle progressait, la nature elle-même devenait silencieuse, sous l'emprise d'une crainte diffuse. Malgré la brise, les feuilles s'immobilisaient, les arbres se taisaient.

À l'orée d'un bois, elle s'arrêta, attentive. Truffe d'Ombre se tenait près d'elle, appuyant sa tête avec insistance contre sa cuisse, surveillant crânement le petit val qui s'étalait devant eux, traversé par une rivière. La jeune fille savait que dans l'univers où ils se trouvaient tous deux, ils ne risquaient rien. Alors, dans les bois surplombant le cours d'eau, en face d'elle, elle entendit monter une rumeur lointaine : d'abord ténue, elle enflait doucement, tel le déferlement d'une vague puissante.

Juché lourdement sur son cheval, Pantrax menait sa horde à une cadence effrénée. Il ne savait de quoi elle était faite : mais son vacarme, mêlant des pas pesants et des souffles rauques à une cacophonie guerrière, était empreint d'une rage sauvage, débridée, aveugle.

Surgissant de la ligne des arbres, il stoppa net sa monture en levant un bras. Et la tourmente qui le suivait fit place à un silence rendu plus effrayant par la façon dont les derniers échos du tumulte qui l'avait précédée se noyaient progressivement dans son immensité soudain sinistre.

Une grimace satisfaite déforma les traits de Pantrax : le spectacle de la rivière sur les rives de laquelle Farkhar l'avait piteusement défait quelques jours plus tôt n'éveillait en lui aucun sentiment de honte ni de regret. Simplement une insatiable soif de vengeance et de mort. Il se tourna vers la marée des créatures qu'il traînait à sa suite : les unes exposant la nudité d'une anatomie grotesque, les autres des faciès qui semblaient hésiter entre une humanité grossière et une bestialité féroce, d'autres enfin bardées d'oripeaux et de carapaces de métal, caricatures de vêtements et d'armures sortis tout droit d'une imagination hallucinée. Il les parcourut un instant des yeux : leur masse s'étendait aussi loin qu'il pouvait la voir dans le lacis de la végétation. Il ne prêta pas même attention au fait que, par moments, l'un d'entre eux s'estompait puis disparaissait, comme absorbé par l'air.

Regardant à nouveau devant lui, il s'étonna. Il s'attendait à sentir dans la forêt qui lui faisait face la présence des siens. Et il n'y avait rien. Sinon le silence. Le vide...

Avec une expression cruelle, il s'élança à la tête des Thrughs. Ils dévalèrent la petite pente dans un concert de hurlements et commencèrent à franchir la rivière en soulevant des gerbes lumineuses : chaque gouttelette accrochait dans son envol les rayons du soleil avant de retomber en formant des cascades de perles, dont le scintillement les enveloppait d'une paradoxale magie.

Eïséryne fut effrayée, se demandant quelle monstruosité l'ennemi avait cette fois lâchée à la poursuite de ses amis. Car elle ne nourrissait aucun doute sur les motivations des créatures surgies de la forêt. Elle apaisa d'une caresse le grondement qui naissait dans la gueule de Truffe d'Ombre, tout en essayant d'imaginer ce qui allait à présent arriver.

Lorsque l'horreur commença de défiler autour d'elle sans déceler sa présence, elle réprima difficilement un frisson, causé moins par le sentiment d'une menace, en soi inexistante pour elle, que par l'abominable vision de ce qui l'enveloppait. Passant près d'elle, Pantrax eut une hésitation, regarda dans sa direction à la façon d'un animal flairant une proie invisible, puis poursuivit son chemin, menant à sa suite l'infernal bataillon.

C'est lorsque, dans une fulgurante intuition, Eïséryne devina ce qu'ils étaient, que la terreur se peignit sur ses traits : tandis qu'ils l'effleuraient, qu'elle respirait leurs haleines fétides, qu'elle éprouvait par sa seule vue la rugosité de leurs chairs, elle comprit à quel point la tâche déjà périlleuse de Farkhar et de ses compagnons allait devenir mortelle. Truffe d'Ombre laissa échapper une sorte de sanglot qui traduisait son alarme.

Elle devait agir. Très vite.

Il fallait impérativement qu'elle pousse le capricieux Khaaster à bien vouloir se manifester, unique condition pour le retrouver et lui demander l'aide des Ouloukhs !

Alors, prenant soin de ne pas perdre le contact physique avec son chien, elle laissa le vent les emporter, aussi légers que le pollen, en quête du Peuple Gardien.

* * *

Antrégor n'avait pratiquement pas dormi de la nuit, tant il était bouleversé par les événements de la veille. C'était seulement au petit matin, alors qu'un jour diffus commençait de pénétrer dans sa chambre, que le sommeil s'était emparé de lui, presque par traîtrise.

Par traîtrise...

Ce mot l'avait obsédé durant ses heures d'insomnie.

Il ne pouvait admettre l'idée que Viridius se fût rendu coupable d'une telle bassesse. La mort d'Olern, qu'il avait maintes fois rencontré par le passé, l'avait profondément choqué : par son caractère imprévisible, par sa violence. En fait, il ne parvenait pas à comprendre ce qui s'était produit. Il essayait de reconstituer la suite des faits qui avaient abouti à cette tragédie. Un seul mot résumait ses souvenirs : rien. Il n'avait rien vu. Comment, et pourquoi le conseiller de Viridius s'était-il retrouvé blessé à mort par Silfadred ? Il n'en savait rien.

Il s'en voulait d'avoir été à ce point entraîné par la précipitation et par le chagrin dans lequel l'avait plongé, auparavant, l'évocation de la fin de Gwenaline, qu'il n'avait pas pris le temps de se pencher sur le corps du mourant, d'accompagner son agonie. Il s'en voulait d'avoir fait preuve de la même indifférence que Silfadred devant le drame, bien qu'il l'eût fait involontairement et, pour ainsi dire, sans en être conscient.

Il avait vécu les derniers moments de la rencontre avec Viridius comme un cauchemar : tout à la fois d'une traumatisante réalité, et dans une autre dimension.

Pour Silfadred et Spartan, cela s'inscrivait dans une continuité. Mais en soi-même, Antrégor avait toujours espéré que se présentât une opportunité comme celle que lui avait offerte Viridius. La lamentable façon dont l'affaire s'était terminée constituait un point de non-retour. Avec le recul, il réalisait que c'était seulement à partir de l'instant où il avait franchi la limite de la palissade qu'il était définitivement entré dans une logique guerrière.

Se retirer dans sa chambre n'avait fait que rendre plus aiguë son impuissance à combattre les démons qui assaillaient ses pensées.

Combien de fois, durant la nuit, s'était-il levé pour aller à sa fenêtre, souhaitant trouver dans l'apaisante vision de campagnes endormies autour d'une cité paisible la confirmation que tout ce qui le tourmentait était le fruit d'un délire ?

À la fin, une lueur ténue avait fini par se révéler, arrachant tout doucement les objets et le décor de la pièce à l'obscurité uniforme qui les enveloppait. Peut-être était-ce dans la monotonie du processus que son esprit avait succombé au sommeil. Il ne le savait pas. Il ne se souvenait pas avoir senti celui-ci venir.

L'atmosphère frénétique qui baignait la citadelle et ses abords acheva de sortir Antrégor d'une torpeur dont il avait eu toutes les peines à s'extirper.

Il éveilla ses sens en aspergeant sur son visage l'eau d'un petit bassin ovale et procéda à une rapide ablution.

Par-dessus une épaisse tunique vert sombre, il revêtit son haubert ; après avoir bouclé sa ceinture, il engaina sa large épée dans le fourreau pendu au baudrier qui était cousu à celle-ci. Il avait à présent recouvré tous ses esprits, chassé la fatigue qui engourdissait ses muscles. Il accomplissait chacun de ses gestes posément. Il savait que la journée allait être dure : ce serait peut-être la dernière avant que la lutte entre dans une phase plus active.

Il se nourrit d'une bouillie aromatisée à la fleur d'oranger que lui apporta un serviteur, et d'une coupe d'hydromel dont il apprécia la saveur sucrée en regardant l'animation de la cité, depuis sa fenêtre.

Il lui semblait que, comme lui, la population était définitivement entrée dans la guerre, acceptant l'irrémédiable. Des hommes d'armes discutaient sur la muraille qui ceignait les habitations.

Par-dessus celle-ci, il apercevait en partie le territoire délimité par la palissade de bois, dans laquelle tout n'était que mouvement.

Un peu plus tard, il gravissait un des escaliers de pierre permettant d'accéder à l'enceinte de la ville, sur laquelle il avait aperçu Spartan : celui-ci était reconnaissable au gambison rouge vif qu'il portait souvent sur sa cotte de mailles, et dont l'étoffe légère flottait dans la brise du matin. S'approchant de son lieutenant, il ne put s'empêcher d'admirer le mélange de souplesse et de fermeté avec lequel il s'adressait aux soldats, imposant son autorité sans le moindre heurt.

« Tout paraît normal, Sire, dit Spartan en sentant sa présence à ses côtés.

— Normal..., sourit amèrement le roi. Eu égard aux circonstances, devrais-tu préciser. »

Devant Silfadred, Antrégor n'eût pas laissé échapper de tels mots, et moins encore d'une voix affectée par une telle lassitude. Mais avec Spartan, c'était différent. Il sentait que le chevalier lui était dévoué. Pas servilement. Mais dans un climat de partage des émotions, des idées.

« Va chercher Silfadred, demanda-t-il à Spartan. Avant de venir, j'ai fait mander les pairs du royaume, en les invitant à me rejoindre dans la salle du conseil. Je vous y attends ! »

Et il repartit, après un dernier regard sur la tranquille campagne devenue le lieu de déchaînement de toutes les fureurs humaines.

Une fois dans la petite salle où se réunissait habituellement le Conseil des chefs des dix grandes familles de Sarm'Eïloan, il s'attarda sur les panneaux de bois portant gravées les fatidiques lois du royaume, inspiratrices de la terrible logique qui avait conduit Gwenaline sur le bûcher.

En les regardant, tandis qu'il attendait les autres, Antrégor ne put retenir une larme dont l'amertume était moins due au souvenir de la récente tragédie qu'à un doute : était-il désormais condamné à haïr ce qui constituait le fondement de Sarm'Eïloan, et dont son père n'avait eu de cesse de lui enseigner l'indéfectible respect pour le plus grand bien de son peuple ?

Se diriger vers la fenêtre dominant le jardin du château, si évocateur de joies à jamais révolues, ne fit qu'accroître sa tristesse. Tout en contemplant les arbres que la reine avait, de son vivant, entretenus avec amour, les allées dans lesquelles il avait tant de fois regardé Gwenaline se promener, il songea aux informations qu'il avait rassemblées avec son lieutenant et le mage au début de la nuit.

Compte tenu du nombre de gens à nourrir, il semblait que les vivres entreposés dans les grandes salles formant le sous-sol de la forteresse permettraient, en les rationnant judicieusement, de tenir une vingtaine de jours. Il fallait donc que le siège fût terminé avant ce moment.

Ce qui le ramena à d'autres considérations : les machines qu'on continuait de construire un peu partout dans l'enceinte pourraient harceler le camp ennemi, ce qui pousserait peut-être Viridius à lancer l'assaut. C'était capital. Car Antrégor s'imaginait mal tenter d'attaquer l'adversaire par une sortie. Vu l'apparent déséquilibre des forces, il eût déjà réfléchi à deux fois avant d'affronter le roi d'Aak-Sour dans une bataille rangée. Dans la situation d'encerclement où se trouvait

Sarm'Eïloan, cela lui paraissait totalement exclu : il n'avait aucune chance d'acquérir la maîtrise du terrain.

D'un autre côté, repousser un assaut général serait problématique. Mais s'il y parvenait, il pourrait peut-être suffisamment atteindre le moral de l'adversaire et entamer ses réserves humaines grâce à la protection des murailles, pour que le rapport des forces se présentât de façon différente.

Pour l'heure, il lui incombait d'abord de répartir les secteurs de la défense entre ses pairs il les savait fidèles et peu enclins à se soumettre à Silfadred, qu'ils n'appréciaient guère. Il lui fallait dès lors songer à respecter les susceptibilités, afin de ne pas risquer de s'en aliéner certains.

Quand il entendit qu'on heurtait la porte, il eut seulement le temps de se dire que, décidément, la conduite des hommes était une bien singulière affaire, rares étant ceux capables d'effacer leurs considérations étroitement personnelles devant l'intérêt général.

* * *

La voie longeant enfin sur une petite distance la rivière qu'ils avaient aperçue au départ, Farkhar et ses compagnons s'étaient arrêtés de progresser depuis quelques instants pour prendre un peu de repos, permettre à leurs montures de se désaltérer et faire provision d'eau : la chaleur était telle que leurs réserves se vidaient vite, bien qu'ils en usassent avec parcimonie. Ils avaient même craint, un moment, de tomber dans une pénurie qui leur aurait été rapidement fatale. C'était donc avec une joie manifeste qu'ils avaient découvert le cours d'eau à un détour du chemin. Plus grande encore avait été leur surprise en constatant que son flux était frais. Ou du moins le paraissait, par comparaison avec l'air qu'ils inhalaient constamment.

Ils étaient dans un petit vallon dont les pentes s'élevaient doucement de part et d'autre de l'eau : ce qu'ils voyaient n'avait pas grand-chose du caractère tourmenté des territoires qu'ils avaient jusqu'à présent traversés.

Sachant que, tôt ou tard, un nouveau maléfice allait se déchaîner, ils étaient tendus. Ils n'avaient pas prononcé une parole depuis longtemps, ce qui n'était guère dans leur façon d'être, se contentant d'échanger des regards interrogateurs au moindre signe inquiétant.

Farkhar avait fini par s'asseoir sur un rocher. Il se sentait soudain épuisé. Il se mit à observer Aïwana qui barbotait distraitement du bout des doigts, agenouillée au bord de la rivière. Sa tenue pourtant très masculine, qui faisait penser à celle d'un page, mettait paradoxalement en lumière la féminité de sa silhouette, sans doute accrue par les ondulations de sa chevelure sur ses épaules. La pétulance de la jeune fille le fascinait, s'exprimant à travers toutes ses attitudes, tous ses gestes, même en des circonstances comme celles qu'ils traversaient, dont le poids affectait sans cesse leur comportement.

Il s'aperçut bientôt qu'il ne parvenait pas à détacher ses prunelles de la magicienne.

Le sentit-elle ? Sans cesser de taquiner l'onde, elle tourna doucement son visage vers lui et plongea son regard dans le sien. Sur le moment, Farkhar vacilla, en proie à un trouble passager, puis il lui sembla sombrer dans un gouffre. Ce fut l'affaire d'un instant, que traversa une sensation étrange.

Dans les ténèbres baignées de lune, ses bras se referment sur la peau satinée du corps nu d'Aïwana, tandis que montent du tréfonds de son être d'ardentes pulsions et que l'enveloppe le flot d'un soupir à la senteur florale...

Il rouvrit les yeux, qu'il avait clos sans même s'en apercevoir, et sursauta. Il revécut l'impression qu'il avait ressentie la veille, après la libération de Phrénéa : qu'ils n'étaient plus dans le même lieu qu'avant d'avoir affronté le maléfice. Il avait alors cru que c'était un simple effet de son imagination, perturbée par ce qu'ils venaient de vivre. Mais le doute n'était plus permis. Car cette fois, certes, Aïwana était toujours là, accroupie ; Surandir aussi, un peu plus loin sur sa gauche. Mais la rivière avait disparu !

Au même instant, un souffle caressa son visage. Sans qu'il en analysât les raisons, ses sens se mirent en alerte.

« Dites-moi que je ne suis pas fou ! »

Déjà, ses compagnons parcouraient le paysage d'un regard rapide, Aïwana se dressant d'un bond.

« Non, dit-elle. Tu ne l'es pas ! »

Nul besoin d'explication pour comprendre ce qui frappait leur vue. Baignées par une atmosphère ocrée, c'étaient à présent de hautes collines qui les entouraient, depuis lesquelles les grondements du sol se propageaient jusque sous leurs pieds.

« Ce paysage n'a rien à voir avec celui dans lequel nous étions il y a un instant ! nota Surandir. À part la lumière, le chemin, toujours là, il semble qu'on ait changé de contrée...

— C'est à n'y rien comprendre, dit Farkhar.

— Crois-tu ? murmura Aïwana d'une voix énigmatique, comme détenant la clé du mystère.

— Que veux-tu dire ? »

Mais la jeune fille n'eut pas le temps de répondre. Un hululement lugubre s'éleva dans le lointain ; un second souffle, plus puissant que le précédent, souleva la poussière du sol et les enveloppa, criblant leur peau du picotement des myriades de particules de terre qu'il emportait.

Truffe d'Or se leva d'un bond, en alerte, regardant dans la direction d'où venait le vent.

Une troisième rafale balaya le groupe, manquant de les déséquilibrer.

« Que se passe-t-il ? dit brusquement Surandir. Ce n'est pas naturel ! »

Le phénomène allait s'accentuant rapidement, ne laissant guère de temps pour la réflexion.

Truffe d'Or s'était mis à aboyer. Les bourrasques s'enchaînaient, dissipant la lumière qui semblait se déchirer, arrachant en tourbillons les débris végétaux couvrant le sol, provoquant l'effroi des chevaux : ceux-ci s'agitaient, cherchant à se libérer des rênes qui les maintenaient attachés à des troncs d'arbres. Actarès hennit puissamment. Farkhar voulut se précipiter vers lui, pour tenter de l'apaiser, mais cette fois le vent le plaqua à terre, obligeant Surandir et Aïwana à s'accroupir pour ne pas être balayés.

« Tu as raison ! hurla le chevalier. Ce n'est pas une vraie tempête, c'est autre chose ! »

Soudain, il y eut un répit. Un calme étrangement menaçant succéda à un dernier souffle d'une vigueur encore accrue. Tout se figea, hommes et animaux, et jusqu'à l'air lui-même, dans l'attente d'un déchaînement qu'ils sentaient inéluctable. Leurs regards affolés parcouraient en tous sens l'espace autour d'eux. Truffe d'Or était immobile, le panache de sa queue dressé. Farkhar et Surandir avaient légèrement fléchi le corps, se préparant à un assaut. Aïwana était debout, contre sa monture, les mains crispées sur la bride tendue. L'instant devenait interminable.

Et cela surgit à quelques dizaines de pas devant eux...

Ce fut d'abord comme un remous dans l'air : celui-ci parut vriller, torsadant progressivement la vision du paysage qui leur faisait face, entraînant dans une tornade feuilles et détritus de toute sorte, ployant les arbustes qui se trouvaient pris dans son mouvement.

Puis le phénomène s'accéléra, prenant de l'ampleur, couvrant une surface de plus en plus grande, menaçant de devenir aussi monstrueux par sa taille qu'il l'était déjà par sa force.

Désormais, se traduisant par une mouvante opacité de l'atmosphère, il s'élevait en une colonne qui oscillait en prenant de l'altitude, faisant d'abord plier ce qu'elle effleurait, puis l'arrachant dès que ses bras s'étaient refermés dessus, avec une aisance que son immatérialité rendait plus effrayante encore, dans un vacarme de craquements assourdissant.

Compact et majestueux, le tourbillon se mit à fondre sur eux, les malmenant de ses tempétueuses prémices qui prenaient un peu plus à chaque instant l'allure d'un ouragan dévastateur. En son milieu se dessinait lentement une silhouette dont les voiles, d'un rose nacré, virevoltaient, entraînés par le tournoiement frénétique que lui imposait celui de l'air.

Les deux hommes sentaient la ruée du souffle comprimer leurs chairs, étouffer leur respiration. Étonnamment impassible, les cheveux tourbillonnant dans la tempête, Aïwana maintenait d'une poigne ferme son cheval qui se débattait. Suffocants, Farkhar et Surandir ne pouvaient plus prononcer la moindre parole. Envahissant progressivement tout leur champ de vision, le cataclysme allait les broyer, les pulvériser dans l'espace.

Déjà le corps de Surandir, roulant tel un pantin sur la terre ravagée par le cyclone, est emporté comme un fétu de paille. Seul Truffe d'Or, inexplicablement, résiste. Farkhar voit un arbuste se précipiter vers lui, sent un choc violent contre son épaule qui lui paraît se désarticuler sous l'impact. Il n'a même pas conscience des yeux d'Aïwana rivés sur son dos. Et il est tout à coup enveloppé par une sensation de chaleur.

Truffe d'Or se dresse, plonge ses pattes antérieures dans le mur immatériel au moment où celui-ci va l'atteindre, et s'y enfonce, insensible à sa rage destructrice. À mesure que son corps retombe avec une irréelle lenteur, la masse tourbillonnante se déchire.

La brèche se précipite sur Farkhar…

Faisant plier sous eux herbes et tiges folles, les deux jeunes gens s'enlacent et roulent sur le lit de verdure que leur offre la nuit, veillés par le regard des feux de l'univers. Leurs lèvres, en tremblant, se cherchent un moment, se trouvent puis s'unissent, et Farkhar sent un souffle puissant l'envahir...

... porte monumentale s'ouvrant dans le déchaînement de la tornade, à l'entrée de laquelle il se dresse, proie futile et chétive devenue rempart inexpugnable, habité par une force dont il sent en lui la source sans la reconnaître.

... se fondre en son haleine et devenir le sien...

... que sa poitrine exhale, puisant dans les abîmes insoupçonnés de son corps, au moment où les pattes de Truffe d'Or reprennent contact avec la terre.

La fureur alentour s'apaise, le calme s'installe à nouveau, irréel, sur un paysage dont la dévastation accrue atteste seule son passage.

Suspendue dans l'éther, l'aérienne silhouette le contemplait, exprimant du regard une reconnaissance muette. Farkhar inspira profondément, songeant avec amertume que jamais il ne retrouverait la plénitude qui l'avait si brièvement envahi un moment plus tôt. Sa respiration, haletante, ralentissait.

Percevant un mouvement derrière lui, il se retourna pour voir Surandir qui se relevait, atterré par la soudaineté avec laquelle avait cessé le phénomène.

Mais ce qu'il remarqua surtout, ce fut le visage souriant d'Aïwana qui le contemplait avec tendresse. Il s'approcha d'elle : il savait maintenant qu'en elle résidait la solution de l'énigme...

... et tout autant en toi...

« Que dis-tu ? demanda le garçon, surpris.

— Je n'ai rien dit », répliqua la jeune fille, les yeux traversés par une lueur qui semblait la démentir.

Farkhar la fixa. Il avait besoin de comprendre pourquoi il avait le sentiment à la fois de ne rien faire et d'être l'arme maîtresse de cette lutte impitoyable.

« Explique-moi ce qui se passe, Aïwana. Je t'en prie ! Je suis à présent convaincu que tu le sais. »

Elle lui rendit son regard.

« À quoi cela servirait-il ? Les puissances qui s'exercent dépassent l'entendement de tout homme, fût-il le plus valeureux des guerriers. Sache suivre ta route, garder ta confiance en moi ... »

Elle détourna son visage un instant, comme attirée par quelque chose de lointain, avant de le regarder à nouveau.

« ...et te préserver pour d'autres tâches que toi seul pourras affronter. Car les forces mises en branle par l'adversaire sont terrifiantes, et ton combat ne sera pas longtemps aussi simple à mener qu'il peut en cet instant te le paraître. Garde-toi surtout de t'en tenir aux apparences ! »

Farkhar se sentit soudain apaisé au plus profond de lui-même : était-ce la voix d'Aïwana, la flamme de ses prunelles qui, tels des baumes bienfaisants, avaient pénétré en son être ?

Lorsqu'il se tourna vers Surandir, celui-ci, de dos, réajustait la selle de son cheval. Farkhar ne songea même pas à vérifier si ce qu'il avait observé les jours précédents, concernant le nain, se confirmait. Plongé dans un silence méditatif, il monta sur Actarès et reprit la tête du petit cortège, après avoir caressé des yeux la Céleste Pélusia qui – cela lui revint en un éclair – détenait les rênes du destin et dont l'attribut était… le vent, bien sûr ! Suspendue, immobile, dans l'air, elle était parée de voiles roses que seul leur flottement léger distinguait de ses chairs, accompagnant leur départ d'un regard bienveillant à travers la fente de ses paupières closes…

* * *

Viridius regarda Thorwald sortir de sa tente, après qu'il eut écouté d'un air absent celui-ci l'informer de l'état d'avancement du siège.

Bien qu'il sentît son ardeur naturelle se répandre à nouveau, lentement, dans ses veines, Viridius semblait prostré depuis que l'envolée vers le ciel des flammes enveloppant le corps d'Olern avait, dans son esprit, définitivement sonné le glas d'une amitié si longue et si souvent proche de la tendresse.

Les images du vieil homme s'enfonçant dans la mort se mêlaient à celles de Gwenaline dévorée par le bûcher : les dernières étaient d'autant plus terribles que, sortant de son imagination, elles reflétaient tous les excès de la douleur qui les inspirait.

Le jour précédent, d'abord porteur d'espoirs, s'était avéré plus sombre que la nuit qui l'avait englouti pour laisser le jeune roi en proie à la torture. Durant celle-ci, incapable de dormir, s'y refusant même, peut-être par désir de ne pas éprouver le sentiment de fuir lâchement la réalité, il avait eu l'impression que son sang parcourait ses chairs avec l'impétuosité d'un torrent, que des êtres invisibles le lacéraient à l'intérieur, que sa souffrance serait sans fin.

Combien de fois sa main avait-elle effleuré la lame du glaive reposant à ses côtés, avec la tentation de se jeter sur lui et de clore par une mort honorable une existence qui lui paraissait désormais la plus indigne de toutes ? Mais toujours, le visage de Silfadred s'était interposé dans ses réflexions, tandis qu'à chacun de ses souffles se mêlait l'âcre saveur de la vengeance.

Combien de fois lui était-il venu à l'esprit de mettre fin à cette guerre en suppliant Antrégor de le laisser supprimer le mage ? Alors une pensée amère résonnait dans son crâne :

Mon pauvre et cher Olern, es-tu à ce point présent en moi que j'en viens à partager ta façon de voir les choses ?

Et toujours le regard glacial de Silfadred lui hurlait la vanité de ses élans, tant il était clair que les pouvoirs de l'homme le dépassaient, comme ils dépassaient Antrégor. Mais dès lors, à quoi pouvait mener le conflit ? Son entreprise n'était-elle pas pur suicide ? Pur sacrifice de toutes ces vies dont le sort dépendait de lui ? À l'inverse, renoncer à combattre la folie du mage était-il une solution ?

Viridius n'avait cessé de se retourner sur sa couche, déchiré par des affres dont il était incapable de dire quelles étaient les pires, de celles engendrées par l'enchevêtrement des images nées de ce jour funeste et de celles provoquées par les nouvelles qui l'avaient accablé dans le même instant.

Les premières lueurs de l'aube, s'infiltrant à travers la tente, avaient tiré des ténèbres son visage humide de larmes, dont les traits ravagés étaient marqués par une mortelle lassitude.

Quand il se décida enfin à sortir du pavillon, le soleil avait déjà entamé son irrémissible descente vers l'horizon, scandant un défilement du temps qui entraînait davantage à chaque instant les êtres les plus chers à son cœur dans l'infini royaume du néant.

Se trouver parmi ses hommes et redécouvrir l'agitation du campement, de la plaine et des défenses ennemies firent resurgir en lui la force d'affronter les circonstances. Il demanda qu'on lui amène son cheval et, juché sur celui-ci, sans prendre le temps de revêtir une armure, se mit à parcourir ses lignes.

Les rangées de palissades, au nombre de trois partout où la rivière n'assurait pas une première protection, étaient à présent presque achevées. De loin en loin se dressaient les silhouettes inachevées des des trébuchets qui lui permettraient bientôt de bombarder les fortifications de l'adversaire, et celles, plus incomplètes encore, des beffrois avec lesquels il se lancerait plus tard à leur assaut.

Dans un secteur, on assemblait les échelles pour s'élever jusqu'au faîte de la palissade, les fagots dont on comblerait le fossé longeant celle-ci, les ponts qu'on jetterait par-dessus eux après avoir franchi la rivière grâce à certains, plus larges, conçus dans ce seul but. Déjà, deux d'entre eux permettaient de traverser le cours d'eau là où le camp déployait son vaste anneau autour de Sarm'Eïloan. Viridius passa sur celui qui était au nord, poursuivant son chemin le long des défenses.

À mesure qu'il avançait, la fièvre qui l'entourait de toute part gagnait son esprit. Il observa un groupe d'hommes qui hissaient des panneaux de bois destinés à constituer le deuxième étage d'une tour d'assaut, tandis que d'autres perçaient des ouvertures dans ceux qui formeraient le troisième : à travers eux, on arroserait de flèches les défenseurs ennemis, le temps d'abaisser les passerelles par lesquelles on investirait leur chemin de ronde.

Puis il reprit son avance.

Sa pensée fut traversée par une vision titanesque de la plaine dans laquelle se lançaient des milliers d'hommes, des murailles croulant sous les élans impétueux de son armée, et l'écho d'une remarque que lui avait souvent faite Olern surgit dans son esprit…

Oui, Olern, là où tu es à présent, peut-être trouveras-tu la réponse : comment ai-je pu rassembler des forces si nombreuses, comme si les forêts d'Aak-Sour elles-mêmes les avaient engendrées alors que nous les traversions ? Et si jamais tu y parviens, pourras-tu jamais me la transmettre ?

La lumière commençait à décliner lorsqu'il termina son inspection, après avoir fait le tour de la cité assiégée. Voir l'agitation qui régnait en tout lieu avait restauré sa pugnacité. Si les souvenirs du jour précédent occupaient encore une large place dans son esprit, il avait le sentiment d'être un autre homme que celui qui avait quitté sa tente au début de l'après-midi.

Observant tout autant Sarm'Eïloan que sa propre armée, il avait constaté que l'effervescence n'y était pas moindre que chez l'adversaire. De toute évidence, Antrégor se préparait à une résistance opiniâtre. Cela avait sans doute grandement contribué à faire renaître en lui l'ardeur qui l'avait conduit sous les murs de la citadelle. Il avait étudié tout ce qu'il pouvait voir du dispositif ennemi. Cela l'avait conforté dans l'idée que lancer un assaut serait dans un premier temps fort périlleux, mais qu'il était peu vraisemblable qu'Antrégor cherchât à l'affronter en rase campagne. Il n'aurait donc guère le choix. Il se dit toutefois qu'il serait préférable d'attendre que le moral de l'adversaire commence à s'effriter du fait de l'inévitable épuisement de ses réserves, peut-être aussi de la désespérante vision des troupes d'Aak-Sour qui, elles, ne pâtiraient en aucun cas de la situation.

Celles-ci avaient en effet accès à tout ce qu'elles voulaient. Les incessantes allées et venues entre le camp de Viridius et les environs en étaient la preuve : ici c'étaient des files d'hommes qui apportaient des arbres depuis les forêts avoisinantes afin de confectionner les engins de siège et d'alimenter toutes les activités nécessitant du bois, là c'étaient des chariots qui distribuaient le ravitaillement à travers les rangées de tentes. Ces mouvements étaient le signe d'une armée en bonne forme. Quoique, pour l'instant, elle agitât aussi les occupants de Sarm'Eïloan, Viridius doutait qu'une animation semblable y perdurât bien longtemps à mesure que les jours s'écouleraient.

Quand il pénétra dans son pavillon, il trouva Thorwald l'y attendant et l'invita à partager son repas. Le lieutenant fut heureux de voir que son roi paraissait avoir recouvré son dynamisme. Il nota toutefois que lorsque celui-ci s'assit, il choisit le siège qui tournait le dos à la partie de la tente réservée à Olern, après avoir manqué de prendre celui qu'il lui désigna, situé face à celle-ci. Il se dit que si l'inadvertance de Viridius n'avait certainement pas été feinte, la façon dont le roi s'était repris, bien intentionnelle, obéissait sans aucun doute à une motivation profonde.

Thorwald se demanda alors combien de temps le fantôme du vieil homme vivrait dans l'esprit de son souverain, et se prit à espérer que cela durerait longtemps. Car il avait toujours vu dans le précepteur et conseiller de Viridius l'individu le plus avisé qu'aucun prince pourrait jamais avoir à ses côtés.

* * *

« Que puis-je pour toi, gente reine des Iazliks ? »

Eïséryne avait eu beau être convaincue en son for intérieur que tôt ou tard elle entendrait cette voix à la chaleur et à la gravité toutes masculines, elle sursauta. Soudain indifférente au vent qui la portait, elle s'immobilisa et tourna lentement sur elle-même, attentive au chant de la ramée qui l'environnait, au fourmillement de la vie dans l'herbe qu'effleurait ses pieds, aux innombrables manifestations d'une nature dont elle percevait l'intime renaissance, bien que celle-ci ne fût encore que balbutiante.

En apparence du moins, elle était on ne peut plus seule. À l'exception des paroles qui avaient résonné dans le silence relatif baignant les alentours. Mais elle devait s'y résoudre : comme elle l'avait dit à Aïwana alors qu'elles allaient avec Farkhar et Surandir vers le Chemin des Maléfices, tout être vivant dans le Monde de l'Insensible avait la liberté de se révéler ou non aux autres. Celui qu'elle cherchait l'avait déjà en partie fait. Elle ne doutait point que pour l'instant, il se contentât de la taquiner. Prenant son mal en patience, elle décida de faire comme si de rien n'était, dirigeant son regard dans la direction d'où était venue la voix. Truffe d'Ombre tourna soudain le cou pour regarder derrière lui.

« Tu ne m'as pas répondu », reprit doucement l'être invisible, cette fois dans son dos.

Se retournant, elle montra une expression contrariée :

« Je sais les Ouloukhs facétieux, mais peut-être serait-il sage de remettre à plus tard de telles farces… »

Rien ne se produisant, Eïséryne ajouta, avec une pointe d'impatience :

« L'heure est grave, Khaaster. Très grave… »

Alors, devant elle, l'air commença par s'opacifier légèrement, et la forme d'un homme prit lentement consistance : admirablement proportionné, d'une musculature dont la finesse, dévoilée par la tunique sans manches qui descendait jusqu'à ses genoux, suggérait une puissance contenue, il affichait un visage d'une beauté pleine de noblesse, encadré par un collier de barbe assorti d'une moustache, tous deux d'une blondeur étincelante.

Eïséryne fut ébranlée par le charme viril de celui qui lui faisait face, et qu'elle dévisageait, atterrée.

« C'est Khaaster que je cherche ! » dit-elle d'un ton ferme, en se souvenant de l'être courtaud et un tantinet difforme qui lui était apparu quelques jours plus tôt ainsi qu'à ses compagnons.

L'homme lui sourit en posant sur elle un regard profond.

« Je n'ai rien contre les nains, dit-il doucement. D'autant qu'Ischeltroëm les affectionnait particulièrement du temps de son règne. Ce n'est pas sans raison qu'il nous donnait cette apparence aux yeux de tous. Mais toi, qui étais par nature dans les secrets de sa création, le long sommeil auquel te condamna jadis la magie de Thanatros a-t-elle à ce point effacé ta mémoire ? Crois-tu vraiment que le dieu eût confié la garde de ses terres à des êtres chétifs, quels que fussent par ailleurs leurs talents ? »

Eïséryne continuait de le regarder avec étonnement, tandis qu'un flot d'images lointaines revenait confusément dans son esprit.

« Certes, l'heure est grave, poursuivit l'homme sur un ton qui se voulait rassurant. Si je n'en avais été convaincu, te serais-je apparu ainsi ? Il n'y a pas que toi que le vent porte… Il y a aussi les rumeurs, l'aura qui enveloppe toute créature et souvent la devance !

— Alors, tu dois savoir ce que notre adversaire vient de déchaîner contre nos amis, et le danger qu'ils courent. »

Khaaster acquiesça en silence.

« Ton peuple serait-il capable d'arrêter les Thrughs avant qu'ils n'entrent sur les Terres maudites ? demanda Eïséryne.

— Les ralentir, sans doute. Quant à les arrêter… »

Il la regarda intensément.

« Et au prix de quels sacrifices ? » ajouta-t-il.

Eïséryne ne pouvait détacher les yeux du roi des Ouloukhs, si séduisant, mais si inaccessible, pour elle dont l'essence n'était pas seulement humaine.

« Jamais, dit-elle doucement, jamais le Peuple Gardien, ton peuple, ne saura mériter mieux son nom.

— Au risque de ne plus jamais pouvoir remplir ce rôle ?

— Aura-t-il le loisir de le remplir à nouveau, si Farkhar échoue ? »

Khaaster dodelina lentement la tête. Il contemplait la fascinante beauté de l'être qui lui faisait face, et dont la parure lui rappelait douloureusement la distance qui toujours les séparerait. Peut-être, du moins. Puis son regard s'attarda dans celui de Truffe d'Ombre : il sut, à la douceur qu'il y lut, que l'animal l'avait adopté et serait pour lui, en toutes circonstances, un allié. Surtout, il y vit le reflet de ce qu'il inspirait à la jeune femme, et savoura l'émotion que cela faisait naître en lui.

Eïséryne prit sa lenteur à formuler une réponse pour de l'hésitation.

« Que me faut-il faire pour que tu acceptes ? demanda-t-elle. Te supplier ?

— Que la séduisante reine des Iazliks me le demande est une raison suffisante... répliqua-t-il avec un sourire, avant d'ajouter : j'y mettrai cependant une condition. »

Après s'être un instant détendus, les traits d'Eïséryne se contractèrent imperceptiblement.

« Laquelle ?

— Que ce que tu as vu ce jour demeure un secret entre nous. Ce sera la seule intimité que nous partagerons pour l'instant. Puisse-t-elle n'en être que davantage inviolable ! Lorsque les Thrughs passeront par ces terres, nous sortirons de l'Insensible à l'endroit opportun pour leur faire obstacle.

— Je t'en remercie du fond du cœur.

— Adieu, douce Eïséryne...

— *Au revoir* ne serait-il pas préférable ?

— Respecter ma promesse est en mon pouvoir. Mais non maîtriser ce qui s'ensuivra. »

La jeune fille vit la silhouette se fondre silencieusement dans l'air, et garda longtemps les yeux fixés sur l'emplacement où celle-ci s'était tenue tout au long de leur échange. Jusqu'à ce qu'elle sentît une larme naître au coin de son œil, lui rappelant que, pour n'être pas seulement humaine, sa nature n'était pas non plus seulement divine.

Ô loyal Antrégor, toi autrefois si sage,
Que n'ouvres-tu ton cœur aux déchirants appels
Qui, depuis l'infini où gisent nos autels,
Te pressent de cesser cet indigne carnage !

LIVRE DES CÉLESTES
Chant IV, vers 669-672

60

Après la réunion qu'il avait eue avec ses barons, Antrégor avait passé la nuit à ressasser, dans un tourbillon frénétique et parfois halluciné, les images de Gwenaline, de Silfadred, de Viridius et d'Olern balayées par les flots de combattants sauvages, dont le seul point commun était de ne laisser dans ses pensées le souvenir d'aucun visage. Il s'enfonçait enfin lentement dans le sommeil, lorsque la vision de Farkhar s'imposa à lui, surgissant du fond de son esprit où il l'avait relégué depuis des jours.

Farkhar...

Les yeux grands ouverts sur la pénombre diaphane du ciel étoilé qu'il contemplait à travers sa fenêtre, Antrégor revoyait le prince de Thurm-Kooth la première fois qu'il lui était apparu, dans la grande salle du château, alors que Gwenaline venait de le ramener à la cour après l'avoir rencontré, lors d'une de ses innombrables errances sur sa jument Terre Noire. Comme cela lui paraissait loin, à présent !

La folie qui s'était emparée du monde avait distendu le temps.

Quelle juvénile prestance avait le jeune homme en dépit de sa mise pitoyable ! Cette voix emplie d'un singulier mélange de douceur et de fermeté ! Ce regard exprimant tant de nuances bien mieux que les mots ! Quel attachement il avait aussitôt éprouvé pour lui ! Au point que, lorsque Gwenaline avait manifesté son désir de renoncer à ses promesses envers le souverain d'Aak-Sour, il avait cru qu'elle était simplement tombée sous le charme de l'étranger… Aucune autre raison, d'ailleurs, n'aurait pu le persuader d'abdiquer toute autorité en de si graves circonstances. Bien qu'il éprouvât une grande affection pour Viridius, il n'avait pu s'interdire, en voyant Farkhar et Gwenaline, de les imaginer ensemble.

Quelle n'avait pas été sa surprise quand il avait découvert que c'était pour Silfadred que se consumait désormais le cœur de sa fille ! Certes, le mage ne manquait ni d'allure ni d'élégance. Ni même d'une certaine beauté. Mais tout son personnage respirait tant son incapacité à aimer ! Aussi, quoiqu'il n'en eût rien montré, une vive satisfaction l'avait envahi lorsqu'il avait appris ce qui s'était passé entre Gwenaline et Farkhar, tout en en mesurant dans l'instant la gravité ! Il avait eu tout simplement le sentiment que se rétablissait un ordre naturel, auquel le destin vouait les deux jeunes gens depuis toujours. À ceci près que les circonstances dans lesquelles cela s'était produit se trouvaient à l'opposé de ce qu'elles auraient dû être, et que le bonheur qui aurait pu en découler avait été supplanté par la plus noire des tragédies.

Le long soupir que poussa Antrégor se noya dans un sanglot étouffé. Quoi qu'on eût pu penser de lui, jamais il ne regretterait de n'avoir pas voulu assister au supplice de Farkhar et de Gwenaline : cela avait été sa seule façon d'affirmer sa croyance intime en leur innocence.

L'épuisement eut raison des angoisses d'Antrégor, sous l'effet du calme soudain apporté à son esprit par la vision des visages de Farkhar et de Gwenaline se mêlant dans une danse étrange.

Diffuse dans l'air qui baignait Sarm'Eïloan, l'âme de Theinabrÿn fut satisfaite. Cela faisait si longtemps qu'elle attendait de pouvoir entrer dans les pensées d'Antrégor, comme elle le faisait presque chaque nuit, pour lui donner quelques ultimes conseils sur la façon de conduire la guerre, cet art auquel, il y a peu, le roi était encore tant étranger.

N'était-ce pas son devoir, après tout, comme ancien conseiller du royaume, de compenser l'influence occulte que Silfadred avait exercée sur l'esprit de Viridius pour faire de lui le bourreau de Sarm'Eïloan ? À défaut de pouvoir bannir la guerre, du moins, ainsi, équilibrait-il le conflit ! N'était-ce pas le plus sûr moyen de le faire durer assez pour que Farkhar pût mener sa mission à bien ?

La tâche qu'il s'était fixée accomplie, Theinabrÿn allait se retirer des pensées d'Antrégor lorsqu'il y perçut une faille. Il songea que le moment était peut-être venu de confier au roi quelque chose de plus : ce qu'il lui aurait dit depuis longtemps, s'il avait toujours été à ses côtés !

Mais il est vrai, soliloqua le magicien au sein de l'empyrée dans lequel il errait désormais, *que si j'étais toujours à tes côtés, c'est que Silfadred n'y serait pas, et donc rien de tout cela ne se serait produit.*

Cette fois, il serait bon que le roi sût qui s'adressait à lui. Alors, dans les rêves inconscients d'Antrégor naquit une image : d'abord confuse, elle se précisa doucement, figurant peu à peu un visage...

Les paupières du souverain frémirent, puis se mirent à s'agiter sous l'effet des mouvements fébriles des globes oculaires. Ses lèvres bougèrent sans qu'aucun son n'en sortît pour exprimer ce qui n'était qu'une voix intérieure :

« *Theinabrÿn* ? »

Un court instant s'écoula, tandis que la représentation achevait de se dessiner.

« *Theinabrÿn* ! *On te disait mort, disparu à jamais. Où es-tu, mon vieil ami* ? *J'aurais tant besoin de tes conseils...*

— *Serais-tu seulement prêt à les entendre* ? »

Des larmes s'échappèrent des yeux illuminant le visage qui occupait à présent toute la pensée du roi.

« *Que t'arrive-t-il, mon ami* ? »

Un hoquet secoua le sommeil d'Antrégor lorsqu'elles prirent soudain la couleur du sang :

« *Quelle est cette horreur* !

— *C'est l'agonie de ton peuple et de celui d'Aak-Sour qui s'écoule de mes prunelles, Antrégor* ! *Leur fin prochaine, atroce, si tu n'arrêtes pas ces folies* ! *Toi seul peux tenter de le faire, à présent que le Mal s'est emparé de l'esprit de Viridius pour lui inspirer sous de fallacieuses apparences ce qui ne peut que vous conduire à votre perte* ! À présent que le seul qui, dans ses rangs, était assez sage pour y rester imperméable est mort.

— *Le Mal... Quel Mal* ?

— *Silfadred* ! tonna la voix de Theinabrÿn dans l'esprit d'Antrégor. *Silfadred, bien sûr* ! *N'es-tu pas conscient de la démence dans laquelle a sombré ce monde depuis sa venue* ? *Mon départ, le supplice de Gwenaline et ton impuissance à l'épargner... et maintenant, les plaines de Sarm'Eïloan couvertes de guerriers prêts à se déchirer* ! *Pour quoi, Antrégor* ? *Pour quoi, sinon pour des illusions qui vous ont conduits, toi et Viridius, à cette guerre stupide, indigne de vos pères, de vos règnes et de vos royaumes* !

— *Que puis-je faire* ? »

Un silence sépulcral envahit les pensées du roi.

« *Tu ne peux atteindre Silfadred* : *il est trop puissant pour que tu le détruises. Mais tu peux rencontrer à nouveau Viridius, lui rapporter ce que je t'ai dit. le convaincre de vous entendre en surmontant tout ce qui vous a séparés, et au moins d'attendre...*

— *D'attendre quoi* ?

— *Que Farkhar ait mené à bien la mission dont je l'ai investi. Farkhar, qui, s'il triomphe, sera seul capable d'éliminer Silfadred* !

— *Farkhar* ? *Mais Farkhar est...* »

Antrégor se dressa sur sa couche.

« ... mort ! lâcha-t-il dans un cri. Mort ! »

Son bras balaya l'espace devant lui, comme pour chasser un fantôme, tandis qu'il murmurait d'une voix au bord du sanglot :

« Mort... »

Qui était mort, au fait ? Il ne s'en souvenait déjà plus ni ne comprenait pourquoi une pensée l'obsédait tout à coup : revoir Viridius et lui demander la paix. L'en implorer ? Il s'en sentait presque capable, tant montait en lui une force lui intimant de le faire.

Il se leva, approcha de la fenêtre et découvrit le spectacle désormais habituel du tumulte qui agitait en tous sens la plaine et les abords de la citadelle, l'incessant mouvement des escadrons noyé dans le vacarme de la fureur humaine. Un vent léger accentuait le flottement des étendards parsemant l'armée de Viridius.

Des mots se bousculaient dans sa tête, venus de nulle part, sans la moindre logique apparente.

Détruire Silfadred... Rencontrer Viridius... Farkhar... Détruire... Rencontrer...

Il se vêtit à la hâte, sortit et retrouva Spartan sur la muraille.

« Que se passe-t-il ? demanda Antrégor à son lieutenant, dont l'air anxieux ne lui avait pas échappé.

— Je trouve l'effervescence du camp ennemi plus grande qu'à l'accoutumée. Rien de plus, mais cela m'inquiète.

— As-tu vu Silfadred ? »

Spartan regarda Antrégor, surpris par sa totale absence de réaction à l'observation qu'il venait de lui livrer. Le roi paraissait en proie à une agitation intérieure :

« Il faut que je le voie !

— Je l'ai aperçu dans la grande salle du château, ce matin.

— Alors je m'y rends. Peut-être y sera-t-il encore. Je te retrouve plus tard. »

Antrégor redescendit pour prendre le chemin de la forteresse.

Spartan n'avait pas eu le temps de dire au roi ce qui l'inquiétait le plus : les hommes qui, dans le camp ennemi, s'affairaient autour de quelques immenses trébuchets, et de balistes d'une taille redoutable.

Il était clair que la construction de ces engins était achevée, et que cette fois, on les armait. Ce n'était pas de voir deux cavaliers se rendre à bride abattue jusqu'à la tente de Viridius et y entrer rapidement après avoir sauté de leurs montures qui était fait pour le rassurer. Il se préparait visiblement quelque chose.

En voyant Antrégor s'éloigner, le chevalier s'en voulut de n'avoir pas insisté pour attirer son attention sur ce qu'il observait, au risque d'accroître la préoccupation qu'il lisait sur son visage. Puis il se dit que, quoi qu'il arrive, il n'y avait, de toute façon, pas grand-chose à faire.

Ce qu'il ne pouvait savoir, c'est que cela n'eût fait que rendre le souverain plus impatient encore de trouver le mage, car apercevoir la plaine emplie de soldats et de machines de siège de part et d'autre de la palissade lui avait en un éclair rappelé la terrifiante vision qui l'avait tant de fois empêché de s'abandonner au sommeil : celle des murailles fumantes surmontant une terre jonchée de cadavres, parcourue au gré du vent par les cris des agonisants, que la pourpre du couchant transformait en un océan de sang dans lequel se noyaient gloire et espérance : tout n'y était que ravage et perdition, et à l'horizon, les ténèbres engendraient des ouragans dont l'ultime assaut balayait tout ce que ce sol avait connu de bonheur et de quiétude, pour ouvrir les portes du ciel sur les voies infinies du néant.

* * *

Parcourant sans relâche les forêts en direction du sud-est, à la vitesse que lui permettait son infatigable monture, Pantrax entraînait les Thrughs vers le Chemin des Maléfices. Parfois il sentait comme une voix dans son crâne et savait que c'était son maître qui, à travers son esprit, suivait leur progression.

Leur passage laissait place à une désolation : les prairies étaient réduites à des terres bouleversées, labourées par les milliers de pas qui les avaient foulées ; ils n'épargnaient que les arbres les plus robustes, pliant et arrachant arbustes et fourrés, chétifs obstacles qu'ils balayaient dans leur avance brutale. La marche inexorable de cette horde obéissait à des lois si prodigieuses qu'elle faisait oublier leur apparence vaguement humaine : car nul homme ordinaire n'aurait eu la moindre chance de parcourir semblable distance en si peu de temps. De la même façon que ceux dont ils étaient nés, ils étaient dotés d'un physique changeant mais toujours caractérisé par une monstruosité effrayante : fruits de terreurs réduites à l'état pur, ils en affichaient tous les visages, toute l'abomination.

Quand l'un d'eux s'effaçait soudain pour se fondre dans l'air, ou s'effondrait mollement, ectoplasme putride se dissolvant dans le sol, victime de l'immatérialité et de l'engourdissement du cauchemar dont il était le produit, nul ne le remarquait : leurs rangs hérissés de pointes meurtrières se refermaient sur le vide qu'il avait laissé. Toutefois, bien que leur nombre ne cessât de décroître, ils étaient encore multitude.

À l'horizon, loin devant eux, le ciel commença de se teinter de nuances rougeâtres, palpitantes, tels des éclairs se déchaînant sous une voûte orageuse. Leur ardeur se fit plus grande encore, et le brouhaha qui accompagnait leur ruée se mua lentement en une clameur aux accents de triomphe.

À la tête de cet ost monstrueux, Pantrax avançait puissamment. Jamais Hurleur n'avait conduit une telle mission. Il se sentait presque un homme !

Soudain, alors qu'ils arrivaient en vue de la contrée vallonnée au sein de laquelle, quelques jours plus tôt, Aïwana avait émergé de la léthargie où l'avaient plongée les guérisseuses ouloukhs pour lui rendre ses pouvoirs, Pantrax ralentit son cheval : levant son bras avec un cri guttural, il intima aux Thrughs l'ordre de stopper net. Il avait senti les effluves d'une présence émaner de ces terres enfouies dans le silence.

La brume occupant les vallons, qui avait donné aux trois amis le sentiment de découvrir un paysage de rêve, lui paraissait chargée d'une impalpable menace. Il se mit à scruter le territoire s'étendant sous ses yeux avec une attention plus tendue à chaque instant, faute d'y déceler le moindre signe suspect, alors que ses sens lui disaient le contraire.

Tout autour de lui monta bientôt un tapage de grognements impatients. Il sentait son cheval malmené par la poussée de ceux qui l'entouraient. Alors il décrocha un lourd fléau qui pendait à sa selle, et, faisant volter sa monture, balaya l'espace autour de lui de son arme abaissée. La boule hérissée de pointes fracassa quelques têtes sur son passage, labourant les faces grotesques dans des giclements de sang. Un flottement parcourut les rangs, des regards farouches se levèrent vers lui, lisant dans la froideur cruelle de ses yeux l'autorité qui faisait de Pantrax le maître de leurs existences.

Le tumulte lentement s'apaisa. Et Pantrax se remit à observer les lignes de collines enveloppées de brouillard.

Quand, au bout d'un long moment, l'absence de toute manifestation alarmante l'eut convaincu que l'espace devant eux était libre, il poussa un hurlement sauvage en faisant signe à la horde de se lancer à sa suite.

* * *

« Je sens quelque chose d'étrange, dit Aïwana, en faisant lentement tourner son cheval de sorte à parcourir des yeux le paysage, méconnaissant la nature de ce qu'elle y cherchait.

— Un nouveau sortilège ? demanda Farkhar.

— Non, répliqua-t-elle. C'est lointain. Très lointain ! Derrière nous. Tout ce que je sais, c'est que c'est terrible… Et que cela s'approche ! »

Les regards des deux hommes se portèrent à leur tour sur le paysage montueux qui les séparait du départ du chemin, désemparés par leur incapacité à se situer. Ils avaient maintenant la conviction que leur déplacement obéissait à une logique qui lui était propre et défiait les lois de la géographie. Pourquoi ? Ils l'ignoraient. Farkhar avait le sentiment qu'Aïwana, elle, le savait, voire, d'une certaine manière, en définissait les lois, à moins que celles-ci ne fussent liées à une réalité qu'elle connaissait. Il avait tenté à plusieurs reprises de l'interroger, mais chaque fois elle avait esquivé ses questions avec cette expression mutine qui faisait tant partie de son charme, mais qui, en certaines circonstances, agaçait profondément le garçon.

Ils avaient beau scruter le paysage, ils ne décelaient rien d'anormal dans son apparence naturellement tourmentée, non plus qu'à travers les incessants grondements qui le secouaient, à l'unisson avec les variations de la lumière flamboyante dont il était baigné de toute part.

« Je ne vois décidément rien, soliloqua Farkhar d'une voix un peu lasse.

— Rassure-toi, cela va venir, grommela Surandir qui s'était à nouveau tourné dans la direction qu'ils suivaient.

— Que veux-tu dire ?

— Je jurerais que cette hauteur n'était pas là il y a quelques instants, ajouta le nain sur un ton résigné. Et surtout pas cette espèce d'étang qu'on aperçoit derrière elle, et qui ne me dit rien qui vaille. Regardez plutôt... »

* * *

La grande salle du château n'était que faiblement éclairée par la lumière du jour. Dans la vaste cheminée brûlait un feu devant lequel se tenait une silhouette sombre.

Antrégor s'arrêta au milieu de la pièce : bien que ses pas eussent fortement résonné sur les dalles, l'individu n'avait pas bougé. Le silence retomba, à peine troublé par les bruits venant de l'extérieur. Le temps parut se figer, à l'image des deux hommes, immobiles, telles des statues. La voix d'Antrégor brisa l'atmosphère devenue soudain oppressante :

« Silfadred... »

Un long moment s'écoula. Le mage semblait ne pas l'avoir entendu.

« Sire ? » finit-il par répondre d'un ton grave.

Il se tourna lentement vers le nouveau venu. Sous l'effet de son mouvement, le chatoiement des flammes fit étinceler son armure de reflets changeants. Le roi le fixa d'un regard sévère. Mais celui que lui renvoya le mage ébranla la fermeté des convictions qui l'habitaient en entrant.

« As-tu mesuré ce qui se passe à l'extérieur ? s'entendit-il dire platement.

— Je ne vois pas autre chose qu'une cité qui s'affaire pour votre plus grande gloire, Sire. Tant d'acharnement à préparer la victoire ne pourra qu'y conduire : le ridicule étalage de puissance auquel se livre l'adversaire n'y changera rien. »

Antrégor fit quelques pas vers lui en soupirant.

« Ce n'est pas de cela qu'il est question, répondit-il avec un agacement chargé de lassitude. C'est de toute la haine que je sens s'exprimer derrière chaque geste, derrière la résolution des visages, et même derrière les sourires. Cette haine qui dresse les uns contre les autres des êtres pour lesquels, il y a peu encore, la paix était la seule loi. Des hommes qui se seraient alors croisés sans la moindre inimitié, et qui sont maintenant prêts à se déchirer sans même reconnaître dans l'adversaire celui qui, naguère, était presque un voisin. Je sens une horreur sourde poindre derrière tout cela, Silfadred. Et je ne puis m'y résoudre ! »

Une ombre passa sur les traits du mage. Non seulement le roi faisait preuve de talents inattendus en matière de guerre, mais il échappait de plus en plus à son influence. Que pouvait-il espérer d'autre de ce souverain décidément trop juste, trop bon, trop… humain ! Silfadred résolut de jouer sur l'amour-propre de son interlocuteur.

« Redouteriez-vous la défaite, Sire ? »

La perversité de la pique ne fit pas broncher Antrégor.

« Je ne redoute ni la défaite, ni la mort, Silfadred. Ce qui me terrifie, c'est le prix de la victoire…

— Plus la victoire est grande, plus grand en est le prix, Sire ! Votre triomphe sera de régner sur toutes les terres connues de votre peuple ! Votre gloire résonnera jusqu'aux cieux, et Thanatros sera son garant !

— Que m'importe, si je n'ai plus qu'un peuple de spectres pour en reprendre l'écho ! »

Le roi se mit à marcher lentement.

« Peut-être pourrions-nous empêcher cette effusion de sang en agissant avant qu'il soit trop tard.

— Que voulez-vous dire, Sire ? répliqua Silfadred pour se donner le temps de réfléchir, car il ne voyait que trop où voulait en venir une nouvelle fois Antrégor.

— Ne crois-tu pas que la mort de Gwenaline a déjà été d'un prix bien lourd ? Du moins a-t-elle emporté avec elle la seule raison d'être de celui-ci. Viridius l'ignorait. Cela change tout. Je dois rediscuter avec lui. Je lui dois bien cela !

— Après ce qu'il a fait ?

— Qu'a-t-il fait ? Ce n'est pas à notre camp qu'appartenait la dernière victime de ce conflit, que je sache ! Et ce n'est pas de guerre que j'entends m'entretenir avec lui, mais de paix !

— Cela ne vous suffit-il pas de vous être déjà abaissé une fois ? De quels renoncements, de quels camouflets vous fera-t-il payer cette paix lorsqu'il vous verra vous humilier à nouveau ?

— Qui te parle de s'humilier ? rétorqua Antrégor. C'est autant son intérêt que le mien de renoncer à cette guerre ! Je saurai l'en convaincre. Et il saura m'écouter.

— Qu'est-ce qui vous laisse supposer qu'il soit capable d'une telle... magnanimité ? demanda Silfadred, en prononçant le mot avec un mépris évident.

— Il nous a laissés partir, quand il nous tenait à sa merci. Cela aurait été simple pour lui, alors, de terminer l'affaire en sa faveur. Privée de son roi, impuissante à organiser seule sa défense, Sarm'Eïloan courait à sa perte.

— Eh bien, que cette faiblesse signe plutôt la sienne ! » fulmina Silfadred.

Sa voix se propagea, répercutée par les murs ; dans l'âtre, les flammes oscillèrent violemment, comme heurtées par l'écho de ses paroles. Mais Antrégor ne broncha pas, manifestement peu impressionné. Allant jusqu'à Silfadred, il sentit une aura maléfique l'envelopper tandis qu'il vrillait son regard dans le sien.

« Quelle sorte d'homme es-tu donc ? » demanda Antrégor.

Sa voix lente, lourde, contrasta avec l'éclat du mage. Le ton de confidentialité sur lequel avait été formulée la question la chargeait de sens.

« Un homme qui n'accepte aucun compromis honteux, Sire, et qui ne songe qu'à protéger votre majesté. Un homme qui sait que toute chose a son prix, et qu'à partir du moment où l'on a choisi de la désirer, peu importe la forme sous laquelle il faut payer ! »

Des visions de sang et de mort lacérèrent à nouveau l'esprit d'Antrégor.

« Un homme… implacable, n'est-ce pas, enchérit-il avec une causticité qui ne lui était pas habituelle.

— L'existence n'est-elle pas de toutes les choses la plus impitoyable, Sire, comme vous en faites depuis quelque temps l'amère expérience ? Qui ne sait l'affronter avec les mêmes armes éloigne toute chance de la traverser avec dignité. C'est Viridius qui est à l'origine de cette guerre. Il ne vous a pas laissé le choix : vous ne devez pas le lui laisser non plus. Qu'il s'avance le premier pour vous proposer la paix ! Alors, vous serez maître du jeu et vous pourrez… *discuter*.

— Il ne le fera pas. C'est déjà un affront qui l'a poussé à ces extrémités. En agissant ainsi, il ne fait qu'en réclamer justice.

— Dans ce cas, armez-vous deux fois quand il ne s'arme qu'une seule ! Durcissez votre volonté avec deux fois plus de résolution que lui ! Et quand viendra l'heure de la bataille, à peine vous aura-t-il vu paraître à la tête de votre ost qu'il pressentira dans quel camp se trouve la victoire ! Votre peuple cède-t-il à de tels atermoiements ? Il constate l'agression et s'apprête à y répondre ! Dans toutes ses fibres, dans chaque goutte de son sang, il sait qu'après des siècles d'une apathie cachée sous le masque fallacieux de la paix, il est en train d'atteindre aux vraies racines de la vie : celles qui font que pour vivre grand, il faut savoir mourir tel ! »

Tandis que la bouche de Silfadred noyait la pensée d'Antrégor dans un flot de paroles, l'esprit du mage s'était étendu aux terres avoisinantes, sur les armées de Sarm'Eïloan et d'Aak-Sour : tel un puissant venin, elle pénétrait les êtres, faisant sourdre de leurs âmes les relents viciés des instincts les plus primaires et les plus destructeurs...

* * *

Viridius marchait de long en large dans sa tente : il ne parvenait pas à tourner la page. La mort d'Olern, et plus encore ses circonstances, l'avaient plongé dans le désarroi. Lézardant ses convictions, elles avaient remis en cause, non sa détermination, mais les raisons qu'il avait eues de conduire son entreprise contre Sarm'Eïloan. Il réalisait de plus en plus que son véritable adversaire n'était pas celui qu'il avait cru au départ, et combien celui qu'il devait affronter était bien plus redoutable qu'une cité et tous ses combattants. Depuis la nuit précédente, il en venait à se demander s'il ne faisait pas fausse route, pour ne s'être pas ouvert à ce qu'Olern essayait de lui faire comprendre depuis le début, et qu'il était maintenant trop tard pour tenter de percer !

Dans le même temps, la conscience aiguë qu'il avait à présent de certains phénomènes – parmi lesquels l'improbable immensité de son armée était sans doute le plus voyant – lui donnait le sentiment d'être entraîné dans un maelström, et condamné à n'agir désormais que dans son tourbillon, sans pouvoir rien faire contre celui-ci.

C'est à ce moment qu'à son insu, son esprit fut balayé comme par une tempête : elle emporta toute trace de modération, de regret, pour n'y laisser subsister que la volonté farouche de montrer à l'adversaire dans quel étau il le tenait.

Bouclant la ceinture à laquelle était suspendu son large glaive, il attrapa son heaume et le posa sur son crâne. Lorsqu'il émergea du pavillon, le soleil rehaussa la blancheur du parement court couvrant son armure, faisant rutiler la tête de cheval brodée sur la poitrine, et celle en bronze dressée sur le casque lança un éclair.

Se dirigeant vers Thorwald, qui se tenait à quelques pas, il parcourut du regard le dispositif de siège, constatant avec satisfaction que la plupart des engins étaient prêts à fonctionner : des pierres de tailles diverses étaient disposées dans les nacelles des mangonneaux et des trébuchets ; près des catapultes, les pointes enveloppées d'étoupe de longues flèches n'attendaient que le contact des torches posées dans les braseros voisins pour s'enflammer.

Bien qu'aucun assaut ne fût envisagé dans l'immédiat, l'armée était rangée derrière les palissades. Ces êtres de chair et de sang dont le destin le préoccupait tant quelques instants plus tôt encore n'étaient plus à ses yeux que des pions sur lesquels il exerçait un grisant pouvoir de vie et de mort. Il ne faisait même plus de distinction entre ceux qui se tenaient dans son camp et ceux dont il percevait l'agitation dans l'enceinte adverse. Que le déferlement des destinées dont la vision tourbillonnait dans son esprit pût l'emporter aussi indistinctement que n'importe lesquels d'entre eux ne l'affectait aucunement. Le regard qu'il posait sur la scène était froid.

« Monseigneur, demanda un chevalier, à côté de Thorwald, donnerons-nous bientôt à l'ennemi l'occasion d'éprouver ce qu'il va devoir affronter ?

— Sur le champ ! » répliqua Viridius, impassible.

Son lieutenant se tourna vers lui. Le roi hocha la tête en le regardant, et ordonna :

« Armez les machines ! »

Sur un geste de Thorwald, des soldats s'élancèrent vers ceux qui entouraient les engins les plus proches. D'autres brandirent des fanions destinés à transmettre l'ordre de proche en proche jusqu'à extrémité opposée du camp.

On se mit à s'arc-bouter sur les tourniquets, ici pour abaisser les verges auxquels pendaient les poches de cuir lourdement chargées, là pour tendre les cordes des arcs géants. Des hommes se saisissaient des flèches, attendant pour les installer sur les dispositifs que ceux-ci fussent bandés ; d'autres étaient prêts à crocheter les mécanismes pour les maintenir en position de tir. Tout le campement se mit à retentir d'un concert de halètements, de cris rauques, d'ordres lancés avec vigueur, de grincements, de craquements, peuplant soudain d'une vie palpitante la plaine un instant plus tôt plongée dans l'oppressant silence de l'attente.

Quand il sut que tous les engins étaient opérationnels, Viridius leva la main : le temps parut suspendu aux centaines de regards tournés vers son geste, vers les fanions dressés ; un calme lourd était retombé, accru par celui qui, dans l'enceinte de Sarm'Eïloan, avait peu à peu supplanté le tumulte habituel, à mesure qu'on prenait conscience de ce qui se préparait.

Le roi balaya des yeux le paysage dans lequel s'élevaient çà et là les noires fumées s'échappant des torches tenues devant les étoupes qui enveloppaient les flèches. Thorwald et ses principaux lieutenants le fixaient, prêts à relayer son commandement. On n'entendait plus que le piaffement des chevaux, le sifflement sourd du vent dans les cordages et les armatures de bois. Le spectacle, soudain figé, semblait surnaturel.

* * *

Dans la grande salle du château, Antrégor intima d'un geste à Silfadred de se taire.

Même la voix autoritaire du mage n'avait pu masquer le changement intervenu dans l'ambiance, à l'extérieur de la bâtisse.

« Qu'y a-t-il, Sire, demanda Silfadred, feignant la surprise.

— Que se passe-t-il dehors ? Entends ce calme… »

Ses dernières paroles résonnèrent.

* * *

Le bras de Viridius s'abaissa sèchement, aussitôt suivi par les mâts portant des banderoles, répandant à travers le campement un ballet de taches colorées retombant vers le sol, repris en écho par le mouvement inverse des verges des engins s'élevant lourdement à un rythme croissant vers le ciel. Un vacarme de sons mats et de sifflements se propagea et celui-ci se stria progressivement de fumerolles convergeant vers les défenses ennemies en s'étirant, tracées par les majestueuses trajectoires des projectiles qui s'échappaient un à un des poches arrimées aux bras de bois, dessinant dans l'azur d'éphémères entrelacs.

* * *

Sur la palissade entourant Sarm'Eïloan, l'imminence du déluge déclencha un début de panique : il se communiqua aussitôt à ceux qui, en contrebas, n'avaient pas vu ce qui se passait, mais comprenaient à l'attitude des soldats sur le chemin de ronde que quelque chose de grave arrivait.

Un cavalier voulut faire volter son cheval, mais fut stoppé net dans son mouvement par la soudaine vision d'une boule de feu surgissant par-dessus le rempart pour fondre sur lui. Sa dernière sensation fut l'impact de la flèche géante sur sa poitrine, lorsqu'elle le transperça, l'arrachant à son cheval et le clouant sur une tente qui s'écroula sous son poids pour prendre feu aussitôt, noyant le corps dans les flammes.

Des cris de terreur commencèrent à monter de toute part en une cacophonie dont le son allait s'amplifiant. D'autres flèches se plantèrent dans des abris et sur la palissade, menaçant de l'embraser. Des soldats se hâtèrent aussitôt avec des seaux d'eau entreposés à l'avance. Au moment où deux d'entre eux se penchaient par-dessus les piquets pour déverser leur contenu, un bloc de pierre percuta le haut de ceux-ci, faisant exploser le bois en des dizaines d'esquilles qui vinrent hérisser leur visage dans l'instant où le projectile les précipitait vers le sol.

Ailleurs, une grêle de cailloux volumineux fracassa les crânes d'un groupe de guerriers et des chevaux affolés qu'ils s'efforçaient de calmer.

Des scènes de même nature se répétaient tout au long de la ligne de défense et sur ses arrières, généralisant l'effroi provoqué par cette première attaque massive et son caractère imparable.

Dans la salle, Antrégor entendit le vacarme monter de toute part.

« Qu'est-ce ? »

Silfadred ne répondit pas. Son attention se concentrait sur les projectiles dont la course funeste zébrait le ciel de Sarm'Eïloan, décuplant de son pouvoir l'énergie qui animait certains.

Des chocs brutaux retentirent à proximité quand deux d'entre eux atteignirent les murailles de la forteresse, brisant dans leur chute des créneaux dont les morceaux tombèrent sur les habitants qui s'agglutinaient en dessous pour se précipiter vers la porte, afin de découvrir la cause du tumulte dont les effroyables échos parvenaient à leurs oreilles.

Déjà Antrégor sortait pour rejoindre sur le chemin de ronde le plus proche. Il fut stoppé dans son élan par le fracas d'une vitre à travers laquelle un bloc de pierre pénétra dans la pièce avant de chuter sur le sol. Sous le regard interdit du roi, il roula lourdement sur les dalles et vint s'arrêter à quelques pas de lui.

Le souverain sentit le sang refluer de son visage et une montée de sueur perler sur celui-ci. L'ouverture créée par l'impact avait laissé l'atmosphère de panique qui gagnait les abords du château envahir brutalement les lieux. Il ne parvenait pas à détacher ses yeux du roc venu défier ses croyances, ses certitudes et tous ses espoirs.

C'est alors que, comme pour mieux sonner leur glas, la voix sombre de Silfadred s'éleva au sein du tohu-bohu venant de l'extérieur :

« Êtes-vous satisfait, Sire ? Voilà la paix de Viridius ! »

Océan monstrueux, dont la force indicible
De ses mâchoires broie les cœurs aventureux
Qui confient leur destin à tes gouffres ombreux,
Prends garde ! Car dès lors que tu auras pour cible

L'être dont un instant sublime la fureur,
Ton pouvoir s'éteindra, noyé dans l'onde blême
De tes flots asséchés par le souffle suprême
Des passions meurtries qu'exhale son ardeur !

LIVRE DES CÉLESTES
Chant IV, vers 761-768

61

Juste avant que le paysage commence à changer autour d'eux, Farkhar avait senti le rythme de son cœur s'emballer de façon inexplicable, tandis que ses pensées étaient traversées par la vision furtive de deux corps…

… roulant enlacés au sein des ténèbres, Farkhar et Aïwana déposent sur l'herbe la tiède moiteur de leur étreinte.

Mais le cri d'alarme de Surandir l'avait arraché à celle-ci :

« Regardez plutôt ! »

Aïwana et Farkhar se tournèrent d'un même mouvement dans la direction que leur désignait le nain. Et ils virent…

Devant eux se dressait une colline qui, à peine plus tôt, ne s'y trouvait pas. Ils l'auraient juré. Au-delà, la surface d'un vaste étang était visible de part et d'autre de la hauteur. Mais, pour extraordinaire que fût la nouveauté de cette vision, ce n'est pas elle qui les effraya soudain.

Ce fut l'onde qui se ridait, puis était parcourue par des vagues de plus en plus puissantes alors qu'aucun vent ne se manifestait, jusqu'à ce que l'une d'elles naquît au centre de l'étendue aqueuse et se mît à enfler, roulant impétueusement vers la colline. À mesure qu'elle progressait, son sommet se bordait d'une écume sauvagement déchiquetée. Ils réalisèrent que l'amplitude de la lame était telle qu'elle menaçait de dépasser l'éminence, ce qui, dans un premier temps, leur sembla proprement incroyable.

Puis ils durent se rendre à l'évidence : le mascaret sortait à présent du lit de l'étang et dévorait la terre le séparant du mamelon, au-dessus duquel ils voyaient la crête onduler avec violence, frangée de pourpre par la lumière du ciel. Le phénomène s'accompagnait d'un grondement dont la fureur, encore lointaine, allait croissant. Et ce qu'ils n'avaient osé imaginer se produisit.

Il déferle par-dessus la hauteur, l'enveloppant lentement de son implacable puissance et l'engloutissant de sa masse qui progresse interminablement sur eux.

Inconscient du regard effrayé d'Aïwana qui le fixe aussi intensément que s'il cherchait à pénétrer dans son corps, Farkhar pousse un hurlement : il sent sa tête prête à exploser sous la pression qui comprime ses tempes.

Aïwana s'est agenouillée au-dessus de lui, l'enserrant de ses cuisses, brisant leur enlacement pour darder ses prunelles d'ambre dans les yeux de Farkhar ; il sent monter en lui l'intense palpitation de son sang dont le bouillonnement parcourt son corps à un rythme de plus en plus effréné. Leurs lèvres à nouveau se joignent ; ils se laissent conduire par les flots impétueux d'un océan de désirs sauvages ; Farkhar sent un flux incessant, qu'impulse en elle le battement de son cœur, parcourir le corps de la jeune fille, dans le même tourbillon qui bouleverse ses propres chairs.

Dans l'ouragan d'embruns que projette le raz-de-marée, Farkhar se dresse. Il ne réagit plus à la douleur qui ébranle son crâne, mais à l'appel du flux qui traverse tout son être.

Il n'entend pas Surandir hurler :

« Cette fois, c'est fini ! »

Il ne voit pas Truffe d'Or bondir à ses côtés, secouant désespérément son corps pour en chasser l'humidité qui s'infiltre dans ses poils.

Il n'entend que l'écho de la voix d'Aïwana qui répète inlassablement :

Puise dans notre amour la force de ton combat.

Il lève le regard sur le creux de la vague, immense, véritable montagne d'eau qui déjà s'effondre avec une écrasante lenteur sur leurs chétives silhouettes, et dans le bleu sombre de laquelle il discerne une forme humaine furieusement ballottée. Sur sa hanche droite surgit une dague qu'il saisit à peine apparue, et d'un geste mesuré, en dépit de la mort qui se précipite sur lui avec fracas, il entaille le poignet qu'il brandit en direction du cataclysme. Le sang coule sur Truffe d'Or, rosissant l'eau qui ruisselle sur la soyeuse fourrure...

Dans l'instant où la vague allait submerger Farkhar de sa monstrueuse hauteur et le soustraire à leur vue, Aïwana et Surandir virent l'eau se teinter de rouge, pénétrée par le brouillard carminé jaillissant du flamboyant pelage de Truffe d'Or. La stupeur les pétrifia, suscitée par une même pensée : pour tenter de les sauver, Farkhar allait se vider de sa vie et, quoi qu'il advienne, son sacrifice serait inutile !

Alors, l'incroyable se produisit sous leurs yeux.

Au moment d'engloutir Farkhar et l'animal, la déferlante se figea. Au contact de la vapeur vermeille, l'eau devenait gaz, entourant les deux êtres d'un halo translucide : à mesure qu'il s'étendait à toute la vague, celle-ci se dissolvait dans l'atmosphère qui, lentement, reprenait ses couleurs chaudes. En se retirant, elle déposa sur le sol le corps d'une femme : la diaphanéité de sa parure turquoise cachait avec une subtile pudeur sa divine nudité.

« Aspartia, balbutia Surandir. Son attribut est l'eau, bien sûr... »

Farkhar ne l'entend pas, tout à la pensée intérieure de deux êtres dont les chairs palpitent au rythme de leurs souffles...

Mais ce ne fut pas sur la Céleste que se concentra l'attention des trois amis.

Car, en s'estompant, la houle ne dévoilait pas la colline qu'elle venait d'engloutir. Non plus que le lac dans lequel elle avait pris naissance. Et au-dessus de la terre aride, couverte de bosselures, qu'elle révélait peu à peu, l'air prenait de la consistance.

Farkhar n'eut que le temps d'entendre Surandir s'écrier…

« Il n'y a pas que les lois de l'espace qui nous échappent en ces lieux ! Celles du temps aussi, semble-t-il ! »

… de sentir l'obscurité se refermer sur eux à un rythme prodigieux, et, dans un réflexe, de lever les yeux pour voir les nuées empourprées basculer dans la nuit.

* * *

En dévalant avec sa meute la pente noyée dans le brouillard, Pantrax avait craint de s'être montré trop intrépide. L'idée de la mort ne l'effrayait pas. Mais la perspective d'échouer dans sa mission et de décevoir Silfadred créait en lui un sentiment de malaise. Il ne pouvait pas plus l'accepter qu'il aurait admis de se trahir soi-même. Inconsciemment, il subissait en cela le lien que le mage avait tissé entre eux en le façonnant. Car, sans le savoir, il était un peu de Silfadred.

Contrôler la horde des Thrughs était éprouvant. Ces êtres, produits des pires dérives de l'esprit humain, échappaient à toute discipline, à toute raison. La sauvagerie qui faisait leur force dans l'entreprise qu'ils menaient sous ses ordres, en forgeant la brutalité aveugle de leurs appétits, les rendait indomptables, sauf à les dominer constamment dans un rapport fondé sur la violence.

À plusieurs reprises déjà, Pantrax avait dû contenir les excès de leurs instincts impitoyablement. Cela, en soi, lui était indifférent. Ce qui l'inquiétait, c'était d'avoir dû recourir d'emblée à cette solution ultime, ce qui ne lui laissait aucune possibilité de graduer l'exercice de son autorité.

Il redoutait à tout moment que leur fureur ne les entraînât à le déborder de façon irrépressible.

Arrivé au bas de la colline, il s'était aperçu que le brouillard noyant le vallon était moins dense qu'il ne l'avait cru depuis son sommet. Sa tension s'était alors un peu relâchée. D'autant que sa troupe, encore forte de milliers d'éléments, s'était apaisée. Il ne comprenait pas pourquoi chaque fois qu'il observait les Thrughs composant sa suite, ils lui semblaient moins nombreux. Son armée *fondait*. C'était exactement l'impression qu'il ressentait : à chaque nouvel examen, elle se muait en certitude.

Son inquiétude se mit à croître. D'abord parce que la brume s'épaississait à nouveau, ensevelissant peu à peu la base des hauteurs au milieu desquelles ils progressaient, tout comme elle noyait leurs sommets depuis qu'ils avaient pénétré dans ce territoire. Celui-ci lui avait paru hostile dès la première vision qu'il en avait eue. Après s'être passagèrement dissipé, ce sentiment remontait en lui : chaque fois qu'il trouvait des raisons de l'éloigner, il revenait, s'imposant comme une évidence. La menace était diffuse. Comme suspendue dans l'air, contenue dans les milliards de gouttelettes composant la vapeur autour d'eux. Ce type d'intuition était l'une des rares finesses – sinon la seule – que sa personnalité brutale avait héritées de son maître.

Mais depuis peu, autre chose alarmait Pantrax. Il avait cru sentir l'ardeur des Thrughs baisser subitement, de façon si tangible qu'il avait éprouvé le besoin de s'arrêter et, pivotant sur sa selle, de les observer. Inexplicablement, il les avait trouvés moins... effrayants. Pas physiquement. Mais dans leur élan.

Longtemps, il avait senti monter l'impatience de sa troupe d'une manière grégaire : il s'était dit que si celle-ci atteignait un degré trop élevé, il ne pourrait les empêcher de se ruer, aveuglément, sur une proie qu'ils ne voyaient même pas. À présent, leur hargne était certes encore terrifiante, comme l'indiquait le concert de grognements bestiaux accompagnant leur marche : mais elle semblait plus contenue. C'était là encore un phénomène qu'il avait cru percevoir auparavant. Mais pas de façon aussi flagrante.

L'idée lui vint d'un coup : quelque chose se produisait qui les affaiblissait. Il devait repérer les proies qu'il leur destinait au plus vite.

D'un vigoureux geste du bras, Pantrax lança en avant sa troupe, dont les flots se précipitèrent de chaque côté de lui dans le large goulet que formaient les bases de deux hauteurs escarpées. De crainte d'être englouti, il éperonna son cheval pour prendre leur tête.

* * *

Longeant lentement la palissade sur leurs chevaux, Antrégor et Silfadred évaluaient les dégâts causés par l'offensive de Viridius. Ils virent bientôt arriver vers eux un cavalier : c'était Spartan.

Les trois hommes se rejoignirent.

« Je m'attendais à pire ! dit le chevalier. Il semble que nous n'ayons que quelques victimes à déplorer. Et relativement peu de dommages. »

Le doute envahit les traits du roi. Il regarda des soldats qui s'affairaient autour de deux corps. L'un, atrocement brûlé, était encore percé de part en part par un pieu dont la pointe de métal, acérée, ressortait dans son dos. L'autre gisait à quelque pas, à proximité du bloc de pierre qui lui avait écrasé la poitrine, réduite en une bouillie sanglante.

« L'attaque a été brève ! À peine quelques tirs… » remarqua-t-il.

Il regarda les piquets de bois, largement ébréchés, sans doute par le projectile qui avait tué le second dans sa course. Puis ses yeux se portèrent vers le rempart de la citadelle, à quelque distance sur sa droite, dont deux merlons avaient été emportés de la même façon. La voix cassante de Silfadred l'interpella :

« À ceci près que ce n'était pas une attaque, Sire : c'était une démonstration. Rien qu'une démonstration !

— Qu'ils en déclenchent une autre plus massive et plus longue, et je n'ose imaginer ce qu'il restera d'ardeur à nos troupes, condamnées à recevoir les coups sans réagir, commenta Antrégor. Pour peu qu'aussitôt après ils donnent l'assaut !

— Nous avons de quoi répliquer, dit Spartan, en désignant d'un geste les engins de jet situés autour d'eux.

— Peut-être ! rétorqua Antrégor. Mais même rendre coup pour coup ne gommera pas une différence essentielle entre nos deux camps…

— Laquelle ?

— Nous, nous sommes entourés de murs et encerclés sans aucune chance de sortir d'un piège dans lequel l'ennemi peut nous broyer. C'est en tout cas ce que se diront nos gens lorsqu'ils seront accablés. Psychologiquement, cela change beaucoup de choses. »

Le souverain se tourna vers le mage.

« Tu ne dis rien, Silfadred !

— Non, Sire. Je réfléchis.

— À quoi ?

— À la façon dont nous pouvons riposter à cette action. Pour à la fois montrer à Viridius qu'il n'a pas affecté notre moral, et miner celui de ses hommes, en leur faisant voir que, même assiégés, nous sommes capables de les atteindre jusque dans leurs propres lignes.

— Songez-vous à tenter une sortie, Seigneur Silfadred ? demanda Spartan, d'un ton qui en disait long sur le sentiment mitigé que lui inspirait semblable perspective.

— Oui, mais pas sous la forme que tu imagines sans doute, Spartan, et qui, j'en conviens, serait suicidaire. »

Il se tourna vers Antrégor.

« Laissez-moi jusqu'à demain matin, Sire. Et toi, Spartan, contente-toi pour l'instant de sélectionner une cinquantaine de chevaliers en qui tu puisses avoir toute confiance, aussi bien dans leur courage que dans leur discipline et leur capacité à agir de concert. Si nous tentons ce à quoi je songe, cela nous sera précieux. Maintenant, je vais me retirer, Sire. Je n'ai pas trop de temps pour mettre au point les détails. »

Il tourna le dos sans un mot et partit vers la citadelle, laissant les deux hommes qui échangèrent un regard muet : ils étaient trop accoutumés au comportement de Silfadred pour ignorer qu'ils n'en obtiendraient rien de plus.

* * *

Les Thrughs s'étaient lancés autour de Pantrax dans un vacarme de pas, de galops, de hurlements gutturaux et de métal, dont le volume allait s'amplifiant à mesure que le relief, autour d'eux, en répercutait l'écho. Il sembla bientôt que les alentours, bien au-delà des collines, étaient habités par un peuple en proie à la rage.

Au moment où le Hurleur reprenait la tête de la horde, le brouillard se déchira devant elle, comme écartelé par les prémices de la tourmente qu'ils déchaînaient, ne laissant déposés sur le sol que quelques lambeaux épais.

Et, trop tard, Pantrax découvrit ce que son instinct avait perçu, mais non ses sens.

Entre les deux hauteurs qui l'encadraient, le défilé était barré par quelques centaines d'hommes puissants, dont les armures d'airain rutilaient sous les rayons du soleil perçant soudain la brume. Leurs boucliers oblongs posés sur le sol formaient un mur hérissé de lances. Un cavalier parcourait leur front de long en large, brandissant son glaive dans un geste de défi : chacune de ses voltes était majestueusement soulignée par l'ondoiement des longues plumes pourpres accrochées au cimier de son casque, dont la sangle disparaissait dans la blondeur de son collier de barbe.

Pantrax freina sa monture en tirant brutalement sur ses rênes, abasourdi par cette apparition en un lieu où nul n'aurait dû se trouver, et par le caractère surnaturel dont sa magnificence parait cet adversaire surgi du néant. Mais surtout par l'implacabilité du dispositif vers lequel il voyait foncer tout droit son armée.

Car son regard d'aigle, pénétrant les volutes de vapeur qui tourbillonnaient à ras de terre, discerna la fosse profonde qu'elles masquaient : elle s'étendait en avant de l'ennemi, sur toute la longueur de ses lignes. Il aperçut les pointes acérées des pieux fichés dans le versant situé face aux attaquants, et vraisemblablement au fond de l'excavation : bien qu'il ne les vît point, Pantrax n'en douta pas un instant. Celle-ci semblait avoir été creusée par une griffe géante, tant ses bords étaient déchiquetés et ses parois abruptes.

Il fut immédiatement clair, à ses yeux, que les Thrughs allaient se précipiter tête baissée dans le fossé, hypnotisés par la vue de cet adversaire enfin offert à leur fureur meurtrière.

Pantrax voyait la charge terrible des Thrughs dévorer le terrain qui les séparait de celui-ci à la façon d'un raz-de-marée : rien ne pouvait les ralentir. Quand bien même les premiers rangs prendraient conscience du traquenard et voudraient s'arrêter, ils seraient bousculés par ceux qui les suivaient, ignorants du danger. Le fracas de tonnerre accompagnant la scène lui conférait une dimension apocalyptique.

Tournant la tête de tous côtés, le Hurleur tentait d'imaginer des solutions, mais les éliminait l'une après l'autre, car toutes présupposaient l'arrêt de l'attaque, rendu impossible par la démence aveugle qui, seule, habitait ses troupes. En apparence, les ennemis étaient peu nombreux. Dans des conditions ordinaires, ils eussent été balayés. Mais là, il fallait d'abord les atteindre.

Parcourant du regard la multitude qui déferlait autour de lui, Pantrax comprit qu'il n'avait qu'une issue : elle lui coûterait très cher, mais elle devrait lui laisser assez de combattants pour mener à bien sa mission. Après tout, ceux qu'il pourchassait n'étaient que trois !

Il choisit de se frayer un passage jusqu'à la colline le plus proche et d'assister à la suite, dans l'attente du moment opportun pour reprendre les choses en main.

Poussant vigoureusement son cheval à travers le flot des attaquants, il parvint, après maints chocs et maintes bousculades accompagnées de quelques effets de glaive meurtriers, à gravir une pente et se retourna vers le vallon.

De façon surnaturelle, il semblait que la charge des Thrughs faisait refluer la brume sur le sol. Ce fut au dernier instant qu'elle dévoila l'immense chausse-trappe s'ouvrant sous les pas des chevaux, puis sous ceux des fantassins. Une cacophonie de hurlements s'éleva des premiers rangs, lorsqu'ils découvrirent le gouffre devant eux, en même temps que se généralisait la cohue provoquée par leur arrêt brutal et la poussée de ceux qui les suivaient.

Semblables à des pantins, ils commencèrent à tomber dans le piège, s'empalant dans des geysers de sang sur les pics dressés vers eux, sans cesse précipités par les nouveaux arrivants. Les membres s'enchevêtraient pitoyablement dans les efforts que chacun faisait pour s'extirper du tapis mouvant, gesticulant et sanglant, formé par ceux qui l'avaient précédé. Les corps s'entassaient dans un fracas de métal, aussitôt écrasés par le poids de ceux qui affluaient à leur suite, dans un tohu-bohu effrayant de cris étouffés, de râles et de hurlements de douleur.

Bientôt les pieux furent chargés jusqu'à leurs extrémités de cadavres éventrés sur les armes brandies desquels les nouvelles vagues s'embrochaient à leur tour : les pensées primaires et impitoyables des Thrughs, guidées par la seule perspective du bain de sang qu'ils allaient déclencher s'ils franchissaient la fosse, leur dictaient d'avancer, quel qu'en soit le prix. Leur nombre finirait bien par combler l'obstacle. C'est sur cela qu'avait compté Pantrax. Et c'est ce dont Khaaster prenait conscience avec horreur, tout en continuant d'exhorter le Peuple Gardien qu'il avait entraîné sous son antique apparence hors du monde de l'Insensible, devenu son refuge depuis qu'il avait échappé à la malédiction de Silfadred.

Khaaster était effrayé par la monstruosité du spectacle qui se déroulait sous ses yeux et des suites qu'il en augurait.

Il avait espéré, sinon arrêter les Thrughs, du moins les ralentir. Ou peut-être les décourager. Car ce qu'il avait fait dans cette vallée, il pouvait, par ses pouvoirs et l'énergie de ses sujets, le refaire immédiatement dans n'importe quelle autre. Mais jamais il n'avait imaginé que ses ennemis se condamneraient eux-mêmes à une telle boucherie, forts de leur nombre et mus par une volonté fanatique de passer coûte que coûte.

Il voyait les rangs des créatures de cauchemar domptées par Silfadred surgir un à un du nuage de poussière qu'avaient fini par soulever leurs charges successives, et celles-ci se jeter les unes sur les autres. Toutefois, leur comportement se précisait depuis quelques instants. Ceux qui atteignaient le bord de la fosse ne s'y laissaient plus tomber de façon suicidaire. L'entassement des cadavres avait peu à peu relevé le niveau du fond. Les nouveaux arrivants descendaient sur le tapis de chair et de métal et s'efforçaient de progresser sur lui. La plupart du temps, ils parvenaient à avancer un peu avant de s'effondrer à leur tour, incapable de trouver leur équilibre sur cette aire instable : les pieds, souvent même les jambes, s'enfonçaient avec un son mou dans les vides qu'ouvrait sous la pression de leurs pas l'entrelacement des membres et des corps.

Parfois, dans le mouvement, une lance ou un bras tenant une épée se redressait, sur lequel la posture bancale des derniers venus les entraînait à chuter en s'éventrant, à moins que ce fût leur voisin, tentant maladroitement de se retenir à eux pour éviter le sort de tous ceux qui gisaient en se convulsant dans les affres de l'agonie et rendaient leur avance plus incertaine encore.

Khaaster savait que bientôt, la chair et les matériaux qui s'accumulaient ainsi permettraient aux vagues suivantes de passer à niveau. Et qu'alors son peuple subirait de plein fouet l'assaut de cet océan barbare.

Depuis la colline, les traits tordus par un sourire cruel, Pantrax faisait la même constatation que le roi des Ouloukhs. Mais il était inquiet de voir le déclin du soleil annoncer la venue prochaine de la nuit. Si ses adversaires n'étaient pas rapidement culbutés, celle-ci interromprait le combat et retarderait leur progression. Sentant que le moment propice arrivait, il commença de descendre lentement en direction de la fosse.

Comme il atteignait le fond du val que l'approche du couchant baignait d'une lumière mordorée, un flottement se produisit dans les rangs des Thrughs à la vue de leur chef. Élevant le bras, il fit reculer ceux qui étaient devant lui et le mouvement se propagea jusqu'à l'autre extrémité de leur ligne.

Bientôt un silence étrange tomba sur le vallon, tendu par l'attente des combattants rangés de part et d'autre de la fosse qui, maintenant, se limitait à un espace rempli de corps entassés dans la plus grande confusion : les Thrughs qui s'étaient à présent retirés en arrière sous l'impulsion de Pantrax les avaient tant piétinés qu'ils formaient presque un sol compact.

Lorsqu'il fut certain de bien les maîtriser, Pantrax fit reculer loin son armée : il voulait qu'ils eussent suffisamment de terrain pour que, lorsqu'il les lancerait, leur charge puisse prendre l'allure d'un ouragan capable de pulvériser tout ce qui serait sur son passage.

Le mur humain hérissé de pics formé par les rangs bien ordonnés des Ouloukhs paraissait inébranlable, comparé à la foule turbulente des créatures qui s'amassaient en désordre de l'autre côté du charnier : mais leur effervescence donnait le sentiment qu'un simple geste de leur chef libérerait une puissance dévastatrice à laquelle rien ne pourrait résister.

Khaaster scrutait les ennemis : il réalisait un peu plus à chaque instant qu'il ne pourrait affronter leur assaut bien longtemps.

Il avait disposé ses Ouloukhs sur trois longues lignes en quinconce qui fermaient complètement la vallée : les hommes des deux premières avaient un genou à terre, ceux de la troisième étaient debout, leurs lances reposant sur le sol. Leurs cuirasses, leurs jambières, leurs avant-bras et leurs casques étaient de bronze, tous semblables. Sous les premières, le blanc des tuniques resplendissait. En dehors de ces protections, leurs membres étaient nus. À leur hanche gauche pendait un glaive court et à leur droite, une petite dague. Maniées avec dextérité, ces armes, à première vue peu impressionnantes, étaient mortelles. L'ensemble, fort différent des armures habituelles, composait l'uniforme de soldats intemporels, éternels gardiens des terres d'Ischeltroëm.

Khaaster les regardait avec fierté, connaissant l'opiniâtreté qu'ils opposeraient à l'attaque des Thrughs et leur sens du sacrifice. En dépit de la tragédie qui s'annonçait, il ne pouvait s'empêcher de sourire intérieurement en songeant à l'apparence, comparativement pitoyable, sous laquelle ils avaient si longtemps trompé le monde en obéissant à la volonté du dieu. Même Eïséryne !

Une vague de mélancolie le submergea lorsque l'image de la déité traversa son esprit : si belle, si enchanteresse, si fragile mais si… inaccessible. La lueur qu'il avait perçue dans son regard l'avait profondément bouleversé, d'autant plus qu'il croyait impossible le sentiment dont il témoignait à son égard de la part de la jeune fille. Il se demanda si elle avait seulement une pensée pour lui en cet instant qui s'annonçait si funeste pour les siens comme pour lui-même.

Cette inquiétude le ramena à l'instant présent et, le cœur lourd, presque satisfait du destin qui allait être bientôt le sien, il reporta son regard sur les lignes ennemies, alors qu'une clameur sourde commençait à monter de celles-ci : scandée par le martèlement des glaives sur les boucliers, elle emplissait peu à peu l'espace, portant vers les Ouloukhs les présages de leur mort prochaine en exprimant la quintessence de la brutale sauvagerie qui allait fondre sur eux. Son ampleur croissante était marquée par l'impatience exacerbée des Thrughs. Leurs pieds s'étaient mis à frapper le sol au même rythme et, progressivement, les Ouloukhs sentaient la terre s'agiter d'un tremblement dont les ondes irradiaient dans leurs corps.

Impassibles, exempts de toute terreur, ils gardaient les yeux fixés sur l'adversaire, dans l'attente d'une charge qu'ils savaient imminente. Khaaster se demanda combien de temps leur chef, qu'il voyait parcourir leurs rangs à vive allure en les excitant sans cesse des moulinets de son fléau, allait faire monter la tension qui envahissait le vallon et les collines avoisinantes.

Observant le soleil qui déclinait, il se dit que celui qui les commandait devait être bien sûr de lui pour tenter une attaque si tardive : cela signifiait qu'il ne pensait faire d'eux qu'une bouchée.

C'est ce qui te perdra, songea le roi. *Du moins ce soir* !

Soudain, alors que rien ne le laissait prévoir, le cavalier stoppa son cheval : avec une remarquable agilité, il attacha son arme à sa selle et, dans le même geste, se saisit de son glaive. Il fit virevolter plusieurs fois sa monture, bras levé, puis la fit se cabrer. Il baissa le bras et la lança au galop au moment où celle-ci touchait le sol. Immédiatement, l'armée des Thrughs se mit en marche.

Khaaster se tourna vers ses hommes. Les visages s'étaient tendus, les mains s'étaient résolument resserrées sur les hampes des lances, la position des boucliers sur le sol s'était affermie. Ils attendaient le choc, que le son grandissant de la charge des Thrughs rendait plus inéluctable à chaque instant.

C'est alors qu'à sa surprise, l'air parut flotter devant ses lignes : comme engendrées par lui, des silhouettes se dessinèrent, se précisant rapidement pour former une rangée de combattants. Les feuillages les revêtant s'étaient plaqués sur leurs corps et brillaient comme du métal sous les rayons du soleil couchant : ils mêlaient leur éclat flamboyant au vert profond de leur vêtement dans une chatoyante symphonie de couleurs. À leur côté une longue épée à la lame étroite pendait presque jusqu'à leurs chevilles. Leurs yeux d'émeraude suivaient avec froideur la fulgurante avance des adversaires, tandis que leurs bras armés d'arcs se levaient, qu'ils tiraient de leur main libre une flèche du carquois accroché dans leur dos et l'encochaient d'un geste que son caractère posé rendait implacable.

« *Noble Khaaster...* murmura une voix féminine à ses oreilles, *imaginais-tu que les Iazliks laisseraient les Ouloukhs affronter seuls l'ennemi ? Oubliais-tu que le Monde de l'Insensible est l'univers privilégié de ceux qui veulent être partout sans jamais être vus ?*

— Eïséryne ? dit Khaaster, stupéfait.

— *La plupart des Iazliks ont rejoint Sarm'Eïloan. Toutefois, quelques-uns étaient restés à mes côtés. Puissent-ils, en cet instant, t'être d'un précieux secours...* »

Les Ouloukhs, un moment ébahis par l'apparition de ces alliés providentiels, échangèrent quelques regards, puis reportèrent leur attention sur les Thrughs de plus en plus proches.

La forme diaphane d'Eïséryne s'esquissa furtivement dans les lueurs chaudes de l'atmosphère devant les yeux de Khaaster, lui adressant un pâle sourire avant de disparaître.

Déjà les Iazliks bandaient leurs arcs d'un geste ferme, les maintenant tendus, l'œil fixé sur le roi Ouloukh dans l'attente de son ordre, lui manifestant ainsi leur allégeance. Revigoré tant par leur présence que par la vision qu'il venait d'avoir, celui-ci se tourna lentement sur sa selle vers les assaillants, en levant le bras.

Le son de la charge ennemie devenait assourdissant.

À sa tête, Pantrax avait bien saisi qu'il se passait quelque chose d'inattendu chez ses adversaires. Il avait aperçu la prodigieuse apparition de la nouvelle ligne de combattants. Mais il ne parvenait pas à distinguer les détails. Il savait simplement que la situation n'était plus ce qu'il prévoyait au moment où il avait donné le signal de l'attaque. C'est quand il vit le cavalier qui commandait les rangs adverses baisser le bras et une frange sombre s'élever vers le ciel, accompagnée par le son d'une forte vibration, qu'il comprit de quoi il s'agissait.

Il freina son cheval, laissant, impuissant, les Thrughs se précipiter vers la mort. La première volée de flèches n'était pas encore tombée sur le sol qu'une autre la suivait.

Les premières lignes des Thrughs furent impitoyablement fauchées par les tirs des Iazliks, qui se succédaient à un rythme inouï : à peine des traits avaient-ils pris leur envol que, déjà, les suivants étaient mis en place et les cordes se tendaient à nouveau, tant étaient vifs les gestes des archers.

Cavaliers et fantassins s'écroulaient dans un vacarme terrible, amplifié par les hurlements de surprise de ceux qui, pris de court par leur chute, s'empêtraient dans les corps jonchant le sol : ils étaient aussitôt cloués sur celui-ci par un nouveau nuage, en même temps que leurs congénères dont l'élan était brisé par cette avalanche mortifère.

Le déferlement des Thrughs ne tarda pas à faiblir : l'amoncellement des cadavres et des blessés finissait par former un obstacle qui, les ralentissant, les rendait plus vulnérables encore. Le tumulte des cris, des hennissements, était atroce. Même leurs esprits impavides en étaient ébranlés.

Pantrax vit bientôt les Thrughs refluer vers l'arrière. Il comprit qu'il avait perdu. Gravissant à nouveau le flanc de la colline, il constata avec stupeur à quel point son armée s'était amoindrie dans ces vains assauts dont la succession ne méritait même pas le nom de bataille. Il sut qu'il devait à tout prix exterminer l'adversaire à l'aube, en recourant à une autre tactique. Parcourant le paysage des yeux, il se dit qu'il allait mettre la nuit à profit pour créer l'effet de surprise dès les premiers rayons du soleil.

Les ténèbres lui fourniraient les circonstances propices pour faire ce que le jour lui avait interdit.

Dieu rebelle et sans foi, n'oublie jamais ceci :
Le marbre des statues recèle dans ses veines
Le sang du créateur dont l'esprit enfiévré
A modelé leurs formes…

LIVRE DES CÉLESTES
Chant IV, vers 880-883

62

La nuit qui avait soudainement enveloppé Farkhar, Aïwana, Surandir et Truffe d'Or n'avait duré que le temps d'un soupir. Alors qu'une fulgurante aurore empourprait les nuées au-dessus de leurs têtes dans un lointain tonnerre de grondements telluriens, une invisible prison se refermait sur eux, paralysant leurs chairs et leurs gestes, écrasant leurs poitrines dans un étau.

L'air semblait se solidifier, enserrant progressivement leurs anatomies dans une monstrueuse étreinte, comprimant leurs souffles. L'intérieur de leurs torses devenait brûlant, asséché par l'absence d'air ; leurs esprits défaillaient, quittant leurs corps en même temps que leur conscience du monde faiblissait et que leur vue se brouillait.

Ils devinrent soudain si lourds qu'ils eurent l'impression qu'ils allaient s'enfoncer dans la terre.

Farkhar vit avec effarement Truffe d'Or s'abaisser vers le sol, en posant sur lui un regard d'une infinie tristesse : il paraissait écrasé par une masse invisible. Sentir l'animal immobilisé de cette façon remplit le jeune homme de terreur. C'était la première fois que le chien ne réagissait pas à ce qui s'annonçait comme la manifestation du maléfice suivant. Peut-être, comme eux, avait-il été pris de court par la soudaineté du phénomène, par la rapidité avec laquelle il avait succédé au précédent.

Une force surnaturelle ployait les végétaux épars surgissant du sol desséché.

Instinctivement, il sut qu'Éponia était en cause, dont l'attribut était la gravité : cela lui revint à l'esprit en un éclair. Il n'allait plus pouvoir empêcher ses genoux de fléchir ; ce serait le début d'un écrasement douloureux et, pour finir, mortel.

Il regarda vers Aïwana, tout près de lui : celle-ci avait déjà cédé. Actarès s'était allongé et paraissait suffoquer. Il se sentait trop pesant pour se tourner vers Surandir, qu'il n'imaginait pas en meilleure posture.

Impuissant à résister davantage, il se laissa aller sur le sol et sa main…

… se crispe dans celle de la jeune fille, dont la poitrine brûlante se presse ardemment contre la sienne. Leur baiser est interminable, incontrôlable la fièvre de leurs chairs, que le bouillonnement du désir parcourt au rythme de leur sang et de leur souffle.

Farkhar est tout à coup traversé par des flux étranges, tandis qu'Aïwana, la respiration déjà rauque, crie sa souffrance d'un regard dont l'ambre se ternit. Pourquoi sent-il monter en lui les prémices d'un plaisir intense alors que cet écrasement le met au supplice ? Une nouvelle fois, il pressent qu'au plus intime de son être croît le pouvoir de combattre le maléfice.

Son autre main caresse le satin de la peau, descend vers la cambrure des reins, se perd sur le galbe des cuisses qui l'enserrent, remonte le long des flancs dont la palpitation s'accélère, et soulève doucement la poitrine d'Aïwana, dont les mamelons, libérés, effleurent son torse.

Nimbée par la clarté lunaire, la gracieuse silhouette à nouveau le domine : arquant lentement son dos, il s'affranchit de son emprise pour mieux étreindre en le faisant basculer ce corps qui, soudain, se fait léger, complice de son mouvement. Tandis qu'ils roulent, enlacés, le parfait équilibre de leurs énergies leur donne le sentiment de flotter dans l'éther, libres de toute dépendance physique, de toute entrave, de toute contrainte.

Il n'y a plus qu'elle, blottie, et lui qui, léger…

… se redresse, chassant l'oppression qui, un instant plus tôt, l'accablait, et qui, à présent, recule.

Farkhar vit les corps d'Aïwana et de Truffe d'Or s'apaiser, et leur respiration retrouver un rythme régulier. Tout en reprenant ses esprits, il avait l'impression de sortir d'une torpeur qui avait engourdi tous ses muscles. Il s'inquiéta de ne percevoir aucun signe de

Surandir. Aïwana avait sans doute éprouvé le même sentiment : il lut la stupeur qui envahissait les traits de la jeune fille. Se retournant fut pris de saisissement, indifférent aux plantes et aux arbres qui, un à un, se redressaient comme sous l'effet d'une onde dont ils eussent été le centre, tout autant qu'à la femme enveloppée de voiles gris perle dont le regard, brillant d'une intemporelle jeunesse, les contemplait.

Le nain commençait à se remettre sur ses jambes. Mais était-ce vraiment Surandir ?

Oui, bien sûr, c'était lui. Et plus lui tout à fait. Ce qui s'était esquissé à la suite de la libération des premières Célestes – car il ne faisait aucun doute pour Farkhar que les deux étaient liés – se confirmait à présent de façon lumineuse.

Le visage de Surandir s'était nettement reformé et proportionné, avait acquis de la maturité : il s'était empreint d'une noble beauté qui, quoiqu'encore frustre, comme inachevée, rayonnait, et, par comparaison, faisait paraître monstrueuse sa physionomie passée, en ne retenant d'elle que la sympathie profonde qu'elle avait d'emblée inspirée à Farkhar en dépit de sa laideur. Son corps avait fait de même : la métamorphose qu'il subissait le faisait approcher d'une certaine harmonie. Le chevalier eut même la conviction, avant que Surandir se fût complètement redressé, qu'il était à présent bien plus grand qu'auparavant. L'humanité qui avait toujours émané de sa personne s'en trouvait davantage renforcée. Étonnamment, son vêtement et son armure s'étaient adaptés aux modifications de son anatomie.

La question qui avait tant de fois agité l'esprit de Farkhar resurgit, plus obsédante que jamais :

« Qui es-tu, Surandir ? Dis-le-moi enfin ! »

Celui en lequel il ne parvenait plus à voir un nain le regarda avec un mélange de tristesse et de doute :

« Je ne sais pas, Farkhar, je ne sais pas, je te le jure. À tes yeux et à ceux d'Aïwana, je comprends que lorsque vous me découvrez, vous voyez quelque chose qui vous étonne. Je sens s'éveiller en moi une force immémoriale, dont je ne saisis pas encore la nature ni l'origine. Était-elle tapie en moi depuis la nuit des temps ? Je ne peux rien te dire de plus, sinon que ce que tu accomplis, et à quoi je demeure bien malheureusement étranger, ne se limite pas à libérer les filles d'Ischeltroëm. La vérité est au bout d'un chemin aussi périlleux qu'inattendu, Farkhar : celui que nous suivons depuis des jours, et que nous devons continuer de suivre. »

* * *

Les premières lueurs de l'aube commencèrent à dessiner doucement le décor au milieu duquel Khaaster et les Ouloukhs avaient attendu, toute la nuit, que se manifestent les Thrughs. Mais rien ne s'était passé. Ils s'étaient relayés pour prendre un peu de repos, s'allongeant à même le sol, sans quitter leurs armures, conscients du fait que si l'ennemi ne les attaquait pas en mettant l'obscurité à profit, il le ferait dès que le jour serait suffisant.

La lune absente, les ténèbres avaient été totales, à l'image du silence, trop parfait pour être rassurant. À plusieurs reprises, Khaaster avait vainement tenté de saisir quelque signe provenant de l'adversaire. Mais il n'avait rien pu déceler : celui-ci semblait s'être évanoui. Pas le moindre mouvement. Pas le moindre son. Pourtant il était toujours là : au fil des heures, cette certitude avait rendu la tension habitant ses hommes de plus en plus palpable.

Le ciel, enfin, avait commencé de se teinter vers l'orient.

Au départ, la clarté avait été si ténue qu'il avait été difficile de la percevoir. Puis elle avait crû subtilement. Jusqu'à ce qu'en parcourant le paysage, Khaaster aperçût des alignements sombres sur le flanc des collines : ils se dessinaient tout au long de celles-ci, de part et d'autre de leur position, trop réguliers pour être dus à un phénomène naturel. Ils émergeaient de la couleur neutre du sol à mesure que la lumière devenait plus intense : il n'eut pas besoin qu'elle soit bien vive pour comprendre, au même moment que les siens, de quoi il s'agissait.

Les pentes étaient couvertes de guerriers dont ils ne distinguaient pas les détails. Comment ceux-ci avaient-ils gagné ces positions sans qu'ils perçoivent leur déplacement ? À mesure que le jour l'emportait sur la pénombre, un brouhaha montait de toute part. Ce n'étaient pas les ennemis qui s'éveillaient : c'était la menace dont ils entouraient le vallon qui prenait corps, pour signifier aux Ouloukhs qu'ils étaient cernés, et que pas un d'entre eux n'échapperait au sort qu'ils leur réservaient.

En les observant, Khaaster constata que les lignes des Thrughs dépassaient largement vers l'orient, dans son dos, l'emplacement occupé par le Peuple Gardien. Il comprit que, lorsqu'ils dévaleraient les collines, les assaillants envelopperaient sans mal leurs arrières en même temps qu'ils se jetteraient sur leurs flancs, qu'aucun fossé ne protégeait. Regardant vers l'occident, au-delà de celui qui traversait le vallon la veille, et qui n'était plus maintenant qu'un entassement de cadavres déjà vaguement nauséabonds, il vit que l'ennemi disposait encore de beaucoup de forces de ce côté-là aussi. L'encerclement, presque complet, le deviendrait dès le début de l'attaque. Leur fin serait tout aussi totale. Il ne leur restait plus qu'à tenir le plus longtemps possible. Plus que leurs armes, leur détermination et leur vaillance allaient être décisives.

Depuis la hauteur, Pantrax regarda les Ouloukhs adopter lentement une position en carré. Insensible à tout sentiment humain, il n'y voyait nulle gloire. Seulement la stupide volonté d'une ultime résistance de la part de victimes désignées. Sous les premiers rayons du soleil, les armures et les boucliers des hommes en mouvement jetaient des éclairs qu'il percevait comme autant de défis. Mais il avait envie de prendre son temps. Lui qui n'éprouvait aucune peur, il sentait celle des Ouloukhs suinter jusqu'à lui, et s'en repaissait.

Il considéra les rangs des Thrughs massés derrière lui. La cruelle froideur qu'il lisait sur leurs faciès était la meilleure garante d'une victoire rapide. Eux non plus ne ressentaient rien, ni à l'égard de ceux sur lesquels ils attendaient de fondre avec une impatience manifeste, ni à l'égard d'eux-mêmes, tout comme le massacre dont ils avaient été l'objet la veille n'avait jamais ralenti leur élan.

Pantrax aussi entendait la rumeur sourde de son armée monter progressivement, derrière lui, en face de lui sur l'autre colline, et sur sa droite. Il savourait le silence qui occupait, au centre, l'espace tenu par les hommes. Un silence de mort. *Déjà*, se disait-il avec délectation.

Les Ouloukhs avaient à présent fini de se disposer. Afin d'offrir un obstacle de toute part en conservant la solidité de leurs lignes, ils avaient dû se resserrer. Ils n'occupaient plus maintenant en longueur que le tiers du terrain longé par la fosse. À ce prix, ils avaient pu maintenir trois rangs en profondeur.

Un souffle de vent balaya le vallon, soulevant un nuage de poussière qui estompa un instant le tableau qu'ils offraient à leurs bourreaux.

Peut-être Pantrax y vit-il un présage. Lorsqu'il se fut dipersé, il leva le bras : les regards des Thrughs s'accrochèrent à son poing dressé vers le ciel. Ceux qui étaient à cheval commencèrent à exciter leurs montures du talon, les retenant fermement dans l'attente du signal final. Quand le Hurleur sentit la fureur de sa horde prête à exploser, il éperonna son cheval en abaissant la main vers son glaive qui jaillit aussitôt de son fourreau, pointé vers l'avant, projetant, tels des éclairs, les reflets du soleil. Un cri monstrueux s'éleva depuis les collines et le vallon, ensevelissant sous son écho la petite armée rassemblée au creux de celui-ci, tandis que, de tous côtés, le déferlement des créatures dévorait à une vitesse croissante le terrain les séparant de leurs proies...

Les Iazliks avaient depuis longtemps encoché une flèche : mais, répartis sur les quatre flancs, ils étaient loin de pouvoir opposer la même riposte que le soir précédent.

Dès que les attaquants furent à portée, leurs traits jaillirent dans le ciel, aussitôt suivis par d'autres. Chacun atteignait une cible, provoquant une bousculade là où un fantassin ou un cavalier tombait et où ceux qui le suivaient s'empêtraient dans son corps chancelant. Mais loin de l'hécatombe de la veille, ce tir, quoique nourri, n'occasionnait que des brèches vite comblées dans la muraille de chair, de cuir et de métal qui progressait inexorablement.

Lorsque le choc devint imminent, les Iazliks se retirèrent en bon ordre derrière les lignes Ouloukhs. Ils déposèrent leurs arcs et se saisirent de leurs épées, tenant fermement des deux mains leurs longues poignées, la lame dressée devant eux.

Presque sur les quatre flancs en même temps, l'élan des Thrughs se heurta dans un terrifiant fracas aux murs d'airain et de lances érigés par les Ouloukhs. L'impact fut terrible.

Les cavaliers atteignirent les premiers leurs adversaires. Tandis que certains chevaux, effarouchés, se cabraient devant l'obstacle, désarçonnant ceux qui les montaient en provoquant un désordre accru par la surprise, la plupart, croyant pouvoir écraser les défenseurs sous les sabots de leurs montures, lancèrent celles-ci dans un bond spectaculaire. Mais les lances se dressèrent : chevaux et cavaliers s'empalèrent dans un tonnerre de hurlements et de hennissements qui noya celui de la charge. Leurs armes fermement bloquées sur le sol, les Ouloukhs brisèrent l'impétuosité de leurs adversaires sans reculer d'un pouce. Grâce à une tactique éprouvée, le deuxième rang se plaçait en avant tandis que le premier dépêtrait ses hastes des corps dans lesquels elles s'étaient fichées, avant de s'effacer pour se mettre en dernière position.

Quand les fantassins se heurtèrent à leur tour aux Ouloukhs, ils durent gravir la barrière formée par les cadavres et les blessés, mais plus libres de leurs mouvements, parvenant souvent à se faufiler entre les hampes, ils commencèrent à presser plus étroitement les rangs du Peuple Gardien. Les lances devenues inopérantes, les glaives jaillirent des fourreaux : un âpre corps-à-corps s'engagea, commençant de miner la fermeté de leur position.

Comme Khaaster l'avait prévu, son armée était à présent enclavée dans l'ennemi, les Thrughs qui avaient atteint le vallon au-delà du carré s'étant rabattus dans un mouvement circulaire.

Placé au centre de sa formation, il vit les premiers Ouloukhs tomber sous l'offensive des assaillants. Chacun de ses hommes offrait une résistance opiniâtre, portant autant de coups que son bouclier en parait. Les Thrughs se bousculaient entre eux, avides de massacre. Mettant à profit l'absence de stratégie de ces derniers, fondée sur la certitude d'une victoire à la faveur du nombre, les glaives des Ouloukhs taillaient dans les chairs, tranchant bras, têtes et jambes, éventrant, faisant jaillir sang et viscères dans une confusion totale. Quand leur défense se fissurait, là où les trois rangs d'Ouloukhs étaient enfoncés, un Iazlik comblait le vide, fauchant des coups puissants de son arme brandie avec ses deux bras tout ce qui avait le malheur de se trouver à sa portée.

Mais il était évident que la pression des assaillants était irrésistible, et que l'étau se resserrait sur le Peuple Gardien, contraint par ses pertes à restreindre progressivement son aire de combat. Quand il comprit qu'il ne pouvait plus rien faire d'autre que se comporter comme n'importe lequel de ses hommes, Khaaster parcourut les quelques pas le séparant d'un secteur particulièrement fragilisé.

Il l'avait à peine atteint qu'un Iazlik et un Ouloukh succombèrent sous les assauts redoublés de plusieurs Thrughs. Il abattit sauvagement deux d'entre eux, puis un troisième, et dut reculer pour ne pas se trouver débordé.

Dans le tumulte de la mêlée, la rage des Thrughs, enivrés par la perspective du prochain anéantissement de leurs adversaires, ne cessait de croître, rendant la lutte plus inégale à chaque instant. Le déchaînement de leur fureur noyait la cacophonie de râles et de hurlements engendrée par l'âpreté du combat, au centre duquel les rangs maintenant désorganisés des Ouloukhs et des Iazliks fondaient tragiquement. Mais ils savaient que chaque instant gagné sur la mort était un de plus pour Farkhar et, par-delà celui-ci, pour le devenir du dieu dont ils étaient les gardiens.

Khaaster ne parvenait plus à voir dans le désordre de la bataille où en étaient exactement ses troupes. Parfois, le hasard lui faisait croiser les yeux d'émeraude ou la longue épée, si caractéristique, d'un Iazlik, parfois c'était l'éclat projeté par l'airain d'un casque ou d'un bouclier ouloukhs, parfois ce n'était qu'un regard, dont la détermination empreinte de désespoir ou la haine farouche lui permettait de saisir si c'était celui d'un des siens, ou celui d'un de leurs assaillants. Mais dans la masse confuse qui se pressait autour de lui, il était manifeste que le bronze des cuirasses et le vert des carapaces végétales occupaient de moins en moins de place, au centre de la couleur, sombre et compacte, des Thrughs. Aucun des guerriers de son clan n'était à présent indemne, et beaucoup se demandaient si la façon dont leurs plaies les vidaient de leur sang n'aurait pas raison d'eux avant les coups dont les accablaient leurs adversaires.

Le nombre de ces derniers s'était pourtant bien amenuisé : pour Pantrax, remonté sur la colline afin d'avoir une vision générale de l'affrontement, c'était incompréhensible. Ce dont il était certain, c'est que celui-ci, malgré sa violence, n'en était pas la seule cause. C'était en fait la continuité d'un processus qui allait s'amplifiant. Il raréfiait les Thrughs plus sûrement encore que la mort brutale qui les décimait depuis des heures.

Il aperçut, perdue au centre du combat, la poche constituée par ses derniers adversaires. Elle était réduite, mais compacte, et d'autant plus difficile à anéantir. Car l'acharnement aveugle des Thrughs les entraînait à se gêner mutuellement un peu plus à mesure que leur action se concentrait. De loin, le Hurleur n'était pas certain qu'ils ne s'entre-tuassent pas parfois dans leur rage exterminatrice.

C'est alors que sa vue perçante lui permit de distinguer dans l'amalgame du combat le guerrier qui, passant d'un flanc à un autre, parvenait à rétablir tous les déséquilibres, à combler toutes les brèches, provoquant encore des ravages dans les rangs des assaillants malgré la précarité de sa position. Pantrax n'eut tout à coup aucun doute : les plumes rouges de son cimier le désignaient comme celui qui, la veille, parcourait le front ennemi en exhortant ses troupes. Leur chef. Celui qu'il fallait abattre.

Décrochant le fléau pendant à sa selle, Pantrax dévala la pente à bride abattue et s'enfonça parmi les Thrughs, fauchant de son arme tous ceux qui le freinaient, animé par la seule hargne que lui inspirait cet homme, convaincu qu'il ne triompherait pas tant qu'il ne l'aurait pas broyé sous les sabots de son cheval. Sur son passage, les crânes éclataient, les corps s'effondraient déchiquetés, un couloir se creusait dans la masse interposée entre lui et les quelques Ouloukhs et Iazliks survivants. Plus leur nombre se réduisait, plus le combat était féroce.

Enfin, il les atteignit. Son regard rencontra avec surprise des yeux verts, le temps de labourer la face qui le défiait d'un terrifiant coup de son arme. Les résistants n'étaient plus qu'une dizaine, combattant maintenant dos à dos, manifestant leur volonté farouche de ne pas épargner la moindre meurtrissure à ceux qui les accablaient.

Pantrax vit quelques Thrughs s'acharner sur trois s'entre eux, qu'ils finirent par entraîner sur le sol, non sans avoir subi de mortelles blessures : ils les y achevèrent sauvagement, succombant à l'héroïque ardeur des derniers irréductibles. Le glaive de Khaaster mutila deux corps d'un seul coup porté avec une force inouïe. Pantrax fit volter son cheval et, dans le mouvement, projeta sur les Thrughs autour de lui les débris de cervelle, de peau et d'os arrachés au corps des deux derniers Iazliks. En se cabrant, sa monture fracassa le crâne d'un Ouloukh qui cherchait à le désarçonner et, avant de mourir, trouva le moyen de déchirer d'une estafilade sanglante les gorges de deux Thrughs se précipitant pour l'achever.

Alors Pantrax poussa un hurlement caverneux qui surmonta le tumulte et, surpris, les Thrughs se figèrent, comme si le cri avait pénétré leurs esprits plus profondément encore que leurs oreilles.

Ils s'écartèrent et le Hurleur domina de sa puissante stature les trois Ouloukhs survivants autour de leur roi.

Le spectacle qu'ils offraient était horrible. Ils étaient si couverts du sang dégoulinant sur leurs cuirasses et leurs armes qu'il était impossible de discerner s'il s'écoulait de leurs blessures ou provenait de leurs innombrables victimes. Quoique titubant sous l'effet conjugué de la souffrance et de l'épuisement, ils se dressaient fièrement, l'arme pointée vers leurs ennemis : chacun d'eux surveillait tout ce qui se passait autour de lui, et, dans le même temps, ils formaient un ensemble si remarquable qu'ils dégageaient une impression d'invincibilité contrastant étonnamment avec la vulnérabilité extrême de leur situation.

Les Thrughs se pressaient dans un silence alourdi par des grognements qui traduisaient leur frustration. Parcourant du regard leur cercle vociférant, Pantrax fut une nouvelle fois surpris par la façon dont leur nombre était à présent réduit, inexplicable malgré la vision de la terre couverte de corps qui s'offrait à sa vue au-delà de celui-ci. Son arme terrifiante pendait au bout de son bras baissé contre le flanc de son cheval, dont la robe était souillée par de larges taches sanguinolentes témoignant de la barbarie au milieu de laquelle il avait porté son cavalier.

Lâchant ses rênes, il pointa l'index de sa main libre vers Khaaster.

« Je veux celui-ci, grogna-t-il d'une voix profonde. Je vous laisse les autres... »

Son poing crispé sur le fléau s'écarta de l'animal, commençant à faire lentement tournoyer la chaîne et la boule hérissée de pointes, égrenant les instants qui précédaient la mise à mort. Son visage parut se liquéfier avant de reprendre ses traits déformés par un rictus cruel. Tous les regards étaient concentrés sur le petit groupe formé par les derniers Ouloukhs et l'essaim des Thrughs était parcouru de mouvements marquant leur impatience croissante.

Khaaster soutenait le regard de Pantrax sans ciller, l'invitant au duel avec audace, lui signifiant de quel prix serait sa mort avec une telle détermination que le Hurleur en fut ébranlé. Cela déclencha en lui un tel sursaut de rage qu'il lança sa monture, donnant le signal de la curée.

Déjà les Thrughs se jetaient sur les trois autres Ouloukhs, assénant des coups de leurs armes, cherchant à les attraper pour les isoler. Avec une force que leur état ne laissait pas prévoir, les guerriers paraient les assauts de leurs boucliers, manipulant leurs glaives avec une précision mortelle. Ils étaient encore debout qu'une douzaine de leurs assaillants se tordaient sur le sol, un bras tranché, la poitrine ouverte ou le visage déchiré. Deux d'entre eux finirent toutefois par succomber face à l'acharnement des Thrughs et le troisième, déséquilibré par la chute de l'un d'eux, ne put éviter le fil d'une hache qui s'abattit sur son crâne, fendant son casque et pénétrant jusqu'à la base de son cou.

Mais celui qui l'avait assailli ne vécut pas assez longtemps pour savourer sa victoire.

Car, surgissant de l'Insensible dans un bond foudroyant, Truffe d'Ombre sauta à sa gorge, la déchiquetant d'un sauvage coup de crocs, et faisant subir le même sort à plusieurs créatures : elles s'effondrèrent l'une après l'autre, la main crispée sur leurs chairs sans pouvoir arrêter le sang giclant à travers leurs doigts. L'attaque avait été si imprévisible que les Thrughs eux-mêmes reculèrent, tentant vainement de percer l'animal, leurs armes ne rencontrant que le vide là où leurs yeux le voyaient encore. La silhouette sombre et puissante du chien se fondait dans la masse de ses ennemis, sporadiquement signalée par les éclairs mordorés que lançait son pelage sous les rayons du soleil. Il semblait être partout à la fois, et les ravages qu'il causait, sous l'effet de la surprise, étaient dévastateurs.

Pantrax n'avait pas compris ce qui se passait en voyant l'animal sortir de l'air comme s'il eût émergé de derrière une tenture, son corps apparaissant progressivement, quoique de façon fulgurante. Sur le moment, avant même d'avoir saisi le caractère surnaturel de l'intrusion, le Hurleur avait cru que c'était un loup. La soudaineté de l'irruption avait fait broncher son cheval qui, stoppé net dans son élan, avait manqué de le jeter à terre.

Pantrax ne parvenait pas à maîtriser sa monture qui se cabrait sans cesse face aux assauts que Truffe d'Ombre lui portait, babines retroussées sur ses dents acérées, tout en tenant les Thrughs à distance. Il tournait autour de Khaaster, rendant toute attaque sur celui-ci impossible. Le roi semblait lui aussi atterré. Il pivotait lentement sur lui-même, décidé à vendre chèrement sa vie. Il boitillait, une sombre estafilade barrant son mollet. Sa cuirasse, percée au flanc, laissait échapper un filet de sang. Ses cheveux étaient plaqués sur le côté de sa tête en une mèche poisseuse et rougeâtre, témoignant du coup qui lui avait arraché son casque, tombé à ses pieds.

Truffe d'Ombre se rua de nouveau sur les Thrughs. Pantrax en profita pour stabiliser sa monture et la fit bondir, fléau levé vers le ciel, espérant écraser sa victime et la terrasser de son arme dans un même élan. Mais un cri rageur s'échappa de sa bouche tordue par une grimace de fureur quand les sabots de l'animal se posèrent lourdement sur le sol vide.

Il n'avait eu que le temps d'entrevoir deux mains surgir du néant et saisir celui qu'il s'apprêtait à frapper pour le faire disparaître comme par enchantement.

Incrédule, il fit tourner son cheval en tous sens, cherchant vainement sa proie. Portant au comble sa colère, Truffe d'Ombre mordit férocement son mollet avant de refermer sa gueule sur les plumes du casque gisant à terre et de s'évanouir comme il était apparu.

Il sembla soudain à Pantrax qu'il devenait la cible de tous les regards, dans lesquels perçait un mélange de stupeur et de dérision. L'affront était d'autant plus cinglant que, si brève qu'eût été leur intervention, chacun avait pu reconnaître, dans les bras dont le geste l'avait ridiculisé, ceux d'une femme…

* * *

S'élevant tout autour d'eux, l'indignation des Thrughs leur parvenait ouatée, comme à travers une brume.

Étendu sur l'herbe de la prairie, Khaaster ouvrit les yeux pour découvrir Eïséryne assise à même le sol. Elle caressa son visage meurtri. Le regard que posait sur lui Truffe d'Ombre, allongé de l'autre côté, ne laissait rien percer de la bestialité dont il avait fait preuve un instant plus tôt. Sur le moment, la scène paraissait irréelle à Khaaster, convaincu que ses yeux s'étaient fermés pour toujours sans même lui laisser le temps de sentir la mort le frapper.

Le roi voulut se redresser : son effort provoqua un hurlement de souffrance, qui lui rappela aussitôt les blessures infligées à tout son corps, mais que la fièvre du combat lui avait fait reléguer dans les recoins obscurs de sa conscience.

Lentement, le tumulte s'éloignait – à moins que ce ne fussent eux trois qui se soient éloignés de lui.

« Qu'est-il arrivé ? » demanda-t-il d'une voix douloureuse, alors que remontait dans son esprit le souvenir de tous ces morts, de tous ces agonisants jonchant le sol autour de lui, de tous ces râles, de tout ce sang…

Les prunelles d'émeraude se posèrent avec douceur sur lui, rehaussées par la blondeur parsemée de fleurs de la chevelure encadrant le visage.

« Je t'ai soustrait à une mort inutile en te ramenant dans le monde où nul ne nous cherchera tant qu'il nous plaira d'y rester cachés…

— Inutile ? Et en quoi celle de mon peuple ne l'a-t-elle pas été ? s'emporta-t-il autant que ses forces le lui permettaient.

— Tant que vous pouviez repousser l'ennemi, chacun des coups que vous portiez retardait son avance. Mais réduit à commander une armée de cadavres, ton sacrifice n'aurait été que glorieux.

— J'eusse du moins été solidaire de ceux qui se sont sacrifiés pour obéir à ma volonté !

— En quoi cela eût-il servi la mission de Farkhar et de ses compagnons ?

— En quoi ma vie la servira-elle, à présent que mon peuple est réduit à des femmes et à des enfants ? Rends-moi ma dignité en m'envoyant mourir en guerrier, parmi ceux qui m'ont donné leur vie. Partout ailleurs, mon existence sera vaine. »

À mesure qu'Eïséryne promenait sa main sur son corps, ses douleurs s'estompaient, son épuisement se dissipait. Regardant sa cuisse, encore brûlante de la plaie qui mutilait ses muscles quelques instants auparavant, il s'aperçut que les chairs étaient indemnes.

« Non, Khaaster, répliqua-t-elle d'une voix pleine de chaleur, en laquelle il crut déceler de la tendresse. Il est un autre endroit où ta vaillance sera bien plus utile que ta mort en ce lieu. »

Il tendit la main et saisit son bras.

« Où ? »

Elle plongea son regard dans celui du roi, dont le cri avait été désespéré :

« Il faudra plus qu'une reine pour conduire mon propre peuple aux côtés de celui d'Antrégor, dans la terrible bataille qui s'annonce autour de Sarm'Eïloan... »

Des ténèbres le voile, occultant la fureur
Qui, le temps d'une nuit, taisait son infamie,
Se déchira soudain sur la plaine endormie,
De la mort libérant le cortège d'horreurs.

LIVRE DES CÉLESTES
Chant IV, vers 997-1000

63

S'apprêtant à quitter le rempart de la citadelle pour rejoindre Antrégor dans la salle du conseil, Silfadred jeta un dernier regard satisfait vers le ciel. Des nuages s'y amoncelaient tranquillement. Ils n'annonçaient ni une tempête ni même la pluie. Mais ils seraient suffisants pour occulter toute lumière venue de celui-ci et plonger la contrée dans d'épaisses ténèbres : c'était ce dont il avait besoin. Un clair de lune eût été un lourd handicap pour le projet qu'il entendait conduire ce soir. Une entreprise apparemment en faveur de Sarm'Eïloan, mais en fait destinée à provoquer Viridius, à exciter davantage son ardeur guerrière et celle de son armée, à accélérer le conflit. Silfadred avait toujours été maître dans l'art de sauvegarder les apparences en suivant ses plans, pour mieux masquer la réalité de ceux-ci.

Tandis qu'il descendait dans la cité pour se rendre au château, il sourit. Un sourire un peu mièvre, car les faits aussi bien que ses pressentiments étaient loin de lui offrir toutes les satisfactions qu'il aurait aimé y trouver. Mais un sourire quand même, à l'idée que son père Thanatros ne l'avait peut-être pas complètement abandonné.

Quand il franchit le seuil de la pièce, il marqua un temps d'arrêt.

Encore cet importun ! songea-t-il en découvrant Spartan l'attendant avec le souverain, exaspéré par la présence quasi constante du chevalier aux côtés de celui-ci. Mais il n'eut guère le temps de s'appesantir sur cette contrariété, car Antrégor l'interpella dès son entrée :

« Ah ! Silfadred ! Sois le bienvenu ! Que nous apportes-tu comme nouvelles ? »

Silfadred crut sentir une légère ironie dans la voix du roi : cela aussi lui déplaisait fortement, car c'était de plus en plus fréquent et n'était que trop symptomatique de la façon dont le Antrégor échappait progressivement à l'emprise qui lui avait permis, sans trop de difficulté, de manigancer la mort de Gwenaline. Également celle de Farkhar, dont l'échec avait marqué le début de ses déboires.

« Aucune nouvelle, Sire, répondit-il sèchement. Simplement un plan d'action pour rabattre la superbe de notre adversaire. Mais je vous suggère, afin d'en parler plus clairement, que nous montions sur le donjon.

— À ta guise... »

Les deux hommes sortirent à sa suite.

Lorsqu'ils atteignirent la petite terrasse circulaire située au sommet de la tour, point le plus élevé de la citadelle, l'approche du soir commençait de ternir lentement la lumière, déjà tamisée par les nuages. Mais la visibilité était encore parfaite.

Antrégor suivit le rempart en parcourant du regard tout le pourtour de Sarm'Eïloan. Le spectacle n'avait plus rien de surprenant. Il s'offrait à lui chaque jour, à chaque heure. Il avait du mal désormais à distinguer ce qui changeait, sinon le fait que le vécu transformait la vision qu'il avait de la réalité. Ainsi ces machines de jet qu'il avait vues se construire tout autour de Sarm'Eïloan faisaient-elles partie du décor. Mais depuis qu'elles étaient entrées en jeu, il ne les regardait plus du même œil : à cet instant, elles avaient complètement revêtu leur caractère menaçant et mortel, seulement larvé jusqu'alors. Dans l'ensemble, toutefois, il s'étonnait de constater avec quelle rapidité l'événement le plus exceptionnel pouvait paraître habituel. Sans doute bien des composantes participaient-elles dans cette perception.

Il se dit que finalement, cela avait quelque chose de rassurant, surtout en de telles circonstances : cela prouvait que la situation se stabilisait. En même temps, c'était inquiétant : car, par nature, elle ne pouvait être stable. La présence du mage dans son dos lui soufflait d'ailleurs à l'oreille qu'elle n'allait pas le rester longtemps. Aussi est-ce presque avec réticence qu'il se tourna vers celui-ci :

« Alors ? »

Mais il ne laissa pas le loisir de répondre à Silfadred, qui se demanda si les mots qui sortaient de la bouche du roi tenaient du soliloque ou de la question :

« Cela sera toujours pour moi un mystère : comment Viridius a-t-il pu réunir de telles forces ? J'ai parfois l'impression qu'il a rassemblé plus d'hommes que je n'aurais cru possible de le faire en unissant nos deux royaumes. Et du coup, je ne m'étonne plus de voir le nombre de ceux qui sont à l'intérieur de nos fortifications ! »

Le mage sourit sans enthousiasme : curieusement, ses préoccupations étaient inverses. S'il détenait la réponse à l'interrogation d'Antrégor concernant l'armée d'Aak-Sour, c'était l'importance de celle de Sarm'Eïloan qui lui posait problème. S'efforçant de masquer son trouble par la fermeté de sa voix :

« Ce n'est pas l'importance de l'ennemi qui est inquiétante, Sire. La vaillance de notre armée, alliée à la supériorité de notre position, peut pallier ce déséquilibre. La menace vient de ces engins, dit-il en balayant du doigt une partie du paysage, où balistes, trébuchets et mangonneaux étaient régulièrement disposés au milieu des rangées de tentes. Car leur emploi peut miner autant le moral de nos troupes que nos défenses. Mais il y a surtout cela. »

Son doigt se pointa vers trois beffrois établis, à peu de distance l'un de l'autre, du côté nord : ils étaient en arrière du campement, de larges allées ayant été aménagées à travers celui-ci pour les acheminer, au moment voulu, vers la citadelle.

À cet endroit, les fortifications de Viridius formaient un vaste demi-cercle qui, en son milieu, les éloignait considérablement de celles de Sarm'Eïloan.

« Il y en a d'autres, fit remarquer Spartan, en désignant deux tours, l'une à l'est, et l'autre au sud.

— Oui, mais celles-ci sont moins préoccupantes. »

— Et pour quelle raison ? s'étonna le roi.

— Réfléchissez, Sire, répliqua fort irrespectueusement Silfadred. Pourquoi en avoir construit trois presque au même endroit, et deux aussi distantes l'une de l'autre ? »

Piqué au vif, Antrégor se concentra rapidement. En fait, n'ayant pas encore remarqué le dispositif, il ne s'était pas posé la question. Une réponse lui vint à l'esprit, dont il n'était pas certain : aussi rétorqua-t-il d'une voix qui se voulait assurée :

« Viridius ne fera pas avancer ces deux-là tant qu'il n'aura pas réussi une attaque en masse avec celles-ci... »

Il avait montré les deux tours isolées, puis les trois groupées au nord.

« Exactement, dit Silfadred, une fois de plus intrigué par la capacité d'analyse stratégique du souverain. Je pense qu'il lancera une opération massive avec les trois. Ce n'est pas un hasard s'il a aménagé un si large espace en avant de son camp à cet endroit : c'est pour permettre à des troupes importantes d'y manœuvrer en vue de ce type d'assaut. Tout concorde. En même temps, il fera sans doute diversion avec des échelles sur tout le pourtour de nos défenses, ce qui nous piégera : car nous ne pourrons concentrer nos forces pour le repousser sur ce secteur sans dégarnir le reste de la palissade.

— Cela paraît insoluble, murmura Spartan.

— Par ailleurs, poursuivit le mage, si Viridius parvient à pénétrer à l'intérieur de notre enceinte, non seulement il sèmera la panique, car il sait que la citadelle ne suffira pas à accueillir tous nos gens, mais il profitera sans doute de notre désarroi pour lancer avec les tours restantes deux autres offensives auxquelles nous n'aurons plus les moyens de faire face. Et le moral de l'armée sera détruit par cette défaite et par le fait que nous aurons dû sacrifier tous ceux qui n'auront pu entrer dans la cité. »

Il posa un regard glacial sur ses deux interlocuteurs, avant de poursuivre sur un ton presque cynique :

« Car il va de soi, Sire, que dans le cas où nous devrions nous replier dans la cité, nous ne pourrions y laisser pénétrer que ceux qui sont en état de combattre…

— C'est horrible ! lâcha Antrégor, terrifié à l'idée d'une telle perspective.

— Ensuite, ajouta Silfadred, sans réagir devant l'émotion trop visible de roi, il aura tout le loisir de conduire ces beffrois jusqu'aux remparts, et là, face à cinq unités comme celles-ci, sans compter ses autres engins s'acharnant sur une fortification beaucoup moins étendue, je ne donne plus très cher de Sarm'Eïloan, Sire. »

Le silence retomba. Le tableau avait été dressé si brutalement qu'Antrégor avait reçu un choc. Il avait imaginé une telle évolution du siège : mais jamais de façon si laconique.

« À quoi songes-tu ? Je t'écoute !

— Il nous faut détruire ces trois beffrois dès à présent, Sire. Faute de savoir quand Viridius veut agir. Il les croit hors de notre atteinte, les toiles et le bois qui les composent sont encore secs, alors qu'il les mouillera vraisemblablement quand il attaquera.

— Qu'entends-tu par *dès à présent* ?

— Ce soir, Sire. Ou plus exactement : la nuit prochaine ! À la faveur de l'obscurité, nous irons jusqu'aux tours, nous y mettrons le feu et, en peu de temps, je vous garantis que le ciel de Sarm'Eïloan sera aussi lumineux qu'en plein jour !

— C'est de la folie ! Comment comptes-tu franchir leurs lignes ? Votre présence sera signalée dès la première, en admettant que vous l'atteigniez. Vous ne pourrez même plus faire retraite !

— En semblable situation, questionna Silfadred, un roi peut-il hésiter entre les risques de l'audace et une passivité suicidaire ? »

Antrégor frissonna intérieurement. Le mage le piégeait encore. À moins que ce ne fussent les circonstances...

« Est-ce dans ce but que vous m'avez demandé de choisir une cinquantaine d'hommes sûrs, Seigneur Silfadred ? interrogea Spartan.

— Oui ! Est-ce fait ? »

Le lieutenant acquiesça du visage.

« Comment espères-tu atteindre ces tours, avec si peu de gens ? » demanda le roi à Silfadred.

Celui-ci savait très bien comment s'y prendre, mais ne pouvait le dire. Il se contenta de généralités :

« Les chevaux devront être muselés. Nous sortirons par cette poterne, précisa-t-il en désignant du doigt une des portes dérobées aménagées dans le rempart de bois. Nous avancerons à pied le plus loin possible, puis chargerons en concentrant notre action sur la première tour. Nous monopoliserons ainsi l'attention de l'adversaire, qui ne pensera pas que nous avons osé un coup de force de cette envergure. Quelques hommes profiteront de la confusion pour atteindre les deux autres beffrois, pendant que la plus grande partie d'entre nous soutiendra la contre-attaque. Quand on les remarquera, ils auront déjà opéré. Nous n'aurons plus qu'à faire retraite.

— Je disposerai des archers sur la palissade pour couvrir votre retour, glissa Spartan.

— Quand nous serons sortis du camp ennemi, il faudra en outre que nos propres machines pilonnent celui-ci pour y accroître la panique. »

Antrégor réfléchit un instant, puis opina lentement de la tête.

« Soit, Silfadred. Soit ! Spartan restera pour assurer votre repli. Je te confie la mission. Mais en te demandant de ne pas oublier que la vie de chacun de nos chevaliers est la chose la plus précieuse de toutes. »

* * *

La nuit était presque tombée sur les terres menant au Lac des Maléfices. Pour la cinquième fois depuis que Farkhar, Aïwana, Surandir et Truffe d'Or y avaient entrepris leur capricieux périple.

Après avoir délivré Éponia du sortilège dont elle était prisonnière, en l'abandonnant aux dernières chaînes, invisibles, qui la retenaient sur son lieu de souffrance, ils avaient progressé. Sans savoir ni où ils étaient, ni où ils seraient demain, ni surtout comment se situer par rapport au lac.

Il avait d'abord paru évident qu'ils montaient régulièrement vers celui-ci : ils ne s'étaient posé aucune question. Maintenant, ils savaient que quelque chose de plus puissant que les lois habituelles du déplacement dans un univers géographique donné les faisait passer, au moment d'être confrontés à un maléfice, dans un lieu différent de ces terres, au nom d'autres lois qui leur échappaient complètement.

Du moins aux deux hommes et, bien sûr, à l'animal.

Car Farkhar se demandait si leur jeune compagne n'était pas plus au fait qu'eux de ce qui se passait réellement. Le caractère trop subtilement évasif de ses remarques, lorsque tous trois abordaient le sujet, semblait cacher moins une ignorance qu'une volonté de se taire.

Neuf jours. Pourquoi avait-il dans l'esprit que cette épreuve durerait neuf jours ? Sans doute par déduction, une nuit s'écoulant toujours entre les délivrances de deux Célestes. Mais après tout, la journée précédente avait bien été plus courte qu'à l'accoutumée – avec pour effet que celle venant de s'écouler avait été plus longue ? Ils n'avaient plus aucun point de repère dans le temps comme dans l'espace. Le soleil lui-même n'était présent que par l'intensité de la lumière qu'il répandait, sans qu'on pût le voir. L'atmosphère rougeâtre dans laquelle ils baignaient depuis leur départ et le vacarme sans cesse engendré par la terre devenaient oppressants.

Autre chose intriguait Farkhar. Pourquoi, chaque fois qu'il parvenait à prendre un moment de repos, Gwenaline venait-elle hanter ses rêves ? À plusieurs reprises, en s'éveillant, il s'était aperçu qu'il tenait la main d'Aïwana, dont le regard traversait toujours ses pensées avant que la princesse n'y fît irruption... Quel lien pouvait-il exister entre les deux femmes ? À moins, finalement, que ce ne fût qu'une coïncidence. Mais au fond de lui-même, le jeune homme n'y croyait pas.

De même, il ne pouvait se détacher de l'impression, plus étrange encore que tout le reste, de vivre simultanément dans un ailleurs où se passait autre chose.

***

Silfadred observa les chevaliers alignés devant lui, faiblement éclairés par les torches suspendues à l'intérieur de la palissade. Bientôt, lorsqu'ils seraient à l'extérieur, il ne verrait plus le détail des visages engloutis par l'obscurité. Afin d'éviter d'être trahis par d'éventuels reflets, ils s'étaient enveloppés dans de larges capes noires passées par-dessus leurs armures.

Il ne lut dans leurs traits et leurs regards qu'une détermination farouche. Elle le rassura : pour une fois, le succès de son entreprise allait entièrement reposer sur des hommes, et il se méfiait toujours des faiblesses humaines.

Quand il sentit qu'ils étaient concentrés sur l'action qu'ils allaient mener, et dont il venait de leur expliquer le détail, il se tourna vers la poterne et ordonna qu'on l'ouvre d'un geste.

Prenant la tête de l'expédition, il émergea le premier dans l'univers de noirceur régnant de l'autre côté de la palissade et avança, percevant dans son dos le bruit à peine audible des chevaliers qui sortaient un à un, en tenant, comme lui-même, leurs chevaux par la bride. Bientôt, ils furent regroupés derrière lui. Environ une demi-lieue les séparait en cet endroit des lignes ennemies silencieuses, signalées par un chapelet de torches. C'était un des points du blocus où la distance était de loin la plus grande entre les adversaires.

Silfadred savait précisément où s'ouvraient les voies menant vers les beffrois : ils suivraient celle située au centre, et dès qu'ils auraient atteint la tour à laquelle elle conduisait, deux groupes de cinq hommes iraient chacun vers une des deux autres, pendant que les quarante chevaliers restés avec lui, ayant les premiers mis le feu à leur objectif, concentreraient sur eux l'essentiel de la contre-attaque.

Ils avaient parcouru les deux tiers de la distance lorsqu'il intima de la main à sa troupe de s'arrêter et de s'accroupir. Étant entrés dans l'enclave semi-circulaire qui pénétrait à l'intérieur des lignes ennemies en avant des hélépoles, ils avaient redoublé de prudence.

Il se retourna vers Sarm'Eïloan : enfouie dans la nuit, la palissade n'était soulignée que par les flambeaux qui dessinaient son sommet, esquissant par endroits la silhouette d'un défenseur. En apparence, le nombre de ceux-ci était le même que les autres soirs. Rien ne laissait soupçonner à d'éventuels observateurs que l'activité fût inhabituelle.

Pourtant, à l'intérieur de l'enceinte grouillait une agitation silencieuse. Déjà de nombreux archers se disposaient, accroupis, sur la portion du chemin de ronde située au-dessus de la poterne. En contrebas, Antrégor et Spartan faisaient circuler à voix basse leurs consignes parmi une centaine de chevaliers qui se tenaient en selle, prêts à porter secours aux membres de l'expédition au cas où leur retraite serait entravée. Sur un large pourtour, des soldats armaient des machines de jet : ils manœuvraient les treuils pour tendre les cordes avec une lenteur calculée, de sorte à éviter tout grincement et tout bruit suspect, que le silence de la nuit aurait pu propager jusqu'aux lignes ennemies. Il avait été décidé que, lorsque Silfadred et ses hommes se replieraient, des projectiles seraient lancés dans toutes les directions, afin de provoquer chez l'adversaire une confusion lui interdisant de concentrer son attention sur les seuls fuyards, et d'offrir à ceux-ci le plus grand nombre de chances de regagner leur base sains et saufs. Face à la poterne, là où le camp de Viridius s'éloignait de Sarm'Eïloan en formant un demi-cercle, les projectiles tomberaient sur les éventuels poursuivants ; sur chaque côté, où il était nettement plus proche, ils frapperaient ses positions les plus avancées. Toutes les conditions étaient réunies pour que le succès de l'opération fût total.

Silfadred savait en outre que la plupart des soldats occupant les retranchements de Viridius étaient des Hurleurs, sur lesquels son pouvoir était intact. Notamment la première fortification, sur toute sa longueur : contrairement à ce que redoutait Antrégor, ses chevaliers atteindraient donc les beffrois presque sans encombre. Puis les événements suivraient un cours plus ordinaire : tant pour sauvegarder les apparences que pour galvaniser l'énergie des combattants, il était nécessaire que leur intervention revête un caractère héroïque.

Alors, Silfadred reporta son attention sur le camp de Viridius, et sa pensée s'étendit jusqu'à ses créatures.

***

Debout devant sa tente, Viridius contemplait la nuit. À la faveur des feux et de la légère déclivité du terrain, il distinguait les lignes de palissades dont il avait protégé son camp et, de dos, à intervalles réguliers, ses soldats.

Un calme étrange habitait la fraîcheur nocturne, accrue par l'humidité tombée avec le crépuscule. Hormis les gardes, ses troupes devaient être plongées dans le sommeil à l'intérieur de leurs abris de toile, à l'instar des occupants de la cité assiégée, que ses nombreuses lumières signalaient au milieu du tracé de ses propres défenses. Il distinguait nettement l'enceinte de bois, puis les feux épars dans l'espace délimité par celle-ci, qui chaque soir lui donnaient l'impression de refléter, de façon grossière, le ciel parsemé d'étoiles.

Sauf ce soir, songea-t-il en levant les yeux vers l'étendue désespérément opaque qui surplombait le paysage.

Au centre de l'ensemble, une masse lumineuse s'élevait, matérialisant la silhouette de la citadelle absorbée par les ténèbres. Viridius était frappé par la beauté du spectacle, dont la quiétude environnante faisait oublier le contexte dramatique.

Du même coup, l'amertume gagna l'esprit du jeune roi devant l'absurdité de la situation. Il songea à Antrégor, revit Sarm'Eïloan paisible, du temps où il s'y rendait en ami, se remémora les heures passées en compagnie de Gwenaline. Les rêves anéantis resurgissaient, désormais accablants de vanité. Il freina l'émotion qui montait en lui, avant qu'elle lui arrache des larmes de dépit.

Malgré ce qu'il voyait de toute part, il parvenait difficilement à croire en la réalité de ce que cela signifiait. Pour un peu, il eût donné l'ordre de lever le camp et de retourner à Aak-Sour. Le malheur était que, s'il n'avait à présent aucune chance de reconquérir le cœur de Gwenaline et si, au fond de lui-même, ses raisons d'accabler Antrégor s'étiolaient, il sentait une force obscure le submerger : elle lui dictait de poursuivre son entreprise pour abattre quelque chose de bien plus redoutable et néfaste que ce qu'il était venu combattre à l'origine.

Pour le bien d'Antrégor peut-être autant que pour le sien, et contre celui-ci, s'il le fallait.

Le soupir profond qui lui échappa sous le coup de la lassitude fut interrompu par une voix émergeant de la nuit, devant lui, sur sa gauche :

« Monseigneur ! »

Il tourna le visage vers la direction d'où elle venait, et vit son lieutenant approcher lentement.

« Oui, Thorwald.

— J'ai disposé les hommes comme vous le souhaitiez. Tout est en place.

— Je ne pense pas que nous risquions grand-chose, mais on ne sait jamais. »

Quand Thorwald fut près de lui, il remarqua son expression embarrassée, réalisant que le ton sur lequel le nouveau venu s'était adressé à lui ne l'avait pas moins été. N'osait-il pas dire ce qui l'agitait ? C'était surprenant, vu le climat de confiance qu'ils avaient toujours partagé.

« Qu'y a-t-il ? demanda le roi. Tu parais bien songeur.

— J'ai assisté à quelque chose de curieux, Sire. »

Viridius attendant qu'il continuât, le chevalier respira longuement, comme pour se donner une contenance :

« Je venais de placer les hommes à leur poste, quand... quand j'ai croisé le regard de l'un d'eux et, le temps d'un éclair, j'ai eu l'impression... j'ai eu l'impression qu'il n'avait plus de visage ! »

Thorwald avait prononcé les derniers mots sur un rythme accéléré, à la façon d'un homme avouant un acte qui lui fait honte.

Viridius connaissait trop Thorwald pour mettre en doute sa parole.

« Sans doute une illusion due à l'obscurité, Thorwald. Peut-être aussi à la fatigue... »

Mais le regard du chevalier reprit toute sa vivacité, montrant qu'il avait retrouvé son assurance.

« Non, Sire, fit-il vivement. Cela a été très bref, mais très net : ses traits se sont effacés pour aussitôt se reformer. J'en suis certain ! C'était une sensation horrible. En plus, je n'avais jamais lu dans des yeux autant de haine que dans ceux qu'il a posés sur moi. Et... »

La voix de Thorwald resta en suspens.

« Et ?

— Et j'ai tout à coup eu l'impression que cette haine venait de tous ceux qui l'entouraient. Que j'étais tombé dans un piège. Je suis courageux, Sire...

— Je n'en ai jamais douté !

— Mais je n'ai pu me retenir de reculer. C'était si fort ! Si inexplicable ! »

Viridius perçut dans le ton de Thorwald un tremblement de terreur.

« Où était-ce ?

— Derrière la première ligne de piquets, dit Thorwald en balayant d'un geste vague l'espace dans son dos. Mais vous avez sans doute raison, Sire. C'était peut-être la fatigue. C'était tellement incroyable. Cela s'est passé si rapidement ! »

Viridius le fixait, perplexe. Malgré toute la confiance qu'il plaçait dans son compagnon d'armes, il avait du mal à trouver une signification à son récit.

« Cela s'est-il reproduit ?

— Non, Sire.

— Va te reposer, Thorwald. Je sais que ce que j'exige de vous tous va bien au-delà de ce à quoi vous étiez préparés. Et combien les événements de ces derniers jours ont pu déstabiliser les esprits.

— Bonne nuit, Sire. »

En le voyant s'éloigner, Viridius sentit que Thorwald était blessé. En lui souhaitant à son tour un sommeil paisible, il éprouva le besoin d'ajouter :

« Je te crois, Thorwald. Mais, comme toi, je ne comprends pas, et n'ai aucun moyen de rien vérifier. Sois vigilant, demain. Si tu remarques quoi que ce soit d'anormal, en particulier de cet ordre, viens m'en faire part aussitôt. Ce n'est pas le premier incident insolite qui se produit depuis quelque temps.

— Merci, Sire. »

Viridius observa la silhouette de Thorwald qui se fondait dans l'obscurité. Il garda les yeux longuement posés sur l'endroit où il avait disparu, sentant monter en lui une angoisse indéfinissable.

Pourtant, lorsque, une fois dans sa tente, il s'étendit, sans se dévêtir, le sommeil s'empara aussitôt de lui, l'entraînant dans un gouffre plus insondable que la nuit. Sa dernière sensation fut celle d'un regard l'observant depuis le néant dans lequel il s'enfonçait. Dans un ultime effort, il entrouvrit les paupières. Mais il savait qu'il était seul. Si seul...

* * *

Lorsqu'il fut certain que tout se présentait comme il le souhaitait, Silfadred se dressa en baissant son mézail d'un geste sec. Puis il monta sur son destrier, bientôt imité par les autres chevaliers qui, comme lui, dégainèrent leurs épées. S'étant assuré que tous étaient prêts, il donna le signal de la charge.

L'obscurité se mit à résonner d'un grondement sourd qui allait s'amplifiant.

Dans les tentes, certains l'entendirent : ayant vu les nuages s'accumuler en fin d'après-midi, ils l'interprétèrent, à travers le voile épais que le premier sommeil avait déposé sur leurs pensées, comme le signe précurseur d'un orage. Même le tremblement du sol, associé au son, n'engendra d'abord dans les esprits que de fantasques images.

Au départ, rien ne contra l'attaque. Silfadred guida sa troupe dans la percée entre les retranchements. Au franchissement de la première ligne, ses chevaliers firent quelques écarts pour sabrer les hommes alignés derrière elle, sans prendre le temps de réaliser que ceux-ci ne cherchaient visiblement pas à opposer la moindre résistance.

Devant eux, les feux dessinaient les formes des beffrois immobiles dressés vers le ciel, gigantesques fantômes dont le sommet se noyait au sein des ténèbres.

Derrière la seconde ligne, quelques soldats de Viridius avaient saisi ce qui se passait. Surpris par le manque de réaction de leurs voisins, ils se tournèrent vers eux en voulant donner l'alerte, mais leur initiative fut de courte durée. Ils basculèrent soudain de l'inquiétude engendrée par la montée d'un bruit dont la nuit cachait l'origine dans l'horreur pure, quand ils découvrirent, sous les casques de leurs prétendus compagnons d'armes, des faciès inhumains, grotesques, difformes, *fluides* !

Leur stupeur fut telle qu'elle étrangla le cri naissant dans leur gorge. Et la mort fondit sur eux en prenant des apparences que leurs plus terrifiants cauchemars ne les avaient jamais conduits à imaginer.

Ce n'est que sur la troisième ligne que les défenseurs eurent la possibilité de réagir. Dans un premier temps, ils n'avaient pu voir ce qui arrivait. La montée brutale du bruit de cette charge les alerta dès qu'ils eurent compris la nature de son origine, mais, parallèlement, l'absence de tout signe d'alarme venant des premières lignes brouilla leur appréciation du problème. Ils n'en saisirent toute la réalité que lorsque les attaquants entrèrent dans le halo des torches qui balisaient la deuxième palissade, en abattant les quelques soldats qui se précipitaient pour se mettre en travers de leur passage dans l'éclairage des flammes, ils virent les glaives lancer des éclairs en faisant voler les têtes, en taillant les corps qui s'affaissaient comme des pantins. La sauvagerie et la vivacité de l'action ne leur laissèrent guère le loisir de riposter efficacement. Quand les chevaliers de Sarm'Eïloan furent sur eux, il était trop tard. Inégal, le combat fut bref.

Tandis que la mort les décimait, des voix fusèrent des tentes, sur leurs arrières, se mêlant tragiquement aux râles qu'exhalaient leurs gorges tranchées, aux hurlements qu'arrachaient à certains l'atroce sensation du fer pénétrant dans leur chair et la vision de leur propre sang.

Le massacre n'était pas achevé que l'alerte commençait à se propager, engendrant une activité fébrile. Partout, on surgissait des abris, on empoignait des armes, on courait vers des chevaux parqués dans des enclos de fortune. Mais déjà, Silfadred était au pied du premier beffroi et deux petits groupes se dirigeaient à la hâte vers les autres.

Les chevaliers qui l'accompagnaient se rangèrent en un large cercle pour affronter les défenseurs qui accouraient de plus en plus nombreux sur le lieu de l'attaque, tandis que le mage faisait signe à trois d'entre eux de le suivre vers la tour. Ils saisirent des torches, dont la première utilité était de dispenser leur lumière, et les lancèrent sur le premier étage et à la base de la construction. Les toiles qui l'habillaient prirent feu et les flammes se communiquèrent rapidement aux niveaux supérieurs. Très vite, l'engin se transforma en un immense brasier, dont la lueur éclaira le combat féroce s'engageant tout autour.

Certains des soldats de Viridius s'étaient armés de piques. L'un d'eux perça le flanc d'un cavalier : il s'effondra dans un hurlement, et fut aussitôt la proie de plusieurs hommes équipés de coutelas.

Mais les soldats d'Aak-Sour avaient été pour la plupart tirés de leur sommeil : ils ne déployaient pas encore toute l'énergie dont ils étaient capables. Beaucoup étaient renversés par les destriers, piétinés avant même d'avoir pu porter le moindre coup : les chevaliers de Silfadred tiraient largement profit de l'effet de surprise et de l'avantage que leur donnait le fait d'avoir l'initiative. S'imprégnant de sang, la terre commençait à refléter par endroits les flammes qui montaient à présent haut dans le ciel, dégageant une chaleur dont les combattants ressentaient la brûlure.

Bientôt, le tumulte de la mêlée, sous-tendu par le ronflement de l'incendie, devint assourdissant.

Debout devant sa tente, attendant qu'on lui amène son cheval en finissant de revêtir son adoubement, Viridius assistait, impuissant, à la scène qui se déroulait au loin sur sa gauche. Un garde l'avait réveillé dès les premiers signes de l'attaque. Sa rage décupla quand deux autres foyers prirent naissance de part et d'autre du premier. Il comprit sans mal ce qui se produisait en voyant les flammes dessiner les détails des structures de bois à mesure qu'elles les dévoraient, avant que celles-ci ne forment plus que des bûchers géants. Dans la partie nord de son campement, d'où les bruits de l'affrontement parvenaient faiblement jusqu'à lui, la nuit avait perdu ses droits.

Thorwald surgit sur son cheval, conduisant par la bride celui de son roi qui grimpa dessus sans attendre, et les deux hommes se lancèrent en direction de la bataille, l'arme au poing.

Satisfait, Silfadred constata que le succès du raid était d'ores et déjà total. Il n'avait vu que cinq de ses chevaliers succomber. Déjà, ceux qui avaient enflammé les deux autres beffrois les rejoignaient, indemnes : lors de leur courte intervention, ils avaient bénéficié de la façon dont le gros de l'escadron accaparait l'attention des défenseurs. Il donna le signal de la retraite. Brisant l'étau que les piétons refermaient difficilement sur eux, ils dévalèrent la pente vers la forteresse au moment où les premiers cavaliers d'Aak-Sour les atteignaient, tentant un encerclement qui les eût mis en fâcheuse posture s'ils l'avaient réussi. Les chevaliers accourant depuis les abords, venant de tous côtés, se rejoignirent sur les derniers fuyards et parvinrent à en désarçonner deux qui tombèrent sous les sabots de leurs poursuivants dans un fracas de métal et de hennissements.

Comme ils passaient la rivière, Viridius comprit de loin la tournure que prenaient les événements. Incurvant leur course, lui et Thorwald longèrent d'abord la limite avancée du camp jusqu'à l'endroit où s'amorçait le demi-cercle rentrant dans celui-ci. Puis, suivis par ceux qui, toujours plus nombreux, se joignaient à eux, ils piquèrent droit à travers la plaine ensevelie dans la nuit en visant la tête de la colonne formée par les cavaliers de Sarm'Eïloan, qui franchissaient au même instant la palissade, s'enfonçant dans les ténèbres le séparant de la citadelle. Dans les dernières lueurs de feu qui caressèrent leurs silhouettes, Viridius, entrevoyant la puissante stature de celui qui les guidait, eut la conviction que c'était Silfadred : qui cela pouvait-il être d'autre, d'ailleurs, si ce n'était Antrégor en personne, qu'il n'avait pas reconnu ? L'aigle aux ailes déployées ornant le casque du mage, s'illuminant un instant au passage des torches, parut s'animer sous l'effet du mouvement.

Et soudain, le voile de nuées se déchira. La clarté de la lune répandit sur la plaine une pâleur bleutée qui révéla la fuite éperdue des chevaliers de Sarm'Eïloan vers leur cité, poursuivis pas plusieurs dizaines de cavaliers, et la charge de ceux d'Aak-Sour se précipitant à leur rencontre.

Ce faible éclairage permit à Viridius de mieux évaluer les distances : il comprit qu'il avait une petite chance d'intercepter ses ennemis. Il éperonna rageusement son destrier qui, dans un sursaut, accéléra encore sa course. Il voyait l'adversaire se rapprocher d'instant en instant quand le son d'une clameur s'éleva sur sa gauche, martelé par celui de son galop, et lui fit tourner le visage dans cette direction :

enfin rassemblés, une multitude de fantassins se ruaient depuis le camp à la suite des cavaliers poursuivant les fuyards. Viridius comprit que si, avec ses propres chevaliers, il parvenait à couper leur route, leur victoire serait considérablement amoindrie. Lorsque l'accrochage fut imminent, il obliqua légèrement vers sa droite pour devancer son ennemi, et fit volter son cheval pour lui faire face, l'épée pointée vers le ciel.

Mais sa manœuvre était arrivée trop tard.

Il stabilisait sa monture quand celui de Silfadred le heurta de tout son élan dans un choc effroyable. Viridius fut projeté sur le sol ; il eut toutefois le réflexe de lever son bouclier, parant de justesse le tranchant du glaive que le mage abattait sur lui et qui dérapa sur l'acier avec stridence. En même temps qu'il tombait lourdement, il vit son destrier se cabrer et choir sur lui. Il roula pour l'esquiver, mais l'animal s'affaissa sur l'une de ses jambes, lui arrachant un hurlement.

La monture d'un des chevaliers de Silfadred, emportée par son élan, ne put éviter la masse gesticulante formée sur le sol par le roi et son cheval et, s'empêtrant dans les pattes de celui-ci, alla s'écraser un peu plus loin avec son cavalier en soulevant un nuage de poussière.

Thorwald avait été surpris par la brutale accélération de Viridius qui, du coup, l'avait devancé : il assista impuissant à sa chute, submergé par la crainte que celle-ci ne fût fatale à son souverain.

Les autres chevaliers de Sarm'Eïloan se divisèrent pour contourner le lieu du drame et parvinrent à poursuivre leur course sans encombre, car, plutôt que de s'opposer à eux, Thorwald et ses hommes préférèrent s'empresser à protéger l'endroit où gisaient le roi et sa monture.

Dans un tableau irréel, ils se trouvèrent brièvement environnés par leurs adversaires en fuite sans qu'un seul coup fût échangé.

Antrégor avait assisté à la scène depuis la palissade, fasciné, comme tous ceux qui l'entouraient, par les torches géantes qui embrasaient le ciel au-dessus du camp des assiégeants. Malgré la faiblesse de la lumière baignant la plaine, il n'avait guère eu de doute sur l'identité de celui qui se lançait avec une telle intrépidité à la rencontre de ses chevaliers. Lorsqu'il vit Silfadred culbuter Viridius en réalisant la violence du choc entre les deux hommes, son visage se crispa sous le coup d'une émotion intense.

Non ! songea-t-il, *pas lui...*

Puis il aperçut les soldats d'Aak-Sour, cavaliers en tête, qui passaient de chaque côté du petit groupe formé par Thorwald et les siens autour du roi, et pourchassaient son armée fonçant à bride abattue en direction de la cité. Reprenant ses esprits, il fit signe aux archers de bander leurs arcs, et à ceux qui manœuvraient les engins en contrebas de se tenir prêts.

Lorsque tout danger fut écarté, Thorwald descendit de cheval et se précipita vers Viridius. Il éprouva un vague sentiment de soulagement, quand il vit celui-ci peiner à s'extirper du corps qui le retenait à terre. L'animal hennissait de douleur, rendant la tâche de son cavalier plus difficile encore. Avec deux chevaliers, Thorwald aida le roi à se libérer et à se remettre sur pied, puis ramassa le casque qui, arraché par le choc, avait roulé un peu plus loin.

« Tout va bien... » dit Viridius, en laissant échapper en gémissement quand il prit appui sur sa jambe gauche.

Il se retourna vers Sarm'Eïloan pour constater l'animation régnant sur la palissade. Puis il regarda vers les beffrois en feu et reporta les yeux sur la cité, soupirant puissamment en voyant la troupe conduite par Silfadred approcher irrémédiablement des fortifications.

« Arrête notre armée ! hurla-t-il à son lieutenant, pour couvrir le déferlement de ses propres chevaliers autour d'eux. Nous ne les stopperons pas. Tout ce que nous risquons, c'est un désastre plus grand encore ! »

Thorwald remonta sur son cheval et se lança en avant pour exécuter l'ordre qu'il venait de recevoir. C'est à ce moment que les assiégés déclenchèrent leurs tirs.

Il commençait à faire virevolter son destrier au milieu des combattants d'Aak-Sour pour les inciter à se replier quand une pluie de flèches arrosa le lieu où ils se trouvaient. D'autres sons, plus aigus, lui firent lever les yeux vers le ciel : il vit des boules de feu y dessiner de longues paraboles et, presque aussitôt, d'énormes pierres semèrent la mort dans leurs rangs. Leurs chocs et le crépitement des traits dans les corps occupèrent soudain tout l'espace, dans lequel s'éleva un concert de cris, de hurlements, et brisèrent leur élan.

Dans les parties du camp situées de chaque côté de l'aire semi-circulaire, relativement proches de l'enceinte de Sarm'Eïloan, les projectiles fauchèrent indistinctement hommes, barrières et tentes, provoquant une panique accrue par le fait que personne ne s'attendait à une telle manœuvre.

Comme Thorwald faisait opérer un demi-tour à son cheval, un impact sur sa cuisse droite lui fit faire un écart, en même temps qu'une douleur déchirait son membre. Il regarda la flèche qui s'y était enfoncée. Un chevalier accourut à son secours en le voyant vaciller sur sa selle, mais il l'arrêta de la main. Serrant les mâchoires, il arracha le trait d'un geste sec, provoquant un giclement de sang. L'instant d'après, l'autre s'écroulait dans un râle, percé de part en part.

Autour de Viridius, des fantassins s'étaient rassemblés, opposant leurs boucliers aux volées qui fondaient sur eux depuis les défenses ennemies, s'écrasant avec des bruits mats.

En butte à ce harcèlement incessant, l'armée d'Aak-Sour commençait à refluer avec l'impression qu'il n'était nul endroit où elle pût trouver refuge, sous les yeux incrédules de Viridius : en peu de temps, c'étaient plusieurs centaines d'hommes qui s'étaient mis en branle pour répondre à l'attaque de l'adversaire. Mais en vain. Un frisson parcourut l'échine du roi à l'idée du prix payé pour un si piètre résultat.

Lorsqu'il vit Silfadred et ceux qui l'accompagnaient parvenir sains et saufs à proximité de la fortification et constata que les ennemis freinaient leur contre-offensive, Antrégor se refusa à accabler ces derniers davantage. Il fit circuler l'ordre de cesser le tir au moment où le mage mettait pied à terre pour franchir la poterne.

Celui-ci rejoignit le roi sur le chemin de ronde en débouclant la courroie de son casque.

« Pourquoi avoir arrêté nos archers et nos machines, Sire ? » demanda-t-il sur un ton de reproche.

Antrégor se tourna vers lui et le fixa.

« Je te félicite pour le succès de ton expédition, Silfadred. Mais dis-toi cela : que la guerre soit une entreprise mortelle est inévitable ;

qu'elle se transforme en massacre est tout autre chose. Laissons à présent l'ennemi panser ses blessures. »

Puis il se tourna vers l'extérieur pour suivre des yeux le retour de ses hommes, montrant par là au mage que sa décision était irrévocable. Celui-ci partit sur le chemin de ronde en maugréant :

« C'est vous le roi, Sire... »

Le ton était si empreint de dépit qu'Antrégor y perçut une menace, sous-entendant une suite du genre : *tant que j'y consens...*. Il crut un instant que c'était le fruit de son imagination. Mais le regard que lui adressa Spartan lui fit comprendre que la nuance n'avait pas échappé à celui-ci.

Soulagée, l'armée de Viridius profita de l'accalmie pour retourner vers son camp en ramassant morts et blessés. Rejoint par Thorwald, Viridius attendit qu'on lui amenât le cheval d'un de ses tués, car on avait dû achever le sien dont deux pattes étaient fracturées. Il réalisa que son lieutenant était atteint, mais celui-ci le rassura et l'aida à se hisser sur l'animal.

Le jeune souverain parcourut des yeux son camp. Les beffrois destinés à défier les murailles adverses étaient réduits à l'état de fournaises : de part et d'autre de l'endroit où il se trouvait, des tentes brûlaient et l'agitation lui faisait craindre l'étendue des ravages causés par l'adversaire.

Il était atterré par l'ampleur de la catastrophe qui s'était abattue sur ce secteur, et commençait déjà à imaginer ses conséquences sur l'état d'esprit de ses troupes, habitées, jusque-là, par un sentiment d'invincibilité. Qu'en serait-il demain, lorsque toute l'armée découvrirait les carcasses calcinées des engins construits avec tant d'énergie et dénombrerait ses morts ?

En approchant de ses lignes, Viridius sentait les effluves brûlants portés par le vent caresser son visage. Bien que de loin, il vît des hommes s'agiter autour des brasiers pour tenter de les éteindre, il sut que c'était peine perdue.

Il échangea un regard avec Thorwald, et fut frappé par la détermination qu'il lut dans celui du chevalier, dont les traits étaient tirés par la souffrance, et plus encore par les efforts qu'il faisait pour la cacher. Il éprouva de l'admiration pour l'égalité d'âme dont faisait preuve celui-ci à seule fin d'offrir un exemple aux hommes qui les entouraient, et dont les visages affichaient suffisamment leur désarroi.

À Sarm'Eïloan, l'exultation était à son comble.

On montait sur la palissade et sur les remparts pour contempler les trois géants embrasant la nuit, les incendies allumés parmi les tentes et l'armée ennemie se retirant piteusement dans ses retranchements : décuplée par la joie, la vue d'ensemble prenait l'allure d'un spectacle grandiose ; le retour triomphal de ceux qui avaient mené le raid faisait sur le moment oublier leurs quelques compagnons qui ne remettraient jamais les pieds dans l'enceinte.

La nouvelle du succès de l'expédition se répandait dans toute celle-ci aussi rapidement que porté par le vent. Partout l'on se congratulait, parfois même sans savoir pourquoi. S'il était bien un point sur lequel l'opération avait réussi, c'était pour retremper le moral des assiégés : il avait été durement entamé depuis quelques jours par l'échec de l'entrevue entre les deux souverains et par la vision des moyens déployés par l'ennemi, qu'avait aggravée la démonstration de force à laquelle s'était livré l'adversaire. Tout à coup, envisager de vaincre celui-ci devenait crédible. Au désespoir larvé succédait l'explosion de l'ardeur. La terreur qu'il inspirait s'effaçait devant la confiance en une armée dont une petite partie venait de prouver la vaillance et l'efficacité.

« Entendez-vous ces débordements d'allégresse, Sire ? hasarda Spartan, qui sentait le roi presque indifférent à l'atmosphère de victoire environnante.

— Oui, Spartan, je les entends. Mais ils ne me font pas oublier ce que je vois tout autour de Sarm'Eïloan, là où s'étendaient naguère de paisibles collines au milieu desquelles ma fille aimait errer sur son palefroi, rayonnante de beauté, de jeunesse et d'innocence.

— Sire...

— Non Spartan ! le coupa Antrégor en se tournant vers lui. Ne perds pas ton temps à me raisonner pour me faire accepter l'inacceptable. Ce qui se passe ici depuis quelque temps est une insulte au bonheur qui y régnait, de la même façon que la mort est une insulte à la vie. En dépit des apparences, cette victoire ne change rien : tout au plus l'état d'esprit dans lequel nous courons au trépas. Mais au bout du compte, c'est vers lui que nous allons tous ici, dans un bref délai qui ne nous laisse même plus l'espoir d'éprouver quelque joie avant qu'il ne nous terrasse ! »

Soudain abattu par l'affliction qu'il avait perçue dans les yeux et la voix de son roi, Spartan le regarda descendre l'escalier d'un pas lourd. Lorsque la silhouette d'Antrégor eut disparu parmi les tentes en direction de la citadelle, le chevalier jeta un nouveau coup d'œil vers le camp ennemi, mais cette fois sans le moindre plaisir.

Les mots du souverain avaient réveillé sa lucidité face aux événements, lui faisant saisir combien ce qui s'était passé ce soir l'avait abusé. Pire : cela n'avait sans doute fait qu'accroître à brève échéance le cauchemar dans lequel s'enfonçaient les deux royaumes.

Car il était certain que Viridius ne s'en tiendrait pas là.

Sarm'Eïloan la Belle, ô perle de la terre !
Toi si fière jadis, maîtresse de ton sort !
Vois dans quel tourbillon de souffrance et de mort
T'a menée le félon !

LIVRE DES CÉLESTES
Chant IV, vers 1077-1080

64

Les premières lueurs de l'aube avaient éveillé Eïséryne et Khaaster, que Truffe d'Ombre avait gardés toute la nuit, sans doute ignorant des vertus du Monde de l'Insensible dans lequel ils étaient réfugiés.

Le zéphyr qu'elles avaient engendré les porta doucement vers Sarm'Eïloan, accompagnant l'aurore qui se propageait depuis l'orient, tirant progressivement des ténèbres l'orbe des terres.

Lorsqu'ils passèrent à travers le village encore endormi des Ouloukhs, Eïséryne eut la surprise de découvrir une cité splendide, là où elle n'avait trouvé, quand elle guidait Farkhar, Aïwana et Surandir vers le Chemin de Maléfices, qu'un bourg proportionné aux êtres de petite taille qui les avaient accueillis : la digne ville des flamboyants guerriers qu'elle avait vus donner leur vie, un à un, pour que ses amis aient une chance de mener à bien leur mission.

La tristesse qu'elle lut dans les yeux que Khaaster posait sur les siens, inconscients de leur malheur, la bouleversa. Il lui sembla apercevoir comme un regard dans le ciel encore baigné de nuit : le même, empli de sagesse, qu'elle avait si souvent senti sur elle depuis l'instant où elle avait réintégré l'existence au milieu de la forêt, et même quand la rivière souterraine l'emportait vers les siens. Alors, confiante, elle lui adressa une prière muette, et le temps, brièvement, se figea, laissant Khaaster semer dans les pensées des femmes et des quelques hommes restés dans les demeures l'annonce du désastre. Il y versa l'espoir de le retrouver un jour et son désir de les voir attendre son retour sans encourir quelque péril.

Eïséryne aurait aimé leur délivrer une autre promesse, mais ne sachant si elle pourrait jamais la tenir, elle y renonça.

Puis l'esprit de Theinabrÿn sourit, et le vent auroral les porta de nouveau vers la cité d'Antrégor, accompagnant la naissance du jour et commençant d'éteindre une à une les étoiles brillant dans son firmament comme s'il les eût soufflées.

Quand Eïséryne, Khaaster et l'animal pénétrèrent dans l'enceinte, les Iazliks sentirent aussitôt la présence de leur reine, et, par centaines, leurs prunelles se teintèrent de reflets d'émeraude. Instinctivement, ils entrèrent dans l'Insensible, et bientôt, les deux nouveaux venus se trouvèrent entourés par eux dans une scène irréelle mêlant leur rassemblement au décor des tentes et de la fortification, dans le périmètre de laquelle les humains évoluaient parmi eux, inconscients de leur arrivée.

Leurs armures de feuillage, dont leur volonté rendait l'apparence anodine quand ils étaient au milieu des hommes, avaient repris leur vert vif qui avait tant surpris Khaaster, lorsque certains étaient intervenus dans le combat contre les Thrughs : les circonstances ne lui avaient guère permis de s'attarder sur eux ; il était à présent fasciné par la troupe rutilante qu'ils formaient sous la lueur encore pâle du jour naissant, présageant déjà sa vigueur future.

Malgré leur nombre, il émanait de leur réunion une étrange impression de calme : mais dans leurs regards tournés vers la reine, Khaaster lisait la même énergie farouche qui avait fait de leurs archers des combattants redoutables contre les créatures de Silfadred.

« Guerriers Iazliks ! commença Eïséryne d'une voix douce à laquelle l'éclat qui illumina leurs yeux montra combien ils étaient sensibles, comme caressés par le souffle échappé de ses lèvres. La bataille qui s'engage va être terrible, car elle ne met pas seulement en présence des hommes, mais aussi des forces effrayantes. À ma façon, je serai toujours à vos côtés. Mais ma science des armes est bien fragile : je suis revenue parmi vous pour accomplir d'autres tâches. C'est Khaaster, roi du Peuple Gardien lequel a tant souffert pour que continue de renaître le monde à l'âme duquel nous participons, qui vous mènera au combat : vous lui devrez allégeance autant qu'à moi-même. »

Alors s'éleva une rumeur, faite de mille voix s'exprimant à l'unisson :

« Ô Reine ! Quel sera notre rôle, à nous qui ne pouvons nuire à nul homme ni à aucune créature engendrée par la nature, dont nous sommes des génies ?

— L'ennemi n'a pas rassemblé que des hommes ! Certains de vos compagnons l'ont durement éprouvé récemment. Nombre d'êtres ont échappé à leur humanité originelle sous son influence, pour venir grossir les rangs de l'adversaire : leurs capacités les rendent terrifiants pour les humains et bien au-dessus des forces de ceux-ci, quoiqu'ils se puissent abattre de la même façon qu'eux. Mais vous, vous détenez la maîtrise de pouvoirs qui permettent de les reconnaître et de les détruire, quelle que soit leur apparence. Vous l'avez déjà prouvé : ce sera là votre tâche. Que les hommes affrontent les hommes ! Et vous, accompagnez-les dans la lutte contre ce qui les dépasse. Les créatures de Silfadred seront votre proie ! Nous ne pouvons interdire aux humains de succomber à leur propre folie : du moins rendrons-nous leur guerre moins inégale. »

Un long silence suivit ses paroles, marquant l'assentiment des Iazliks assemblés. Puis ils retournèrent dans le Monde du Réel, se fondant insensiblement dans l'activité grouillante qui s'éveillait, à l'aube d'un jour dont personne ne savait de quels nouveaux drames il serait fait.

***

Viridius observait avec amertume les carcasses calcinées des beffrois et la rangée de cadavres étalée à leurs pieds.

Durant la nuit, équipés de torches, on avait ramené les blessés et les morts dans un étrange ballet de lumières, que les habitants de Sarm'Eïloan avaient contemplé en sentant leur liesse céder peu à peu la place à une angoisse latente. À la vue de ce spectacle funèbre, les affres de la guerre s'étaient insidieusement répandues jusqu'aux murs de la citadelle et dans le cœur de ceux qui s'y trouvaient, à mesure qu'ils réalisaient que ce qui se passait à l'extérieur de leur fortification pourrait fort bien se dérouler, demain, à l'intérieur. Et à une plus vaste échelle.

On avait aligné les corps sous l'éclairage flottant des constructions en feu : de sombres volutes de fumée s'en échappaient toujours, dans la lueur de l'aube, avec une lenteur lugubre. On continuait d'en ramener encore.

Il avait donné la consigne de laisser sur place ceux de Sarm'Eïloan. Il enverrait un peu plus tard un héraut à Antrégor pour lui signifier qu'il pouvait reprendre les siens sans être inquiété.

L'atmosphère du camp était devenue lourde ce matin. Le jeune souverain la sentait peser sur ses épaules presque à la façon d'une entité matérielle. Elle l'écrasait, oppressait ses poumons, enserrait tout son corps. Il aurait voulu pouvoir s'en défaire comme on ôte une armure trop étroite, mais c'était impossible. Plus il faisait effort pour se détacher de cette sensation, plus elle l'emprisonnait de sa gangue.

Il était si tendu que la présence de Thorwald dans son dos fut palpable, lorsque le chevalier s'approcha de lui. Tournant à peine le visage, il reconnut son lieutenant du coin de l'œil à son plastron de cuir sombre portant les armes d'Aak-Sour.

« Je veux que ces corps soient ensevelis immédiatement, fit-il sans détourner le regard du funeste tableau. Et que ces tours soient complètement démantelées. Je ne vois aucune raison de laisser sous les yeux de l'armée les souvenirs de la nuit passée.

— Auparavant, Sire, je souhaiterais vous montrer quelque chose. »

Surpris, Viridius fit face à son lieutenant. Celui-ci avait les traits tirés. Sa blessure s'était avérée moins grave qu'on le redoutait, et il avait refusé de prendre plus qu'un court repos après qu'on l'eut pansée.

« De quoi s'agit-il ?

— Mieux vaut que vous vous rendiez compte par vous-même. »

Thorwald l'entraîna d'un pas résolu, quoique légèrement boitillant, vers la première ligne de palissade, en avant du camp.

Arrivé derrière les piquets de bois, dont certains étaient renversés, le chevalier s'arrêta. Plusieurs dépouilles étaient allongées là, à intervalles réguliers, que rien, en apparence, ne distinguait des autres.

« Ne trouvez-vous pas cela curieux, Sire ? »

Le roi ne comprenait pas.

« Quoi ?

— Leur position semble indiquer qu'ils n'ont pas quitté leur poste, leur posture qu'ils n'ont pas combattu, qu'ils n'ont pas réagi à l'irruption des ennemis. Pour des défenseurs de première ligne, c'est pour le moins surprenant, non ? »

Viridius réfléchit un instant.

« Tu veux dire qu'ils les auraient laissés pénétrer sans résister ?

— Ce n'est pas tout. Regardez leurs visages. Et surtout celui-ci », poursuivit Thorwald en guidant le roi vers l'un des cadavres.

Viridius observa bien le défunt, cherchant ce qu'il pouvait y trouver d'insolite.

« Ses yeux… » murmura le chevalier.

Contrairement aux autres, les paupières de celui-ci étaient ouvertes. Et cela frappa soudain Viridius, qui commença de se demander pourquoi le regard lui paraissait effrayant. Ce n'était pas qu'il était mort : il était vide. Monstrueusement vide, comme jamais habité par aucune âme. Cette constatation atterra Viridius quand il réalisa que, comparativement, les yeux d'un mort portaient encore le fantôme de l'éclat qui les avait animés avant que son souffle s'éteigne : c'était la première fois qu'il en prenait conscience.

À y regarder de plus près, d'ailleurs, les traits de tous les combattants allongés sur le sol, dans ce secteur, avaient quelque chose d'inhumain, de bestial, dû à une inexprimable difformité.

« Pour finir, il y a autre chose… Venez ! »

Thorwald marcha vers la deuxième ligne, derrière laquelle reposaient d'autres victimes de la bataille. Cette fois, Viridius, sans doute sensibilisé au problème, n'eut pas besoin que son lieutenant précise sa pensée : les visages des uns présentaient la même laideur monstrueuse, torturée, chargée de haine et de cruauté, en dépit des regards vides, que ceux qu'il venait de voir, tandis que ceux des autres affichaient la terreur, lisible jusque dans leurs regards pourtant morts. Il était évident que leur dernière vision avait été celle non de leur trépas, mais d'une indicible horreur.

Viridius paraissait en proie à une réflexion intense.

« Tu songes à ce dont tu m'as parlé hier soir, n'est-ce pas ?

— Pour ne rien vous cacher, Sire. J'avoue que tout cela ne m'éclaire pas davantage. J'ajouterai que si l'incident que je vous ai raconté ne s'était pas produit, je n'aurais peut-être rien remarqué. Mais le souvenir de ce que j'ai vu hier m'obsède.

— Il y a forcément une explication. Je suppose que seuls toi et moi sommes alertés sur ce point ? »

Thorwald acquiesça de la tête.

« Alors, soyons aussi vigilants que cela se peut. Nous n'avons aucune explication : nous savons seulement qu'il se passe quelque chose. C'est insuffisant pour risquer d'inquiéter les hommes et de les affaiblir. »

Il regarda la mine défaite des soldats qui continuaient de rassembler les leurs, puis Sarm'Eïloan rayonnant de sa victoire sous les premiers feux du soleil.

Il sut qu'il devait parler à ses troupes.

« Réunis toute la partie de l'armée qui a subi l'attaque de cette nuit, dit-il d'un ton neutre. Quand ils seront regroupés, conduis-les en bon ordre jusqu'à ma tente : je m'y retire pour réfléchir à ce que je vais leur dire. Je veux que ce triste décor soit hors de leur vue quand je m'adresserai à eux. »

* * *

Pantrax balayait du regard le paysage tourmenté qui s'étendait devant lui.

Un imperturbable sourire déformait sa face, tant il décelait dans chaque détail la marque de son maître. À commencer par la mort latente qui imprégnait les lieux.

Il sentait derrière lui la troupe désormais réduite des Thrughs. Il fit lentement tourner son cheval pour les observer : les lueurs de feu parcourant les nuées au-dessus des terres dans lesquelles il s'apprêtait à les entraîner faisaient rougeoyer leurs faciès torturés et leurs équipements : ceux-ci combinaient de la façon la plus hétéroclite le métal, le cuir et le tissu, quand ils ne révélaient pas leurs chairs corrompues par le temps et l'oubli des esprits dont ils étaient nés. Combien étaient-ils encore ? Quelques dizaines, à peine. Mais l'éclat de leurs yeux, la sauvagerie de leurs traits disaient quels terrifiants et implacables adversaires ils étaient encore, et resteraient jusqu'au terme de leur onirique existence. Les uns montaient un cheval, d'autres allaient à pied, mais tous avançaient de concert, avec un ensemble qui faisait d'eux une terrible entité pour tout ce qu'ils rencontraient.

Pantrax se retourna vers la voie qui s'élevait à travers le dédale de collines jalonné de cratères fumants et de projections incandescentes, y cherchant vainement le moindre indice de ceux qu'ils poursuivaient.

Se sentir si près de sa proie exaltait en son esprit des instincts d'autant plus féroces que parmi les fugitifs se trouvait le seul humain pour lequel il eût jamais éprouvé de la haine. Tuer ses semblables n'était lié chez lui à aucun état d'âme. Sinon au plaisir d'un acte devenu banal. Mais massacrer celui-là lui procurerait une jouissance jusqu'alors inconnue. Il revoyait le jour où il s'était retrouvé à l'entrée du cachot vide, le regard de Farkhar lorsque celui-ci, au bord de la rivière, l'avait menacé d'une mort horrible si leurs chemins se croisaient à nouveau. Et il se disait avec satisfaction que oui, cela allait se produire. Mais pas comme le jeune prince l'espérait…

Selon les instructions de Silfadred, il savait qu'en remontant la voie, il tomberait tôt ou tard sur les fuyards. Mais il valait mieux que ce fût tôt, plutôt que tard. C'était cela son vrai problème. Il se dit donc que la promptitude serait sa meilleure alliée, et lança sa troupe assoiffée de sang et de mort sur les dalles poussiéreuses du chemin séculaire.

* * *

Quand Thorwald l'eut fait mander au début de l'après-midi, Viridius sortit de son pavillon. Tout autour de celui-ci, le dominant, des oriflammes aux armes d'Aak-Sour flottaient mollement dans le vent qui faisait onduler sa souple chevelure brune, donnant au tableau une harmonie discrète, mais pleine de sens. Il avait revêtu une tunique pourpre et des braies couleur de miel. L'assemblage des teintes étincelait, offrant du roi une vision éclatante propre à chasser la morosité des hommes réunis devant lui. Lorsqu'ils le virent apparaître, il remarqua l'éclair qui passa dans le regard de certains.

Un coup d'œil vers sa gauche lui permit de constater qu'au loin les squelettes des beffrois avaient été abattus, les tentes brûlées retirées : toute trace du combat avait pratiquement disparu. Les corps avaient été mis dans une fosse à l'écart du camp : dans les circonstances présentes, Viridius n'avait pas voulu que des bûchers se consument interminablement : il avait jugé que ce qui avait été un moyen de galvaniser l'ardeur des troupes après la mort de Sirgur ou d'Olern n'eût fait que prolonger leur désarroi et exciter l'arrogance de l'adversaire.

Ils étaient nombreux jusqu'aux limites du camp, à fixer leurs yeux sur lui. Sans doute ne l'entendraient-ils pas tous. Mais ses paroles se propageraient par l'intermédiaire des plus proches.

Comme chaque fois qu'il s'était adressé à son armée, il sentit monter en lui une impression de puissance indéfinissable. Celle-là même qu'il prétendait insuffler dans leurs esprits en balayant les séquelles de la nuit.

Auparavant, il avait écouté monter lentement la rumeur sourde produite par leur attroupement. Elle marquait leur impatience à le voir paraître. Il l'avait sciemment laissée atteindre un certain niveau avant de sortir : elle s'apaisait maintenant, à mesure que les soldats prenaient conscience de son entrée en scène. Convaincu que ramener le calme par sa seule apparition serait la plus claire manifestation de son autorité, il attendit que le silence fût total.

« Chevaliers ! Soldats ! Mes hommes liges ! La nuit dernière, l'ennemi nous a traîtreusement infligé une défaite : je sais que vous venez de compter vos compagnons morts pour défendre vaillamment vos vies et les leurs ! Je sais que vous songez avec tristesse aux fruits de plusieurs jours d'un labeur sans relâche anéantis en un instant ! Maintenant, une chose est claire : la lutte sera sans merci, et nous devons nous attendre à endurer tous les coups, même les plus pervers, mais surtout nous préparer à en porter dix pour chacun de ceux que nous recevrons ! »

Sa voix s'était enflammée sur ses dernières paroles. Il laissa une courte pause leur succéder.

« Ne l'oubliez pas ! La citadelle qui se dresse devant nous est notre prisonnière, comme tous ceux qui y sont enfermés ! Tant que nous resterons maîtres de la plaine qui l'entoure, c'est nous qui aurons l'avantage ! Quelles que soient les démonstrations de nos adversaires, quels que soient les sarcasmes ridicules qu'ils nous lanceront depuis leurs pauvres murailles de bois, n'y voyez pas autre chose que de vaines tentatives pour s'illusionner sur leurs propres faiblesses ! Et gardez à l'esprit que le jour où nous le déciderons, votre vaillance et votre nombre les renverseront comme vous faisiez plier l'herbe de leurs champs en venant les assaillir ! »

Il s'arrêta de nouveau, laissant s'affirmer l'âpreté et la résolution qu'il voyait renaître sur leurs traits.

« Chevaliers ! Soldats ! Dans quelques jours, je vous en fais serment, vous laverez la sueur de vos corps dans le sang de vos ennemis ! Ces compagnons dont vous venez d'ensevelir les dépouilles, nous les vengerons en infligeant à l'adversaire un carnage dont les échos retentiront jusqu'aux murailles d'Aak-Sour ! Puis, quand la nuit tombera sur cette journée, le ciel puisera ses couleurs dans ce sol rouge de votre victoire, et le soleil se couchera sur Sarm'Eïloan hérissée des bannières de notre royaume ! »

En hurlant ses dernières paroles, il avait brandi un poing rageur, et un tumulte s'éleva de la masse humaine réunie devant lui, mêlant son nom et celui d'Aak-Sour, et appelant la dévastation sur Sarm'Eïloan. Il monta vers les cieux, se répandit à travers le camp et les collines, enveloppant bientôt la cité assiégée.

Et le son de ces milliers de voix arracha ses habitants à la joie de leur récente victoire, essaimant en leurs âmes les prémices d'un désastre.

* * *

Farkhar s'arrêta un instant pour regarder le paysage autour de lui. Il était complètement perdu.

À chaque nouvelle rencontre avec un maléfice, ils étaient transportés dans un lieu différent de la voie. Il ne comprenait pas comment cela était possible ni comment cela se produisait. Il avait de plus en plus le sentiment que si les sortilèges emprisonnant les Célestes étaient répartis dans un ordre donné le long du chemin, une logique qui n'était pas géographique déterminait celui dans lequel il les affrontait. Qu'ils se retrouvaient chaque fois sur l'emplacement du maléfice suivant au moment où, selon cette autre logique, lui-même provoquait sa manifestation. À moins qu'ils remontent effectivement le chemin, et que ce soit la topographie de ces terres si particulières qui changeât. Oui, ce devait plutôt être cela, car sinon, comment finiraient-ils par parvenir au lac ? En fait, il ne savait plus !

Du même coup, ses compagnons et lui-même perdaient la notion du temps.

Isolés dans ce monde aux apparences si monotones, quoique sa nature fût en perpétuel bouleversement et qu'il se métamorphosât régulièrement sous leurs yeux, ils avaient du mal à concevoir qu'ils étaient déjà au sixième jour de leur périple.

Tant de choses perturbaient leur vision de la réalité. L'étrange transfiguration de Surandir, l'énigmatique comportement d'Aïwana, qui donnait à Farkhar la trouble impression qu'elle était à la fois victime et manipulatrice, le sentiment qu'éprouvait celui-ci au plus intime de sa personne d'être en même temps ici et ailleurs et de vivre dans ses chairs quelque chose dont rien ne lui apparaissait dans son existence consciente.

Il remuait toutes ces pensées dans sa tête, lorsqu'il sentit un tremblement inhabituel secouer Actarès entre ses cuisses et vit Truffe d'Or ralentir son pas en tournant légèrement le museau vers la gauche, l'attention attirée par...

C'est à cet instant qu'une curieuse sensation commença de monter dans le cerveau de Farkhar. Il se mit à la percevoir bientôt comme une vibration, puis comme un son.

* * *

Pantrax avait commencé par lancer sa troupe à bride abattue, pensant que sa proie était à portée de main. Même à pied, les Thrughs se déplaçaient à une vitesse étonnante, détachée de toute contingence physique.

Au bout d'un certain temps, il comprit qu'il faisait fausse route, car il ne trouvait aucune trace des fuyards. Surtout, en raison de la constante atmosphère de séisme sur fond d'incessants grondements, noyée dans une lumière uniformément rougeâtre, il prenait conscience que l'environnement finissait par manquer de repères : non qu'il n'y en ait eu, mais leur ensemble enivrait l'esprit au point de les faire se confondre.

Il sentait sa troupe mal à l'aise : la poursuite opiniâtre faisait lentement place à une errance.

Des ondes excitèrent alors son ouïe ; il crut d'abord qu'elle surgissait en lui, mais elles venaient de partout alentour. Il arrêta sa monture et leva le bras pour stopper sa horde.

Il prêta une oreille au phénomène, trop insolite pour ne pas retenir toute son attention. Il acquit la certitude que sa source était très lointaine et finit par détecter la direction d'où il provenait. C'était en avant d'eux. Par précaution, il décida d'avancer lentement.

***

Les trois amis eurent le sentiment qu'on allait percer leur tympan avec un stylet, tant la stridence résonnant autour d'eux devenait agressive. Une nouvelle fois, les chevaux s'agitaient de façon incohérente, en proie à une atteinte de leurs sens qui les effrayait, les conduisant vers une incontrôlable démence.

Surandir avait porté les mains à ses oreilles et secouait la tête en tous sens, comme cherchant à se libérer d'un invisible étau. Il semblait à Farkhar que son crâne allait éclater : il voyait la gueule de Truffe d'Or s'ouvrir mécaniquement. Aboyait-il ? Il eût été bien incapable de le dire. Car tout ce qu'il entendait, c'était ce son terrifiant et, à travers lui, *derrière* lui, s'élevant tout doucement… Il n'osait y croire : c'était son nom qu'une voix chuchotait, quasi indistincte :

Farkhar… Farkhar… Farkhar…

Mais le plus bouleversant, c'était sa tonalité, son timbre, qui s'apparentaient tant à ceux de Gwenaline, lorsqu'elle lui avait murmuré son amour tandis qu'ils s'enlaçaient !

Un réflexe lui fait tourner la tête vers Aïwana, au moment où elle ouvre la bouche.

Un vertige le saisit…

Mais il ne tombe pas de son cheval, car il n'est pas sur sa monture.

… quand il sent, imprimant ses formes dans sa peau, la magicienne qui tremble et frémit à l'unisson avec lui : elle prononce inlassablement son nom, d'une voix chaque fois plus intense, plus longue, emplissant peu à peu tout l'espace, noyant leurs souffles.

« Viens… dit-elle dans la tourmente de leur ardeur, viens… »

Mais ce n'est plus un simple mot : c'est un cri qui devient le sien, tandis qu'il sent sa chair s'immiscer dans ce corps qui palpite…

Un cri qui le lacère, tant il va le chercher au plus profond de sa poitrine ; un cri qu'il voudrait interrompre, tant il lui cause de souffrance ; mais un cri qu'il sent devoir prolonger au prix du déchirement qui laboure ses entrailles, et qu'il trouve la force de décupler, tant il le sent salvateur, tout en éprouvant le sentiment qu'il le mène vers la mort !

Déjà, lui semble-t-il, Surandir et Aïwana ne sont plus que les fantômes d'une lointaine existence qu'il a sacrifiée pour qu'ils vivent.

Et la stridente vibration de l'air se fige, tel un fluide se pétrifiant avant de se fissurer, de se désagréger pour devenir impalpable et se fondre dans l'atmosphère environnante.

Son être n'est que torture…

… halètements… caresses de feu…

Quelle est cette sensation étrange ? Seulement celle d'une main qui se pose sur lui, adoucissant son supplice, lui disant que tout s'apaise, regagne ce calme paradoxal en perpétuel bouleversement dans lequel ils évoluent depuis des jours !

Comme Aïwana paraît tranquille, tandis qu'effleurant des doigts le torse de Farkhar, elle endort peu à peu la douleur, la fait rentrer progressivement dans sa source située au centre de sa personne.

À travers ses paupières encore mi-closes, Farkhar entrevit Surandir. Lui tournant le dos, celui-ci contemplait la déité enveloppée de voiles pourpres qui flottait dans l'air, immobile. Le jeune homme supposait que s'il avait pu voir le visage de son ami, il y aurait constaté de nouveaux changements. L'être avait un peu plus grandi.

Toutefois, fasciné par la scène, il remarqua un fait inédit. Ce qu'il discernait dans les yeux de Sunisia, à peine délivrée, était plus que la reconnaissance qu'il avait détectée chez les précédentes Célestes. Et ce n'était pas lui qu'elle fixait. Il eut soudain la conviction que Surandir et elle échangeaient un long regard, et que ce qu'il lisait dans celui de la jeune fille était… de l'amour. Mais pas de la même nature que celui qu'exprimaient les prunelles de Gwenaline, quand il lui avait ouvert la porte de sa chambre dans le château d'Antrégor, ou celles Aïwana, tandis qu'ils cheminaient en quête du Peuple Gardien, après avoir quitté la tente où les avait accueillis Eïséryne, près de la cascade. C'était un amour paisible, dénué de tout désir, qui lui rappelait tout simplement le sentiment qu'il éprouvait lorsqu'il était devant sa mère, Istiana…

Comme tout cela lui paraissait loin maintenant.

Perdu dans sa mélancolie, il donna un petit coup de talon machinal dans le flanc d'Actarès, qui réagit en avançant lentement, et fit signe à ses amis de le suivre.

Par malheur, aucun d'eux ne songea à jeter un regard en arrière.

Car s'ils l'avaient fait, ils auraient aperçu le léger nuage de poussière qui montait depuis le sol, à quelques collines de là…

* * *

Viridius avait attendu que les acclamations de son armée s'apaisent d'elles-mêmes : cela avait été comme un grand feu dont les flammes se fussent éteintes sous l'effet d'une brise. Après avoir embrasé les terres autour de la citadelle, elles avaient progressivement cédé la place au silence : seulement troublé par les mouvements des hommes regagnant leurs postes et l'ambiance quotidienne dans le camp des assiégeants, il était retombé, tel un suaire, sur Sarm'Eïloan, écrasée par le souffle de fureur qui l'avait balayée.

Puis Viridius était entré dans sa tente, où Thorwald l'avait rejoint.

Assis, le roi avait l'air absent, plongé dans des pensées qui n'appartenaient qu'à lui seul. Il avait fait signe à son lieutenant de prendre place à son tour. Puis la même quiétude que celle qui régnait dans le campement s'était installée entre eux.

Ce fut Thorwald qui la brisa :

« Je vais envoyer un contingent rassembler les matériaux pour reconstruire les beffrois.

— Non, Thorwald, non ! »

Le chevalier leva sur lui un regard surpris.

« Il y a plus urgent à faire : il nous faut accroître le dispositif de défense.

— Que voulez-vous dire ?

— Le raid que nous avons subi hier me fait supposer que des ouvertures dérobées ont été ménagées dans la palissade qui entoure Sarm'Eïloan. Nous n'avons vu personne sortir par la porte principale, en face de nous : or il a bien fallu que ces chevaliers viennent de quelque part ! »

Thorwald acquiesça lentement du menton.

« Je veux donc que tu fasses cerner la cité d'un cordon de torches qui soit entretenu toute la nuit. Il est hors de question que nous soyons une nouvelle fois attaqués par surprise ! Et que la garde soit doublée sur la première ligne de défense par des éléments sûrs. Je ne parviens toujours pas à m'expliquer certaines choses.

— Mais...

— La précipitation n'est jamais bonne conseillère. Olern me le disait souvent. Je lui dois bien de respecter ses préceptes : c'est ma façon de prolonger sa présence parmi nous.

— Bien, Sire », dit Thorwald, cachant mal son ardeur déçue, en s'apprêtant à sortir. Il soulevait le rideau de la tente quand la voix de Viridius s'éleva dans son dos :

— Demain ! Thorwald. Demain, nous verrons ce que nous pouvons entreprendre afin d'en finir au plus vite avec l'adversaire. »

* * *

Quand le soir tomba sur la Terre des Maléfices, Pantrax sentit que ceux qu'il poursuivait n'étaient pas loin, à la façon dont un animal perçoit la présence d'une proie qu'il ne voit pas.

Accentuée par la couverture ocrée des nuages, la pénombre s'épaississait plus rapidement qu'il n'en avait l'habitude et le phénomène l'étonna. Il préféra interrompre la traque, de crainte que ces lieux chargés de mystère ne lui réservent une surprise qui nuirait au succès de son entreprise.

Le Hurleur arrêta sa troupe, qui ne tarda pas à sombrer dans une torpeur de brute : il ne leur avait guère accordé de répit depuis leur départ. En dépit de leur nature surhumaine, les Thrughs n'étaient pas inépuisables. Leur nombre avait trop diminué pour qu'il n'eût pas besoin de toutes les énergies, car il commençait à douter que ses adversaires fussent aussi faciles à réduire que des humains ordinaires.

Au même moment, Thorwald finissait de mettre en place le cordon de torches autour de la citadelle. Elles avaient été plantées dans la terre, séparées par une trentaine de pas et à deux cents en avant du camp. Au pied de chacune, une dizaine d'autres étaient prêtes à prendre le relais. Des hommes avaient été spécialement préposés à l'entretien de cette protection.

Il vit que l'obscurité était près de l'emporter définitivement sur le jour : dans le ciel, un dégradé de bleu allait s'assombrissant depuis l'occident jusqu'au-dessus de la cité, pour ne laisser partiellement visibles, à l'orient, que les contours de nuages épars subtilement esquissés par les ultimes feux du crépuscule. Il donna le signal de l'allumage.

Depuis la palissade et les murailles de la citadelle, les habitants de Sarm'Eïloan assistèrent à l'illumination progressive de la ceinture de flambeaux autour de l'enceinte : elle naquit en un point et se propagea de part et d'autre de celle-ci, jusqu'à ce que les deux traînées embrasées se rejoignent à l'opposé. Le phénomène fut si surprenant, sa diffusion si régulière, qu'en d'autres circonstances il aurait paru magique, sinon merveilleux.

En l'occurrence, il ne faisait que renforcer, par la continuité sans faille de son tracé, le dessin du piège dont ils étaient prisonniers, et qui n'était, d'habitude, que suggéré par les feux jalonnant les défenses ennemies et ceux inégalement éparpillés parmi les tentes. La lumière ainsi dégagée était si vive qu'elle occultait presque les autres.

« Viridius a bien tiré les leçons de la nuit dernière, commenta Antrégor, regardant le spectacle depuis l'enceinte de la cité.

— J'ai un peu plus l'impression chaque jour que l'étau se resserre, répliqua Spartan.

— Il se resserre ! confirma le roi d'une voix sombre. Notre marge d'initiative est à présent quasiment nulle. Viridius est entièrement maître du terrain. Il lui reste deux solutions : soit attendre que nous mourions de faim, soit attaquer. Au rythme où vont les choses, je doute qu'il opte pour la première.

— Qu'est-ce qui vous fait penser cela, Sire ? »

Depuis la palissade, les deux hommes avaient assisté à la réunion de l'armée de Viridius et vu de loin celui-ci s'adressant à elle.

« Je ne sais pas ce que Viridius a dit à ses soldats, tout à l'heure, mais j'en ai clairement perçu les effets, comme tous ceux présents dans cette enceinte. Crois-moi : on n'enflamme pas ses troupes comme il l'a fait pour les laisser ensuite se morfondre en attendant que l'adversaire capitule. As-tu vu Silfadred ?

— Non, Sire. Peut-être s'est-il retiré dans ses appartements.

— Ah ! Alors, qu'il médite ! Je me demande ce qu'il va imaginer cette fois. »

Spartan se tourna résolument vers le roi.

« Pardonnez mon audace, Sire, mais il me semble que vous ne l'aimez guère. »

Antrégor le fixa, réfléchissant un moment.

« Je ne crois pas que le sentiment inspiré par un personnage comme lui se pose en de tels termes, répondit-il. Disons plutôt qu'il m'inquiète, autant par la redoutable efficacité de ce qu'il entreprend que par le mystère dont il entoure tout ce qu'il fait, comme lui-même. En sa présence, on a toujours l'impression qu'il est insaisissable, telle une illusion. Et quand il est absent, on a toujours le sentiment qu'il est là, quelque part, invisible. »

Antrégor se détourna pour s'éloigner, en ajoutant :

« Passe une bonne nuit, Spartan. Demain, ou au plus tard après-demain, mon instinct me dit que nos forces et nos nerfs vont être mis à rude épreuve !

— Pourquoi ne pas vous séparer de lui, Sire ? »

La question de Spartan était tombée comme un couperet, d'autant plus tranchante que rien ne la laissait prévoir. Antrégor s'arrêta, puis se tourna vers lui avec une lenteur calculée.

« Je ne pense pas qu'on puisse se débarrasser de Silfadred aussi simplement qu'il sait se défaire des autres. Et je ne suis pas non plus certain que sans lui, nous ayons une chance de l'emporter. »

Puis il repartit.

« Je vous souhaite une bonne nuit, Sire », dit doucement Spartan, en regardant le roi s'en aller, la silhouette légèrement voûtée, écrasée de solitude.

Du réel incertain les songes sont parfois
Le reflet le plus pur. Les abîmes qu'ils dressent
Engloutiront alors celui qui n'a de cesse
De braver le futur au mépris de leurs lois.

LIVRE DES CÉLESTES
Chant IV, vers 1145-1148

65

L'esprit de Silfadred planait au-dessus de la plaine de Sarm'Eïloan. Le mage avait beaucoup à faire cette nuit, s'il voulait que les événements suivent le cours qu'il souhaitait.

Auparavant, il avait constaté avec fureur que la situation s'aggravait sur les terres menant au lac. Ce n'étaient plus deux, mais six de ses divines prisonnières que désormais seul un dernier lien privait de leur liberté, bien qu'il fût frêle comparé aux sortilèges dans lesquels il les avait enfermées. De leur liberté physique, du moins. Mais qu'en était-il de leur influence sur ce monde et sur les hommes ?

Il avait vu les Thrughs plongés dans une léthargie réparatrice qui n'avait rien de commun avec le sommeil des humains : produit des rêves de ces derniers, eux n'avaient pas besoin de rêver. Ils étaient rêves eux-mêmes. Ou plutôt cauchemars. Avec toute la dérisoire consistance que cela donnait à leur réalité physique. Effaré de constater à quel point leur nombre s'était réduit, le mage avait pénétré la pensée de Pantrax pour l'aiguillonner. À son réveil, les instincts mortifères du Hurleur seraient décuplés. C'était tout ce qu'il pouvait faire, à part peut-être prendre possession de son sbire pour agir à sa place : mais la tâche l'attendant à Sarm'Eïloan était trop ardue pour qu'il s'autorisât à en être absent. S'il laissait derrière lui le théâtre des opérations, il prenait en outre le risque de voir les deux souverains s'entendre dans un éclair de lucidité. Il les sentait rongés au fond d'eux-mêmes par ce qui se déroulait sous leurs yeux, trop fragiles face à des événements que rien, dans leur passé, ne les avait préparés à désirer, ni même à accepter. L'escalade qui marquait chaque jour du siège l'aidait à fanatiser leur fiel à leur insu : il ne pouvait se permettre la moindre défaillance dans un processus sur lequel reposait une autre forme de victoire. Car une fois le monde humain ravagé, tombé par son entremise quasi totalement entre les mains de son père Thanatros, quelles fondations resteraient aux divinités de l'ère d'Ischeltroëm pour appuyer la reconstruction d'une humanité désormais complètement avilie ?

Il était donc condamné à compter sur ses démons et sur celui qui les conduisait pour mettre fin à ce qui se passait sur le Chemin des Maléfices en tâchant, pour sa part, de devancer Farkhar, et à réduire à néant, pas sa propre action, celle de ce dernier, quelle que fut par ailleurs son efficacité.

Sa principale préoccupation était désormais de provoquer au plus vite la bataille entre les deux rois.

La lune régnait en maîtresse sur la cité d'Antrégor et les positions de Viridius. Dans celles-ci, tout était paisible, quoique le nombre des gardes eût été multiplié. Des flammes s'élevaient un peu partout dans les deux camps, d'autres dessinaient en pointillé l'enceinte extérieure de Sarm'Eïloan et la première ligne des assiégeants ; entre les deux, la ceinture de torches mise en place par ces derniers formait un cercle continu. Paradoxalement, bien qu'elles symbolisent, dans la nuit, toute l'âpreté du conflit, leur danse langoureuse contribuait à l'impression de quiétude dégagée par le paysage.

L'esprit de Silfadred s'en réjouit : il aimait ce qui faisait oublier l'horreur inhérente à une situation, car cela la rendait plus redoutable lorsqu'elle se déchaînait. Ce ne serait pas un allié de trop...

Deux obstacles ralentissaient les événements : ils entraient dans le raisonnement de chacun des adversaires sans qu'ils en fussent pleinement conscients. D'une part, Viridius ne pouvait aisément attaquer Sarm'Eïloan de façon frontale sur le seul point vraiment fragile de l'enceinte : celui où se trouvait la porte et où le fossé longeant l'extérieur de la palissade était interrompu. En effet, la rivière lui barrait le passage. D'autre part, Antrégor pouvait se contenter de résister en espérant que les assiégeants s'épuisent et finissent par se décourager. À tout le moins tant qu'il avait de quoi tenir.

Perçant la nuit, l'esprit de Silfadred en remonta le cours vers le Nord. Il survola des collines, parcourut des forêts, puis une steppe, et commença de gravir les contreforts d'un massif montagneux sur les versants duquel la végétation, d'abord touffue, cédait la place à des escarpements arides et rocheux. Son attention se fixa sur l'ouverture d'un petit gouffre, d'où surgissaient en abondance les eaux tumultueuses d'une rivière souterraine : elle engendrait un torrent dont le flot s'apaisait lorsqu'il s'élargissait en débouchant dans les plaines, avant de serpenter à travers les vallons jusqu'à celle de Sarm'Eïloan qu'elle traversait entre les deux armées.

Le fond du lac que formait la résurgence était tapissé de plantes dont les longues tiges dansaient dans les remous qu'elle provoquait, et dans le courant prenant naissance à proximité de la ravine.

Tout d'abord, il ne se passa rien. Ce qui surprit Silfadred, étonné de la résistance que les végétaux opposaient à sa volonté. Puis celle-ci l'emporta : les algues commencèrent à s'arracher des interstices entre les pierres, à se déplacer, à chaque instant plus nombreuses et plus drues, en direction de l'ouverture où elles s'accumulèrent lentement, s'entortillant les unes dans les autres, formant des nœuds de plus en plus compacts, s'agrippant à la roche pour tisser une toile épaisse, impénétrable : l'écoulement ralentit, devenant moins abondant à mesure que s'accroissait la densité de la paroi végétale pour, finalement, tarir tout à fait. Cependant, le seul son qui donnait vie à ces lieux déserts avait perdu de son intensité pour se réduire peu à peu à un balbutiement. Il finit par s'éteindre complètement, laissant le silence imposer sa loi.

Insensiblement, le niveau de la rivière se mit à baisser en aval.

L'esprit de Silfadred contempla satisfait le fruit de ses pouvoirs. Et retourna vers Sarm'Eïloan.

Il stationna au-dessus du camp de Viridius : pour mener tous les Hurleurs qu'il avait mêlés à l'armée d'Aak-Sour, il leur fallait à présent un guide entièrement soumis à sa volonté, mais qui ne soit pas suspect aux yeux du roi. Parmi ses suppôts, il en était quelques-uns qu'il avait plus soigneusement modelés, comme il l'avait fait avec Pantrax. Son choix se fixa sur l'un d'eux, dont le regard chargé de haine scrutait les défenses de la ville assiégée. En peu de temps, la créature sut ce qu'elle avait à faire.

Une fois revenue au-dessus de la cité, l'âme du mage avisa les Hurleurs, regroupés dans un coin de l'enceinte, que celui-ci avait introduits dans les rangs de Sarm'Eïloan pour l'appuyer en cas de nécessité. Il avait recruté parmi eux l'escorte qui avait emmené Aïwana, lorsqu'elle était sa prisonnière, vers la tour qui aurait dû être sa dernière demeure, ainsi que le bataillon parti avec Pantrax à la poursuite des fuyards après qu'ils eurent délivré la magicienne : l'escadron que, contre toute attente, Farkhar et ses amis avaient lamentablement décimé sur le gué pour ne laisser échapper que deux ou trois survivants, qu'il avait exécutés à leur retour en épargnant Pantrax, en dépit de son échec.

Dans la cité, les Hurleurs ne constituaient qu'un petit contingent, dont l'importance n'avait aucune commune mesure avec la multitude mêlée à l'armée de Viridius. D'autant que Farkhar et le nabot qui l'accompagnait en avaient massacré plus de la moitié en deux combats !

S'insinuant dans leurs pensées, l'autorité de leur maître les tira du sommeil. En silence, ils commencèrent à dresser dans la clarté de la lune leurs silhouettes massives, étirant sur le sol les ombres qu'elles engendraient. Ce qu'il leur ordonnait de faire était précis. Aussi se tournèrent-ils posément vers la citadelle, à la façon d'une seule et même entité, puis se figèrent, animés par le rythme lent de leur respiration allant s'amplifiant.

En leur corps se combinaient toutes les substances composant la vie, aussi bien animale que végétale : c'était ainsi qu'ils pouvaient, à volonté, prendre l'apparence que leur dictaient le mage ou, parfois, les seuls événements ; ainsi que, certaines fois, sous l'aspect d'arbres, ils pouvaient se métamorphoser en de redoutables monstres carnivores. Dans leurs cellules stagnaient toutes les infections, toutes les pestilences.

Lorsque l'esprit de Silfadred sentit celles-ci s'activer dans leurs corps, il sut qu'il n'avait plus autre chose à faire que regagner l'enveloppe de chair qui, dans une chambre du château, l'attendait, prostrée, dans la lueur de fournaise dispensée par la torche accrochée au mur.

Les bouches des Hurleurs s'ouvrirent d'un même mouvement, exhalant des miasmes fétides que l'air tiède de la nuit se mit à porter doucement vers la forteresse : ils s'infiltrèrent entre les pierres, traversèrent les orifices, pénétrèrent dans les grandes salles situées en dessous de celle-ci. Puis ils commencèrent de s'insinuer dans les vivres qui y avaient été entreposés au prix de bien des efforts pour soutenir un long siège. Nul tonneau, nulle protection, de quelque nature qu'elle fût, ne put leur faire obstacle.

Alors, insidieuse, la corruption entreprit son œuvre au sein des matières engrangées là pour aider la vie à continuer, pour raffermir les forces défaillantes, et permettre à Sarm'Eïloan de tenir tout le temps nécessaire à l'obtention d'une hypothétique victoire qui, sans elles, deviendrait pure utopie.

Toutefois ce méfait, le plus redoutable peut-être de tous ceux qu'ils pouvaient commettre, fut le dernier des Hurleurs de Sarm'Eïloan.

Car il leur fut fatal.

Au passage des remugles distillés par les haleines méphitiques des créatures, des paupières s'ouvrirent par centaines sur des regards dont la pâleur des étoiles fit scintiller l'éclat d'émeraude.

Les prunelles, capables, en d'autres circonstances, d'une infinie douceur, furent gagnées par une lueur farouche tandis que les Iazliks, lentement, s'assemblaient pour converger vers la source du mal.

Les reflets de la lune se mouvaient sur leurs armures à mesure qu'ils progressaient, esquissant les silhouettes, offrant l'image d'une armée de lumière se déplaçant dans la pénombre stellaire en se fondant en elle, pour y devenir quasi indiscernable.

Bientôt ils furent autour des Hurleurs inconscients de la menace : c'est lorsque l'Insensible, à l'abri duquel les Iazliks les avaient encerclés à leur l'insu, se referma sur eux qu'ils virent leurs adversaires. Déjà ceux-ci avaient dégainé les longues épées à lame étroite pendant à leur côté : quand elles s'abattirent, le reflet de l'astre nocturne sur leur métal engendra une série d'éclairs dont la danse mortelle offrit aux monstres leur dernière vision, en emportant leur dernier souffle.

Nul, alentour, ne sut ce qui s'était passé, parfois à quelques pas de lui. Tout comme nul n'avait jamais eu conscience de la présence de créatures aussi maléfiques à l'intérieur de l'enceinte.

* * *

À l'aube, un soldat entrouvrit la toile fermant la tente de Thorwald. Celui-ci était assoupi, affalé dans un fauteuil du corps principal. Soit qu'il se fût levé tôt et eût de nouveau succombé au sommeil. Soit que ce dernier l'eût surpris tard dans la nuit, sans lui laisser le loisir de gagner la pièce dans laquelle il se reposait habituellement. L'homme observa le dormeur. Puis souleva le tissu, faisant pénétrer la lumière du jour naissant.

Les sens toujours en éveil, Thorwald se dressa d'un bond sur le siège.

« Monseigneur, dit le nouveau venu en entrant plus avant, laissant le pan retomber derrière lui.

— Que se passe-t-il ? » demanda Thorwald, d'un ton abrupt, agacé que l'homme ne se fût pas annoncé, ce dont il ne se défia pas suffisamment.

Dans l'instant où ses yeux rencontrèrent ceux de l'intrus, un froid naquit dans les entrailles de Thorwald, s'intensifiant brutalement. Il eut l'impression que tout son être se pétrifiait ; puis vint la douleur, si aiguë qu'elle étouffa le cri montant dans sa gorge. Il n'avait déjà plus la conscience de l'étau enfermant son corps, de sa respiration bloquée, de la paralysie de ses muscles : il sentait simplement comme une présence s'insinuer en lui tandis que son vis-à-vis s'estompait, se dissolvant dans l'air.

Puis l'être assis sur le siège se leva lentement, semblant s'arracher à une longue léthargie : d'abord maladroitement, puis avec des gestes de plus en plus assurés, il revêtit son équipement de combat, ceignit l'épée restée posée à côté de lui, et sortit : il découvrit sans surprise le lit de la rivière presque à sec, en contrebas : déjà de nombreux soldats et chevaliers étaient attroupés, commentant avec étonnement le phénomène.

Se tournant vers la tente de Viridius, il aperçut celui-ci debout devant elle, sans doute alerté par l'agitation qui gagnait le camp.

Il partit en direction du roi. Quand il fut face à Viridius et que leurs regards se croisèrent, le souverain éprouva une sensation de malaise indéfinissable, qu'il mit sur le compte de l'atmosphère environnante, sous le coup de la nouvelle de ce qui s'était produit durant la nuit, et de sa propre stupeur devant un événement qu'une fois de plus, rien n'expliquait.

« Qu'a-t-il bien pu arriver, Thorwald ?

— Difficile à dire, Sire. Ce qui est certain, c'est que cela nous offre une chance inespérée ! »

Sur le moment, Viridius ne saisit pas la portée des paroles de son lieutenant.

« En employant tous nos hommes, Sire, nous pouvons combler en quelques heures le lit de la rivière dans le secteur situé devant le point faible des défenses ennemies. Peut-être même reconstruire deux beffrois !

— En quelques heures, dis-tu ? s'étonna Viridius.

— Je sais de quoi sont capables nos hommes, Sire » répliqua le pseudo-Thorwald avec un sourire ambigu, que le roi ne lui avait jamais connu.

Mais déjà l'esprit de celui-ci bouillonnait : il n'attacha pas d'importance au détail.

« Seront-ils capables d'accomplir une autre tâche, Thorwald ?

— Laquelle ? »

Le visage du roi se tourna vers le petit vallon d'où, la veille encore, le cours d'eau s'écoulait vers la plaine.

« Nous n'avons aucun moyen de connaître les raisons du tarissement de la rivière. Nul ne peut prétendre que demain elle ne sera pas à nouveau là. »

Il ne remarqua pas l'expression ironique qu'afficha furtivement le visage de Thorwald.

« Je veux donc que tu fasses barrer là-haut le lit par une digue, et creuser une dérivation vers l'arrière de nos positions qui, le cas échéant, entraînera l'eau à l'écart. Il se passe trop de choses étranges pour que je me fie aux apparences. »

Il fixa son lieutenant avec ardeur.

« Hier, Thorwald, j'ai promis à notre armée qu'elle foulerait victorieuse le sol ennemi dans quelques jours. Je veux dépasser mes engagements, que notre promptitude donne à nos troupes le sentiment que la victoire est déjà acquise… Je veux que notre armée s'avance jusqu'aux portes de Sarm'Eïloan dès ce soir. Si Antrégor refuse de se rendre, nous lancerons l'assaut demain à l'aube ! Je compte sur toi.

— Oui, Sire.

— Va ! » conclut Viridius, avec un hochement de tête énergique.

Puis il se détourna pour entrer dans son pavillon.

Aussi ne vit-il pas les traits de Thorwald prendre soudain une apparence grotesque, se décomposant un instant en une multitude de visages entremêlés par un mouvement de chair incessant et fluide, pour se reformer aussitôt. Les yeux qu'il posa sur la silhouette du souverain se noyant dans la pénombre de la tente étaient morts. Puis furent envahis par une lueur cruelle, dans laquelle Viridius aurait eu bien du mal à retrouver la franchise et la loyauté qu'il avait toujours lues dans les prunelles de celui qui, avant de devenir son lieutenant, avait été son ami.

Thorwald le Hurleur descendit d'un pas tranquille vers la première ligne de défense, haranguant les soldats alignés derrière elle : sous l'impact de son regard, les énergies se mobilisèrent, se rassemblèrent ; le message se répandit à la vitesse de l'éclair parmi ses congénères, dont l'exemple ne tarda pas à entraîner les autres.

Peu après, dans le secteur faisant face à la porte de la palissade, la plaine résonnait du vacarme nourri par l'activité débordante des milliers d'hommes accourus des quatre coins du camp.

* * *

Alertés de bonne heure, Antrégor, Spartan et Silfadred s'étaient retrouvés sur l'enceinte extérieure. Les deux premiers regardaient, atterrés, le spectacle qui se déroulait sous leurs yeux.

Antrégor avait très vite réalisé qu'il n'avait pas les moyens de gêner les travaux de terrassement entamés par les assaillants et d'écarter le danger que ceux-ci représentaient pour Sarm'Eïloan. Déjà des attelages de chevaux amenaient le bois nécessaire pour assembler les deux tours que Thorwald avait promises à Viridius et un bélier, protégé par un toit, était tiré pour être placé en face de la porte au-dessus de laquelle se trouvaient les trois hommes.

« Ils ont tout prévu ! » murmura Spartan.

Il désigna les chevaliers qui s'alignaient en avant du lit de la rivière, venant d'autres secteurs du camp, interdisant toute tentative de sortie des troupes de Sarm'Eïloan pour perturber le travail des soldats. Une attaque en masse était également impossible, l'armée n'y étant pas prête et l'excavation formée par le canal empêchant encore tout déploiement.

« Qu'en penses-tu, Silfadred ? cria Antrégor, s'efforçant de couvrir le tumulte parvenant jusqu'à eux depuis les lignes ennemies.

— Je crois, Sire, qu'il faut nous préparer très vite à soutenir un assaut.

— Et à nous replier dans le cas où nos défenses céderaient ! C'est cela, n'est-ce pas ?

— À dire vrai, Sire, je n'imagine guère d'autre solution. Seules les murailles de pierres de la cité sont capables de résister efficacement aux machines de l'adversaire. Je crains fort que l'enceinte sur laquelle nous nous trouvons ne tienne bien longtemps, surtout si Viridius parvient à l'approcher de toute part, y compris ici. »

Antrégor se retourna pour regarder derrière lui la population rassemblée à l'intérieur de la palissade. Parmi la foule de soldats, quelques femmes étaient visibles, des enfants aussi. Mais il savait que les abris de toile en cachaient bien plus qu'il ne pouvait en compter à cette heure encore matinale.

Spartan et Silfadred l'avaient imité.

« Qu'allons-nous faire de tous ces gens ? dit le roi d'une voix lasse, en balayant d'un geste ample la vue étalée sous leurs yeux.

— Nous ne devrons faire rentrer dans la citadelle que les combattants, si tous peuvent y tenir, répliqua froidement Silfadred. Peut-être notre adversaire épargnera-t-il les autres ?

— Je veux croire Viridius capable d'une telle magnanimité. Mais lorsque son armée se sera déchaînée durant des heures contre nos fortifications, qu'est-ce qui fera obstacle aux instincts barbares de celle-ci, hormis les remparts de pierre qui entourent la cité ? On n'éteint ni ne modère la soif de sang, quand elle emplit la bouche des hommes !

— Nous n'aurons pas le choix, Sire. Dussions-nous repousser par la force ceux qui voudront se réfugier dans la ville et n'y auront pas leur place. Sinon, ce sera la fin ! »

Antrégor posa sur le mage un regard acerbe.

« Imagines-tu que ces hommes qui se battent pour nous verront sans broncher leurs compagnes, leurs enfants, abandonnés à leur sort par ceux-là mêmes qu'ils défendent ?

— Quand il leur faudra sauver leurs corps meurtris, épuisés par le combat, ensanglantés par les blessures, ils ne réfléchiront pas à une question que l'action ne leur laissera pas le loisir de se poser. Et une fois enfermés, ils n'auront d'autre issue que de poursuivre la lutte...

— Quel type d'homme êtes-vous donc, Seigneur Silfadred, pour envisager semblables perspectives avec tant de détachement ? » demanda Spartan d'une voix tremblante, sous l'effet combiné de la rage et de l'émotion.

Le mage le toisa.

« Un homme qui a vécu la ruine de sa cité ! Un homme qui sait, pour l'avoir éprouvé, qu'il est des circonstances où les sentiments constituent un danger pire que le plus impitoyable des adversaires, dès lors qu'ils altèrent la lucidité !

— Je m'y refuse, Silfadred ! interrompit Antrégor dans un cri. Ils sont venus là pour recevoir ma protection : je ne serai pas leur bourreau !

— Alors, dit Silfadred d'une voix emplie de causticité, il nous reste à souhaiter que Thanatros, dans sa bienveillance, nous portera assistance au moment ultime ! Permettez-moi à présent de me retirer, Sire. Le temps nous est compté pour nous préparer à subir l'assaut de l'ennemi. Peut-être, d'ici là, une solution nous apparaîtra-t-elle, à laquelle nous n'avons pas songé.

— Je l'espère, Silfadred. Je l'espère… de toute mon âme ! »

Mais le mage avait déjà tourné le dos pour se diriger vers l'escalier conduisant en bas de la palissade. Et Antrégor eût sans nul doute été effrayé, s'il avait vu le sourire sardonique qui illuminait son visage.

* * *

Pantrax exultait.

À l'abri d'une colline, il regardait les quatre silhouettes cheminer dans la brume rougeâtre qui persistait, longtemps encore après que l'aurore l'eut engendrée. Chétives silhouettes, à ses yeux ! Les grondements du sol l'empêchaient de percevoir le bruit de leurs pas. Mais ils étaient là, sous ses yeux, à sa merci. N'était-ce pas l'essentiel ?

Ainsi, il avait retrouvé ceux qui l'avaient nargué, y compris cette fille qui avait eu l'audace de pourfendre, elle aussi, ses semblables au bord de la rivière ! Et ce nabot ridicule… Toutefois, le Hurleur réalisait combien ses sens l'avaient tout d'abord trompé. Le personnage qui avançait derrière Farkhar était bien vêtu comme le petit être grotesque

que lui et les siens avaient affronté sur le gué, mais… mais ce n'était pas lui ! Il apparaissait tout à coup de manière évidente qu'il était de la même taille que le garçon, plus trapu aussi et… moins difforme ! Même de dos, l'image qu'il offrait correspondait maintenant à celle du guerrier habile et redoutable qu'il avait donnée de lui lorsqu'il les avait chargés sur la grève, avec une intrépidité alors si incroyable en regard de son allure.

Qu'importe ! se dit Pantrax, en regardant sa troupe embusquée derrière lui.

Il imaginait déjà la ruée des Thrughs, la surprise de leurs proies entendant la mort fondre sur eux, et la sentant pénétrer en eux en ayant à peine eu le temps de l'entrevoir. Il voyait déjà Farkhar s'effondrer de cheval, le corps déchiqueté par son fléau.

Le jeune homme se retournant soudain pour balayer des yeux le paysage autour d'eux, Pantrax baissa la tête.

* * *

Farkhar était inquiet. Depuis de longs instants, une impression étrange l'habitait : ils n'étaient pas seuls ! Il avait beau se dire et se répéter que nul ne pouvait être assez fou pour se risquer dans une contrée aussi hostile sans avoir, comme eux, de solides raisons de le faire, il ne parvenait pas à chasser cette sensation.

Il parcourut les lieux du regard, observant au passage ses compagnons. Surandir et Aïwana ne semblaient pas plus tendus que d'habitude, sinon, comme lui, par l'attente de ce qui allait tôt ou tard se déchaîner. Quant à Truffe d'Or… Si, le chien était anormalement agité ! Or ce ne pouvait être pour les mêmes raisons qu'eux, car lui ne pouvait pas savoir qu'une nouvelle calamité allait les agresser. D'autant que, Farkhar en était maintenant certain, ce n'était pas ici que cela allait se produire, mais en un lieu encore imprévisible.

Jusqu'à ce qu'il éprouve le malaise à présent tapi en lui, c'était d'ailleurs cela que Farkhar guettait : le moment ou de subtils changements allaient préluder à une métamorphose du paysage alentour. Quand cela se produirait, il savait qu'il pourrait lancer l'alarme, s'il en avait le temps, et bander ses muscles autant que son esprit.

Aïwana avançait à quelques pas de lui. Elle rapprocha son cheval d'Actarès. Bientôt, les deux jeunes gens chevauchaient presque cuisse contre cuisse.

« Tu me sembles bien soucieux, Farkhar, murmura-t-elle.

— Ne l'es-tu pas, toi, entre ce paysage désolé, continuellement secoué par des tensions souterraines, toujours prêt à exploser sous nos pas, et la menace dans laquelle nous vivons constamment d'être confrontés à des maléfices dont chacun peut nous emporter comme des fétus ?

— N'as-tu pas, jusqu'à présent, triomphé de tous ?

— Non, justement. Ce n'est pas moi qui en ai triomphé. J'ai le sentiment que c'est une force dont je ne suis que l'instrument !

— Comment peux-tu dire cela ?

Crois-tu que seul un glaive peut apporter la victoire ? Ne peux-tu concevoir que terrasser certains adversaires nécessite bien plus qu'un simple morceau de métal ? Une sensibilité, par exemple, qui seule donne accès à un monde dépassant le commun des mortels, et permet d'y puiser l'énergie indispensable pour affronter des puissances surhumaines ? »

Farkhar arrêta Actarès et dévisagea la magicienne.

« De quel monde parles-tu, Aïwana ?

— D'un monde dans lequel un jour n'est qu'un instant, d'un monde où deux êtres peuvent s'unir avec une intensité qui n'a pas sa place dans celui de nos vies ordinaires, d'un monde où tu te trouves, en ce moment même, sans t'en rendre compte, d'un monde où toi et moi...

— Toi et moi ?

— Oui, Farkhar, toi et moi... »

Mais sur le dernier mot, l'ambre qui le fixait devint un univers immense dans lequel il bascula, comme dans un vide infini, en sentant des flux indomptables électriser ses chairs, sans voir se dessiner autour d'eux un vallon hérissé d'arbres squelettiques et de buissons morts, au lacis par endroits si serré qu'il semblait border le chemin de murailles impénétrables...

* * *

Un hurlement rauque s'échappa des lèvres de Pantrax lorsque, au moment où il levait la main pour donner le signal de l'attaque, profitant de ce que le garçon et la fille semblaient plongés dans une discussion mobilisant leur attention, le paysage se vida sous ses yeux de la présence des fugitifs.

Il se dressa de toute sa hauteur, jetant des regards sauvages autour de lui, incapable de contenir sa fureur. Il crut qu'il allait imploser, tant elle l'oppressait de l'intérieur de son corps.

Il ne savait ce qui le révulsait le plus, de la disparition, aussi soudaine qu'incompréhensible, de ses proies, du sentiment que tout était à recommencer ou de la terrible impression qu'il poursuivait un adversaire insaisissable, ce qui présageait un inévitable échec que, cette fois, Silfadred ne lui pardonnerait pas.

L'effort qu'il dut faire pour reprendre le contrôle de soi-même fut colossal. Quand il se tourna vers les Thrughs, il se retrouva la cible de regards mêlant la haine à l'incrédulité. Il se dit qu'avec un peu de chance, ils n'avaient rien vu. Sinon, c'en était fini de son autorité.

Des grognements s'élevèrent un peu partout de la petite troupe. Mais il n'y décela aucune agressivité. Seulement de l'impatience. Il comprit que son ascendant sur eux était intact, mais plus que jamais tributaire du temps qu'il mettrait à assouvir leurs instincts.

Alors il se laissa envahir par la question qui montait dans son esprit d'une façon de plus en plus obsédante : comment allait-il maintenant retrouver ceux qu'il poursuivait ?

Foudre de Thanatros, si prompte à déferler
Sur ceux dont ton démiurge a forgé la faiblesse,
Oseras-tu frapper celui que sa hardiesse
Conduit à t'affronter sans jamais chanceler ?

LIVRE DES CÉLESTES
Chant IV, vers 1273-1276

66

La sensation de vertige qui avait envahi l'esprit de Farkhar ne dura qu'un instant.

Il sortit de l'univers mordoré qui l'avait soudain enveloppé pour ouvrir des yeux étonnés sur l'improbable décor qui les entourait : il ne ressemblait à rien de ce qu'ils avaient traversé depuis qu'ils s'étaient engagés sur le Chemin des Maléfices.

À travers l'entrelacement végétal de tiges, de branches et de brindilles dénudées par la mort, le ballet tumultueux des nuages orangés parsemés de zones pourpres et des espaces de ciel allant du mauve au rosé qui les séparaient semblait une mosaïque, dont les tesselles toujours changeantes reflétaient les colères de la terre.

Mais Farkhar et ses compagnons ne s'attardèrent pas sur la contemplation d'un paysage autant empreint d'une étrange splendeur que chargé de menaces. Déjà leurs sens en alerte, ils faisaient tournoyer leurs montures, guettant d'où viendrait l'attaque.

Chaque fois que le regard de Farkhar croise celui d'Aïwana, il se sent comme happé par elle…

Et leurs deux corps, emportés par une harmonie grandissante, sont parcourus de flux intenses qui les traversent et se rejoignent au contact de leurs chairs.

Ce fut Truffe d'Or qui les avertit en pointant brusquement le museau vers le ciel, retroussant les babines et dévoilant ses crocs avec un aboiement féroce.

Ils levèrent aussitôt les yeux, au moment où un fracas déchirait la voûte des nuages sillonnée d'orages : et ils virent se précipiter sur eux un éclair, telle la pointe d'un glaive acéré frappant sa victime avec la lenteur implacable du coup porté par un adversaire sûr de son triomphe. La vision était irréelle. Ils le voyaient descendre sur leur petit groupe. Il ne les avait pas encore atteints que d'autres naissaient au sein des nuées. Au fur et à mesure de leur course, les premiers, rouges à l'origine, prenaient la brillance jaune pâle de l'incandescence. Les seconds, d'abord d'un blanc lumineux, s'empourpraient en passant au milieu des nuages pour se ternir ensuite de la même façon que les autres.

« Aléria… » dit Surandir dans un souffle que les déflagrations successives engloutirent, mais dans lequel Farkhar et Aïwana, s'ils l'avaient entendu, auraient sans doute perçu, plus que de la terreur, une note d'espoir.

La foudre devenait une flèche de feu immense au contour parfaitement net qui déchirait l'espace en fondant sur eux.

Mais cette fois, le regard de Farkhar reste de marbre. En lui monte un indéfinissable sentiment de puissance. Sa lance de combat apparaît dans sa main, son bras la brandit à la rencontre du phénomène…

Leurs souffles ne sont qu'un, leurs chairs ne sont qu'une, et une l'énergie dont la vertigineuse flambée transcende leurs êtres, traversant leur étreinte d'une incandescence sublime.

… qui frappe la pointe de l'arme, et la fulgurance enveloppe le chevalier qui devient un instant un être de lumière. Il voit Surandir dégainer son glaive pour l'imiter.

« Non ! hurle-t-il d'une voix dont l'intensité couvre le vacarme céleste. Non, Surandir ! »

La haste disparaît alors de son poing d'où surgit une lueur qui s'élance vers la fulguration, et se met à l'absorber lentement, engendrant une pluie d'étincelles qui s'envolent, innombrables ; au contact des arbres desséchés par la mort, elles deviennent flammèches, courant de brindilles en tiges dans une danse effrénée.

Et dans la Terre des Maléfices, où les lois du temps étaient bouleversées comme celles de l'espace, la nuit se referma un instant sur la tourmente des flammes naissantes dont la sarabande se dissolvait à un crépuscule de braise...

* * *

Dans le début de l'après-midi, Viridius avait décidé de partir inspecter les travaux entrepris par Thorwald sur son ordre.

Au départ, en dépit de l'enthousiasme de son lieutenant, il avait eu du mal à croire que l'armée parviendrait à accomplir en si peu de temps un tel prodige, car à ses yeux, ce ne pouvait qu'en être un.

Maintenant, à mesure qu'il avançait au pas lent de son destrier, il devait se rendre à l'évidence.

Devant lui, sur la colline, une digue barrait le lit à sec de la rivière, là où il débouchait du vallon dominant la plaine. À son extrémité gauche avait été pratiquée une ouverture pour le cas où l'écoulement reprendrait : elle donnait sur un fossé qui descendait doucement, suivant le flanc de l'élévation vers l'ouest.

Viridius était étonné du nombre de soldats mobilisés sur cette tâche, et de l'ardeur qu'ils y déployaient. Mais le résultat était là. Encore ne savait-il pas qu'à son approche les Hurleurs avaient donné à leur action une allure humaine. Car lorsqu'ils étaient entre eux, les bras des êtres multiformes se multipliaient, leurs forces décuplaient, et chacun accomplissait sans mal le travail de plusieurs hommes ordinaires. L'absence, chez eux, de tout état d'âme, de toute sensibilité, leur faisait ignorer l'épuisement autant que la douleur. Nulle place pour la brûlure de l'échauffement dans leurs muscles infatigables ; nulle conscience des écorchures et des plaies dans leurs chairs qui se régénéraient rapidement, dès lors que les blessures étaient superficielles.

Si le roi avait voulu déplacer des collines, ils y fussent sans aucun doute parvenus.

Viridius fit lentement pivoter sa monture vers le camp, en contrebas. Là, c'était la vue d'ensemble qui rendait le spectacle impressionnant. Par centaines, les hommes s'activaient sur la partie de la rivière qui le traversait.

Le lit de celle-ci était déjà à demi comblé et les soldats aménageaient les berges de sorte qu'elles descendent en pente douce de chaque côté du creux, à peine esquissé par le sol qui se tassait régulièrement au fil du terrassement.

En cette partie de la plaine, l'animation était indescriptible. Car, pendant ce temps, des équipes s'ingéniaient à édifier deux hauts beffrois et un incessant va-et-vient de chariots apportait les matériaux nécessaires à leur construction, et à celle de plusieurs engins de tir. Là encore, les Hurleurs faisaient du bon travail, sans commune mesure avec celui qu'auraient accompli des humains...

Tandis qu'il attaquerait toute la périphérie de la citadelle, interdisant aux assiégés de dégarnir leurs défenses où que ce fût, Viridius pourrait lancer contre la porte de la palissade et ses abords un assaut massif, écrasant. Thorwald avait parfaitement compris ce que le roi entendait faire, et avait on ne peut mieux dirigé l'armée pour que tout soit exécuté dans ce sens.

Depuis la plaine montait un vacarme incessant, que Viridius sentit l'envelopper progressivement en se diversifiant, lorsqu'il descendit vers elle en suivant d'abord le lit à sec. Puis, s'apercevant que, malgré la croûte formée à sa surface par le soleil, son sol était encore détrempé en profondeur, il remonta sur la berge. Dans les parties du camp où l'on ne s'employait pas à creuser, à combler, à construire, soldats et chevaliers s'exerçaient en vue d'une bataille qu'on savait à présent imminente.

Approchant de l'endroit où se trouvait Thorwald, Viridius croisa deux chariots tirés par des bœufs puissants : sur l'un d'eux, de gros blocs de pierre étaient entassés dont on chargerait les poches des trébuchets et les frondes des mangonneaux. Sur l'autre étaient alignés des dards longs d'une quinzaine de pieds affectés aux balistes : sur une partie du plateau était entreposée de l'étoupe, destinée à envelopper les pointes d'aciers aiguisées pour les enflammer.

Parcourant des yeux le reste du camp, Viridius aperçut des engins de transport qu'on acheminait un peu partout vers les machines de guerre échelonnées le long du dispositif de siège. Des contingents manœuvraient, des corps de chevaliers s'entraînaient au combat où se déplaçaient à l'extérieur des rangées de tentes. Il n'était aucun lieu de la plaine où ne régnait une effervescence bouillonnante, et l'atmosphère de tumulte qui en résultait.

Thorwald sentit le roi approcher derrière lui.

« Je te félicite, Thorwald ! Sous ta férule, l'armée réalise un travail remarquable, qui va bien au-delà de mes espérances. »

Maîtrisant sa morphologie sans cesse fluctuante sous l'effet de l'excitation, Thorwald tourna vers le souverain un visage qui avait recouvré toute son énergique noblesse.

« Je suis heureux que vous soyez satisfait, Sire. Mes engagements seront tenus : dès ce soir, vous pourrez conduire votre ost jusqu'au pied des fortifications ennemies, en les menaçant d'une telle façon qu'il ne restera à l'adversaire qu'une alternative : la reddition ou l'anéantissement. »

Viridius opina lentement du visage, en regardant au centre de son dispositif l'immense espace délimité par l'enceinte extérieure de Sarm'Eïloan, au milieu duquel se dressait la citadelle : là aussi, on débordait d'activité. Une agitation trépidante emplissait toute l'aire autour de celle-ci, mais contrairement à ce qui se passait dans son camp, elle semblait marquée du sceau de la résignation. Viridius n'aurait su dire ce qui lui donnait cette impression : une certaine apathie dans les mouvements ? Une forme de désordre évoquant la panique ? Ou plus simplement la conviction que l'encerclement dont elle était l'objet l'écrasait.

Surtout, Viridius était occupé à analyser moins l'activité des assiégés que le trouble qui l'avait envahi, quand il avait vu les traits de son lieutenant. Il n'avait rien ressenti de la chaleur habituelle de leurs échanges ni de l'amitié qu'il lisait toujours dans les yeux de son compagnon d'armes. Rien de ce qui faisait que leurs rapports, une fois dépassé leur caractère hiérarchique, étaient implicitement bien autres que ceux d'un chef avec un subordonné.

Thorwald s'était détourné pour adresser des ordres à ceux qui l'entouraient. Dans son comportement aussi, Viridius ne pouvait s'empêcher de trouver quelque chose d'étrange. Mais avait-il déjà vu son lieutenant dans une situation si extrême ?

Chassant des pensées que rien n'étayait vraiment, il mit pied à terre et commença de monter vers sa tente, en tenant son destrier par la bride.

« Viens m'avertir dès que l'armée sera prête ! » lança-t-il à Thorwald en s'éloignant.

Parvenu au pavillon, il confia l'animal à l'un des hommes qui l'entouraient habituellement et y pénétra.

Il se sentait tout à coup épuisé. Sachant que la nuit serait longue, il décida de prendre un peu de repos.

Avant d'entrer dans la partie qui lui était réservée, ses yeux passèrent sur le tissu fermant celle qu'avait occupée Olern. Le visage du vieil homme traversa ses pensées : il fut effaré de réaliser que sa mort remontait à cinq jours seulement. Il lui semblait que cela faisait déjà une éternité, comme le départ d'Aak-Sour et tant d'autres événements qui paraissaient déjà enfouis dans un lointain passé. Il lui vint à l'esprit que dans un jour ou deux, peut-être lui-même serait-il allongé parmi ses soldats au pied des remparts de Sarm'Eïloan, le corps privé de vie, oublieux d'une existence dont il mesurait depuis quelque temps la vanité. Sans doute était-ce pour cette raison qu'une telle éventualité qui, il y a peu, l'aurait horrifié, le laissait soudain indifférent.

Amer, il détourna le regard, et gagna sa couche sur laquelle il s'étendit en n'ôtant de son habillement que ce qui le gênait. Et en prenant soin de garder son glaive à portée de main. Il ne pouvait se départir de l'impression bizarre que lui avait laissée sa rencontre avec Thorwald, d'autant qu'il se souvenait avoir éprouvé quelque chose de semblable le matin, face au même personnage. Mais en dépit de ses préoccupations et du bruit extérieur, la fatigue eut finalement raison de lui.

* * *

« Les intentions de Viridius sont on ne peut plus claires », dit Antrégor d'une voix forte.

Il avait rassemblé Silfadred, Spartan et les chefs de son armée dans la pièce de réunion voisine de la salle du trône. Le parchemin portant le plan des fortifications de Sarm'Eïloan figurait toujours en bonne place, sur ses trépieds. C'était là que, chaque jour, il faisait avec ses pairs le point sur la situation, depuis que Silfadred leur avait exposé la façon dont il envisageait d'organiser la défense de la cité, après qu'on eut appris l'invasion du royaume par l'armée de Viridius.

« Il nous est impossible de connaître la raison pour laquelle la rivière a cessé de couler : il ne faut pas exclure que l'ennemi l'ait lui-même déviée en amont, à notre insu. Qu'importe d'ailleurs ! Le résultat est là. Ce qui est plus surprenant, c'est la rapidité avec laquelle ses troupes opèrent pour mettre à profit cette nouvelle donnée...

— Pardonnez-moi de vous interrompre, Sire, dit l'un des barons, mais ce n'est guère plus étonnant que l'ampleur de l'ost qu'il a pu réunir !

— C'est on ne peut plus vrai, Messeigneurs. Mais c'est ainsi, et tergiverser sur ces questions ne nous apportera pas de réponse. Il est donc évident que l'ennemi prépare une attaque frontale d'envergure contre notre rempart occidental, en espérant parvenir jusqu'à la porte et l'enfoncer. En cet endroit, rien d'autre ne protège nos défenses : s'il réussit, il pénétrera dans notre enceinte et nous serons acculés à une bataille qui risque fort de tourner au désastre.

— Avez-vous si peu confiance en la vaillance de nos hommes, Sire ?

— Non. Je pense simplement aux conséquences qu'aura sur leur opiniâtreté la vision de l'ennemi se ruant dans l'espace où ils se sentaient à l'abri de ses attaques. Nous avons étudié la meilleure disposition de tous nos engins de jet pour contrer les moyens mis en œuvre par l'adversaire. Rien ne nous autorise à dégarnir notre palissade en quelque endroit que ce soit, mais nous devrons concentrer des troupes sur trois points où l'offensive a toutes les chances d'être plus forte : à l'est et au sud, face aux deux tours isolées de Viridius, et, bien sûr, la porte.

— Puis-je suggérer qu'une seconde baliste soit installée face à elle, Sire ? demanda Spartan.

— Cela me paraît sage, en effet. Pour les autres engins, vous veillerez à respecter les emplacements que nous avons dessinés sur ce plan, lorsque nous vous aurons attribué le secteur dont chacun d'entre vous sera responsable. Je vais laisser, pour cela, mon conseiller, Silfadred, vous exposer nos choix. »

Le mage s'apprêtait déjà à s'avancer. Mais le roi l'arrêta d'un geste.

« Un instant, Silfadred ! Il me reste une dernière mesure à détailler... »

Sur le visage du mage s'afficha une évidente surprise, que renforça la façon dont le roi garda les yeux fixés sur lui en commençant à s'exprimer d'une voix calme, posée, résolue :

« Je veux que dès ce soir, tous les non-combattants soient regroupés dans la cité et sur ses abords immédiats...

— Sire ! s'insurgea Silfadred. Nous avions...

— Ma décision est prise, Silfadred. Et irrévocable ! Ne crois pas que ce soit seulement pour les protéger. Je veux qu'ils occupent le moins de place possible dans le périmètre du combat. Il faut que nos troupes puissent sans encombre circuler d'un point à un autre en fonction des besoins. La présence de ces malheureux ne pourra que constituer une cause de défaite.

— Eh bien, Sire, qu'on les fasse sortir, alors !

— En les livrant à l'ennemi ? s'exclama l'un des assistants avec colère.

— Non, bien sûr ! répliqua Silfadred. En négociant avec Viridius ! »

Des chuchotements s'élevèrent, des remarques diffuses, qu'Antrégor fit taire de la main.

— Je pense que c'est prématuré. Si Viridius est prêt à leur laisser la vie sauve aujourd'hui, il y sera prêt demain. De plus, je ne crois pas qu'il nous laissera le temps d'envisager semblable alternative : mon avis – et c'est aussi le tien, Silfadred, précisa-t-il en pointant son doigt vers le mage – est que l'assaut est imminent. Enfin, je ne crois pas non plus que la situation soit encore mûre pour adresser une telle demande à Viridius.

— Ce serait pourtant raisonnable. Et plus sûr que dans la fureur du combat, objecta un autre baron.

— Peut-être, répliqua le roi après un court silence. Mais ce serait aussi donner à notre armée, comme à celle qui nous fait face, l'impression que nous ne croyons pas à la victoire. L'effet pourrait être désastreux. Car après tout, Messires, rien ne nous dit que l'assaut ne se brisera pas sur nos défenses… Pouvons-nous exclure cette éventualité de notre esprit quand nous nous adresserons à nos hommes et les conduirons à la bataille ?

— Il n'en est pas question, Sire, trancha Spartan. Notre meilleur atout est de ne pas céder au sentiment de défaite que l'ennemi veut faire planer sur nous. Nous devons croire à la victoire parce que, tant que rien n'est joué, tout est possible !

— Tout, en effet… » maugréa Silfadred.

Les regards se tournèrent vers lui.

« Je te trouve bien sombre, dit Antrégor, pour un homme qui est censé enfiévrer l'idéal de notre armée !

— Je ne suis pas sombre, Sire. Simplement pragmatique. Mais toute discussion est inutile, n'est-ce pas ? Vous avez vous-même dit que votre décision est irrévocable. De toute façon, le temps nous est compté. Il n'est plus de place pour les tergiversations. »

Il se tourna vers la petite assemblée.

« Messires, il me reste à vous faire part des postes attribués à chacun d'entre vous. Le roi et son principal lieutenant, Spartan, assureront la défense du secteur le plus exposé, à savoir celui encadrant la porte de la palissade, face à la rivière. Ou, du moins, à ce qui en était une ! Messires Guilleméru et Cardaox auront en charge de les seconder, le premier à gauche, le second à droite de cette position clé. Messire Palisso se rendra sur la partie orientale et messire Gurtlav au sud : leur mission sera de gérer la résistance, sur la fortification, aux deux beffrois édifiés par l'ennemi face à ces endroits. Ils seront respectivement appuyés par les seigneurs Aldrix et Corbuscon, qui commanderont les troupes au sol et les armes de jet dans ces zones. Il est évident qu'il leur appartient de désigner les hommes qui leur permettront d'assurer au mieux la coordination entre la position haute et la basse. Messires Lermigrin, Mardoz et Sigremor se répartiront d'ouest en est la façade septentrionale de nos défenses. »

Chaque baron avait acquiescé du menton à l'énoncé de son nom. Le dixième restait dans l'attente.

« Quant à Messire Guerremour, il me secondera pour coordonner l'ensemble du dispositif. »

L'intéressé releva la tête fièrement en entendant son nom :

« Le Seigneur Silfadred peut compter sur moi, dit-il d'un ton ferme.

— Je l'espère, sourit ironiquement le mage, sachant qu'il avait désigné celui qui l'avait le plus aveuglément soutenu lors du procès de la princesse Gwenaline, en scellant le jugement qui avait envoyé celle-ci au supplice. À présent, messeigneurs, je vous invite à examiner avec moi cette carte pour que nous voyions ensemble les détails de notre stratégie. Il faut que demain matin, au plus tard, tous nos préparatifs soient terminés ! »

* * *

Le jour commençait à faiblir quand Viridius, vêtu de son armure, entreprit de faire le tour de Sarm'Eïloan en parcourant le front de son ost.

Ses soldats étaient alignés sur plusieurs rangs de profondeur en avant du camp, formant une vaste ellipse autour de la cité assiégée.

Des fantassins entouraient les engins, prêts à les acheminer vers les murailles. Aux plus lourds avaient été attelés des animaux de trait. En arrière de l'armée, les chevaliers étaient regroupés par unités réparties sur toute la longueur de celle-ci : ce n'étaient pas eux qui attaqueraient les premiers.

L'ensemble était hérissé de bannières : flottant doucement dans le vent du soir, elles contrastaient avec l'immobilité des troupes attendant un commandement de leur roi pour avancer. Cette immobilité, alliée au nombre imposant des combattants, rendait déjà leur masse inquiétante : le silence quasi total baignant la plaine, ponctué çà et là par un hennissement ou par un piaffement, achevait d'enfouir sous un sentiment de menace étouffant Sarm'Eïloan, complètement enfermée au centre des lignes ennemies.

Les derniers feux du soleil faisaient étinceler les armures, les armes et les pointes des lances dressées vers le ciel, jetant parfois un éclair en rencontrant le mouvement d'un bouclier.

Rassemblés sur la palissade, les défenseurs de la ville posaient un regard accablé sur les assiégeants, risquant parfois un œil d'un côté ou de l'autre, ou encore dans leur dos, dans l'espoir d'apercevoir autre chose que des collines couvertes de guerriers. Mais en vain. Ils suivaient anxieusement le roi à mesure qu'il se déplaçait devant son ost, conscients du fait qu'un geste de celui-ci allait tôt ou tard faire se mouvoir cette force colossale, dont l'étau se refermerait sur eux pour les écraser.

Ceux qui avaient pu un moment espérer que l'effervescence de l'adversaire n'était qu'une démonstration de plus destinée à les impressionner avaient perdu les illusions que la peur les incitait à nourrir, quand ils avaient aperçu les animaux qu'on amenait pour les attacher aux chariots, aux machines et aux beffrois, puis l'armée qui se rangeait en ordre de bataille.

En sept jours de siège, cela ne s'était jamais produit. Il n'était guère besoin de beaucoup réfléchir pour comprendre la signification de ce qui se préparait.

Quand il eut fini de passer ses troupes en revue, Viridius se mit à caracoler devant les rangs de combattants disposés à l'occident, face à la porte de la palissade. Le soir tombant, des torches avaient été allumées un peu partout. Passant dans leur lueur, son haubert et son armure lançaient des éclats fauves : il semblait par moments que des étincelles couraient sur sa silhouette d'airain. Thorwald se trouvait à la tête d'un important corps de cavaliers rassemblés devant son pavillon.

Soudain, Viridius arrêta son destrier et se tourna vers eux.

« Chevaliers ! Soldats ! Contemplez une dernière fois cette muraille de bois par laquelle l'ennemi prétend vous faire obstacle ! Regardez-la s'embraser dans le crépuscule ! Ce que les flammes du soleil dessinent sur elle, c'est sa destinée ! Car demain, à ce même instant, elle ne sera plus que cendres ! »

Une longue acclamation s'éleva, noyant l'écho de ses paroles. Elle gagnait toute l'armée quand il fit tourner son palefroi en direction de la ville et, d'un ample mouvement du bras, donna l'ordre de marche :

« En avant ! En avant !... »

Celui-ci fut peu à peu repris par les chefs des différents corps d'armée tandis que le roulement des ovations cédait la place à un tonnerre de cris de guerre. Et, lentement, la marée humaine entreprit de progresser vers les défenses de Sarm'Eïloan dans un vacarme de pas lourds, de cliquetis, de grincements d'essieux, scandés par des commandements, les souffles rauques des uns qui s'arc-boutaient pour faire avancer les engins, les chants martiaux des autres qui se voyaient déjà franchir en vainqueur les débris de la palissade entourant la cité assiégée.

Toute la plaine semblait gagnée par une folie meurtrière : contrastant avec elle, un silence angoissé couvrait Sarm'Eïloan, aussi pesant que la nuit qui commençait à l'envelopper.

À mesure que s'épaississaient les ténèbres, le ballet des torches innombrables dans la pénombre prenait une allure fantastique. Esquissant les formes en mouvement et parsemant le métal de reflets sans cesse changeants, la clarté de la lune en décuplait l'effet.

La traversée du lit de la rivière, imparfaitement aplani par suite du tassement de la terre sous le poids qui déferlait sur elle, exigeait des efforts colossaux de la part de ceux qui tiraient balistes, beffrois et trébuchets. Quoique faibles et aisément franchissables par les fantassins et les cavaliers, les pentes qui avaient succédé aux berges opposaient des obstacles redoutables à ceux-ci.

Un trébuchet échappa à ceux qui le faisaient descendre dans le creux et, abordant un endroit où l'humidité rendait le sol plus meuble qu'ailleurs, s'inclina si dangereusement qu'on crut qu'il allait se renverser sur les soldats qui l'entouraient. L'une de ses roues s'enlisa. Il fallut amener des chevaux pour le redresser et le tirer en même temps. Après bien des efforts, hommes et animaux parvinrent à le faire de nouveau bouger. Remonter les engins sur la rive opposée constitua une tâche épuisante.

Une baliste mal arrimée aux animaux qui la tractaient redescendit de quelques pas, écrasant la jambe d'un des soldats qui la poussaient : surpris par son recul, il glissa sur le sol boueux et n'eut pas le temps de retirer son membre, embourbé derrière une roue.

Plusieurs autres incidents entravèrent un peu partout la marche de l'armée, dont les premiers rangs, toutefois, avançaient sans fléchir. Le sol tremblait sous l'effet du roulement des lourds engins qui progressaient plus lentement. Le calme berçant habituellement les nuits de Sarm'Eïloan avait fait place au tumulte d'un raz-de-marée dont les habitants et les défenseurs de la ville se demandaient s'il prendrait seulement le temps de s'arrêter avant de les engloutir.

Les zones d'ombre laissées par les myriades de torches donnaient à l'avance de l'ost un caractère fantomatique.

Jamais celui-ci n'avait dégagé une telle impression de puissance, même lorsqu'il était apparu au sommet des collines pour se répandre autour de la citadelle.

Antrégor tremblait parfois, mais in petto : il sentait trop les regards de ceux qui l'entouraient posés sur lui. Le moindre signe de défaillance ou de démoralisation de sa part aurait des conséquences catastrophiques. Et pourtant, comme il se sentait fragile face à la monstrueuse entité d'ombre et de lumière dont la mâchoire se resserrait inéluctablement sur sa cité ! Fermant les paupières, il songea à la population de femmes, d'enfants et de vieillards rassemblée à l'intérieur et autour de celle-ci : quelle frayeur, quelle épouvante devaient-ils éprouver aux échos du vacarme dont résonnait la plaine sans voir ce qui le provoquait ! Car si le spectacle était en soi effrayant, du moins permettait-il de prendre la mesure de ce qu'il faudrait combattre.

Alors que seulement l'entendre, se disait-il, devait encourager l'imagination à décupler sa réalité.

« Tout est-il prêt pour résister à leur assaut ? demanda-t-il en ouvrant les yeux, terrorisé par la vision que lui avait inspirée le tumulte.

— Oui, Sire, répliqua Silfadred. Tous nos barons sont à leur poste, le dispositif de défense est en place. Nos troupes sont réparties comme nous l'avons prévu. »

Un peu plus tôt, le mage avait suggéré qu'on tentât de gêner l'avance de l'ennemi en tirant sur ses lignes. Mais, soutenu par Spartan, le roi s'y était opposé, considérant que cela serait de peu d'effet, et entamerait les réserves de traits et de projectiles de façon préjudiciable.

« Pourtant, avait objecté le mage, désorganiser l'armée d'Aak-Sour au moment où elle se sent le plus invincible pourrait briser son ardeur avant l'assaut !

— Peut-être, avait répondu le roi. Mais cela n'est nullement certain. Et je crois que l'enthousiasme que Viridius a passé sa journée à communiquer à ses forces est pour l'instant inébranlable. C'est avec cela que nous devons composer. Plus que jamais, à présent, il nous faut savoir accepter le destin en face pour mieux l'affronter ! »

Puis, soudain, l'assourdissant grouillement de l'ost en marche commença de faiblir. La première ligne s'était arrêtée à une trentaine de pas de la palissade ; tel un océan dont le flot recule, le son parut se retirer à mesure que les rangs stoppaient leur progression. Il n'y eut plus que les engins de siège dont le roulement continua, accompagné par les efforts des hommes et des animaux qui les déplaçaient.

Bientôt, cela aussi cessa au profit d'un calme relatif. Un peu partout s'élevaient encore les bruits des cordes qu'on tendait, des projectiles qu'on mettait en place.

Enfin, le silence de la nuit étoilée s'imposa sur les alentours, mais pour mieux révéler une sourde rumeur. C'étaient des milliers de souffles, de chuchotements, mêlés à tout ce qu'exhale la vie lorsqu'elle se terre, innombrable, patiente, pour guetter le moment de bondir sur sa proie...

Les hommes de Sarm'Eïloan sentirent leur sang se glacer dans leurs veines : l'ennemi attendait désormais le lever du jour, et tout n'était plus qu'une question de temps.

Quand la fureur étreint les hommes dans ses rets,
Insondable est l'abîme où leur rage subite,
Nourrie par leurs erreurs, soudain les précipite,
Scellant de leur destin les plus sombres arrêts.

LIVRE DES CÉLESTES
Chant IV, vers 1349-1352

67

Quand le jour s'était refermé sur l'embrasement d'un crépuscule fulgurant, Farkhar avait cru un instant que la fournaise de l'astre s'abattait sur les terres. Il n'avait eu que le temps d'apercevoir le sourire d'une silhouette enveloppée de voiles d'or, et surtout Surandir : celui-ci lui avait paru soudain immense, le corps parcouru par les reflets des flammes se propageant autour d'eux sur une armure d'airain rutilante qui n'avait plus rien de commun avec l'ordinaire vêtement du nain. Puis la nuit s'était brutalement refermée sur la vision d'un visage empreint d'une noblesse et d'une beauté étrangères au monde qu'il connaissait. Une vision si fugace que Farkhar n'y avait pas cru.

Le feu qui se répandait autour d'eux en dévorant la végétation avait refoulé vers le ciel l'éphémère obscurité nocturne durant les quelques instants où elle avait enseveli la Terre des Maléfices.

Lorsque la lumière diurne reprit possession de l'espace, elle était pâlie par l'univers ardent qui ronflait puissamment autour d'eux, donnant à Farkhar l'impression de replonger dans le brasier qui avait englouti la cité de ses pères.

Et, tout à coup, les flammes moururent. Brutalement. Inexplicablement. Elles s'éteignirent, une à une, dévoilant un paysage calciné, dominé par des nuées pourpres.

Ses yeux rencontrèrent le regard d'Aïwana à l'instant où celle-ci posait avec douceur une main chaude sur son bras : la sensualité inattendue de ce contact fit naître dans sa chair un frisson qui se répandit en lui à la façon d'une onde.

La sueur se mit à perler sur sa peau, à détremper ses vêtements.

Il réalisa que la sensation de brûlure qu'il éprouvait sur tout son corps, loin de s'estomper avec la disparition de l'incendie, augmentait. Même si le décor autour de lui ne changeait pas, quelque chose était en train de s'éveiller, qui se traduisait par la montée d'une autre incandescence : celle de l'air lui-même…

* * *

Pantrax avait entendu au loin le déchaînement de la foudre. Intrigué et fort, également, de certaines précisions que lui avait fournies son maître, il s'était dit qu'il y avait peut-être un rapport entre le phénomène et la présence des fuyards. La nuit éphémère l'avait interrompu dans sa recherche, puis aussitôt rendu au jour sans qu'il fût surpris outre mesure : une créature de Silfadred ne pouvait être prise au dépourvu par les effets de la magie de ce dernier.

Intimant à sa troupe l'ordre de s'arrêter, il gravit une élévation pour tenter de localiser dans le dédale des collines l'endroit que, la veille, il avait estimé être celui où l'orage s'était déclenché. Il avait choisi pour repère un mont un peu plus haut que les autres, d'où s'échappait une épaisse colonne de fumerolles et sur le versant duquel coulait une langue de feu.

Il le retrouva, encore lointain, mais nettement plus proche que lorsqu'il l'avait aperçu la première fois.

Faute de pouvoir s'orienter dans la voûte mouvante des nuages, il prit soin de dévaler la pente dans cette direction, et rappela sa meute d'une voix gutturale. Quand elle l'eut rejoint, il l'entraîna vers ce qu'il espérait être enfin le terme de sa quête. Et l'aboutissement de sa vengeance.

* * *

Antrégor regardait les prémices de l'aurore éclairer d'une uniformité blafarde l'armée de Viridius. La nuit l'avait occultée de sa noirceur, la dessinant par touches dans les taches de lumière tremblante engendrées par les torches et les foyers. Elle se révélait à présent dans toute son étendue.

Il savait qu'il ne quitterait son parement vert que mort ou vainqueur. En allant le revêtir, il s'était fait à cette idée le plus simplement du monde, sans la moindre émotion : le grand livre du destin s'ouvrait une fois de plus sur une page encore blanche, que le temps se chargerait de remplir, cette fois en lettres de sang. Quoi qu'il s'y écrivît dans les heures à venir, il l'attendait avec une sérénité dont il ne se serait pas cru capable un peu plus tôt, alors qu'il entendait les troupes ennemies progresser vers ses fortifications.

Le roi jeta un œil sur le bouclier oblong posé contre la palissade, devant lui. Son bouclier. Qu'il attraperait au moment opportun de son bras gauche. Sans doute du même geste qui lui ferait saisir du droit le large glaive qu'il sentait pendre pour l'instant dans son fourreau, le long de sa cuisse.

Tout ce qui allait suivre semblait à Antrégor déjà inscrit, immuable, invisible, attendant de se révéler progressivement au fil des événements et des actes de chacun. Il l'acceptait en se demandant quel jeu étrange dirigerait ses décisions et celles des autres pour nouer inextricablement les destinées, prolonger les unes et arrêter les autres. Un vertige s'empara brièvement de son esprit, puis celui-ci s'apaisa, puisant son équilibre dans le silence opaque que la multitude rangée sous ses yeux et tout autour de lui, par endroits à des centaines et des centaines de pas à la ronde, rendait paradoxal. Ce silence n'était pas complet : un peu partout, des bruits en surgissaient, plus ou moins forts, plus ou moins brefs, plus ou moins lointains. Ils rehaussaient son omniprésence dès qu'ils le laissaient retomber. Ils exaltaient l'attente qui le sous-tendait. Ils rendaient plus menaçant le mystère déposé par la brume matinale : celle-ci s'épaississait, allant maintenant jusqu'à occulter le haut des collines.

Suffira-t-elle à retarder l'assaut ? se demanda Antrégor. Rien n'était moins sûr. Sauf à devenir impénétrable, elle n'affecterait guère les emplacements où se déroulerait le combat. Il réalisa même qu'il n'attendait en rien qu'elle différât la bataille. Décidément, son égalité d'âme était totale.

Son attention fut attirée par le son éloigné de sabots sur des pierres. C'était irrégulier : sans doute les pas rencontraient-ils aussi de la terre. Cela venait d'en face.

Bientôt, sur le versant de la hauteur couverte de guerriers immobiles, un chevalier émergea de la brume, descendant lentement vers la plaine : le roi ne pouvait discerner ses traits, mais le parement blanc orné d'une figure rouge flottant sur son armure et le harnois de même couleur du destrier le lui désignèrent aussitôt comme étant Viridius.

Dirigé d'une main ferme par son cavalier, le cheval renâclait régulièrement.

Antrégor se dit qu'il y avait beaucoup de prestance dans la démarche posée de la silhouette formée par l'homme et l'animal ; il ne put s'empêcher de songer aux multiples raisons qui lui avaient fait voir d'un œil plus que favorable l'union du souverain d'Aak-Sour avec sa fille Gwenaline.

Comme le monde avait changé depuis cette époque !

L'allure du jeune roi était celle d'un chef désireux d'en imposer à l'adversaire, mais non d'un guerrier farouche sur le point de lancer ses hordes dans une charge impitoyable.

Se demandant ce que cela signifiait, Antrégor regarda Viridius poursuivre son chemin, et bientôt ne douta point que celui-ci vînt tout droit vers lui.

* * *

L'air lui-même s'embrasait.

Il semblait à Farkhar que sa peau se boursouflait. Des cloques commençaient à déformer la surface de l'armure de Surandir, qui le dominait de sa taille impressionnante. Truffe d'Or hurlait à la mort.

D'ici quelques instants, ils allaient devenir des torches vivantes.

Pourtant, au fond de lui, Farkhar sent monter une sève salvatrice, toujours plus bouillonnante, dont le flux est guidé par la caresse de…

… la peau ardente d'Aïwana, effleurant la sienne dans une danse passionnée.

Farkhar sait que, cette fois encore, il ne peut compter que sur soi, qu'il lui faut faire surgir du plus profond de son être le pouvoir de vaincre la terrifiante magie de son ennemi. Dans un effort surhumain, il arrache son esprit à l'obsédante douleur qui ronge chacun de ses muscles, pour se concentrer sur la sensation voluptueuse qu'il sent grandir en lui, et que la souffrance s'acharne à broyer de son emprise.

Les prunelles de braise de la magicienne le contemplent, le dévorent de la même façon que le corps soyeux de la sylphide emprisonne le sien, portant à leur paroxysme les ondes de volupté qui le traversent. C'est un flot impétueux qui afflue et reflue sans cesse, puis revient chaque fois, plus puissant encore, les entraînant tous deux vers un même rivage. Les lèvres de la jeune fille s'ouvrent… elle l'appelle… le silence qu'elles exhalent dans un halètement est un cri de plaisir muet… la brûlure qui monte dans les reins palpitants de Farkhar devient soudain pure jouissance, explose dans tout son être, s'exhale par les pores de sa peau, s'épand dans l'univers...

... et, dans un fracas de tonnerre, l'incandescence de l'air implose...

Leurs deux corps se figent dans une étincelle d'éternité : à travers eux, ils se contemplent et se respirent.

... se volatilise, s'éloigne, laissant Farkhar épuisé, Truffe d'Or le souffle court et Aïwana étrangement calme. Ils s'immobilisent. Le temps paraît se pétrifier. Pourtant dans le firmament largement ouvert, le soleil suit sa course.

Sa nudité parée d'un voile aux couleurs de l'arc-en-ciel, Artella les regarde : ses traits esquissent un sourire inquiet. Ses lèvres ne bougent pas. Mais ses yeux se fixent sur un point situé derrière Farkhar, et s'élèvent lentement...

* * *

L'aube était blême.

Le voile de la brume rendait le paysage plus impénétrable à mesure que la vue s'éloignait. Filtrant à travers la calotte dont elle revêtait la plaine de Sarm'Eïloan, les premiers rayons du soleil noyaient celle-ci dans une sensation d'éblouissement, uniformisant formes et couleurs de sa lumineuse fadeur.

En dépit de la chaleur moite qui imprégnait progressivement l'atmosphère, tous sentaient un fluide glacial descendre dans leur dos : la mort étendait ses doigts sur les esprits avant de se poser sur les chairs.

Il semblait que la situation pût durer une éternité. N'eût été le pas de la monture de Viridius approchant lentement de la palissade sur laquelle se tenaient Antrégor, Spartan et Silfadred, au milieu de soldats. Ces derniers avaient commencé de bander leurs arcs, mais le roi les avait arrêtés d'un geste. Il était impressionné par la noblesse empreinte de splendeur émanant de celui qui venait dans sa direction. À présent, il discernait la jeunesse de ses traits sous le mézail relevé du casque, sur lequel la tête de cheval en bronze cabrée le défiait. Antrégor se demandait ce qui enveloppait le personnage d'une telle aura de vaillance, et soudain le comprit. À son panache naturel s'ajoutait son assurance : hormis son armure, le souverain marchait vers les lignes ennemies sans aucune protection : ni escorte, ni même bouclier. L'écu de Viridius était suspendu à sa selle.

« Quelle arrogance ! maugréa le mage.

— Non, Silfadred. Simplement de la noblesse. Et le sentiment d'une loyauté partagée. Mais peux-tu comprendre semblables sentiments ? »

Antrégor se tourna vers son conseiller, puis parcourut du regard le chemin de ronde, de chaque côté, attentif au moindre signe d'hostilité de la part de ses hommes. Les visages étaient tendus, dans l'attente d'un signal, les machines étaient armées, leurs cordes bandées. Il suffisait d'un rien pour que l'irrémédiable s'invitât. Il réalisa combien, en de tels moments, il se méfiait à présent du mage.

Droit en face de lui, un chevalier se tenait en arrêt près d'une baliste, devançant un corps de cavalerie important : Antrégor devinait le dessin du fin collier de barbe encadrant sa face. Les armes d'Aak-Sour figurant sur son plastron sombre le désignaient comme un des principaux lieutenants de Viridius. Bien que la distance ne lui permît en rien de saisir les détails du visage, il eut l'intuition que l'homme fixait Silfadred.

Il reporta de nouveau son attention sur ce dernier, qui balayait la plaine d'un regard impassible.

Des mots enfouis dans les méandres de sa pensée resurgirent soudain :

Le Mal… Quel Mal ?

— *Silfadred* !

Maintenant, dans un éclair de lucidité, il réalisait que le nom du mage était associé à la même voix qui lui avait par ailleurs parlé de… de *détruire Silfadred* !

Quelle était cette voix, si familière, il en était certain, et que, pourtant, il ne reconnaissait pas ? Et d'où lui venait-elle ? D'un rêve ? Il y avait si longtemps qu'elle repassait dans son esprit, sans qu'il comprît pourquoi !

Antrégor s'alerta : le mage était trop calme. Quelque chose se préparait, dont il était incapable de saisir la nature. Il sentait que les instants à venir allaient être cruciaux.

Se souvenant avec quelle félonie Silfadred avait accueilli l'envoyé de Viridius le premier jour du siège, il redoutait le pire, maintenant que le roi s'avançait en personne vers la palissade, forçant l'admiration, par son audace…

… outrageusement provocatrice ! diraient certains, songea Antrégor in petto. Mais il était convaincu que là n'était pas l'état d'esprit dans lequel son homologue venait à lui.

Bientôt Viridius fut à quelques pas de la grande porte de bois, de l'autre côté du passage en terre qui, devant elle, interrompait le fossé bordant la fortification. Il leva vers le roi un visage dont le calme exprimait la détermination du jeune souverain :

« Roi Antrégor ! cria-t-il. Voyez ces hommes qui m'entourent ! Ce soir, votre citadelle sera à leur merci ! Et la rivière, qui coulait hier encore si paisible, aura cédé sa place à un fleuve de sang ! »

Viridius laissa un silence succéder à ses paroles, sans quitter Antrégor des yeux.

« Ouvrez ces portes ! continua Viridius. Ouvrez votre cité à mon armée ! Et je vous fais serment, sur mon honneur, que nul mal ne sera fait à ceux qui y ont trouvé refuge, ni à aucun chevalier ni soldat, ni à vous-même ! »

Soudain, à côté de lui, Silfadred sentit Antrégor ébranlé par la mansuétude dont faisait preuve leur adversaire. Il dirigea vers Thorwald un regard dont aucune nuance, malgré la distance, n'échappait à ce dernier. Une flamme le traversa.

Thorwald, tournant le visage vers les Hurleurs qui entouraient la baliste, près de lui, eut un geste sec du menton alors que la voix de Viridius s'élevait à nouveau :

« Ma seule exigence sera que vous me livriez… »

Le long trait partit se ficher violemment dans la palissade, en dessous de l'emplacement où se tenait le roi, dans un choc mat qui noya la suite des paroles de Viridius, mais n'empêcha pas Antrégor de saisir un nom : *Silfadred.* Cette fin était-elle si évidente à ses yeux ? Il n'eut pas le loisir de réfléchir à la question dans le silence tout à coup retombé. Sur la fortification, un instant d'hébétude paralysa les esprits. Viridius fit volte-face vers l'endroit d'où était parti le projectile, mais l'enchaînement de l'action ne lui laissa guère le temps de comprendre. Apercevant Thorwald, dont le cheval s'était mis à piaffer, il ne lui vint pas à l'idée que son lieutenant pût y être pour quoi que ce fût. Les rangées de soldats masquant en partie la baliste située à cet endroit, il ne remarqua rien d'anormal. Quand il tourna de nouveau vers Antrégor un regard incrédule chargé d'une prière muette, ce fut pour entendre la voix du mage s'élever puissamment :

« Trahison, Sire ! Trahison ! Archers… ! »

Les arcs s'étaient levés à l'unisson avec le bras qu'il brandissait. Celui-ci retomba sèchement.

« Tirez ! Tirez ! »

En même temps, il s'était retourné vers les machines de jet posées sur le sol, à l'intérieur de la palissade. Mais le fracas des cordes claquant par centaines, des sifflements des flèches s'élançant, et la clameur qui s'y mêla aussitôt avaient déjà fait office de signal du combat, sonnant le glas du dernier espoir qui avait, trop hâtivement, traversé le cœur des deux souverains.

Les pierres s'envolèrent des trébuchets, les longs dards fendirent l'espace, y traçant par endroits de flamboyantes trajectoires, et les sagettes se mirent à obscurcir la lumière du soleil qui, au même moment, perçait le voile de brume. La mort se déchaîna dans le ciel, gagnant lentement le périmètre de la cité, partant de l'intérieur de ses défenses puis, à peine tombés les premiers soldats d'Aak-Sour, des lignes que les assiégeants formaient autour d'elle.

Dans le vacarme s'élevant progressivement autour d'eux, Antrégor aurait voulu hurler à Silfadred sa colère. Mais à quoi cela eût-il servi ? Il ne parvenait pas à comprendre comment cette fois les faits s'étaient succédés. Son regard croisa celui, triomphant, du mage : il y lut combien ce qui était en train de se passer était en soi une victoire pour ce dernier, la concrétisation de ce qu'il avait toujours ambitionné.

« Votre bouclier, Sire ! » cria Spartan.

Faisant face à la volée de traits qui plongeait vers eux, le chevalier s'était déjà lancé, interposant son écu entre eux et le roi, en se contorsionnant pour s'abriter également. Plusieurs chocs retentirent, accompagnés de grincements. Un homme s'écroula près d'eux, la gorge transpercée. Une brève accalmie suivit, qu'Antrégor mit à profit pour saisir son bouclier.

Partout au-dessus de la palissade, les projectiles de toute nature se croisaient, frappant aveuglément, pénétrant dans les poitrines, les jambes, éventrant les casques ou se fichant dans le sol sous l'œil épouvanté de celui que le sort avait épargné et qui, parfois, était atteint sans avoir même eu le temps de relever la tête.

Viridius avait saisi son écu. Il était encore secoué par ce qui venait d'arriver. Fort du passé, il s'était attendu à tout de la part des assiégés, très conscient du risque qu'il prenait en se présentant à eux à découvert. Mais il ne parvenait pas à comprendre comment la fourberie avait pu venir de son propre camp. Se protégeant du mieux qu'il pouvait, il fit reculer son destrier sans cesser de faire face.

Quand il eut rejoint Thorwald, il lui adressa un geste vif : celui-ci fit signe d'allumer les étoupes des dards en place sur les balistes. Autour d'eux, des hommes s'écroulaient sous les nuées de traits venant de Sarm'Eïloan. Les prenant de court, l'agression avait d'abord désorganisé leur réplique. Mais ils se ressaisissaient rapidement, comblant les brèches provoquées par les premiers tirs. Le tumulte était déchiré par les hurlements des blessés, qu'on s'efforçait parfois de préserver, voire de tirer en arrière.

Dans Sarm'Eïloan, les pertes causées par la riposte des soldats de Viridius étaient nettement moins importantes. Les rocs, dont la chute avait surpris quelques assiégés assez malchanceux pour se trouver à l'emplacement de leur impact, avaient endommagé la palissade en plusieurs endroits. Les flèches avaient fait peu de mal : indépendamment de la protection que leur offrait le rempart, la plupart des soldats avaient anticipé la contre-attaque, jouissant du privilège de l'initiative. Le tir maintenant nourri des assaillants constituait surtout une gêne, qui poussait certains à prendre des risques pour lancer leurs propres traits.

Antrégor restait debout sur le chemin de ronde, à l'abri de son bouclier sur lequel les dards venaient se briser ou rebondir. Un cri le fit se retourner vers sa droite. Un archer, s'exposant imprudemment pour encocher sa sagette, venait d'être touché en pleine poitrine. Il vacilla, les mains couvertes de sang, refermées sur la hampe dans une vaine tentative pour l'arracher ; dans un réflexe, le roi tendit le bras pour le soutenir, mais l'homme finit par basculer dans le vide derrière lui. Ce faisant, Antrégor s'était à son tour découvert.

« Sire ! Prenez garde ! » hurla Spartan.

Se jetant bouclier en avant, le chevalier intercepta un trait qui, sans lui, eût atteint le roi.

« Voyez, Sire ! » s'exclama Silfadred, le doigt pointé.

Les deux hommes se retournèrent et, dans un même coup d'œil, virent les fumées dégagées par les étoupes enflammées qui s'élevaient au milieu des rangs ennemis et Viridius, sur son cheval cabré, baisser le bras en direction de la fortification. Ils échangèrent un bref regard comme les cordes des balistes claquaient sèchement et les dards en feu s'élançaient, laissant derrière eux des traînées opaques. Elles rendaient visibles leurs trajectoires, leur donnant une impressionnante majesté, les faisant paraître plus lents qu'ils n'étaient en réalité.

Mais les chocs de leurs impacts ramenèrent brutalement à cette dernière ceux qui les avaient suivis des yeux. Le premier passa par-dessus la palissade et alla se ficher inutilement dans la terre. Un autre rebondit sur le bois et finit sa course dans le fossé. Un troisième se planta dans le haut des piquets : dégainant son glaive, Antrégor le martela à trois reprises de sa lame et parvint à le faire tomber. Les deux derniers avaient atteint leur but à des endroits qui les rendaient inaccessibles, dont l'un au milieu de la porte. La fumée se mit à monter le long de la fortification, noyant dans ses volutes ceux qui se tenaient à leur verticale.

Parcourant rapidement des yeux le paysage derrière lui, Antrégor vit avec anxiété d'autres panaches s'élever çà et là.

Plusieurs trébuchets entrèrent en action : leurs charges frappèrent le rempart de bois, y creusant des brèches.

Viridius perçut un flottement dans la vigueur de la défense adverse ; il l'interpréta comme un signe d'affaiblissement. Il sentit que le moment était venu de passer à l'offensive. Se dressant sur ses étriers, il leva son épée :

« À l'assaut ! hurla-t-il, tournant la tête de tous côtés. À l'assaut ! »

Les premiers rangs se mirent en marche, poussant une clameur qui se propagea autour de la citadelle à mesure que l'ensemble de l'armée se lançait contre les fortifications ennemies.

Khaaster et Eïséryne avaient regroupé les Iazliks au milieu du périmètre de la palissade, dans l'Insensible qui les rendrait invisibles jusqu'à ce qu'ils entrent en scène au côté des soldats de Sarm'Eïloan.

Quand ils entendirent le tumulte s'élever vers les cieux, ils comprirent qu'une nouvelle phase de la bataille commençait.

Le roi des Ouloukhs pénétra dans le monde ordinaire avec deux Iazliks pour aller se mêler aux combattants, sur le rempart.

En avançant vers celui-ci, il aperçut un cavalier vêtu d'une armure sombre qui les croisait au galop : l'homme ralentit un instant le pas de sa monture pour les dévisager, puis poursuivit son chemin. Quoique d'un grand courage, Khaaster avait été surpris par ce qu'il avait lu dans ses yeux.

Ils arrivèrent pour voir les formations ennemies avancer, se protégeant de leurs boucliers. Il semblait aux défenseurs qu'un second mur, de petite taille, se lançait contre celui sur lequel ils se trouvaient. Le bruit du combat ne cessait de s'amplifier, impliquant progressivement de plus en plus de guerriers et gagnant en importance. Il était renforcé par la montée de l'ardeur que les hommes employaient à s'affronter.

À plusieurs endroits, au milieu des soldats d'Aak-Sour, des fumées s'élevaient, qu'ils contournaient, là où des projectiles enflammés étaient tombés sur le sol, leur étoupe continuant de se consumer.

La rage de la mêlée occupait toute la plaine, qui tremblait à présent de son omniprésent fracas.

Khaaster l'observait quand l'un des Iazliks l'interpella :

« Cet homme est un Hurleur ! » dit-il avec assurance, en désignant le chevalier aux armes d'Aak-Sour qui se tenait à quelques pas de Viridius, nettement reconnaissable à son plastron.

Khaaster scruta le personnage de ses yeux vifs, aux reflets métalliques.

« En es-tu sûr ? demanda-t-il.

— Les Iazliks savent distinguer ces monstres sans la moindre erreur. Et je perçois la présence de beaucoup d'autres, parmi les fantassins, mais aussi parmi les chevaliers.

— Alors, c'est très grave », répliqua lentement le roi des Ouloukhs.

En très peu de temps, il avait acquis la certitude que le cavalier n'était pas un soldat ordinaire. L'ayant vu haranguer du geste ceux qui partaient à l'assaut de la fortification, il avait cru remarquer qu'à plusieurs reprises, le souverain d'Aak-Sour et lui échangeaient des regards. Et lorsqu'il vit Thorwald lancer son cheval parmi les rangs des combattants et ceux-ci commencer à s'ouvrir sur son passage, il sut que le Hurleur était un de ceux qui commandaient l'armée, sous les ordres du roi. S'il avait encore eu quelque doute, la suite le lui confirma.

Car sous les injonctions de Thorwald, à travers les couloirs dégagés par les attaquants, apparurent des files de soldats portant de longues échelles. Chacune, outre ceux qui l'acheminaient, était entourée d'un fort détachement dont les membres avaient visiblement pour mission de remplacer ceux qui tomberaient avant d'atteindre le rempart, puis d'alimenter la vague qui tenterait d'accéder au sommet de celui-ci.

« Voyez, Sire ! » entendit-il crier sur sa droite.

Tournant le visage, il aperçut un homme que son âge, sa prestance et le titre par lequel on venait de l'interpeller lui firent identifier comme étant Antrégor.

« Hélas, Spartan, je ne vois que trop ! Rameute des porteurs d'eau. Il faut absolument éteindre ce feu ! s'écria le roi en montrant les flammes qui léchaient la porte, depuis le dard qui s'y était planté.

— Elles sont très longues ! remarqua le chevalier.

— Oui ! Elles vont leur permettre de franchir le fossé en même temps. Cela veut dire qu'une partie de nos défenses ne sert à rien tant qu'ils emploient de tels moyens. Il faut à tout prix les repousser. Fais venir davantage d'hommes. Nous allons avoir besoin de bras forts ! »

Cependant, en dépit des flèches dont on les arrosait depuis le rempart, les porteurs d'échelles progressaient dangereusement.

« Crois-tu que ce soient aussi des Hurleurs ? demanda Khaaster.

— Oui, répliqua le Iazlik. Seuls des Hurleurs sont capables de remplir une telle mission sans préoccupation de leur sort.

— Alors il est temps que les vôtres entrent en action, si j'en juge par l'art avec lequel je les ai déjà vus manier leurs arcs. »

Ayant rejoint Eïséryne, il lui fit part de ce qu'il avait observé et repartit avec une grande troupe de Iazliks, auxquels il ordonna de se disperser tout au long de la fortification.

Bientôt, sous les rayons du soleil, le chemin de ronde se mit à étinceler, sur tout le pourtour de la citadelle, des reflets verts renvoyés par des combattants qui, une longue épée pendant à leur côté, encochaient d'une main sûre l'une des flèches reposant dans le carquois disposées dans leur dos.

Ils semblaient considérer avec détachement la fureur qui se déchaînait autour d'eux. Mais l'éclat de leurs regards d'émeraude, fixant avec détermination les grappes de soldats qui s'approchaient avec leurs terrifiants fardeaux, suffisait à comprendre qu'ils attendaient seulement le moment propice pour frapper.

C'est à ce moment que, sur le flanc oriental de Sarm'Eïloan, Palisso, l'un des barons d'Antrégor, ouvrant sur l'extérieur des yeux effarés, saisit que la situation prenait une nouvelle tournure dans son secteur.

Bien des hommes étaient tombés autour de lui. Certains étaient encore affalés sur le chemin de ronde, d'autres le corps pendant à moitié, plié en deux, sur les pointes des piquets. Quelques-uns, assis, étaient adossés à ceux-ci, regardant la flèche dont la hampe sortait de leur poitrine, le sang qui giclait de leur blessure, gémissant sous l'effet de la souffrance, râlant quand ils ne pouvaient plus la contenir.

Le vent rabattait par moments sur Palisso la fumée s'échappant de la palissade dans laquelle s'était fiché un dard enflammé : à côté de lui, des soldats se relayaient avec des seaux, s'efforçant de maîtriser le sinistre qui menaçait de ronger la fortification. Mais il semblait que c'était déjà trop tard. D'instant en instant, le feu s'amplifiait et le voile sombre s'épaississait, gênant ceux qui cherchaient à l'éteindre, brûlant leurs yeux, allant jusqu'à leur cacher le parapet. Un long cri s'éleva soudain, quand l'un d'eux, aveuglé, bousculé par un de ses compagnons dans le va-et-vient des porteurs d'eau, posa son pied dans le vide et tomba en contrebas.

Le vacarme des appels, de l'agitation, des pas et des chocs de toute nature devenait assourdissant. Le regard de Palisso se détacha du soldat qui gisait sur la terre après sa chute et, machinalement, suivit la fumée. À cet instant, un mouvement insolite attira son attention à travers les volutes. Prenant soin de bien se protéger de son bouclier, il se déplaça le long du rempart.

Il ne s'était pas trompé : la tour d'assaut faisant face à sa position s'était mise à avancer lentement. Regardant tour à tour le feu et le beffroi, Palisso sentit monter en lui une effrayante certitude : d'une façon ou d'une autre, là où il se trouvait, la palissade ne contiendrait vraisemblablement pas l'ennemi jusqu'au soir.

Les soldats portant les échelles commencèrent à les bloquer dans le sol de l'autre côté du fossé, avant de les faire basculer sur le haut de la fortification. Derrière eux, le parcours qu'ils avaient suivi, depuis le premier rang de leur armée, était marqué par les corps des blessés et des morts. Mais sans cesse, leurs pertes avaient été compensées.

Hurlant pour dominer le tumulte, les yeux rivés sur l'action, Palisso ordonna qu'on attrape les perches fourchues disposées le long de celui-ci, en vue de repousser les attaquants.

C'est alors qu'il entendit de part et d'autre une série de petits chocs sourds et de sifflements. Tournant vivement la tête à gauche, puis à droite, il découvrit d'étranges soldats qu'il ne se souvenait pas avoir remarqués un peu plus tôt, que peu de choses différenciaient des autres, sinon leurs armures brillant d'inhabituels reflets verdâtres :

il ne parvenait pas, tant il était rapide, à suivre le geste par lequel ils sortaient une à une les flèches de carquois qui semblaient ne jamais se vider, bandaient leurs arcs et décochaient leurs traits, décimant leurs cibles.

Un fracas lui fit regarder vers l'extérieur pour voir l'une des échelles se briser en retombant sur le sol, soudain privée de gens valides en nombre suffisant pour la maintenir.

L'instant d'après, un réflexe incontrôlé lui faisait lever son bouclier sur lequel une sagette ennemie ricocha avec un choc métallique. Son œil avait été plus rapide que sa conscience. Lorsqu'un nouveau tourbillon de fumée l'enveloppa, il se prit à espérer que cela durât jusqu'au soir, se disant que semblable chance ne serait pas de trop pour survivre.

Au sud, Gurtlav avait fort à faire avec les assaillants qui se précipitaient vers ses défenses. Ici, la tactique employée était différente. Il n'en comprenait pas l'esprit. Il lui semblait que les ennemis ne comptaient pas leurs pertes, forts de ressources humaines inépuisables.

Ils s'étaient lancés par vagues successives, munis d'échelles plus courtes qu'ailleurs. Malgré les ravages que causaient dans leurs rangs les traits tirés depuis le parapet, surtout depuis l'intervention des Iazliks, et les deux balistes installées sur des plates-formes aménagées sur le chemin de ronde, il en arrivait toujours. Ce n'était pas sans raison que Silfadred avait fait sortir par ce secteur les Thrughs qu'il avait envoyés avec Pantrax à la poursuite de Farkhar. Innombrables étaient les Hurleurs en cette partie du dispositif de siège.

Ils avaient entrepris de franchir le fossé, s'empêtrant dans les branchages disposés au fond de celui-ci en devenant des cibles faciles pour les archers, qui n'avaient qu'à tirer au hasard dans la masse humaine agglutinée au-dessous d'eux. Poussés par ceux qui les suivaient, plusieurs attaquants s'étaient empalés sur les pieux dont les pointes, émergeant des corps qui se contorsionnaient, ruisselaient de sang.

Gurtlav regardait avec horreur le fossé se transformer peu à peu en charnier. Les cadavres s'y accumulaient, s'entassant sur les blessés. Bientôt les porteurs d'échelles posèrent celles-ci sur les corps qui comblaient la tranchée. La marée de chair et de métal commença de monter à l'assaut de la palissade.

Il ordonna à une partie de ses soldats d'abandonner leurs arcs pour aider ceux qui repoussaient les assaillants, tantôt avec des perches, tantôt en s'arc-boutant sur les montants de bois dépassant des piquets, tantôt encore en transperçant de leurs lances ou de leurs glaives le premier attaquant surgissant à leur hauteur et en le faisant tomber sur ceux qui le suivaient.

Ici, par chance, aucun projectile enflammé n'avait atteint le rempart, mais la fureur était telle que ses ordres se perdaient dans le vacarme du combat : il devait compter sur l'initiative des défenseurs, auxquels la pression des assaillants ne laissait guère de choix. Il se dirigea tant bien que mal vers la baliste la plus proche, alors que ceux qui l'entouraient finissaient de tendre son arc. Deux guerriers disposaient un long dard sur son support, quand un soldat surgit en haut d'une échelle, devant celui-ci. Il leva son épée et l'abattit sur le défenseur qui tenait la pointe. Gurtlav se précipita, mais ne put protéger l'homme dont la tête vola dans un jet de sang pour rouler au pied de l'engin. Le baron enfonça son glaive dans la poitrine de l'assaillant qui bascula en arrière dans un hurlement, puis aida à finir de mettre en place le trait.

Celui-ci partit au moment où un second attaquant débouchait en haut de la palissade. La pointe le transperça de part en part, avec une force telle qu'elle emporta son corps, mais, alourdie par celui-ci, la flèche eut tôt fait de retomber sur les premiers rangs, de l'autre côté du fossé.

Presque aussitôt, Gurtlav vit la seconde baliste décocher son projectile. Celui-ci pénétra dans les rangs des assaillants, y provoquant une brèche sanglante. Il comprit toutefois qu'au rythme où déferlaient les vagues ennemies, il ne pourrait longtemps contenir leur assaut.

À cet instant, une catapulte lâcha un bloc de pierre en face de lui. Le roc s'éleva dans l'air, sans que personne ne prît attention à lui, puis commença de retomber vers le rempart : il le fracassa à l'endroit où se trouvait Gurtlav, percuta celui-ci avant qu'il eût compris ce qui se passait, lui broyant la poitrine et l'entraînant vers le sol où il l'écrasa, puis finit sa course en roulant de façon chaotique.

Un léger flottement se produisit quand les soldats s'aperçurent qu'ils avaient perdu leur chef. Mais la fureur de l'affrontement les ramena rapidement à sa mortelle réalité.

À l'ouest, la situation ne cessait d'empirer pour les défenseurs. À tel point que Viridius avait jugé bon de ne pas faire donner les deux beffrois reconstruits la veille à la hâte. Si l'on était parvenu jusque-là à repousser toutes les échelles, la partie supérieure de la porte devenait la proie des flammes. Antrégor constatait avec crainte qu'on était en train de réarmer les engins de jet dans le camp adverse. Le chemin de ronde était encombré de blessés et de cadavres qu'on évacuait avec peine. En bien des endroits, du sang coulait sur le bois, témoin de l'acharnement des assaillants et de l'âpreté de la résistance qu'on leur opposait. À deux reprises, des soldats d'Aak-Sour étaient parvenus sur le parapet, mais en avaient été chassés au prix d'un bref mais violent corps-à-corps.

Toutefois, le roi était conscient de la faiblesse que représentait le risque de voir la porte brûler complètement. Par précaution, plusieurs chaudrons remplis d'huile avaient été disposés sur des feux, à proximité de celle-ci, au pied de l'escalier. En chauffant, le liquide dégageait une odeur un peu rance ; elle se mêlait à celle des fumées que l'air rabattait parfois vers le sol.

De loin, le spectacle était impressionnant. C'est du moins ce que se dit Spartan, revenant au galop d'une rapide inspection pour mieux évaluer ce qui se passait dans les autres secteurs.

À l'intérieur de l'enceinte, le désordre était par endroits très grand. Plusieurs tentes brûlaient, atteintes par des projectiles en feu. Mais, la priorité étant donnée au rempart, on ne faisait rien pour combattre l'incendie, d'autant que les réserves d'eau s'épuisaient.

Même de loin, on voyait que l'affrontement faisait particulièrement rage aux abords de la porte. Spartan en approchait quand des trébuchets lâchèrent leurs lourdes charges. L'une d'elles atteignit le haut de celle-ci : la structure, affaiblie par le brasier qui la rongeait, explosa sous l'impact, dispersant une pluie d'escarbilles et de morceaux de bois enflammés sur les soldats postés derrière elle, brûlant légèrement certains et provoquant un début de panique vite réprimée, tant la surprise avait été grande.

Le projectile acheva sa course devant Spartan, faisant reculer son cheval dont il eut beaucoup de mal à maîtriser l'affolement.

S'abritant de son bouclier, Antrégor se pencha par-dessus le rempart. Une ouverture béait maintenant à la place de la partie supérieure de la porte : le seul effet positif était que le feu avait pratiquement disparu, tous les éléments qu'il dévorait ayant été pulvérisés par le choc.

Après avoir attaché sa monture, Spartan le rejoignit.

Il arriva sur le parapet pour entendre le baron Guillemérù interpeller le roi en se dirigeant vers lui, lui montrant du doigt les rangs ennemis qui s'écartaient : au milieu du couloir apparut une structure couverte, allongée ; elle avançait lentement, actionnée par des hommes qui la tiraient. Les peaux et le bois la fermant de toute part empêchaient de voir ce qu'elle cachait, mais cela ne fit de doute pour personne.

« Un bélier… » grommela Antrégor.

La lourdeur de sa progression trahissait la masse de la tortue. Durant un moment, tous les yeux se rivèrent sur elle. Pas à pas, elle se rapprochait inéluctablement de la langue de terre coupant le fossé au niveau la porte. Quand elle fut à portée de tir, les archers commencèrent à accabler ceux qui la tractaient. Mais, les devançant, une double rangée de soldats s'était alignée à côté d'eux pour les protéger de leurs boucliers le temps qu'ils se replient. Puis la machine continua d'avancer, plus lentement, poussée seulement par ceux qui étaient à l'intérieur.

« Nous ne pouvons plus rien faire pour l'instant..., dit Antrégor d'une voix dans laquelle perçait une note de lassitude, sinon de découragement. Notre unique consolation est qu'ils ne s'en prennent plus au rempart.

— Cela paraît logique, commenta Guilleméru.

— Pourquoi donc ? demanda Spartan.

— La porte est déjà fragilisée : Viridius sait que s'il parvient à l'enfoncer, il n'aura plus besoin de passer par-dessus notre palissade pour nous envahir... »

De fait, une relative accalmie était intervenue dans l'assaut, tout autour de Sarm'Eïloan. Sans doute l'ordre avait-il couru d'attendre le résultat de l'offensive sur l'accès à la citadelle. Bon nombre de défenseurs avaient baissé leurs boucliers, profitant de cette pause pour reposer leurs muscles endoloris par l'effort.

Antrégor balaya du regard l'espace de la bataille. Aux fumées qu'il voyait monter dans le ciel, il devina que la palissade était menacée en bien des endroits. Il espérait qu'on pourrait tenir jusqu'à la nuit. Mais sans grande illusion.

Guilleméru partit rejoindre ses hommes, à la gauche du roi. Quand le bélier ne fut plus qu'à quelques pas de l'enceinte, des rangées d'archers s'alignèrent derrière lui.

« Prenez garde ! hurla Spartan. Prenez garde ! »

À peine agenouillés, ils se mirent à arroser le rempart aux abords de la porte. Les écus s'étaient déjà levés. Les Iazliks présents dans le secteur se précipitèrent : on s'organisa pour les protéger tandis qu'ils concentraient leurs tirs sur le toit et les flancs du bélier, mais en vain :

la plupart des flèches rebondissaient. Celles qui parvenaient à se ficher dans le bois ou les peaux étaient sans effet.

Bientôt, l'engin fut face à la porte et un premier coup l'ébranla, puis un deuxième qui, cette fois, la fit légèrement craquer.

« Il nous reste une chance, dit Spartan. Allez chercher l'huile ! »

Des hommes se précipitèrent pour remonter les récipients fumants. Un trépied fut amené, portant une torchère. Avec l'aide de madriers, on hissa les chaudrons sur le parapet, au-dessus de la tortue. Puis on en déversa lentement le contenu sur le toit de celle-ci.

Quelques cris s'en échappèrent, l'huile s'étant par endroits infiltrée pour tomber sur ses occupants. Mais les dommages étaient réduits et, avec une régularité lancinante, les coups continuaient de retentir. Les archers avaient enveloppé la pointe de quelques flèches avec de l'étoupe. Spartan leur fit signe de les enflammer.

Une nouvelle fois, plusieurs traits furent inefficaces, mais quelques-uns se plantèrent dans la structure. L'huile finit par prendre feu. Malgré le tumulte et la menace sous laquelle les tenaient constamment les assaillants pour protéger le bélier, une clameur de triomphe s'échappa des bouches de ceux avaient contribué à ce succès. Peu à peu, l'engin se transforma en un brasier dont le ronflement couvrit bientôt le bruit du combat. Les flammes s'élevaient jusqu'à la hauteur du rempart.

On lança des grappins sur les peaux pour tenter de les tirer à l'écart de la palissade. L'un d'eux, s'agrippant en un point où le feu avait fait son œuvre, éventra le revêtement, provoquant un nouveau cri de victoire, tandis qu'on halait sur la corde en arrachant une large partie du toit.

Cette fois, les soldats qui actionnaient le bélier, et ne savaient déjà plus comment sortir du piège, se retrouvèrent exposés. Suivit une débandade, sous une grêle de flèches qui les fauchaient les uns après les autres. Quelques-uns, aveuglés par la fumée, tombèrent en hurlant dans le fossé où ils furent cloués par les sagettes des défenseurs, plus acharnés que jamais.

Viridius était remonté jusqu'à sa tente pour avoir une vision d'ensemble. Comprenant que le bélier, sur lequel il comptait le plus, avait échoué, il fit passer l'ordre de réarmer les trébuchets et de repartir à l'attaque de l'enceinte avec des échelles. Malgré le tort qu'elle lui causait, l'opiniâtreté déployée par les combattants de Sarm'Eïloan provoquait son admiration. De son point de vue, la citadelle et ses défenses paraissaient une île bravant fièrement les assauts répétés d'un océan furieux. Partout, des colonnes de fumée s'élevaient, tourbillonnant dans le soleil, projetant sur le sol des ombres fugaces, insaisissables et, par endroits, immenses, ajoutant à l'impression de cataclysme qu'entretenait le vacarme couvrant la plaine.

Un moment, ses troupes s'étaient retirées. Soudain, il vit le raz-de-marée fondre à nouveau sur la fortification de toutes parts, d'abord devant lui ; puis, progressivement, en une sorte d'ondulation, il se propagea tout autour de la cité, dévorant le terrain qui l'en séparait, à la façon d'un monstrueux serpent refermant son anneau sur sa proie.

Il s'aperçut que le spectacle exerçait sur lui une indéniable fascination, et l'horreur s'empara de son esprit quand il mesura toute la souffrance dont elle se nourrissait. Il ne parvenait plus à reconnaître la cité et la plaine tranquilles qui l'avaient tant de fois accueilli par le passé, et prenait soudain conscience de l'abomination, désormais incontrôlable, qu'il avait déchaînée.

C'est alors qu'il lui sembla saisir les signes d'une agitation nouvelle au-dessus de la porte de la palissade. Il ne pouvait en distinguer les détails, mais il acquit très vite la conviction qu'il s'y produisait quelque chose d'imprévu.

Antrégor observait la ruée des attaquants quand, à travers le tumulte de la bataille, il avait perçu des sons secs et sinistres. Le regard étonné de Spartan lui avait montré qu'il n'était pas le seul.

« Qu'est-ce que c'est ? » avait-il demandé dans un cri.

Instinctivement, leurs yeux s'étaient tournés vers la partie du chemin de ronde surplombant la porte. Car c'était bien de là qu'était venu ce qui les avait alertés. Ils ne tardèrent pas à comprendre ce qui arrivait avec effarement. Le haut du parapet, auquel était accroché le passage sur lequel circulaient les défenseurs, avait été miné par le feu, ébranlé par le projectile du trébuchet. Les coups du bélier avaient durement éprouvé sa structure, surchargée par l'accumulation du matériel et des hommes qui s'étaient précipités pour tenter de détruire la tortue.

Il était à présent en train de céder.

Pressentant ce qui allait suivre, Antrégor et Spartan hurlèrent à l'intention des soldats qui s'y trouvaient, en balayant l'air de leur bras droit dans un geste aussi suggestif que désespéré :

« Fuyez ! Fuyez ! »

Mais en vain. Soudain, dans un craquement assourdissant, la partie centrale se brisa en son milieu : de chaque côté, il sembla d'abord que le plancher pliait sous le poids de ses occupants qui, se démenant comme des pantins pour conserver un impossible équilibre, aggravèrent la situation, et les deux moitiés cassèrent net entre les supports restés intacts de part et d'autre de la porte.

Les soldats tombèrent en hurlant sur le sol en contrebas, avec deux cuves encore pleines d'huile bouillante dont le contenu les aspergea, leur arrachant des cris de souffrance atroces, avant de s'étaler jusqu'aux feux où l'on avait chauffé les chaudrons. Le liquide s'embrasa presque immédiatement ; les flammes envahirent toute la surface sur laquelle il s'était répandu, enveloppant les corps qui gisaient, incapables de se relever en raison des fractures ou simplement de l'étourdissement consécutifs à leur chute, les transformant en torche. Puis, imperturbables, elles continuèrent de lécher la terre vers la porte sous laquelle l'huile s'était infiltrée.

Spartan, Antrégor et tous ceux qui les entouraient avaient assisté à la scène, muets, condamnés à en rester les spectateurs impuissants, soudain détachés de la réalité environnante par sa poignante brutalité. Ils l'avaient vécue comme on traverse un cauchemar. Lorsque leurs regards se reportèrent sur le panache sombre qui s'élevait de la porte, ils comprirent que, loin de les abandonner comme le fait habituellement un rêve quand il se termine, celui-ci ne faisait que commencer.

En peu de temps, tout l'univers de Sarm'Eïloan bascula. Car à peine les témoins du drame s'arrachaient-ils à sa vision que des cris sauvages retentirent derrière eux de chaque côté du trou ouvert dans le chemin de ronde. Les assaillants, profitant du désarroi des défenseurs, avaient fait retomber plusieurs échelles sur le haut de la palissade et se ruaient. Certains les avaient vues, mais en trop petit nombre à cet endroit, n'avaient pas réussi à les repousser toutes. D'autant que depuis le sol, les archers ennemis les avaient copieusement arrosés d'une pluie drue.

Bientôt, de trois échelles balancées presque côte à côte, surgirent les premiers soldats qui prenaient fermement pied sur la position. Très rapidement, ils furent assaillis, mais l'étroitesse du passage gênait plus les soldats d'Antrégor que ceux de Viridius : tandis que les premiers voyaient leur initiative limitée pour rejeter à l'extérieur les seconds, ces derniers, débouchant sans cesse sur la fortification, tiraient parti de leur masse grandissante pour l'investir. Du côté où se trouvaient le roi et Spartan, du moins restait-il une possibilité de salut : le hasard avait voulu que les attaquants disposent leurs échelles entre deux escaliers conduisant vers la terre.

Séparé d'eux par l'intrusion des fantassins de Viridius sur le rempart, le baron Guilleméru faisait merveille, fauchant les assaillants des moulinets de sa longue épée. Il semblait qu'il pût ainsi tenir des heures : aucun de ceux qui l'approchaient n'avait la moindre chance de survivre.

Tandis qu'un corps-à-corps acharné s'engageait ici, là le combat tournait au massacre.

Car de l'autre côté de la porte, plusieurs sujets d'Antrégor se trouvaient bloqués entre leurs adversaires qui se répandaient sur le chemin de ronde et le trou qu'avait ouvert son effondrement au niveau de celle-ci. Pressés par la masse de leurs ennemis, que le succès de leur offensive stimulait, largement démoralisés, se gênant mutuellement, ils étaient réduits à reculer, accroissant la précarité de leur situation.

Antrégor vit avec un chagrin empli de rage que le baron Cardaox, pour lequel il avait toujours eu grande estime, était au nombre des malheureux. Il sut que dans les instants qui allaient suivre, parmi tant d'autres amis, il allait perdre l'un de ceux qui lui étaient le plus chers.

Il sembla bientôt que le seul choix qui leur restât était de périr sous le glaive des assaillants ou d'être précipités en contrebas. Plusieurs défenseurs, sous la poussée de leurs propres camarades acculés, tombèrent dans le brasier qui commençait à gagner le rempart. D'autres tentèrent de sauter sur le sol mais, gênés dans leur bond, déjà périlleux en soi, atterrirent en se brisant jambes, bras ou chevilles.

Pour parfaire le désastre, les trébuchets lâchèrent leurs charges, dont l'une pulvérisa la porte en feu ainsi que le madrier qui la tenait fermée, et l'autre fracassa le parapet devant des soldats de Viridius, tuant plusieurs de ceux d'Antrégor et ajoutant à la confusion qui régnait dans leur formation. Tout le secteur sombrait dans l'épouvante. Déjà la nouvelle se répandait que l'irruption de l'armée d'Aak-Sour dans l'enceinte n'était plus qu'une question de temps.

Antrégor reculait pas à pas. Jouant de son glaive et de son bouclier avec autant d'adresse que de vaillance, il avait mis à mal plusieurs assaillants. À son côté, Spartan ne déméritait point.

Le tohu-bohu des cris et des cliquetis d'armes se mêlait au grondement de l'incendie en un tumulte d'une fureur paroxystique.

Une évidence s'imposa rapidement : en cet endroit, résister sur la palissade était d'autant plus illusoire que lorsque le feu aurait détruit ce qui verrouillait l'accès à l'intérieur de l'enceinte, elle deviendrait complètement inutile.

Attrapant Antrégor par le bras, Spartan l'obligea à reculer derrière des soldats qui prirent leur place.

« Sire ! cria-t-il, il faut ordonner le repli ! Immédiatement ! »

Le chevalier crut d'abord que le roi ne l'avait pas entendu. Puis, dans un sanglot de rage, celui-ci répliqua d'une voix à peine audible :

« Je sais... Rompons le combat ! Organisons la retraite vers la citadelle ! Que ce recul ne soit pas une débâcle ! Nous devons nous reformer, à tout prix éviter que la défaite tourne au désastre ! C'est notre seule chance, s'il en reste ! »

La phrase d'Antrégor se termina dans un accès de toux rocailleux au milieu des fumées qui les enveloppaient.

Tous deux descendirent l'escalier menant vers le sol. L'agitation qui y régnait était à son comble.

Parvenu en bas du rempart, Antrégor jeta un regard désespéré vers les hommes qui se battaient encore, avec la certitude de mourir, sur la portion isolée du chemin de ronde, à droite de la porte : ils n'étaient plus que trois, dont Cardaox, tournant le dos à la fournaise, rendant coup pour coup, ne cédant un pas qu'au prix de nombreuses vies. L'un d'eux, voulant esquiver une épée, perdit l'équilibre et s'abîma dans le brasier. Un autre, dans un réflexe, para de son écu un assaut destiné au baron et fut aussitôt transpercé par une flèche qui lui traversa le cou dans un jet de sang. Cardaox restait seul. Il fendit le crâne d'un attaquant trop sûr de lui, en projeta un second dans le vide en frappant violemment son bouclier d'un revers de son glaive.

Mais ce geste lui fut fatal : un troisième assaillant profita de l'instant où sa poitrine était à découvert pour se lancer, l'épée pointée. Antrégor vit la lame pénétrer dans le torse, marquer un bref arrêt avant de ressortir dans le dos, vermeille, la bouche de Cardaox s'ouvrir dans un râle que le vacarme rendit inaudible, et le baron asséner son glaive sur l'épaule de son bourreau dans un ultime réflexe, avec une force telle que l'arme sectionna à moitié le membre. Agrippés l'un à l'autre, les deux hommes chancelèrent, puis basculèrent au milieu des flammes.

Sur la palissade, Khaaster avait compris la situation. Il rappela tous les Iazliks du secteur, et fit circuler l'ordre de se rassembler loin en arrière de la porte en feu. Il savait que, parmi les chevaliers qui conduiraient la charge destinée à envahir l'intérieur des défenses, ses archers ne tireraient que sur les Hurleurs. Mais le Iazlik qui lui avait fait part de leur présence lui avait aussi laissé entendre que ces derniers étaient nombreux dans l'infanterie de Viridius. Khaaster voulait donc qu'ils soient prêts lorsque se lanceraient les hordes de fantassins, dans lesquels figuraient des contingents entiers de Hurleurs. Il espérait que son exemple prévaudrait. Ce qui fut le cas.

Quand Antrégor vit les Iazliks commencer à se regrouper, il ne lui vint même pas à l'esprit que, quoiqu'ils combattissent pour lui, ils n'étaient pas tout à fait ses soldats. Il ne retint que la manœuvre. Après avoir détaché son destrier, il rejoignit son lieutenant.

« Il faut ralentir l'invasion de notre espace ! » dit-il à Spartan.

Il vit Guilleméru se précipiter vers lui.

« Guilleméru ! Spartan en moi allons rassembler des hommes pour faire obstacle ici aux premières vagues. Prends un cheval et bats le signal de la retraite. Je veux qu'au plus vite, l'armée se regroupe autour de la citadelle...

— Mais, Sire, beaucoup de gens s'y trouvent déjà, qui ne peuvent combattre ! Des femmes... des enfants !

— Que des soldats s'emploient à les faire entrer dans la cité ! Dans les souterrains ! Dans le château ! Qu'importe ! »

Le baron avait rapidement balayé du regard l'intérieur de l'enceinte.

« Il semble que des secteurs résistent bien, dit-il. N'est-ce pas une erreur de les déserter ?

— Non ! s'écria Spartan. Nous accrocher à des portions de remparts ne nous servira à rien, surtout quand l'armée ennemie pénétrera par ici. Nos troupes risquent d'être morcelées, des groupes entiers seront isolés, inutiles sur le champ de bataille principal et condamnés à mourir, car trop réduits pour se défendre seuls... Non, le roi a raison ! Il faut que nous fassions corps, et cela n'est possible qu'autour de la citadelle ! Là, nous pourrons au moins tenir le temps de nous organiser à l'intérieur de celle-ci pour nous y replier et résister à l'abri des murailles. Viridius n'en viendra pas à bout aussi facilement que d'une palissade en bois ! Va ! Prends mon cheval ! »

Il tendit la bride à Guilleméru, qui monta sur l'animal et partit au galop.

« Fais reculer ces balistes, dit Antrégor à son lieutenant, en désignant les deux arbalètes de siège disposées face à la porte dévorée par de hautes flammes. Viridius pénétrera peut-être bientôt dans cet espace, mais nous saurons l'y accueillir ! »

Il s'apprêtait à ajouter quelque chose, mais les mots s'étranglèrent dans sa gorge, tandis qu'il balayait les environs du regard, comme pris d'une idée subite.

« Où est Silfadred ? » demanda-t-il d'une voix blanche.

À son tour, Spartan observa partout autour d'eux.

« Je ne sais pas, Sire, je ne le vois nulle part. »

Toute raison vaincue, il ne restait aux hommes
Qu'à mener leur destin vers l'ultime chaos.

LIVRE DES CÉLESTES
Chant IV, vers 1459-1460

68

Quand la flèche enflammée lancée par la baliste avait atteint la porte de la palissade, Silfadred avait eu le pressentiment de ce qui allait survenir. Il n'avait jamais cru que cette barrière arrêterait longtemps Viridius. Mais c'était un premier obstacle destiné à permettre à chaque armée d'apprécier la puissance de l'autre, l'occasion d'un premier affrontement qui aviverait haines et rancœurs, et rendrait la bataille finale si farouche que chacun des adversaires n'aurait de cesse d'anéantir l'autre, et que tous deux s'y détruiraient dans un mutuel massacre.

Il avait profité de la confusion du combat pour regagner son cheval à l'insu de tous et partir vers la citadelle. Du sommet de celle-ci, il pourrait surveiller l'ensemble de la mêlée. Et surtout, seul, il pourrait réfléchir au meilleur moyen de créer la situation d'un face-à-face dans lequel, chacun croyant avoir ses chances de vaincre, la véhémence des belligérants serait portée à son comble.

En quittant le rempart, il avait remarqué trois personnages qui l'avaient intrigué. Celui qui marchait en tête parce que ce n'était pas un simple soldat : son allure autant que le bronze flamboyant de son armure le distinguaient du commun des créatures obtuses qui nourrissaient ordinairement son jeu. Puis il avait entrevu les reflets d'émeraude qui traversaient le regard de ses deux compagnons. Sans doute s'y serait-il davantage attardé, s'il n'avait perçu autre chose : une présence, indéfinissable, invisible. C'était dans l'enceinte, et c'était multitude... Pourtant, sous ses yeux, rien de ce qu'il voyait s'agiter en tous sens n'était inhabituel.

Il s'était retourné vers les trois personnages. Il était à présent certain de n'avoir jamais croisé le premier. Et tout aussi certain que les deux autres n'étaient pas des habitants de Sarm'Eïloan.

Quand il était arrivé en haut du donjon, il était encore préoccupé. Ce n'étaient pas l'entrée en scène de ces archers surgis de nulle part pour se mêler aux défenseurs et dont il avait pu apprécier les performances, ni la façon dont il les avait vus décimer les Hurleurs se lançant à l'assaut de la fortification qui avaient apaisé ses doutes.

Oui, décidément, des faits intervenaient à l'encontre de ses calculs, qui échappaient à toute explication. De la même façon que Farkhar avait jusqu'alors survécu à sa colère. Comme il aurait voulu prendre le temps de savoir où en était Pantrax ! Mais, pour l'heure, il avait mieux à faire. De toute façon, le prince de Thurm-Kooth et ses amis avaient-ils la moindre chance de se soustraire à son sbire et à sa horde inexpiable ?

Depuis la tour du château, le panorama qu'il avait sur la bataille l'avait plongé dans un état d'exaltation sans précédent. Il n'était pas un point des défenses de Sarm'Eïloan où l'on ne combattît pas avec une indescriptible âpreté : croyant entendre le concert des cris de toute nature – rage, effort, souffrance – qui s'élevait dans la plaine, il s'était pris à imaginer la clameur d'agonie que susciterait l'instant où les deux peuples finiraient de s'entrégorger, consacrant son triomphe et la mort définitive de ce que les humains de jadis nourrissaient de plus abject à ses yeux. Combien de siècles avait-il voués à atteindre ce but ? Pour la plus grande gloire de son père !

Il avait aperçu de son regard d'aigle la lutte implacable autour de la porte, puis senti les prémices de la déroute. Il ne fallait pas que cela se termine ainsi. Cela ne se pouvait sans que son œuvre fût incomplète et, dans ce cas, à recommencer. Quand il vit au loin un cavalier quitter précipitamment le secteur où l'affrontement allait bientôt basculer de façon fatale, pour parcourir l'enceinte en lançant des ordres, et les défenseurs se mettre à abandonner leur position, il sut ce qu'il allait faire.

Il leva le visage vers le ciel où régnait en maître un soleil dont l'éblouissante blancheur ternissait l'azur, et au sein de l'éther naquit comme un frémissement : celui-ci devint vapeur, puis nébulosité qui se rassembla sur elle-même, augmentant de volume, comme se nourrissant d'une force endogène colossale.

Laissant le phénomène se déployer lentement, il quitta la terrasse et descendit dans la cour du château où l'attendait sa monture. Puis il sortit à travers la cité, regardant avec dédain ceux qui s'y agglutinaient. Dans les rues, sur les murailles, puis autour de celles-ci, ils posèrent sur son passage des yeux emplis de terreur. Ce n'était pas tant pour ce qu'ils étaient qu'il les méprisait, mais justement pour cette peur qu'il sentait suinter de leurs chairs comme une transpiration, et qui faisait d'eux des créatures écrasées par leur fragilité.

Tous les êtres engendrés par sa magie à partir des humains de jadis étaient eux aussi vulnérables. Mais le sentiment qu'ils en avaient était si anémié qu'il échappait à leur conscience. En tuant totalement en eux le rêve et l'imaginaire, il les avait rendus à leur condition première d'esclaves, incapables de concevoir pour eux-mêmes autre chose que celle-ci, incapables de révolte. Ce qu'étaient fondamentalement la plupart des hommes, même armés du formidable potentiel de leur esprit.

Oui, toute cette tourbe ne méritait pas autre chose que sa morgue. Et bientôt, elle la subirait avec reconnaissance !

Retrouvant, au sortir de la cité, l'effervescence qui agitait l'intérieur de la palissade, il lança son cheval au galop en jetant un œil satisfait vers le ciel, où une nuée parcourue par instants de fulgurantes lueurs enflait lentement.

***

« Qu'étais-tu donc devenu ? » lui reprocha Antrégor en voyant Silfadred s'approcher de lui sans descendre de sa monture.

Le mage le domina bientôt de sa silhouette d'ébène.

« J'étais parti faire le tour de nos défenses, Sire, pour savoir si notre résistance tenait partout. Ce qui est le cas... »

Il eut un vif regard vers le brasier qui coupait le chemin de ronde désormais désert, puis vers les soldats qui se précipitaient vers la citadelle en plus ou moins bon ordre.

« … sauf ici, semble-t-il !

— Nous allons regrouper l'armée autour de la cité pour n'offrir qu'un seul front, cria Antrégor. Je te charge de coordonner cette opération !

— Croyez-vous que la vue de notre pitoyable concentration ralentira l'ardeur des ennemis ? ironisa Silfadred.

— Ce que je crois, c'est que ce n'est pas dispersés et pris en tenaille entre les troupes de l'extérieur et celles qui vont fatalement envahir l'intérieur de l'enceinte que nous avons une chance de tenir longtemps ! »

Le mage hocha lentement la tête.

L'incendie s'étendait de part et d'autre de ce qui avait été une porte, et le mur de flammes commençait à s'évaser à l'emplacement de celle-ci : à travers les turbulences de l'air, on percevait, entre les tourbillons de fumée, l'image flottante de l'armée ennemie, assemblée à une certaine distance de l'autre côté du fossé, mouvant fantôme émergeant de la fournaise.

Antrégor se retourna : derrière lui, au-delà des balistes équipées chacune d'un long dard, deux rangées d'archers s'étaient disposées en formation concave, la première genou à terre. Il eut la surprise de voir surgir un guerrier couvert d'airain que les engins lui avaient d'abord caché : il marchait en paraissant haranguer les soldats, dont les armures étaient parcourues de reflets verdâtres. Il s'émut de la résolution farouche qu'ils respiraient, tout en se demandant d'où venaient ces combattants si différents de tous ceux qu'il avait jusqu'à présent croisés dans le périmètre de la palissade. Et qui était celui qui semblait être leur chef, et dont l'allure, un instant, lui rappela celle de… de Farkhar ! Mais quand, dans un mouvement de l'homme, il entrevit ses traits et le collier de barbe blonde encadrant son visage, il réalisa son erreur, et combien la déception qui s'ensuivait était douloureuse.

Comment, d'ailleurs, ce guerrier aurait-il pu être Farkhar ? songea-t-il dans un éclair de lucidité.

Puisque Farkhar était mort…

« Sire, dit Spartan, s'efforçant de couvrir le vacarme alentour, il faut nous préparer à l'attaque ! »

Silfadred avait lui aussi observé les archers, incrédule, sentant sans pouvoir l'expliquer l'ardeur guerrière si particulière qu'ils respiraient et reconnaissant l'homme qui arpentait le terrain devant eux. La remarque de Spartan lui fit tourner la tête vers l'enceinte.

Au milieu du brasier, une brèche s'était ouverte sur l'image ondoyante, du fait des flammes qui continuaient de courir sur la terre encore imprégnée de gras, de l'ost ennemi attendant de charger. On distinguait nettement le chevalier éclatant de blancheur qui en parcourait le front au galop, disparaissant régulièrement derrière le mur de feu pour reparaître en sens inverse, disparaître à nouveau de l'autre côté et revenir quelques instants plus tard. La monotonie de cette vision la rendait d'autant plus exaspérante que chacun de ses passages martelait comme un gong la menace de ce qu'il s'apprêtait à déchaîner dans l'esprit de ceux qui assistaient au manège.

Surmontant le ronflement de l'incendie, l'écho des clameurs poussées par les troupes de Viridius semblait comme le flux et le reflux d'un océan invisible chaque fois plus proche, sur le point de déferler.

« Notre armée n'aura jamais le temps de se replier puis de se reformer, dit Antrégor d'une voix brisée. Jamais nos archers, fussent-ils innombrables, ne pourront nourrir un tir suffisant pour arrêter pareille masse d'hommes.

— Nos archers, non… » acquiesça le mage sur un ton de mystère.

Mais le roi n'eut pas le temps de chercher à approfondir sa remarque.

Un appel puissant retentit loin de l'autre côté du fossé, le tumulte sourd venant de la plaine s'enfiévra, et le sol se mit à vibrer, puis à trembler de façon grandissante : une onde l'ébranlait depuis l'horizon pour irradier à travers ses entrailles vers Sarm'Eïloan.

Tel un fleuve dont le flot, longuement retenu, se fût engouffré dans une gorge, la cavalerie d'Aak-Sour convergeait au galop dans un chatoiement de couleurs éclatantes vers le pertuis dessiné par le mur de flammes. Viridius était en tête, son glaive pointé lançant des éclairs sous les rayons du soleil. La vague, d'abord lente, se précipitait à chaque instant avec plus de puissance, portée par le croissant martèlement des milliers de sabots sur le sol.

Derrière elle, accourant depuis le pourtour de la citadelle, l'infanterie confluait pour se ruer à sa suite.

Quand il les estima à portée de flèche, Khaaster abaissa vigoureusement le bras qu'il avait brandi dès les premiers signes de la charge. Une volée partit vers le ciel : sa pluie serrée décima les chevaliers en un crépitement de chocs sourds et de sons métalliques. Les écus s'étaient aussitôt levés, sur lesquels les sagettes rebondissaient dans un fourmillement d'éclats. Mais bon nombre pénétrèrent dans les armures, dans les chairs, au milieu d'un concert de cris et de hennissements. Plusieurs chevaux, stoppés net, se cabrèrent, d'autres s'effondrèrent lourdement, entraînés par leur vitesse, des cavaliers tombèrent le pied coincé dans l'étrier, labourant le sol sur lequel les tirait leur monture sans ralentir. La confusion freina l'attaque, que frappa un second nuage de flèches au moment où Spartan faisait signe de déclencher les balistes.

Les deux dards fendirent l'espace, atteignant de plein fouet le grouillement de la cavalerie désemparée. Chacun creusant dans ses rangs en désordre une brèche, arrachant bras et jambes au hasard de ce qu'il rencontrait, traversant les corps, semant la mort et la souffrance dans une profusion de giclements rouges, métamorphosant l'élan superbe en un chaos rutilant.

Antrégor crut un instant qu'on allait pouvoir ainsi contenir l'envahisseur. Mais il le vit se reformer en dépit des traits qui l'accablaient et, regardant en arrière vers les archers, ses yeux remarquèrent de sombres panaches s'élevant depuis plusieurs points de l'enceinte, émergeant parfois d'une portion de celle-ci transformée en bûcher. Sa seule consolation fut qu'au sud, l'un d'eux se nourrissait du second beffroi en proie aux flammes, arrêté dans sa progression à une courte distance du rempart.

Toutefois, si son regard avait pu traverser l'écran massif de la cité, il aurait vu, à l'orient, le pont-levis de la troisième tour s'abaisser lentement par-dessus le fossé à présent dérisoire, et les assaillants se ruer au mépris de ceux d'entre eux qui basculaient dans le vide, sur les côtés, sabrer sauvagement les défenseurs impuissants à leur faire obstacle et se répandre dans un flot continu sur le chemin de ronde, y semant la panique.

Le roi observa Silfadred : celui-ci scrutait avec flegme, à travers les fumées, la cavalerie ennemie se repliant provisoirement pour reformer ses rangs. Puis il reporta son attention sur cette dernière.

« Crois-tu qu'ils renoncent ?

— Cela m'étonnerait. Mais tout moment gagné sur la défaite peut devenir un pas vers la victoire…

— Quelle victoire ? demanda le roi d'une voix lasse. La fortification est perdue. Et avec elle, c'est tout Sarm'Eïloan qui l'est aussi, à brève échéance.

— Non, Sire. Car dans deux jours, je vous le promets, vous aurez votre bataille. »

Antrégor posa sur lui un regard étonné.

« Comment peux-tu être si sûr de toi ?

— N'êtes-vous toujours pas convaincu, Sire, que le dieu Thanatros est à nos côtés ?

— Si ce que je vois doit en être la preuve, non ! D'ailleurs, pourquoi serait-il avec nous plus qu'avec Viridius ? »

Silfadred lui adressa un sourire ambigu :

« Mais… parce qu'il sait où sont ses fils, Sire ! Ce qui va suivre peut vous en persuader : voilà qui va donner à réfléchir à notre adversaire avant qu'il relance son armée, et vous laisser le temps de regrouper nos forces ! »

Soudain, une ombre s'étendit sur la plaine, faisant lever les yeux à tous ceux qui y étaient assemblés, tant sa survenue avait été inattendue.

La nuée couvrait maintenant tout le périmètre de l'enceinte, et, en ne cessant de gonfler, venait de cacher le soleil.

Viridius s'apprêtait à donner l'ordre de charger à nouveau. Sur la proposition de Thorwald, il avait décidé d'envoyer celui-ci à la tête d'une première vague de cavaliers moins importante, plus espacée ; plus mobiles et donc moins faciles à atteindre, ils seraient davantage aptes à évoluer en fonction du tir des archers : leur mission était de piquer droit sur ces derniers, pour désorganiser leur riposte et permettre au reste des chevaliers de se lancer cette fois sans courir à une hécatombe.

Comme tous, il fut surpris par la brutalité du phénomène. Le nuage était si épais qu'une véritable pénombre s'était abattue, accompagnée d'un rafraîchissement rendu plus sensible par une bourrasque inopinée. Ce qu'il découvrit en levant les yeux le stupéfia : énorme, boursouflée, la masse de la vapeur donnait l'impression de palpiter, comme animée par une vie intérieure. Parcourue par des fulgurations irradiant depuis son centre, elle semblait nourrir des forces d'une violence anarchique et sauvage. La première chose qui vint à l'esprit du roi, ce fut qu'elle n'était pas *naturelle*. Il était impossible qu'elle fût apparue au milieu de la voûte céleste sans que rien ne l'annonçât. Viridius était certain que la brume du matin s'était ouverte sur un ciel immaculé, qui n'avait pas cessé de l'être depuis cet instant. Il sentit une onde de frayeur balayer ses troupes et resta en arrêt, le bras dressé, au moment de le baisser pour transmettre le signal de la charge à Thorwald.

Il regarda celui-ci et fut à nouveau choqué par ce qu'il lut dans les yeux de son lieutenant. Ou plutôt par ce qu'il n'y trouva pas. Le visage de l'homme ne reflétait aucune surprise. Il savait son ami d'un courage qui, parfois, frisait la témérité : mais en cette circonstance, il éprouva le sentiment confus que Thorwald n'avait d'humain que l'apparence. La suite ne lui laissa guère le loisir d'approfondir sa réflexion.

Un fracas effrayant déchira brusquement l'éther, et la foudre s'abattit sur la langue de terre constituant l'unique accès à Sarm'Eïloan. L'éclair, immense, se multiplia, se répéta, finissant par former une barrière continue, impénétrable. Bien des cavaliers manquèrent d'être désarçonnés par la réaction de terreur qui fit broncher ou se cabrer de nombreux chevaux. Viridius maîtrisa d'une main ferme un violent écart du sien, bien que son attention eût été attirée par ce qui se passait de l'autre côté de la citadelle, où, au même instant, le tonnerre fondait sur un point que celle-ci lui cachait.

La plaine ne cessait plus désormais de retentir de ce déchaînement étrange, qui n'avait rien d'un orage, et pourtant en décuplait les effets. Bientôt, une fumée épaisse commença de s'élever à l'endroit où la foudre tombait au-delà de la cité.

À l'est de Sarm'Eïloan, les soldats qui se déversaient depuis le beffroi sur les remparts n'avaient pas vu le cataclysme arriver. Sous l'impact du premier éclair, d'une intensité exceptionnelle, la tour s'était déchirée comme frappée par une hache géante. Atteinte de nouveau, elle s'était embrasée, ne laissant à ceux qui se bousculaient dans son escalier pour monter à l'assaut que le choix de sauter dans le vide, au milieu de ceux qui se pressaient autour de son pied, chacun ayant à cœur d'être le prochain qui accéderait au sommet. Plusieurs s'empalèrent dans un jet de sang sur les lances dressées. D'autres, s'abattant sur un crâne ou un dos, brisèrent la nuque du malheureux qui avait eu la malchance de se trouver à l'endroit de leur chute. Une panique gagna les assaillants qui, se sentant menacés par les éclairs frappant la base de la palissade, fuirent dans un désordre accru par l'étroitesse du chemin de ronde. La bousculade en projeta bon nombre en contrebas, où ils s'écrasèrent au prix de blessures parfois horribles. Les autres cherchèrent à s'accrocher aux morceaux de la tour restés momentanément intacts. En peu de temps, le succès qui paraissait acquis quelques instants plus tôt avait tourné en un indescriptible désastre. Les défenseurs contemplaient d'un regard hébété l'emplacement qu'ils venaient de perdre, en train de se vider de toute trace de l'ennemi, allant jusqu'à tenter de le réoccuper, en constatant que le phénomène faiblissait.

Antrégor avait entendu la foudre tomber au loin, dans son dos. Quoiqu'il ne pût voir ce qui se passait de l'autre côté de la cité, il ne doutait pas que ce fût du même ordre que ce qu'il avait sous les yeux.

« Quel est ce prodige, Silfadred ? »

Son exclamation avait été empreinte d'inquiétude, tant il avait présent à l'esprit que ce qui aujourd'hui jouait en sa faveur pourrait fort bien, demain, être dirigé contre lui.

« Qu'importe, Sire ! L'essentiel n'est-il pas qu'il nous offre le répit nécessaire pour réunir notre armée autour de la citadelle ? »

Le roi acquiesça lentement, d'un air dubitatif. Comme souvent, son interlocuteur le surprenait là où il l'attendait le moins, et d'une façon qui coupait court à tout atermoiement.

« C'est vrai… admit-il à regret. C'est vrai. Alors, dans ce cas, fais en sorte que nous nous regroupions en bon ordre ! »

Il regarda le mage s'éloigner au galop, terrifié à l'idée que le sort de la bataille pût à ce point dépendre des pouvoirs d'un tel individu.

« Spartan !

— Oui, Sire.

— Avec ces hommes et tous ceux que tu peux rassembler, arrange-toi pour faire tirer ces engins jusqu'à la citadelle. »

Il avait successivement désigné du doigt les archers rangés derrière eux, puis les deux balistes.

« Je vais rejoindre Silfadred », ajouta-t-il en montant sur son cheval.

Les chevaliers entourant Viridius restaient déconcertés par ce qui se passait sous leurs yeux. Ils éprouvaient du mal à maîtriser leurs destriers : il s'en trouvait toujours quelques-unes pour réagir nerveusement au fracas du tonnerre ou à l'aveuglement des éclairs. Leur avalanche frappait violemment le sol sans discontinuer ; l'air était devenu lourd ; une odeur étrange flottait, presque métallique ; les collines alentour se renvoyaient inlassablement l'écho des déflagrations, leur donnant le sentiment qu'ils étaient menacés de toute part.

« Que pouvons-nous faire, Sire ? hurla l'un d'eux.

— Rien, hélas. Sinon attendre que cela cesse ! »

Il était atterré par le spectacle de la palissade, délabrée en certains endroits par les projectiles, à d'autres en proie aux flammes. Son armée confluait lentement vers eux, grossissant la masse humaine agglutinée dans cette partie de la plaine. Traversé par les fumées que charriait le vent, déchiré par le mur d'éclairs, jonché de cadavres aussi loin que portait le regard, dominé par la tumultueuse nuée, le paysage revêtait une allure de bouleversement apocalyptique auquel, en son centre, la silhouette trapue de la citadelle opposait son immuable présence.

Bien longtemps après que cela eut commencé, le soleil, dans sa course vers le couchant, émergea dans le dos de Viridius, et la foudre parut se calmer. Comme à regret. Elle devenait plus sporadique par moments, puis reprenait son rythme effréné, et ralentissait à nouveau. Nul n'aurait pu prédire si elle allait bientôt cesser ou redoubler.

Quoiqu'encore très ébranlé, Viridius écumait d'impatience. Levant le visage vers le ciel, il eut l'impression que le nuage se désagrégeait. Frangées de couleur par les rayons de l'astre, de minces écharpes s'en détachaient pour se fondre dans l'air à mesure qu'elles s'éloignaient. Sa noirceur, par endroits extrême et presque uniforme, pâlissait, offrant au regard une palette de gris d'une variété infinie. La monstrueuse activité dont il était l'objet semblait s'apaiser : les fulgurances s'espaçaient, perdaient de leur violence et de leur éclat.

Au bout d'un moment, le roi fut convaincu que le phénomène s'étiolait bel et bien : mais il était conscient qu'il lui faudrait encore attendre pour que sa cavalerie accepte de traverser la langue de terre sur laquelle la foudre s'était si longtemps acharnée. Lui-même n'était pas certain que leur charge n'aurait pas pour effet de la raviver.

Il chercha des yeux Thorwald. Celui-ci était un peu plus loin, à la tête du premier groupe de cavaliers, guettant visiblement le moment de donner le signal.

En plusieurs points, la palissade présentait des brèches noircies. Il ordonna qu'on jette devant elles des ponts de fortune par-dessus le fossé, de sorte que son infanterie puisse avancer en même temps que sa cavalerie. Il sentit bien quelques réticences de la part des soldats à qui cette tâche fut confiée. Mais dans les esprits, la crainte était contrebalancée par l'impatience et la frustration d'avoir vu les effets de l'attaque victorieuse brisés par les éléments.

Un dernier éclair frappa le sol, répercuté longuement par les collines, et un calme étrange retomba sur la plaine, irréel après le vacarme qui l'avait couverte, symptomatique de la crispation ambiante, du climat angoissé qui succédait à la stupeur.

À travers l'ouverture qui béait dans la palissade à l'emplacement de la porte, là où l'armée ennemie les attendait de pied ferme, Viridius voyait à présent un terrain déserté à l'extrémité duquel elle se regroupait, au pied de la hauteur dominée par la citadelle. Toujours régulièrement troublée par les fumées et par les ondes de chaleur s'élevant de la terre, la vision était néanmoins suffisamment limpide pour apprécier la situation.

Thorwald s'approcha de Viridius.

« Sire, je pense que nous allons pouvoir attaquer. »

Viridius sursauta intérieurement : bien qu'elle fût sans équivoque celle du chevalier, la voix était neutre, curieusement dénuée d'intonations. *Sans doute n'est-ce qu'une impression...* se dit-il, conscient du fait que sa clairvoyance était peut-être ébréchée par la façon dont ses nerfs avaient été mis à rude épreuve.

Il ne pouvait s'interdire de songer que le ton de son lieutenant lui faisait bizarrement le même effet que son regard. Mais quelle conclusion pouvait-il en tirer ? Thorwald était Thorwald ! Vraisemblablement sous le coup de ce qu'ils vivaient depuis le début du jour. Il se maudit de s'ouvrir à des sentiments d'autant plus indignes de lui que rien ne les justifiait, en dehors d'intuitions aussi vagues que douteuses.

Viridius parcourut des yeux les hommes autour de lui. Les mézails relevés laissaient voir les visages dont les traits étaient tendus, à l'image des mains crispées sur les rênes, sur les poignées des épées et sur les hampes des lances ; les regards étaient braqués sur le talus donnant accès à l'intérieur de l'enceinte, s'élevant parfois un instant vers l'azur. Les imitant, Viridius eut la surprise de constater que la nuée s'était presque complètement dissoute. Cela lui confirma que tout danger était écarté, mais aussi que ce qui s'était passé était tout sauf naturel.

Quand une dague peut surgir de nulle part dans un poing, pourquoi un nuage ne ferait-il pas de même dans le ciel ? se dit-il, amer.

« Oui, répondit-il à son lieutenant. Mais il semble que la situation ait quelque peu changé ! »

Il réfléchit. Puis :

« Je veux que l'armée se répande autour de la citadelle, et encercle complètement les troupes d'Antrégor. »

Il vit Thorwald sourire à la façon d'un homme qui sent sa proie à portée de main.

« Commence la manœuvre avec tes cavaliers et une partie de l'infanterie, j'interviendrai ensuite. Par contre, je ne veux aucune attaque. Simplement que nous prenions position. Que nos bataillons restent à distance en attendant mon ordre.

— Oui, Sire. »

Thorwald éperonna sa monture et repartit à la tête de sa cavalerie. Il savait déjà qu'il n'obéirait pas au roi : le message que son esprit avait reçu de son maître était différent.

Viridius le vit donner ses instructions à plusieurs hommes qui se répartirent pour former les rangs d'une partie des fantassins.

Bientôt, rangée en un semblant d'ordre de bataille, l'armée attendait.

Viridius observait son ami, s'étonnant de quantité de détails, de nuances qui, confusément, le mettaient en alerte. Même ceux qui suivaient son lieutenant l'intriguaient à présent. Il se morigéna une nouvelle fois, conscient du ridicule d'appréhensions dont il n'aurait pas su expliquer la nature.

Il se figea quand il vit Thorwald lever lentement le bras en regardant les chevaliers alignés derrière lui.

Devant l'épais cordon de soldats et de cavaliers qui entouraient Sarm'Eïloan, Antrégor, Spartan et Silfadred scrutaient au loin l'ouverture béante de la palissade, s'attendant à tout moment à en voir déboucher la masse humaine confuse et chamarrée qu'ils apercevaient à travers elle et d'autres brèches. Le fait qu'ils n'en vissent que des portions la rendait plus terrifiante encore, en laissant l'imagination accomplir son œuvre à partir des quelques éléments visibles.

« Avec un peu de chance, nous repousserons leur premier assaut, dit Spartan en levant les yeux vers le soleil qui poursuivait sa course vers l'horizon, en face d'eux. Et l'obscurité sera notre sauvegarde...

— Dis plutôt : notre dernier refuge. Car même si cela est, que gagnerons-nous à l'arrivée de la nuit, sinon retarder l'inévitable ? répliqua Antrégor d'une voix sombre. Notre seule fortune serait de pouvoir nous déployer pour affronter Viridius dans un véritable face-à-face. Mais écrasés en ordre dispersé entre nos murailles et l'armée ennemie, que pouvons-nous faire, à part soutenir ses assauts aussi longtemps que possible, en sachant que chacun aura un peu plus raison de notre résistance, jusqu'à celui qui nous balayera ? »

Il remarqua que Silfadred tenait un arc et une flèche, et s'apprêtait à lui demander ce qu'il comptait faire de ces armes dérisoires, quand une rumeur lointaine s'éleva derrière la ligne formée par la palissade, s'accompagnant, pour la seconde fois de la journée, d'un grondement auquel, bientôt, les trépidations croissantes du sol achevèrent de donner toute sa signification.

Soudain, la cavalerie de Viridius déboucha de l'ouverture en face d'eux. À sa tête était un cavalier qui piquait droit sur eux, conduisant ses chevaliers dans une charge effrénée vers la citadelle.

Dès qu'il vit la cavalerie continuer sur son élan derrière Thorwald, au lieu de se diviser pour encercler l'armée de Sarm'Eïloan, Viridius comprit que son lieutenant ne faisait pas ce qu'il attendait de lui. Il se dit alors que ses sens ne l'avaient point trompé concernant l'homme. Mais pourquoi celui-ci, d'habitude toujours si loyal, enfreignait-il ses ordres ?

Convaincu qu'attaquer de front sans avoir observé le dispositif ennemi était une erreur, il décida de couper le chemin de l'infanterie avec ses propres chevaliers, de sorte à reprendre le contrôle de la situation. Il donna le signal de la charge et, bientôt, lui-même traversait la brèche à la tête de sa cavalerie. Aussitôt franchie la palissade, il fit volter son destrier et enjoignit de la main à ceux qui le suivaient de se séparer en deux colonnes pour longer ce qui en restait.

Ceux qui faisaient irruption derrière eux continuèrent de se répandre lentement le long de celle-ci en un vaste mouvement de tenaille.

Antrégor regardait le flot déferler de chaque côté, régulier, ininterrompu, invincible, telle une vague à laquelle la marée, en montant, eût permis d'envahir un port à sec.

Dans le même temps, la cavalerie de Thorwald se ruait droit dans sa direction.

« Cette fois, c'est la fin… » souffla-t-il, convaincu d'exprimer ce que ressentaient tous ceux qui l'entouraient.

La voix grave de Silfadred retentit alors, brisant le silence environnant, au sein duquel gonflait inéluctablement le tumulte de sabots et de cris accompagnant la charge.

« Non, Sire. C'est le commencement ! »

Spartan et le roi se tournèrent vers le mage, interloqué par la note de triomphe qu'ils avaient perçue dans son ton. Les yeux de Silfadred s'étaient plissés. À travers la fente des paupières mi-closes, il leur sembla que son regard était d'un acier plus pur que celui de la multitude de lames dressées vers le ciel de tous côtés.

Ils le virent planter d'un geste sec la flèche dans sa paume, faisant surgir un filet de sang dont il enduisit sa pointe.

« Silfadred, tu es fou ! Que fais-tu ! » s'exclama Antrégor.

Mais le mage ne lui accorda pas même un coup d'œil.

Il encocha posément la sagette et leva l'arc vers les cieux, tout en maugréant de façon à peine audible, entre ses lèvres serrées :

« Que le geste qui sauva jadis mon ennemi prélude en ce jour au destin de ce monde… »

Il banda tant l'arc qu'il sembla à tous ceux qui assistaient, hébétés, à la scène que celui-ci allait se briser. Et soudain, la corde claqua. Mue par une force prodigieuse, la flèche s'éleva, commença d'incliner sa trajectoire, puis se mit à piquer vers le sol. Bien qu'il fût à une distance qu'aucun archer ordinaire n'eût pu couvrir, cela s'imposa comme une certitude aux yeux de tous : la courbe majestueuse suivie avec une surprenante lenteur par le point sombre à travers l'espace allait à la rencontre du cavalier qui conduisait la charge. Avec autant de précision que si celui-ci l'eût attiré.

Croisant les rayons du soleil, le trait parut s'enflammer dans un éclair avant de percer le casque de Thorwald, au milieu du mézail ; il traversa son corps de haut en bas puis celui du cheval, brisant leur élan, clouant au sol monture et cavalier par la violence du choc, et pénétra dans la terre en donnant naissance à un fracas de tonnerre qui envahit la plaine, étouffant le grondement de l'armée autour la citadelle. Aussitôt, un craquement terrifiant retentit, se propageant à mesure que la terre s'éventrait sous les sabots des cavaliers lancés à la suite de Thorwald, engloutissant avec le Hurleur tous ceux que leur lancée empêchait de freiner leurs destriers avant d'atteindre la faille. Semblables à des pantins, ils étaient précipités dans le gouffre, tombant lourdement dans une pantomime grotesque au cours de laquelle hommes et animaux étaient arrachés les uns des autres dans une cacophonie de hennissements et de cris, pour achever leur course, chacun de son côté, dans le brasier qui s'éleva du fond de la crevasse.

Bientôt la charge parvint à s'arrêter ; mus par un réflexe de terreur, les premiers cavaliers tentèrent de refluer, provoquant une bousculade qui en propulsa bon nombre dans le vide. Certains chevaux, au moment de basculer, s'efforcèrent désespérément de reprendre leur aplomb, mais en vain, car le poids de ce qu'ils portaient ne leur laissait aucune chance de se rétablir. Devant ce nouveau prodige, plus horrifiant encore que le précédent par ses effets meurtriers, la manœuvre d'encerclement de Sarm'Eïloan s'était pesamment ralentie puis stoppée : tous les regards convergeaient vers la fracture qui se répandait autour de la citadelle en projetant vers le ciel d'ardentes fumerolles avec un son fracassant continu. Elle avait rejoint de chaque côté le tracé de la palissade qu'elle suivait à présent, pour refermer sa boucle derrière la forteresse. Tandis que des pans entiers de l'enceinte de bois s'y abîmaient, d'autres restant étonnamment intacts, les murs de Sarm'Eïloan tremblaient sous le séisme qui, pourtant, semblait devoir les épargner pour n'ouvrir que la faille autour d'eux.

La brutale montée du bruit engendré par le cataclysme avait stoppé l'intrusion de l'armée dans le territoire ennemi. Viridius regardait la foule affolée des chevaliers qui, après s'être heurtés au phénomène, s'efforçaient de le fuir en désordre, craignant que la gueule béant dans le sol ne s'ouvrît davantage pour les engloutir à leur tour.

Il se sentit anéanti en entendant le fracas qui ébranlait l'éther s'éloigner en accompagnant la déchirure de la terre. Se mêlant aux fumées, des nuages de poussière virevoltaient, noyant la scène dans un voile ocré dont les rayons du soleil perçaient par endroits l'opacité, y traçant des voies rectilignes et fugitives. À travers lui, on apercevait la masse de l'armée de Sarm'Eïloan regroupée autour de la citadelle, qui en émergeait, superbe, tel un mont surgissant d'un tapis de brouillard.

Plusieurs chevaliers accoururent vers leur roi pour lui raconter ce qui était arrivé. Il apprit ainsi qu'il ne reverrait jamais Thorwald, mais la nouvelle lui laissa une impression indéfinissable. N'était-elle pas que la confirmation d'un pressentiment ?

Tandis qu'il contemplait le spectacle offert par la plaine et prenait peu à peu conscience de la situation nouvellement créée, les muscles de Viridius se pétrifiaient. Il commençait à se demander s'il aurait jamais la moindre chance de vaincre Antrégor. Si toute la vanité de son entreprise n'était pas en train de se manifester sous les plus effrayants visages. Il sentait un vent de défaite souffler sur son armée. Et peut-être sur son propre esprit.

Les flammes abyssales s'éteignaient petit à petit, laissant le gouffre sombre aux lèvres déchiquetées les narguer du mystère que sa zébrure, de largeur inégale, dessinait autour de Sarm'Eïloan. Il réalisa soudain quelle monstrueuse métamorphose avait affecté en une journée le décor dans lequel il conduisait sa guerre. En comparaison, la façon dont le siège avait auparavant transfiguré les lieux, et qui, il y a peu, l'effarait déjà, semblait dérisoire. Il aurait aimé se convaincre que ce n'était là qu'un cauchemar. Mais il se savait parfaitement éveillé. Les lueurs du couchant, dont le ciel commençait à se teinter, n'avaient plus rien de grandiose. Quelle que fût l'issue du conflit, la gloire qu'il avait cru connaître ici n'y avait plus sa place, non plus que l'honneur qu'il était venu y retrouver.

Il ne pouvait plus reculer. Mais comment pouvait-il aller de l'avant ? Comme il eût aimé pouvoir revenir à l'une de ces nombreuses fois où Olern avait vainement tenté de lui faire entendre raison !

Ah ! *Gwenaline... Où tes folies nous ont-elles conduits* ? *Tes folies ou... les miennes* ?

Il sentit un sanglot monter dans sa gorge, mélange de dépit, de rage, d'impuissance et de chagrin au souvenir de ceux dont la mort avait, pas à pas, scellé la destinée.

Et le nom tant chéri, tant honni aussi, résonna soudain dans son cœur, martelant son âme :

Gwenaline... Gwenaline... Gwenaline...

* * *

« *Aïwana... Aïwana... Aïwana...* »

C'est à peine une onde, semblable à une caresse, qui s'échappe des lèvres encore tremblantes de Farkhar, et à laquelle, comme en écho, un souffle répond, qui effleure ses oreilles :

« *Farkhar... Farkhar... Farkhar...* »

... une plénitude éthérée s'empare de Farkhar et d'Aïwana, dont les pulsions effrénées s'apaisent à l'unisson... Ils ne savent où ils sont. Pour eux le temps n'a plus de sens, ni l'espace de consistance : ce qui fut pour les uns un jour pour eux n'a été qu'un instant...

* * *

« Vous demandez-vous toujours quelle sorte d'homme je suis, Sire ? » interrogea Silfadred en tournant un visage impassible vers Antrégor.

Le vent balayait la plaine, soulevant des nuages de poussière. Autour d'eux, ceux qui s'étaient accroupis derrière leurs boucliers, lance en arrêt, prêts à affronter la charge de l'ennemi, se relevaient un à un, les yeux emplis d'un mélange de soulagement et de terreur.

Une moue ironique déforma les traits du mage, qui poursuivit :

« Qu'importe d'ailleurs la réponse. L'essentiel n'est-il pas que je sois de ce côté, et non... en face ? »

Lâchant l'arc qui tomba sur le sol, il monta sur son cheval et se mit à parcourir lentement le cercle des combattants, derrière lesquels les murailles se dressaient, imposantes, laissant suinter la rumeur de tous ceux qui s'y trouvaient réfugiés.

« Peuple et soldats de Sarm'Eïloan ! cria-t-il. Vous avez vu par quels prodiges Thanatros a décidé de vous conférer la victoire ! Profitez de ses bienfaits pour goûter ceux du repos que ce nouveau répit vous offre ! Car après-demain sera le jour de la dernière bataille ! Celle où vous balayerez tous ceux qui se sont rangés sous les bannières du félon Viridius ! Celle où vous apporterez une gloire éternelle à votre souverain, le roi Antrégor ! Longue vie à Sarm'Eïloan ! Longue vie à Sarm'Eïloan ! Longue vie à Sarm'Eïloan !

Mais aussitôt, le chœur des chevaliers et des soldats, bientôt repris par toute la cité, avait commencé de noyer sa voix, amplifiant ses mots. Nourrie par les tourbillons d'une fureur nouvelle, la clameur se mêlait à ceux du vent qui la propageait jusqu'aux rangs désemparés de l'armée de Viridius.

Et lorsqu'elle envahit les oreilles de ce dernier, une brûlante amertume submergea son esprit au souvenir de celles qui, tant de fois depuis le départ d'Aak-Sour, avaient prétendu porter jusqu'aux murailles de Sarm'Eïloan l'annonce de sa propre victoire...

* * *

Dans l'univers déstructuré de la Terre des Maléfices, loin de la fureur guerrière qui a envahi la plaine de Sarm'Eïloan, Farkhar s'est retourné pour suivre le regard de la huitième Céleste, Artella, contemplant, dans les ultimes lueurs du crépuscule, la silhouette immense de l'être qui naguère était un nain : se fondant, diaphane, dans le ciel pailleté d'étoiles, elle paraît vouloir devenir au sein de celles-ci constellation.

La nuit engloutit toutes choses...

Quand déferlent enfin les vagues du plaisir
Et qu'aux sens son reflux offre la plénitude,
L'âme apaisée perçoit soudain le doux prélude
À une éternité ardente de désirs...

LIVRE DES CÉLESTES
Chant IV, vers 1597-1600

69

... et presque aussitôt le jour renaît.

Comme ses deux compagnons, Farkhar croit d'abord que les sabots de leurs destriers s'enfoncent dans le sol devenu immatériel. Puis en le regardant, ils s'aperçoivent qu'il n'en est rien. Pourtant, ils se sentent tomber, comme si le chemin avait disparu sous leurs pas. Alors, la réalité, effrayante, s'impose à l'esprit du chevalier : c'est tout le décor alentour qui amorce une longue chute dans le néant...

Grisés par la volupté, Farkhar et Aïwana s'oublient dans l'infini de l'amour et se laissent emporter par le vertige de son apaisement.

... et il lui semble que, lentement, l'univers bascule en se distordant pour s'abîmer dans un vide.

* * *

« Sire, venez voir. Vite ! »

En entendant la voix du soldat, Antrégor réalisa qu'il s'était assoupi parmi ses hommes, alors qu'il guettait les premiers signes du jour au cœur d'une nuit interminable. Son sommeil avait dû être bref, mais suffisant pour qu'à l'orient, le ciel s'éclairât imperceptiblement. Un calme étrange régnait, contrastant avec le tumulte de la journée précédente au point de la réduire à un lointain souvenir. Toutefois, sur le pourtour, comme autant de témoins de ce récent passé, les noirs fantômes déchiquetés des ruines de la palissade se découpaient sur l'opacité bleu sombre de la voûte céleste parsemée de scintillements qui, par endroits, se noyaient dans les prémices de l'aurore. De la crevasse s'échappaient des lueurs d'embrasement dansantes et fugitives venues du cœur de la terre, qui éclairaient le dessin torturé des pans de bois.

Au-delà, les feux de l'ennemi rappelaient la tragédie en marche. Le son des ronflements mêlés aux conversations étouffées imprégnait l'atmosphère de la multitude étalée autour de la citadelle, figée par la survenue de l'obscurité dans une confusion qui ne méritait pas le nom de bivouac.

Antrégor aperçut à quelque distance la silhouette de Silfadred : d'abord immobile, les yeux rivés sur l'armée d'Aak-Sour, grossièrement massée à l'occident depuis qu'elle avait espéré pouvoir atteindre Sarm'Eïloan à travers la brèche créée par la disparition de la porte de l'enceinte, le mage s'était tourné en direction de l'interpellation. Un mouvement, à ses côtés, lui signifia que Spartan, après avoir cédé lui aussi au sommeil, sortait de sa torpeur.

« Quoi ? » demanda le roi d'une voix pâteuse, marquée moins par les séquelles de la somnolence que par la fatigue.

« Les vivres, Sire ! Suivez-moi.

— Viens », fit-il à Spartan, en allant vers l'individu et en incitant du geste celui-ci à les précéder.

Le visage de Silfadred s'éclaira d'un sourire, que les ténèbres occultèrent aux regards des présents. Sans attendre d'y être invité, il emboîta le pas aux trois hommes. Ils se dirigèrent vers la muraille.

* * *

Pantrax chevauchait à la tête des Thrughs en direction du mont qui lui servait de repère. Sa peau avait été baignée par une chaleur inhabituelle, trop brûlante et trop fugitive pour être naturelle, avant que la nuit les enveloppe et que le jour s'ouvre à nouveau. À présent, la hauteur était plus proche encore et ses sens lui disaient que sa proie était à portée de main.

Gravissant le flanc d'une colline dans une ambiance ocrée parcourue de fumerolles aux reflets de braises, il accéléra le galop de son cheval, et entendit les pas de sa horde se faire plus pesants, plus véloces, dans un grondement se mêlant à ceux du sol. Il s'attendait à chaque instant à déboucher en vue des fugitifs. Déjà son poing se fermait sur le manche de la longue épée battant contre sa cuisse, après qu'il eut un instant hésité entre elle et le lourd fléau accroché à sa selle. Il en était sûr : quand ils dévaleraient le versant opposé, ce serait pour fondre sur des silhouettes chétives que leur charge meurtrière balayerait comme des fétus en les broyant de son irrésistible sauvagerie.

Lorsqu'ils atteignirent le sommet, il comprit soudain sa méprise.

Ce qu'il avait pris depuis quelque temps pour une forme dressée dans le paysage était le haut d'un être gigantesque qu'il identifia, d'abord avec peine, puis avec une certitude croissante, comme celle de ce qui avait été un nabot grotesque.

Il voulut freiner la charge, mais, voyant le vallon se vriller et se distendre en prenant des proportions démesurées, il réalisa trop tard qu'ils s'étaient jetés tête baissée dans un phénomène qui les dépassait, et dont ils étaient tout autant le jouet que les êtres qui, sous ses yeux, tourbillonnaient au sein de son maelström.

***

Les quatre hommes franchirent la porte monumentale pour déboucher dans les rues de Sarm'Eïloan encombrées de réfugiés, parmi lesquels ils durent se frayer un chemin.

Accrochés aux murs, des flambeaux diffusaient une lumière irrégulière sur la foule d'enfants, de vieillards et de femmes assemblée dans les conditions les plus précaires. Leur parcours fut difficile : les regards agrippaient Antrégor, brillant d'une prière souvent muette lorsqu'on le reconnaissait, s'accompagnant parfois d'un murmure, de mots dont le sens se perdait dans le brouhaha suscité par leur passage. Il était bouleversé par le désespoir qui sourdait des visages, qui imprégnait les pierres, tant il semblait inextinguible, et tant lui-même se sentait impuissant à l'appréhender dans toute son étendue. Tant la nuit, encore si présente, lui paraissait lumineuse comparée au puits de noirceur dans lequel s'abîmait Sarm'Eïloan.

Ils entrèrent dans le château, rejoignirent le donjon sous lequel un escalier en colimaçon conduisait dans le sous-sol. Ils s'équipèrent chacun d'une des torches suspendues en haut de celui-ci et ouvrirent la lourde porte lui donnant accès. Plus bas, un réseau de caves s'étalait sur deux niveaux jusque sous la cité.

À peine eurent-ils descendu les premières marches que leurs narines furent envahies par l'atmosphère méphitique qui s'échappait des profondeurs. Les miasmes provoquèrent chez eux un tel haut-le-cœur qu'ils portèrent instinctivement un bras devant leur nez pour aussitôt comprendre combien l'obstacle qu'il opposait à la putréfaction était dérisoire.

« Qu'est-ce que cette horreur ? s'exclama Antrégor. Comment se fait-il que personne ne nous ait prévenus plus tôt ? »

Le soldat se retourna vers lui, le visage déformé par une grimace de dégoût.

« C'est toujours moi que me charge d'organiser le ravitaillement, Sire, et je puis vous assurer qu'hier soir encore, il n'y avait rien de suspect. »

Le roi observa l'homme. Il n'y avait manifestement aucune trace de mensonge dans son regard.

« Allons voir de plus près », dit Spartan.

Dès la première cave, l'odeur était insupportable, tant elle était puissante. On aurait dit les lieux occupés par un charnier. Des tonneaux y étaient alignés, vidés par les premières journées du siège. Il en allait de même des suivantes. Il leur fallut s'enfoncer loin dans le dédale. Ils atteignirent enfin une salle où la plupart des récipients étaient encore fermés. Au bord de la suffocation, avec des gestes lents, comme craignant d'en voir surgir la puanteur incarnée en quelque monstrueuse entité, le soldat descella le couvercle et le souleva.

Il leva sa torche au-dessus de l'ouverture et, dans un mouvement de recul irrépressible, se plaqua le dos au mur, paralysé par la vision qu'il venait d'avoir.

Spartan restant en retrait, Antrégor et Silfadred approchèrent à leur tour : la viande contenue dans le tonneau n'était plus visible. S'en trouvait-il seulement encore à l'intérieur ? Tout ce qu'ils découvrirent, ce fut une masse immonde et grouillante de vers qui se chevauchaient, s'entrelaçaient en une agitation frénétique. Antrégor fut pris d'une quinte de toux interminable.

« C'est impossible, s'écria Silfadred ! Jamais de la nourriture conservée comme elle l'était ne peut se corrompre si brutalement ! Seule une négligence extrême...

— Sire, implora le soldat. Je vous supplie de me croire !

— Cet homme ment ! dit Silfadred. Je maintiens que cela est impossible en de telles circonstances !

— Je me porte garant de ce soldat, intervint Spartan avec un regard de défi. Je le connais bien. C'est moi qui l'avais désigné pour remplir cette mission. »

— Non, Silfadred, ajouta Antrégor. Cet homme ne ment pas. J'en suis convaincu.

— Comment peut-on expliquer pareil phénomène, alors ? » demanda Silfadred d'une voix grinçante, dans laquelle perçait une note d'ironie.

Antrégor le fixa durement.

« De la même façon qu'on peut expliquer que la foudre arrête une charge de cavalerie, ou qu'une flèche provoque un séisme capable d'isoler Sarm'Eïloan du reste du monde... Pourquoi pas ?

— Me soupçonneriez-vous, Sire ?

— Que nenni ! s'exclama Antrégor sur un ton faussement indigné. Je veux simplement dire qu'on ne peut admettre l'inexplicable dans certains cas, et le rejeter dans d'autres. Remontons ! »

Ils se hâtèrent vers l'escalier qu'ils gravirent aussi vivement que leur équipement le leur permettait, avant de refermer sèchement la porte. Ils reprirent leur souffle.

« La situation est limpide, Sire, commença Silfadred, contenant la colère qu'avait provoquée en lui l'insolence de Spartan et son bref échange avec le roi. Si tout s'est fait comme je l'avais ordonné, hier soir ont été distribuées les rations pour aujourd'hui... »

Le soldat acquiesça de la tête.

« ... et dans les demeures, les provisions des habitants ont des chances de ne pas avoir été atteintes. Mais demain matin au plus tard, notre armée n'aura plus rien pour se nourrir. Il faut donc que demain, nous livrions bataille, et que d'ici là... »

Il s'interrompit et tourna vers le soldat un regard scrutateur :

« Tu es le seul à savoir ce qui s'est produit, n'est-ce pas ?

— Oui, seigneur.

— Personne ne doit apprendre la nouvelle d'ici demain.

— Et... comment comptes-tu engager le combat avec ce ravin entre nous et l'adversaire ? demanda le roi.

— Sire, répondit lentement Silfadred sur un ton d'évidence, croyez-vous réellement que ce que Thanatros a fait, Thanatros ne peut le défaire ?

— Soit, dit Antrégor après une hésitation. Nous allons proposer la bataille à Viridius. En espérant qu'il en accepte le principe. Car la faiblesse de notre position nous met autant à sa merci qu'à celle de la famine. Il faudra toutefois le convaincre de ce que tu viens d'affirmer ! Je vous charge tous deux de parlementer avec lui, ajouta-t-il à l'adresse de Spartan et de Silfadred.

— Quant à moi, je vais descendre d'abord m'assurer qu'il ne subsiste pas encore quelques vivres utilisables, dit Silfadred.

— C'est une idée. On ne sait jamais. »

Antrégor reprit le chemin de l'extérieur en signifiant du geste à Spartan de le suivre.

« Et n'oublie pas de demander à Thanatros de défaire ce qu'il a fait d'ici demain ! lança-t-il à l'adresse de son conseiller. Je ne veux pas qu'à l'humiliation nous ajoutions le ridicule... »

— Oui, Sire » répliqua laconiquement Silfadred, en regardant les deux hommes s'éloigner.

Il rouvrit la porte, enjoignant au soldat de le précéder. Celui-ci s'engagea dans l'escalier d'un pas hésitant. Non à cause de l'odeur. Mais parce que, sans en saisir consciemment le sens, il avait lu dans les yeux du mage que la cave serait son tombeau.

***

Tourbillonnant dans le gouffre insondable qui s'était ouvert sous leurs pieds, Aïwana, Surandir et Farkhar avaient le sentiment que l'univers dans lequel ils évoluaient perdait toute limite. Autour d'eux, le décor se dissolvait dans l'espace : au-delà de ce qui ne leur apparaissait plus que comme une toile diaphane sur laquelle eussent été peintes les terres qu'ils traversaient un peu plus tôt, il leur semblait qu'il n'y avait... rien.

Ils ne comprenaient pas plus d'où venaient ces êtres cauchemardesques surgis soudain dans le mouvement qui les entraînait, dardant sur eux des regards d'une cruauté fanatique.

Dans la violence du phénomène, les cavaliers avaient été arrachés à leurs chevaux, et tous virevoltaient pêle-mêle dans une tourmente dont ils percevaient seulement le vertigineux courant les conduisant vers le fond d'un puits invisible.

Au centre du vortex oscillait un être dont le flottement du voile qui le parait soulignait la grâce : son vert était si pâle qu'il laissait se dessiner, insaisissables, le galbe sensuel d'un corps tout de douceur...

* * *

Le rougeoiement de l'aurore couvrait la plaine de sa pourpre marbrée de brumes.

Toute la nuit, depuis sa tente, Viridius avait regardé les éclats flamboyants qui s'échappaient sporadiquement de la faille, esquissant son tracé d'une ponctuation mouvante. Tandis qu'on ramassait les corps de ceux qui étaient tombés au combat le jour précédent, il avait contemplé le ballet des torches. Puis le manège s'était lentement apaisé et les terres avaient sombré dans une torpeur que la présence de nombreux feux, loin autour de Sarm'Eïloan et dans son propre camp, rendait surnaturelle.

Plusieurs fois, il avait espéré que le sommeil s'emparerait rapidement de lui, qu'il n'aurait qu'à faire quelques pas avant de s'allonger sur sa paillasse pour glisser dans l'oubli. Mais cela ne s'était jamais produit. Maintenant, en face de lui, le jour envahissait le ciel de lueurs prophétiques. À moins qu'elles ne reflètent la couleur du sang dont le sol s'était gorgé.

Il essayait d'analyser ce qui s'était passé, d'après le récit qu'on lui avait fait de la mort de Thorwald. Ce qu'il avait instinctivement compris s'était confirmé. Son lieutenant avait délibérément chargé l'ennemi au lieu de l'encercler comme il en avait reçu l'ordre. Mais ce qui intriguait plus encore le souverain, c'était la façon dont une flèche avait traversé son corps de part en part, verticalement, pour ensuite frapper le sol et – les rares rescapés de la scène étaient d'accord – déclencher la secousse qui avait ouvert la plaine en isolant la citadelle.

Dans le soleil levant, l'orgueilleuse palissade par laquelle Antrégor avait pensé lui faire obstacle dressait ses lambeaux épars, contribuant à la désolation qui avait envahi le paysage. Elle avait quasiment disparu, dévorée par le feu, dans sa partie faisant face au cours de la rivière. Une tour subsistait, misérable sentinelle de la forteresse s'élevant loin derrière elle. Ailleurs, la faille l'avait engloutie sur de longues portions.

En pâlissant pour virer au bleu, le ciel apportait la seule touche de sérénité visible, assombrie par les relents de mort et de bois calciné que le vent charriait vers lui.

Viridius se demandait combien de temps allait durer cette situation. Il ne pouvait prétendre franchir la crevasse : même s'il en eût trouvé le moyen, aucun de ses soldats n'aurait accepté de le faire. Les occupants de la citadelle allaient-ils connaître un trépas lent et sans gloire dans la prison que des forces surhumaines avaient creusée autour d'eux ? C'était bien la dernière issue qu'il avait imaginée au conflit !

Soudain, alors que l'astre diurne était déjà au tiers de sa course, Viridius aperçut les petites silhouettes de deux cavaliers qui s'étaient détachées de la masse confuse de l'armée rassemblée autour de Sarm'Eïloan. Quand ils furent parvenus au bord de la faille, ils s'arrêtèrent. L'un d'eux portait un étendard, et l'armure sombre de l'autre lui fit identifier sans mal le personnage. Il crut d'abord qu'ils étaient venus inspecter la cassure. Puis, comme ils restaient immobiles, il eut le sentiment qu'ils attendaient quelque chose. Bientôt, des soldats de son camp, sans doute eux aussi intrigués par le manège, enfourchèrent des chevaux et partirent à leur rencontre. Le roi eut l'impression qu'on parlementait.

Puis ils rebroussèrent chemin et l'un d'eux poursuivit en direction du pavillon devant lequel Viridius était assis – la seule forme de repos qu'il s'était accordée. Le voyant approcher, il se leva.

« Sire, ils désirent s'entretenir avec vous. »

Viridius regarda le cavalier avec surprise. C'était une hypothèse que la situation ne lui avait pas permis d'envisager.

« Va leur dire que je viens, et attends-moi là-bas.

— Ils demandent que vous soyez seul, Sire !

— Soit ! Que peuvent-ils donc redouter ? N'emmène personne, mais reste jusqu'à mon arrivée. Au moindre signe suspect…

— Oui, Sire », fit l'homme en tournant bride pour dévaler la pente au galop vers la langue de terre franchissant le fossé qui avait protégé la palissade.

Viridius entra dans sa tente, saisit son casque, son bouclier et accrocha son glaive à sa ceinture. Il rejoignit son destrier qui broutait quelques pas plus loin, à l'attache. Puis il descendit vers le lit de la rivière avec une lenteur calculée.

En approchant de la limite de l'enceinte, et plus encore quand il fut à l'intérieur de son tracé, il se sentit agressé par une âcre odeur de fumée empreinte de mort. Il avait maintenant la certitude que c'était bien Silfadred qui l'attendait de l'autre côté de la faille. Le deuxième homme ne lui était pas étranger, mais il ne l'identifiait pas autrement que comme un officier familier d'Antrégor : il se souvenait l'avoir aperçu dans l'escorte qui accompagnait ce dernier lors de la dramatique entrevue qui avait coûté la vie à Olern, et sur le rempart, à côté du roi, quand il était venu proposer à celui-ci de se rendre avant de donner l'assaut.

Si l'inconnu dégageait une impression de droiture, la seule présence de Silfadred faisait monter en Viridius une tension dont il se serait bien passé, et que le mage dut percevoir, car, lorsqu'ils furent face à face, ses premières paroles se voulurent rassurantes :

« N'ayez crainte, Sire ! Ceci n'est pas un piège. Que pourrais-je d'ailleurs contre vous quand les entrailles de la Terre nous séparent ? »

Les précautions oratoires de Silfadred auraient pu suffire à alerter Viridius, tant il le sentait peu homme à s'embarrasser de semblables procédés. Entre eux, la brèche paraissait plus immense qu'il ne l'avait cru. D'une profondeur inestimable, large par endroits d'au moins une dizaine de coudées, le zigzag de la fracture présentait des lèvres au bord anguleux qui faisaient moins songer à un éboulement qu'à ce qu'aurait produit une gigantesque épée dans un sol d'une aridité extrême. Son dessin suggérait la violence des tensions qui l'avaient écartelée.

Viridius dévisagea son adversaire, éprouvant l'impérieux besoin de le provoquer.

« À quoi puis-je me fier, après tout ce qui s'est passé ces derniers jours ?

— Je me porte garant de votre sauvegarde, Sire, dût-il m'en coûter la vie, trancha Spartan, insinuant qu'il n'avait rien de commun avec l'homme qu'il accompagnait.

— Qui êtes-vous, chevalier ?

— Spartan, féal sujet du roi Antrégor et son principal lieutenant. »

Viridius le jaugea du regard. Ce qu'il percevait dans la voix et les yeux de son interlocuteur lui confirmait sans ambiguïté sa première impression.

« Que n'est-il entouré pareillement par tous ceux qui l'approchent et le conseillent ! » commenta Viridius en jetant un œil vers Silfadred.

Un éclair de haine traversa le regard de ce dernier, qui reprit la parole d'une voix blanche aux allures de sentence :

« Croyez-vous, Sire, que si j'avais voulu vous tuer, j'aurais eu besoin de vous faire venir jusqu'à moi ? »

Le temps se suspendit tandis que le mage et le souverain s'affrontaient.

« Parlez ! Je vous écoute » lança Viridius, glacial.

Silfadred le toisa, avant de s'adresser à lui avec une solennité affectée :

« Monseigneur, le roi Antrégor, vous invite à la bataille. Si vous y consentez, vous rangerez votre ost au matin, de l'autre côté de la rivière, et lui-même avancera la sienne à votre rencontre, de ce côté-ci. »

Un sourire ironique éclaira le visage de Viridius, qui le laissa toutefois poursuivre :

« Deux hérauts venant de chaque camp planteront dans le sol une lance, à mi-chemin entre les armées, pointe vers le ciel. Au moment où le soleil, émergeant des collines, illuminera son fer, ils donneront ensemble le signal du combat. Vous semblez moqueur, Sire… Est-ce la manifestation d'un refus ? »

Viridius ne put étouffer un rire sarcastique.

« Comment pourrait-il y avoir bataille quand un tel abîme nous sépare ?

— Comme je l'ai déjà signifié au roi Antrégor, ce que Thanatros a fait, Thanatros peut le défaire !

— Thanatros ! Bien sûr… Je constate sans étonnement, Seigneur, que vous êtes homme à ne jurer que par cette divinité de malheur ! »

Notant sans frémir le sourire rogue qu'esquissa l'expression de son interlocuteur, il poursuivit :

« Mais, quand bien même il en serait ainsi, croyez-vous, Silfadred, que la situation dans laquelle se trouvent les forces de Sarm'Eïloan vous autorise à me dicter vos conditions ? Pourquoi exposerais-je davantage mes soldats, quand il me suffit d'attendre que, réduit à la famine, le peuple de votre cité se traîne à mes genoux pour me demander grâce ?

— Le preux souverain d'Aak-Sour se satisferait-il d'une aussi pitoyable victoire ? demanda Spartan.

— Vous parlez juste, chevalier ! Je ne suis pas de ceux qui triomphent de leur adversaire par des moyens indignes. »

Simultanément, Viridius réfléchissait. La façon dont s'était ouverte la faille rendait fort plausible la menace déguisée de Silfadred de voir les deux armées se retrouver face à face. Il ne souhaitait plus à présent se mesurer à Antrégor les armes à la main : il n'avait que trop compris la vanité de cette solution. Mais aurait-il une autre chance d'affronter Silfadred ? Une fois celui-ci tué, il pourrait toujours arrêter le combat et proposer au roi de Sarm'Eïloan un dénouement honorable… *À moins que ce soit lui qui me tue !* songea-t-il. C'était un risque à prendre. Mais il voyait mal qui pourrait survivre à la rage que lui inspirait le mage dès qu'il l'apercevait. Les visages de Gwenaline et d'Olern traversèrent ses pensées. Il avait trop à venger.

« Qu'il en soit ainsi, Seigneur Silfadred. Demain, à l'aube, mon armée sera en ordre de bataille devant mon camp. Un de mes soldats disposera selon vos souhaits la lance qu'il aura apportée. Mais que cela soit clair : dès qu'il percevra le reflet du soleil dans son fer, il donnera le signal de la charge. Puissiez-vous être prêt en cet instant que rien ne saura retarder.

— Soit, Sire. Je porterai votre réponse au roi Antrégor. Demain, les armes décideront de notre querelle, lança Silfadred, en faisant volter sa monture en direction de la cité.

— À condition, bien sûr, que le dieu Thanatros ait défait ce qu'il a fait ! » ironisa Viridius.

Mais Silfadred piqua des deux sans relever la raillerie.

Spartan et le roi se regardèrent.

« Puissent le courage et la vaillance apporter la victoire à celui qui en est le plus digne, et effacer l'infamie qui a creusé entre nos royaumes un fossé plus profond que celui qui nous sépare en cet instant ! déclara lentement Viridius. Dites à votre souverain, chevalier, que c'est là mon vœu le plus cher.

— Puisse-t-il en être ainsi, Sire. » répliqua Spartan, avant de tourner bride sur un bref salut du visage.

* * *

La main de Farkhar parcourt avec ferveur la peau satinée qui effleure la sienne en s'apaisant lentement contre lui. Il se sent porté par les vagues du plaisir qui refluent inlassablement...

« Farkhar... »

Le timbre de la voix est étrange : elle n'est pas tout à fait celle d'Aïwana, ni tout à fait une autre.

« Aïwana... » souffle-t-il doucement dans la chaleur de son cou tandis qu'un autre nom résonne dans sa tête... Gwenaline...

Mais au sein de l'infinie plénitude dans laquelle ils s'oublient un instant, c'est bien un regard d'ambre que ses yeux rencontrent. Un regard qui le pare d'une force nouvelle. Et ces yeux qui lui renvoient l'image de son visage, le contact de cette chair qui vibre à l'unisson avec la sienne, lui redonnent conscience de son être...

Dans le tourbillon qui tous les malmène indistinctement, seuls leurs corps restent à présent matériels au milieu d'un vide sans frontières. La main de Farkhar rencontre celle d'Aïwana, et soudain, il sait qu'il peut freiner sa chute et regrimper la trombe qui les enfonce dans le néant insondable…

… et de l'univers, depuis quelques instants abolis par une extase faite d'éternité, dans laquelle ils reposent, dans laquelle ils existent.

Il sent ses muscles lutter désespérément contre le flux immatériel qui les emporte, et commence, lentement, à remonter son cours. S'inversant, le tournoiement l'entraîne irrésistiblement vers les êtres que le phénomène a précipités à leur suite. Tenant d'une main la magicienne, il dégaine son glaive au moment où la trajectoire de Truffe d'Or croise la sienne. L'animal a-t-il compris ce qui se passe ? Il étreint le torse de Farkhar dans ses pattes antérieures, pose les postérieures sur ses cuisses, et, avec une déroutante souplesse, profite de cet appui pour se propulser en avant de l'homme et refermer dans un même élan sa gueule sur la gorge d'un Thrugh : elle s'ouvre dans un jet de sang. Mais déjà, déconcerté, un autre est saisi au mollet : la morsure le déséquilibre et d'un coup de tête rageur, le chien le projette dans le maelström invisible au centre duquel le vide le happe. Dans son mouvement, Truffe d'Or a frôlé Farkhar qui le dépasse, brandissant son arme vers un autre adversaire virevoltant comme un pantin à sa rencontre : l'épée le perce de part en part, lui arrachant un hurlement, tandis que le sang de la créature s'échappe dans la tourmente.

C'est alors que le métal heurte un autre métal, que le glaive de Farkhar se bloque contre un autre glaive, et que le faciès grimaçant surgit sous ses yeux.

« Pantrax ! »

En un éclair, même s'il ne sait qui ils sont, le chevalier comprend ce que sont venus faire les êtres tout à coup mêlés à la danse de mort qui les étrille. L'autre, entraîné vers le bas, lui échappe dans un crissement strident, et Farkhar voit avec horreur le glaive dont le Hurleur lui destinait le coup fendre l'air dans un cercle fatal : la pointe déchire le vêtement de la magicienne, dessine sur son ventre une estafilade sanglante, pénètre dans les chairs et en ressort, vermeil de la vie qu'il vient d'arracher.

Avec un regard brillant de compassion, la Céleste Oïnéa, tend la main, saisit Aïwana qui s'affaisse sur elle-même dans un cri de souffrance et l'attire contre elle, indifférente au flot qui rougit son voile d'un vert si tendre.

Autour d'eux, l'univers se reforme. Un lac se dessine au fond du tourbillon. Ce n'est qu'une tâche bleue qui grossit et dont la surface se ride, à l'endroit où la silhouette, à présent lointaine, de Surandir s'y abîme pour y disparaître complètement. Sur les parois mouvantes se profile un peuple d'êtres squelettiques et torturés qui peu à peu se matérialisent en une forêt désolée, à l'image de tout ce qui couvre les contrées qu'ils ont traversées pendant neuf jours dénués de toute épaisseur temporelle.

Au-dessus et en dessous de lui, Pantrax et les Thrughs malmenés sont comme lui aspirés par le tourbillon qui, maintenant, les ramène en s'atténuant sur une terre recomposée. Et bientôt tout s'apaise. L'univers reprend sa stabilité. Un silence lourd retombe. Farkhar ne réalise pas encore tout ce qui s'est passé : des souvenirs confus se heurtent dans son esprit. Il sait qu'un effroyable malheur est arrivé. Il sait que le monde physique n'est pas le seul à avoir basculé : qu'un autre, plus intime, a été bouleversé.

Ce qu'il ne comprend pas, c'est comment il s'est retrouvé sur Actarès, comment tous les cavaliers sont à nouveau en selle sur leurs montures. Bizarrement, l'univers humain s'est reconstitué comme il était avant que se déclenche le maléfice. Mais une fois de plus, les lieux ont changé...

Ils se trouvent maintenant à l'orée d'une sylve dense et cadavérique, qui, jadis, fut sans doute luxuriante. En haut d'une large grève qui descend en pente douce vers un lac... le lac apparu au fond du tourbillon dans lequel il se souvient avoir vu se fondre Surandir, immense ! Le coin de son œil perçoit l'étendue dominée par une houle de nuées parcourues de lueurs pourpres et orangées... Pourpres... Ou sanguines ? Le sang... Mais, tandis qu'il tourne lentement sur lui-même, il ne rencontre pas celle qu'il cherche avec le vain espoir d'échapper au cauchemar présent dans son esprit : uniquement quelques êtres grimaçants qui l'encerclent de leur fureur, dardant sur lui des regards chargés de mort, et parmi eux une silhouette qu'il ne connaît que trop, et dont la seule vue porte sa rage à son comble.

Un grognement féroce retentit à côté de lui. Farkhar descend d'Actarès. Terrifiant, babines retroussées sur des crocs écumants, Truffe d'Or est là. Les muscles de leurs corps sont tendus à l'extrême, prêts à un combat acharné contre la horde qui, de tous côtés, avance pas à pas vers eux.

Au moment de franchir les portes de Sarm'Eïloan, Silfadred ressentit une déchirure labourer ses chairs. Il n'avait jamais éprouvé la douleur. Il réprima difficilement toute réaction visible, heureux néanmoins que Spartan chevauchât devant lui et ne pût voir la grimace qui, sous le coup de la surprise, déforma brièvement ses traits. De la sueur perla sur son front, puis sur son corps, sous sa lourde armure. Rien de commun avec ce que déclenchaient en lui le sentiment de triomphe, l'exercice du pouvoir ou la vision de la souffrance d'autrui lorsqu'elle le servait.

Il eut l'immédiate conviction que quelque chose de redoutable s'était produit. Pour rejoindre sa chambre, il prétexta le besoin de se retirer, afin de réfléchir à la tactique qu'il entendait proposer en vue de la bataille. Il confia à Spartan le soin d'informer Antrégor de la décision de Viridius et de convoquer les pairs du royaume.

Lorsqu'il entra dans la pièce, la douleur avait disparu. Elle l'avait pris au dépourvu, mais la maîtrise qu'il avait de soi l'avait tue.

Il s'efforça de voir. Plus loin que ce qu'il avait sous les yeux ou pouvait observer de sa fenêtre. Mais sa pensée se heurta aux murs qui l'entouraient. Comme prisonnière de ses chairs qui, jusqu'à ce jour, n'avaient toujours constitué qu'une insignifiante enveloppe qu'il quittait et revêtait aussi simplement qu'une tunique.

Pour la première fois de son existence, une sensation étrange le parcourut. S'il l'avait déjà expérimentée, il y aurait reconnu un frisson de terreur...

* * *

Avec une férocité et une vélocité hors du commun, Truffe d'Or avait déjà sectionné les chevilles de plusieurs Thrughs, désarçonné les cavaliers en effrayant les chevaux, profitant de leur chute pour déchirer la gorge de l'un d'entre eux : il parvenait à tenir leurs adversaires suffisamment en respect pour que Farkhar n'eût pas à en affronter plus de deux à la fois.

Sous le coup de la douleur qui taraudait son esprit, la furie de celui-ci faisait des ravages. Un à un, les Thrughs tombaient à terre, victimes des morsures et du glaive qui taillaient dans les chairs, ouvraient les ventres, faisaient sauter les têtes ou tranchaient les membres avec une précision sans commune mesure avec la leur. Chaque coup était mortel.

Pantrax était atterré : voyant l'humain et l'animal prisonniers de l'étau refermé sur eux par sa horde, jubilant encore de la vision du sang jaillissant du corps déchiré d'Aïwana, il avait cru que leur sort serait réglé en un instant.

Il s'était maintes fois efforcé de prendre Farkhar à revers : chaque fois, le chien l'avait fait reculer, mais en l'épargnant, contrairement à ceux des Thrughs qui avaient tenté la même manœuvre et s'étaient retrouvés déchiquetés sans avoir seulement pu approcher le chevalier.

D'ordinaire, un Hurleur n'éprouvait pas la peur. Et pourtant, Pantrax sentait un liquide glacé couler le long de son échine. Habituellement, un Hurleur ne craignait pas la mort. Et pourtant, Pantrax voyait avec une terreur croissante le nombre des Thrughs diminuer en y lisant l'imminence du moment où elle le frapperait.

Il regarda autour de lui. Effrayés par Truffe d'Or et par le tumulte du combat, tous les chevaux s'étaient enfuis, y compris le sien, avec son fléau et son bouclier suspendus à la selle. Il réalisa qu'il allait bientôt se retrouver seul dans la tourmente de heurts, de cris, de hurlements, de gémissements, de rugissements d'efforts qui emplissait la forêt pétrifiée dans son antique trépas. Et soudain, la vérité explosa dans son esprit : d'un commun accord, les deux forcenés qui décimaient sa troupe avaient décidé de le garder pour la fin.

Au choc sourd du dernier Thrugh s'effondrant sur le sol succéda un funeste silence.

Le chien émit un grognement qui alla s'amplifiant jusqu'à ce que la voix de Farkhar éclate :

« Non ! Truffe d'Or. Il est à moi ! »

Pantrax regarda son adversaire approcher : la démarche de celui-ci était implacable, son expression meurtrière. Immobile, il attendait l'assaut. Il fut toutefois surpris quand Farkhar se rua sur lui, bondissant à la façon d'une bête sauvage. Pantrax crut parer le coup de son arme, mais il n'avait pas compris ce que voulait faire son agresseur. Car son esquive n'eut pour effet que d'exposer son bras. Dans un vif moulinet, le glaive du chevalier trancha net la main du Hurleur qui vit tout à coup des giclées de sang jaillir du moignon. Farkhar referma alors son poing gauche sur sa gorge, le poussant violemment vers un arbre proche contre lequel il le plaqua, enfonçant aussitôt la pointe de son épée dans le ventre de son adversaire.

Le glaive traversa le corps du Hurleur pour se ficher dans le bois. Quand Farkhar eut perçu le choc, il commença de faire lentement remonter la lame en prenant appui sur le tronc. À mesure qu'elle déchirait les entrailles du monstre, celui-ci sentait la douleur irradier dans son torse. Elle devenait si intolérable que sa bouche ouverte était incapable de laisser échapper le moindre cri. Farkhar grimaça, enveloppé par l'haleine pestilentielle de sa victime. Mais rien ne pouvait l'arrêter, tant l'agonie de celle-ci lui procurait de jouissance. Leurs visages étaient presque l'un contre l'autre. Le regard du chevalier pénétrait celui de Pantrax en savourant toutes les nuances que la souffrance y semait.

« La dernière fois, Pantrax, je t'avais prévenu qu'il vaudrait mieux que tu meures de la main de ton maître. Et tu n'avais pas encore accompli le crime dont tu t'es rendu coupable aujourd'hui ! »

Sa voix était glaciale. Il sentait sous ses doigts les battements parcourant le cou du Hurleur faiblir tandis que les yeux de celui-ci se voilaient, exorbités. Les jambes du moribond s'agitaient spasmodiquement dans une vaine tentative pour se libérer de son bourreau.

Sa dernière sensation fut celle de la lame arrachant l'intérieur de son corps en s'en retirant avec lenteur.

Puis il s'effondra lourdement sur lui-même, les membres privés de toute force, pour vivre les ultimes instants de son supplice dans la mare de sang qui s'échappait de son torse éventré sous le regard implacable de son vainqueur.

Un son lugubre tira Farkhar de l'état second dans lequel l'avait plongé la scène.

Derrière lui, Truffe d'Or hurlait à la mort…

Il se retourna lentement : lui qui venait de risquer cent fois sa vie sans ressentir une once de peur redoutait ce qu'il allait découvrir. Le cri de l'animal se prolongeait, aussitôt repris dès que terminé. Lancinant.

Sur la berge, près du lac, neuf femmes étaient agenouillées. Leurs voiles flottaient dans le vent en une symphonie de couleurs : bleu, jaune pâle, gris perle, or, rose, turquoise, vert pâle, pourpre, se résumant en celui de la neuvième, aux teintes de l'arc-en-ciel. Leur immobilité défiait la tourmente des nuées, leur silence le grondement sourd provenant des terres alentour.

Mais ce qui attira son regard, ce fut le corps qu'elles veillaient, allongé sur une cape vert foncé dans son vêtement de page.

Il approcha, tandis que le hurlement de Truffe d'Or s'éteignait.

Bien qu'elle ne ternît en rien la fraîcheur de sa beauté, la pâleur d'Aïwana était effrayante. Pourtant, son visage, paisible, était exempt de toute expression de douleur. Elle aurait paru sur le point de s'endormir, si un pan de sa cape n'avait été rabattu sur le bas de sa poitrine, humide d'une tache sombre qui allait s'élargissant lentement.

Farkhar aurait voulu hurler, laisser exploser les ruisseaux de larmes que faisait monter en lui la soudaine vanité de ces jours de souffrance et de chagrin, de tant d'attentes brisées en un instant.

Mais sa gorge restait muette, et secs demeuraient ses yeux.

Quand il fut auprès d'elle, il mit un genou à terre et caressa doucement son visage avant de prendre la main de la jeune fille dans la sienne.

« Aïwana… »

Un pâle sourire se dessina sur les lèvres de la magicienne.

« Farkhar… contemple-les… elles sont libres, à présent, et le monde peut renaître… grâce à toi. »

Il fut décontenancé : Aïwana paraissait complètement détachée du sort qui venait de la frapper.

Il porta la main d'Aïwana à ses lèvres – une façon de tuer le sanglot qui montait en lui.

« Elle est en moi, Farkhar, elle est en moi… Depuis que, volant autour de son bûcher avant de te sauver, j'ai fait mienne son essence. Mais il te faut encore accomplir bien des exploits pour qu'elle puise renaître… »

Farkhar ne comprenait pas. Ou ne voulait pas comprendre, tant cela dépassait tout ce qu'il connaissait du monde, et même ce qu'il y avait rencontré de plus fabuleux.

« Qui, Aïwana ? Qui ? »

La jeune fille réprima une grimace de souffrance et son sourire revint.

« Celle que tu aimais à travers moi, sans doute parce que tu la sentais en moi… Bannis tout regret : ma destinée était de t'aider à traverser ces épreuves, non de leur survivre… »

L'éclat mutin qui le séduisait tant dans les yeux de la jeune fille y brilla le temps d'un soupir :

« Et pour t'y aider, j'ai connu avec toi la plus douce des voluptés... »

Une vérité intime lui échappe : il l'a lu dans la lueur qui a traversé le regard de la magicienne, portant un secret qu'ils ont en commun, sans qu'il puisse l'exprimer.

Une quiétude sublime gagne tous ses muscles et son esprit tandis qu'il se sépare doucement d'Aïwana, restant au-dessus d'elle comme pour garder précieusement entre leurs corps qui s'effleurent le souvenir de ce qu'ils viennent de partager...

« Aïwana, je ne veux pas !

— Tu ne peux pas ne pas vouloir, Farkhar, car elle ne pourrait revenir à la vie si je ne cessais d'être. Mais pour que cela s'accomplisse, il faut que tu rompes à jamais le charme par lequel Silfadred retient toujours son esprit, en le tuant ! »

Il la contemple, incrédule, meurtri au plus profond de son être.

« En elle je serai... Comme elle était en moi... », trouva encore la force de dire la jeune fille.

Alors, dans l'obscurité d'une nuit intemporelle, Farkhar voit les paupières d'Aïwana se fermer sur son regard d'ambre en prélude à un long sommeil...

Le visage d'Aïwana se fige dans son sourire.

… avant que sa propre conscience ne sombre dans les vagues de l'oubli…

* * *

Antrégor regardait le soir tomber sur Sarm'Eïloan depuis le rempart du château.

Il venait de réunir ses pairs avec Silfadred et Spartan, pour décider la façon dont l'armée serait rangée au matin et attribuer les commandements à ses barons. Triste opportunité pour lui d'apprécier le coût d'une première journée de combat, puisqu'il avait appris que manquaient à l'appel Palisso et Gurtlav, en plus de Cardaox qu'il avait eu le chagrin de voir mourir sous ses yeux.

Songeant à ses compagnons, il parcourait le paysage, mettant à profit ce moment de solitude pour laisser éclater des sentiments qui demain, il le savait, n'auraient plus leur place.

Comme chaque soir, des feux s'allumaient, autour de la cité et dans celle-ci, et, au loin, dans le camp de Viridius. Bien que témoin de la façon dont la faille avait déchiré la plaine la veille, il avait peine à croire Silfadred, quand celui-ci les assurait qu'elle aurait repris son apparence habituelle lorsque se lèverait le jour.

Habituelle, songea-t-il. *Sauf la rivière… sauf la paix… sauf…*

Se projetant dans un passé si révolu qu'il semblait n'avoir jamais existé, le roi revit la silhouette de Gwenaline franchissant le cours d'eau sur Terre Noire pour partir errer en des lieux n'appartenant qu'à elle. Une larme perla au coin de ses yeux. Puis son visage se durcit lentement. Il devait trouver le repos. Il devait chasser sa fatigue.

C'était, avait dit le mage, pour lui comme pour tous, la garantie de la victoire.

La victoire... Mais quelle victoire ?

Un instant l'effleura l'idée que la seule qui fût digne de Viridius et de lui serait celle qu'ils remporteraient sur eux-mêmes. Mais entre eux se dressait Silfadred. Pour croire que cette guerre était avant tout celle de ce dernier, il lui manquait toutefois un élément : en quoi le servait-elle ? Il avait beau recouper ses pressentiments et ses certitudes – dont certaines restaient bien fragiles, il en convenait – il ne parvenait pas à comprendre le fond de l'affaire ni, par là même, à en déterminer les responsabilités.

La seule chose qui fût évidente à ses yeux, c'était qu'il y avait peu de temps, la folie s'était emparée de leur monde. Quand ses premiers signes s'étaient-ils manifestés ? Lorsque Gwenaline lui avait annoncé sa volonté de rompre ses fiançailles avec Viridius ? Avec la venue de Farkhar, alors ? Là encore, tout était confus, à commencer par le fait qu'elle avait délaissé le jeune roi d'Aak-Sour pour se donner au mage, mais que c'était à Farkhar qu'elle s'était offerte...

« *Cela a commencé plus tôt, réfléchis bien...* », dit dans son esprit la voix familière qui hantait ses songes presque chaque nuit.

Quand Theinabrÿn était parti ?

« *Plus tôt encore... Car, finalement, pourquoi suis-je parti, sinon parce que tu étais devenu sourd à mes discours* ? »

Silfadred... Était-ce cela ? Quand Silfadred était arrivé à Sarm'Eïloan ? Silfadred... Toujours Silfadred !

Les yeux d'Antrégor se plissèrent. La nuit envahissait la plaine, noyant les détails et les formes. Pourtant, il lui semblait percevoir un mouvement. Quelqu'un s'éloignait de la citadelle, fantôme de ténèbres au sein de la pénombre. Lentement. Si lentement qu'il n'était pas certain, en fait, que ce ne fût pas une illusion. Qui pourrait bien avoir l'idée, d'ailleurs, de partir vers nulle part ? Car où d'autre pourrait-il aller, avec cette faille qui faisait le tour de la cité, comme, il y a deux jours, le faisait la palissade et comme – il y avait… des siècles ? – le faisait une paisible campagne ?

Oui, qui pourrait bien avoir une aussi sotte idée ? se dit Antrégor en tournant le dos à la nuit pour tenter d'aller trouver le sommeil dans le secret de sa chambre.

* * *

Dans la nuit enveloppant le Lac des Maléfices, Farkhar était en proie à la léthargie qui s'était emparée de lui sans qu'il la sentît seulement venir.

Truffe d'Or, patiemment, le couvrait de son regard. Les Célestes continuaient de veiller Aïwana, apparemment sans vie. Nul, en dehors d'elles, ne pouvait discerner l'étincelle qui soulevait encore si imperceptiblement son sein qu'aucun souffle ne s'échappait de ses lèvres fermées. C'était une flamme purement intérieure. Elle ne nourrissait qu'une ombre. Ce n'est que lorsque celle-ci s'évada de son corps dans un battement d'ailes léger que la pulsation de son cœur s'arrêta pour se transmettre à celui palpitant dans la poitrine du rouge-gorge parti se nicher dans un arbre proche.

Ses petits yeux vifs allaient sans cesse de la forme du chevalier allongée à même la terre au minuscule rameau qu'il sentait émerger entre ses fines griffes crispées autour de la branche sur laquelle il était posé.

Quand les Célestes se levèrent, le sol était vierge de toute trace d'Aïwana. Elles s'assemblèrent autour du preux endormi. Une voix s'éleva alors dans le tourment de ses songes inconscients ; neuf timbres s'y associaient en une mélopée limpide et cristalline :

« *Prince Farkhar, que la torpeur dans laquelle nous t'avons plongée te soit propice, car les épreuves qui t'attendent exigeront toute ta vaillance : elle seule, associée à ta grandeur d'âme, t'apportera une victoire dont chaque défaillance t'éloignera et mettra ta vie en péril. Son fruit dépassera toutes tes espérances, mais sache aussi que tragique sera son prix...* »

***

Silfadred contemplait le gouffre à ses pieds. Un coup funeste avait été porté à ses capacités, dont les prémices s'étaient accumulées au cours des jours précédents, sans qu'il puise – ou qu'il veuille ? – leur accorder l'attention qu'elles méritaient. Il ne pouvait plus agir seul, comme il avait espéré le faire. Il payait l'erreur qu'il avait commise de croire que Farkhar était un adversaire comme un autre, qui succomberait fatalement du fait de sa faiblesse.

Se découpant sur le firmament dont elle révélait par contraste le bleu profond, sa silhouette d'ébène semblait une excroissance de la faille habitée par une absolue noirceur.

Au fond, il perçut un mouvement sombre. L'être n'était qu'obscurité. Insaisissable. Impalpable. Immatériel.

Pourtant, sa substance était omniprésente. Elle lui adressa l'essence d'un regard. Le Père et le Fils n'échangèrent aucun mot, laissant à l'air le soin de porter leurs pensées.

« *Vois où ta vanité t'a conduit, Silfadred* ! *Farkhar triomphe, les Célestes reviennent en ce monde, et Ischeltroëm, mon rival...*

— *Qu'importe, s'ils règnent sur une terre en ruine* !

— *Ce n'est pas sur une telle terre que tu devais asseoir à jamais ma puissance* ! *Et tu n'as pas plus conscience de tout ce qui s'est éveillé avec eux, que tu n'avais conscience de tout ce que tu endormais jadis. Avec cette renaissance, tes pouvoirs se sont émoussés. Des êtres ont repris chair, capables d'affronter tes pires créatures. Qu'es-tu venu me demander* ?

— *Permets-moi d'avoir cette bataille, et de racheter mes faiblesses en enfouissant nos ennemis dans un néant dont nul ne pourra les tirer. Et ce monde sera tien...* »

Un long moment, le silence de la nuit régna seul au-dessus de la cassure. Silfadred se crut abandonné. Puis il sentit un infime tressaillement parcourir la terre sous ses pieds. Presque rien. Suivi de craquements à peine audibles. Un fluide le traversait. Puisant dans l'énergie primordiale de celui à qui il devait sa vie et ses forces surhumaines, il présidait ce soir encore aux destinées des mortels.

Son père, bien sûr, ne pouvait lui refuser la dernière chance de rétablir son règne : car si, demain, Aak-Sour et Sarm'Eïloan s'anéantissaient mutuellement, il savait déjà ce qu'il ferait... Tout dépendait de demain ! Sons et vibrations se combinèrent bientôt en une étrange harmonie. Son œuvre était en mouvement. Cela resterait un temps imperceptible à l'œil. Mais à l'aube, toute trace de la fracture aurait disparu de la plaine.

Elle pourrait alors retentir d'un fracas et d'un tremblement beaucoup plus redoutables que ce qui agitait pour l'instant son sol : ceux de milliers de pas et de sabots menant une danse de mort pour la plus grande gloire de Thanatros. Et pour la sienne !

Des deux rois les destins seront bientôt scellés...
Puisses-tu, chevalier étincelant de gloire,
Au terme périlleux d'un chemin constellé
Par nos regards d'airain, parfaire ta victoire
Et briser la prison d'Ischeltroëm exilé !

Que nos lustres ternis, sur la voie sublimée
Suivie par les humains, retrouvent leur splendeur !
Mais, las ! Combien d'écueils menacent ta framée,
Dont l'issue, incertaine en dépit de l'ardeur
De ton âme, fera naître une aube enflammée !

CHANT V
ISCHELTROËM

ÈRE DE THANATROS

- année 518 -

SECONDE ÈRE D'ISCHELTROËM

- an 01 -

Car si par tes exploits tu t'illustres, vainqueur,
La vision d'un monde où la mémoire enfante
Une éternité d'or nourrie par notre chœur
Baignera les douceurs, fruits d'extases brûlantes,
Que l'amour retrouvé versera dans ton cœur !

LIVRE DES CÉLESTES
Cinquième incantation, v. 153-167

Et les eaux tourmentées, qui depuis tant de lustres
Sur la terre épanchaient turpitude et noirceur,
Ouvrirent aux éclats de la vierge splendeur
Recluse dans leur sein leurs abîmes lacustres.

LIVRE DES CÉLESTES
Chant V, vers 149-152

70

Khaaster avait rejoint la reine des Iazliks dans le Monde de l'Insensible. La voûte étoilée nimbait leur tête-à-tête d'un imperceptible clair-obscur qui révélait le fin lacis de la chevelure d'Eïséryne ondoyant dans la brise nocturne. Leurs regards se reflétaient l'un en l'autre. Elle lui sourit tristement.

« Demain, dit-on, il y aura bataille…

— Le bruit court en effet. Nul ne sait comment cela sera possible.

— Silfadred s'y emploie. En cet instant même.

— Que veux-tu dire ?

— Certaines forces continuent de favoriser ses desseins. Seule sa mort mettra un terme définitif à tout cela. Mais il faudra encore bien des douleurs, bien des souffrances…

— Et aussi que Farkhar triomphe !

— Ce que je sens renaître en ce monde me laisse entendre que les pensées des hommes s'ouvrent lentement à lui, même si c'est encore à leur insu. Donc que Farkhar réussit dans son entreprise. »

Khaaster lui parut soudain préoccupé.

« Que se passe-t-il ? lui demanda-t-elle.

— Ceux de ton peuple m'ont affirmé qu'il y avait de très nombreux Hurleurs dans les rangs de l'armée de Viridius. Le combat est par trop inégal. Je crains que les Iazliks n'y suffisent pas.

— Ils n'y suffiront pas. Silfadred n'a plus le pouvoir d'invoquer de nouvelles puissances, comme il l'a fait jadis pour semer la destruction. Mais ces créatures existent, sont de chair et de sang. Même s'il ne les contrôle plus comme autrefois, elles pèseront lourdement sur le sort du combat. Demain, j'amènerai d'autres alliées.

— Qui sont-ils ?

— Qui sont-*elles*, devrais-tu dire. Mais je doute que tu les connaisses. Elles sont aux eaux ce que les Iazliks sont aux fleurs, aux arbres et aux plantes, et peuvent se montrer aussi douces que redoutables.

— Comme les Iazliks !

— Oui, sourit-elle. Et je suis convaincue qu'elles répondront à mon appel avec la même promptitude que ton peuple… La malédiction de Silfadred ne les avait pas exilées dans les limbes au point de les désincarner, comme les miens, mais la basse besogne à laquelle elles s'étaient trouvées condamnées avait bien souvent fait oublier leur existence, et les avait contraintes à trouver refuge dans quelques rares territoires. Depuis peu, elles reprennent partout possession de leur domaine. Demain, elles seront à nos côtés. Je ne peux pour l'instant t'en dire davantage. »

Khaaster la fixa.

« Dois-je comprendre que tu vas partir ?

— Sur le champ ! Car le temps nous est compté. Mais à l'aube, je serai de retour.

— Alors, prends garde à toi. »

Elle caressa doucement sa joue de la main.

« Toi aussi, roi du Peuple Gardien, prends garde à toi. Car demain sera une journée terrible : nul ne s'éveillera avec l'aurore qui sera certain de voir le crépuscule… »

Elle lui adressa un dernier sourire puis, passant à côté de lui, s'éloigna en ajoutant, assurée qu'il ne verrait plus l'expression de ses yeux quand elle prononcerait ces mots :

« Et mon souhait le plus cher, noble Khaaster, est que tu sois au nombre de ceux qui le contempleront… »

Quand il se retourna, il était seul. Couché à l'écart, Truffe d'Ombre posait sur lui un regard paisible. Il eut alors la certitude de la revoir avant le combat.

* * *

Comme l'avait fait l'esprit de Silfadred trois nuits plus tôt, Eïséryne, portée par la brise nocturne, remonta le cours à sec qui traversait la plaine de Sarm'Eïloan. Elle parvint bientôt en vue de l'excavation au fond de laquelle une masse sombre fermait hermétiquement l'orifice par où l'eau de la rivière souterraine s'écoulait vers celle-ci.

Bien que de proportions infiniment moindres et environné d'un paysage fort différent, l'emplacement lui rappela celui où, il y a peu, après avoir opéré son retour dans ce monde, et alors qu'elle n'avait pas encore retrouvé sa rayonnante féminité, elle avait échappé aux griffes des Hurleurs lancés à sa poursuite.

Si elle n'avait eu alors aucune idée de ce qui se passait, elle n'éprouvait en cet instant aucun doute sur le fait que celui qui les avait alors lâchés à ses trousses était l'auteur de ce qu'elle avait sous les yeux.

Silfadred... songea-t-elle. *Comme cela doit être terrible de sentir jour après jour ta puissance s'amoindrir, ton œuvre se défaire* ! *Quel supplice ce doit être pour un homme assoiffé de pouvoir absolu comme toi* !

Un silence total régnait sur les lieux, que la clarté nocturne noyait dans un univers bleu sombre, rendant les détails souvent indiscernables.

L'acuité de son regard lui permettait de saisir dans les ténèbres l'entrelacs des végétaux obturant la résurgence. L'acuité de son regard et... la perception de l'immatérielle présence qui habitait chaque arbre, chaque brin d'herbe, chaque algue...

« Peuple Iazlik, murmura-t-elle, toi qui t'éveilles partout en ce monde, le moment est venu de briser davantage encore les barrières tissées autour de toi par l'Ennemi. Et d'ouvrir la voie à celles dont ta danse éternelle accompagnait jadis en de tels endroits les paisibles ébats. »

Un frissonnement parcourut les végétaux étroitement enchevêtrés que parut animer lentement une vie nouvelle. S'assouplissant, ils commencèrent à se démêler : imperceptiblement, leur lacis s'aérait, perdait de sa compacité. Puis de leur amas se mit à émerger un suintement : il engendra des rigoles qui se muèrent en ruisselets, dans le cours desquels quelques-uns s'échappèrent, de plus en plus nombreux à mesure que les rus gonflaient et devenaient ruisseaux, et que leur agrégat se délitait.

Longtemps, Eïséryne attendit que la nature fît son œuvre : sur le sol de roche sombre, elle vit poindre une brillance, qui devint peu à peu un miroir parcouru par d'infimes ondulations au gré desquelles flottait le reflet du firmament, et bientôt une étendue d'eau qui, atteignant le pertuis lui donnant accès à l'aval, commença de s'écouler avec une vélocité croissante...

Ce qu'Eïséryne contemplait toutefois avec fascination, c'étaient les deux formes qui avaient émergé de la résurgence, balançant lentement leurs têtes fines au museau allongé, que surmontaient deux petites cornes.

Une troisième apparut qui, elle le savait, ne serait pas la dernière.

Tout comme elle perçut à travers la douceur infinie des regards qu'elles tournèrent vers elle l'inexorable pugnacité dont elles feraient preuve le moment venu.

Suivie de loin par les créatures de plus en plus nombreuses, elle laissa le zéphyr la ramener vers Sarm'Eïloan. L'eau, s'écoulant parmi gorges et vallons, accompagnait son avance. Eïséryne s'inquiéta soudain : à la vitesse où elle courait, l'onde atteindrait la plaine plus rapidement qu'elle ne le pensait. Qu'arriverait-il lorsqu'elle rencontrerait la digue construite par l'armée de Viridius, dans le prolongement du barrage à travers le col par où elle se déversait vers Sarm'Eïloan ?

Elle parvint à celui-ci et attendit. Le ruissellement ne tarda pas à apparaître, grossissant régulièrement. Puis il se heurta à l'obstacle et, contrairement à ce qu'elle supputait, ne continua pas sa course vers l'occident en suivant le môle. Au début, elle crut qu'un relief l'arrêtait qu'elle ne distinguait pas. Mais il s'avéra bientôt que la rivière commençait à s'élever contre la paroi : un mur invisible la retenait de poursuivre son cours en se détournant vers la droite.

Elle eut alors l'impression qu'un regard était posé sur elle. Inquiète, elle chercha de tous côtés, réalisant qu'elle avait déjà éprouvé le même sentiment… quand les flots souterrains l'entraînaient vers son peuple sur le dos de la Drak'Hoïade qui l'avait sauvée des Hurleurs !

Instinctivement, elle leva les yeux vers le ciel, où il lui sembla discerner comme un visage dans le dessin des étoiles. Soudain, elle le reconnut.

Alors, contemplant avec satisfaction les effets de sa magie, l'esprit de Theinabrÿn lui sourit.

Mais elle ne comprit pas pourquoi ce sourire était baigné de larmes.

* * *

Depuis la tour de bois qui avait échappé à l'assaut de Viridius et au séisme, Antrégor regardait le contre-jour esquisser la silhouette sombre de Sarm'Eïloan sur les premières lueurs de l'aube. Née à l'horizon derrière la citadelle, la clarté envahissait lentement le ciel, dessinant progressivement les formes, arrachant leurs détails aux ténèbres, révélant de quoi ce jour serait fait.

Spartan venait de le rejoindre.

Il entendait dans son dos, au loin, le tumulte des troupes de Viridius prenant position.

Il se tourna vers son armée, déployée à ses pieds, en avant de la ligne à peine visible de la palissade, selon le plan que Silfadred lui avait proposé. L'idée du mage avait été de la ranger le plus tôt possible, afin que Viridius soit tenté d'adapter son dispositif à celui qu'il devrait affronter, et d'apporter ensuite les modifications que lui inspirerait la stratégie du roi d'Aak-Sour. Juste avant l'apparition du soleil, de sorte que l'adversaire n'eût pas le temps de réagir.

BATAILLE DE SARM'EÏLOAN
ORDRE DE BATAILLE INITIAL

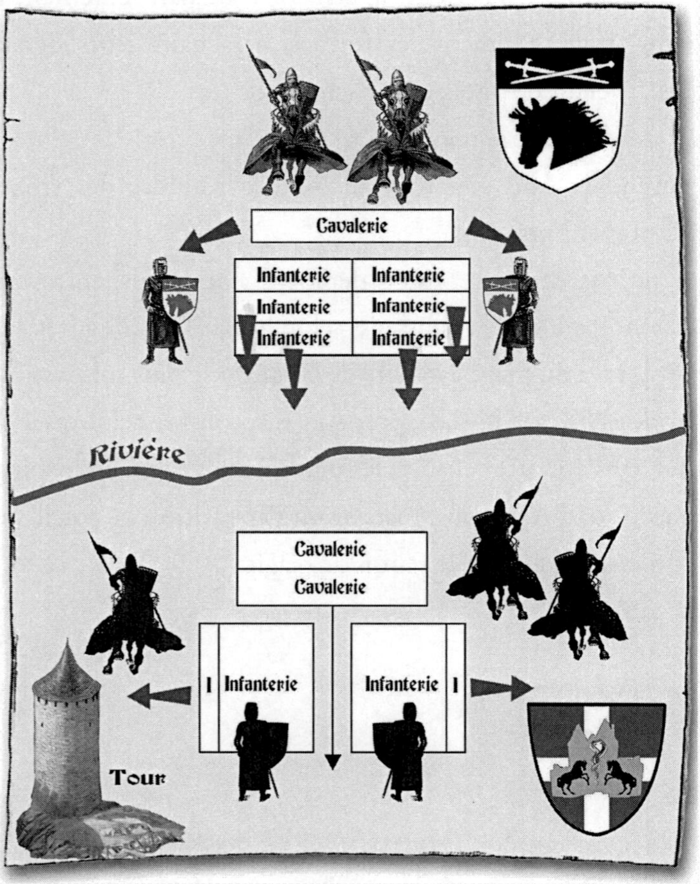

Illustration, Bréa

Rangée devant la citadelle durant la nuit, l'armée avait avancé derrière Spartan vers ses positions à la faveur d'un clair de lune tardif, après qu'on se fut assuré que, comme le mage l'avait annoncé, il n'y avait plus aucune trace de la faille. Ce qui ne laissait pas de maintenir dans l'esprit d'Antrégor une crainte sourde, tant il était évident que ce n'étaient pas seulement des hommes qui allaient s'affronter ce jour-là. Et que, du même coup, la maîtrise de la bataille pouvait à tout moment s'avérer fort relative.

L'atmosphère était déjà lourde. Jamais le jour ne lui avait semblé si lent à se lever.

L'infanterie composait deux rectangles plus profonds que larges. Devant eux, la cavalerie était disposée sur deux lignes. Silfadred avait opté pour une formation de départ simple, afin de donner à Viridius le sentiment que son adversaire se limitait à une stratégie rudimentaire, purement défensive.

Le front des troupes s'étendait sur environ cinq cents pas. Antrégor regardait la silhouette sombre du cavalier qui le parcourait au trot. Puis ses yeux se portèrent sur l'armée ennemie dont la disposition le surprenait : pour l'instant, Viridius avait massé ses fantassins en un très large ensemble et sa cavalerie en arrière.

C'était encore plus sommaire que ce qu'avait imaginé Silfadred. S'interrogeant, le roi comprit très vite que Viridius ne faisait pas preuve d'un manque de talent. Bien au contraire...

Ainsi ramassés, les effectifs d'Aak-Sour étalaient leur supériorité numérique aux yeux de ceux qu'ils allaient combattre, afin, vraisemblablement, d'affecter leur moral. La confrontation directe, en exposant les deux armées face à face dans leur globalité, mettait en évidence la disproportion des forces. Il était manifeste que celles de Viridius, dont le front était nettement plus large que celui d'Antrégor, étaient au moins trois à quatre fois plus considérables que celles de ce dernier. Une façon de faire comprendre à tous les combattants de Sarm'Eïloan que la vaillance ne suffirait pas à vaincre.

« Je savais qu'ils étaient nombreux, dit Spartan d'une voix cachant mal son dépit. Je n'avais jamais pu compter nos hommes précisément. Maintenant, tout est limpide ! »

Le regard qu'il échangea avec son monarque remplaça tous les commentaires que celui-ci aurait pu faire.

Lorsqu'il eut terminé son inspection, Silfadred revint au centre ; suivi de quelques cavaliers, il passa entre les deux corps de fantassins et se dirigea dans un nuage de poussière vers la tour délabrée qui servait d'observatoire au roi. Ils s'arrêtèrent à son pied ; le mage était accompagné des sept barons qui avaient survécu à l'assaut de l'avant-veille : Guilleméròu, Corbuscon, Aldrix, Lermigrin, Mardoz, Sigremor et Guerremour fixaient leur souverain d'un regard intense, les traits tendus.

Silfadred descendit de cheval et gravit l'escalier de bois. Antrégor ne détourna les yeux que lorsqu'il l'entendit marcher derrière lui. L'armure d'ébène de Silfadred jetait des éclairs, comme habitée par une énergie puisée dans les prémices du jour.

« Nous sommes prêts, Sire. Il ne nous reste qu'à attendre les manœuvres de l'ennemi. À moins qu'il ne soit assez fou pour maintenir ses chevaliers en arrière, auquel cas ils ne lui serviront guère quand les nôtres auront mis son infanterie en déroute.

— N'y compte pas. Il cherche à nous tester. Et surtout, à nous impressionner, ce qui ne manque pas d'habileté. »

Le roi était surpris de ne déceler aucune inquiétude dans le visage de son interlocuteur, qui affichait plutôt un sourire énigmatique.

Il ne pouvait savoir que celles de son chancelier étaient d'un autre ordre.

Celui-ci pensait disposer toujours d'un certain ascendant sur les Hurleurs – il avait toutefois constaté que ceux qu'il avait dispersés, en très petit nombre, dans Sarm'Eïloan, ne répondaient plus à son appel et continuait de percevoir, de façon inexplicable, une présence étrangère importante, qu'il ne parvenait pas à identifier, dans les rangs d'Antrégor. Mais il jugeait qu'entre ses créatures et les pouvoirs qui lui restaient, il pouvait manipuler la bataille à sa guise. En un sens, il jouait, et quoi qu'il arrivât, le vainqueur, ce soir, ce serait lui.

Son incapacité totale à savoir ce qu'il advenait de Farkhar l'alarmait davantage. Son père lui avait dit que les Célestes étaient libres. Certes, cela ne signifiait nullement que son adversaire et ses compagnons ne fussent pas finalement tombés sous les coups de ceux qu'il avait envoyés pour les exterminer, et sur l'acharnement desquels il pouvait compter. Mais tant de choses dépendaient de la situation du prince de Thurm-Kooth ! Qu'adviendrait-il si celui-ci survenait dans la bataille ? Et surtout, de quels pouvoirs serait-il investi ?

Toutefois, sa maîtrise de soi était toujours telle que, dans son comportement, rien ne trahissait les turbulences qui tourmentaient son âme.

Un début de mouvement dans l'armée de Viridius attira son attention et fit se retourner Antrégor vers la source de l'agitation.

Le bloc compact de l'infanterie d'Aak-Sour s'anima soudain. La frange de boucliers qui leur faisait face se divisa en deux, une moitié tournant à gauche, l'autre à droite. Deux profonds rectangles s'étaient ainsi formés qui s'éloignèrent au pas de charge l'un de l'autre, dégageant entre eux un large couloir. Puis les écus brillèrent à nouveau en s'exposant à la clarté qui envahissait le ciel. Les deux premiers tiers de chaque formation se mirent alors en marche et, quand ils se furent avancés d'une quinzaine de pas, la moitié arrière de chaque colonne s'immobilisa, dessinant un quadrilatère de même dimension que ceux restés derrière eux, tandis que le premier tiers continuait de progresser, se rassemblant en un triangle dont la pointe était dirigée vers Sarm'Eïloan.

Antrégor regarda Silfadred : mais celui-ci observait la scène impassible.

Il remarqua que les soldats des deux unités avancées étaient armés de longues lances et ne tarda pas à comprendre la raison. Sur leurs flancs gauches, les boucliers changèrent de main et les hastes s'abaissèrent un instant avant de se relever, opposant un coin impénétrable capable de briser toute charge.

Antrégor frissonna. Deux nuits plus tôt, le vacarme et les torches innombrables avaient rendu l'approche de l'ost de Viridius d'autant plus impressionnante que l'obscurité les enveloppait de mystère. Cette fois, l'évidence de son importance et la démonstration de sa discipline donnaient d'elle l'image d'une force tranquille redoutable. Et aussi l'absence de sons...

Le roi sentit la tension qui l'habitait monter davantage encore en lui. La raison s'en imposa soudain à son esprit : ces mouvements ne s'étaient accompagnés que du lointain cliquetis des armes et des armures. Mais ce bruit de fond n'avait fait que rendre plus total le silence régnant autour de lui : celui de ses troupes regardant avec un effroi croissant ce corps monstrueux se dissocier et se remodeler, s'animer d'une vie qui, pour elles, était synonyme de mort.

BATAILLE DE SARM'EÏLOAN
ORDRE DE BATAILLE FINAL

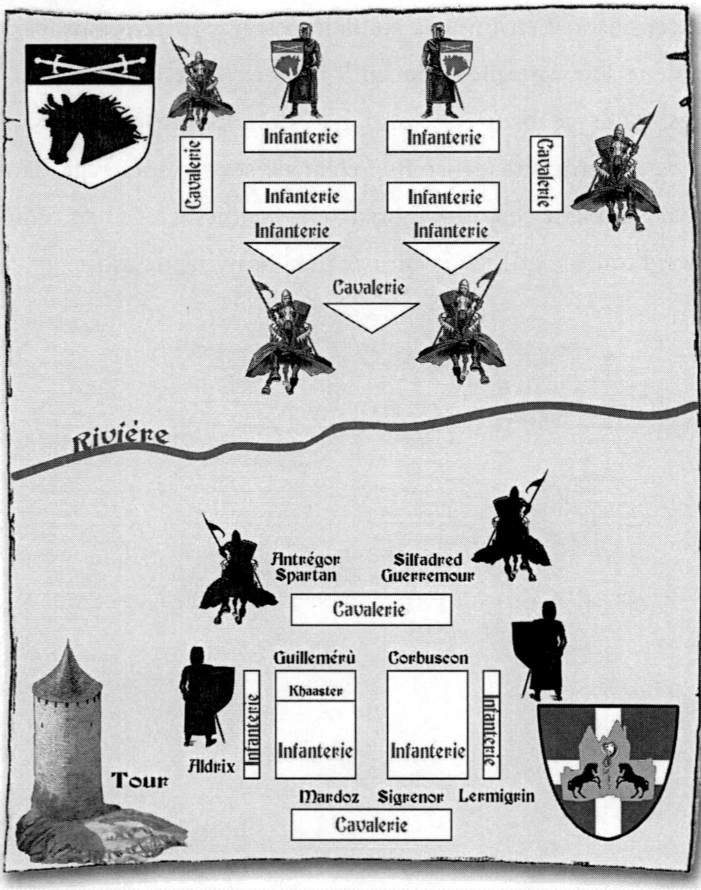

Illustration, Bréa

Un grondement s'éleva : la cavalerie de Viridius avançait. La première ligne, passant dans le couloir séparant en deux l'infanterie, vint se ranger devant celle-ci ; la seconde se divisa et alla former deux ailes, de chaque côté des fantassins.

Silfadred acquiesçait lentement du visage, tel un homme satisfait de voir les événements prendre la tournure qu'il avait prévue. Ses enseignements avaient bien profité à Viridius à l'insu de ce dernier.

La poussière soulevée par les sabots donnait à la scène un caractère spectral dans la lumière mordorée teintée de rose qui se réchauffait d'instant en instant, se reflétant çà et là sur le métal. Il sembla durant un moment que des fantômes s'apprêtaient à fondre sur Sarm'Eïloan depuis des nuées déposées sur la terre par l'aurore. Révélant peu à peu les couleurs des étendards et des fanions, des parements des cavaliers et des housses des chevaux, le jour naissant parsemait la grisaille des armures de chatoiements.

Antrégor ne put s'empêcher de penser que l'armée de Viridius était belle.

« Il est flagrant, dit Silfadred, que Viridius entend enfoncer notre cavalerie avec celle qu'il a positionnée en tête, et sans doute, pendant ce temps, désorganiser notre infanterie avec ses deux ailes de chevaliers : il mise sur son attaque pour disloquer notre propre front. S'il y parvient, sa piétaille fondra sur la nôtre qui, prise des deux côtés, ne sera pas en mesure de lui opposer une résistance cohérente. Pour peu qu'il réussisse à s'introduire au milieu d'elle, ce ne sera plus pour lui qu'une question de temps ! »

C’était à peu près ce que Viridius avait imaginé. Sans grand mérite, car le mage y était pour quelque chose, même si le jeune roi n’en avait absolument pas conscience.

Silfadred regarda vers l’orient, où des couleurs de plus en plus chaudes annonçaient l’apparition prochaine du soleil à l’horizon.

« Je crois qu’il est temps de montrer à l’ennemi comment nous entendons le recevoir, fit-il d’une voix sombre.

— Va, répliqua Antrégor. Dès que l’armée sera rangée, je viendrai prendre sa tête. »

Quand il fut dans l’escalier, le roi se tourna vers Spartan :

« Va conduire notre cavalerie. Je te rejoins.

— Bien, Sire. »

Silfadred retrouva sa monture et donna l’ordre de dispersion aux barons qui partirent, chacun vers le poste qui lui avait été assigné.

Corbuscon et Lermigrin allèrent prendre la tête de la moitié gauche de l’infanterie, Guillemérù et Aldrix celle de sa moitié droite. Mardoz et Sigremor prirent position devant la deuxième ligne de cavaliers, et Spartan en avant de la première. Lorsqu’ils furent à leur place, la formation trapue de l’armée de Sarm’Eïloan commença de se réorganiser. Mardoz et Sigremor entraînèrent leurs chevaliers à travers les deux rectangles de fantassins en les faisant se regrouper à l’arrière, devant la palissade. Cependant, Aldrix et Lermigrin donnèrent l’ordre aux deux flancs de l’infanterie d’opérer un quart de tour vers l’extérieur, et d’avancer, l’une vers la gauche et l’autre vers la droite des corps principaux. Elles formèrent de chaque côté quatre rangées dont les deux hommes rejoignirent le centre ; les deux premières étaient armées de lances, les deux autres constitués par des archers : l'ensemble opposerait des remparts mortels aux harcèlements éventuels des ailes de cavalerie d'Aak-Sour.

Silfadred et Guerremour se rendirent avec Spartan, qui les avait rejoints, devant la première ligne de cavalerie qui engagerait le combat contre celle de Viridius.

Sachant que les Hurleurs ne se trouvaient plus que dans l'infanterie de Viridius, Khaaster avait mêlé les Iazliks à celle de Sarm'Eïloan : en avant des formations centrales, ils supporteraient le premier choc de leurs impitoyables adversaires.

Un tumulte de plus en plus important envahissait la plaine, causé par le mouvement des troupes et par l'atmosphère de l'attente, ponctué par les ordres fusant de toute part. Le sol paraissait sans cesse parcouru de vibrations. Des volutes de poussières balayaient le champ de bataille, portées par le vent. La tension habitant chaque combattant s'ajoutait à celle des autres pour insuffler dans l'ambiance une effervescence croissante.

Viridius avait regardé l'armée adverse achever de se former avec une certaine inquiétude. Il devenait clair à ses yeux que, s'il misait sur la capacité de ses troupes à enfoncer l'ennemi, Antrégor comptait sur l'énergie que son ost emploierait à résister. Il fallait à tout prix que ses chevaliers disloquent rapidement le front d'Antrégor. Sinon, en dépit du rapport des forces, les siennes risquaient de s'user. Ce qu'il devait surtout éviter, c'était que la première ligne de la cavalerie d'Antrégor ne déborde la sienne sur les côtés et ne l'encercle. Il conduirait lui-même ses chevaliers. Il savait ce à quoi il lui fallait prendre garde.

Tout en observant ce qui se passait dans la plaine, son regard n'avait pas quitté l'horizon. La lumière qui en émergeait était de plus en plus vive.

Quand il eut le sentiment que tout était en place, il éperonna son destrier et galopa jusqu'à la tête de son armée. Des acclamations toujours plus nombreuses s'élevaient sur son passage. Malgré les revers de ces derniers jours, il retrouvait en elles l'ardeur qui avait accompagné leur départ d'Aak-Sour. Elles gagnèrent l'ensemble de ses troupes et bientôt, une puissante clameur faisait vibrer l'éther, tandis qu'il allait au centre de ses chevaliers.

L'apercevant, Antrégor descendit de la tour après un ultime regard sur les deux formations, monta sur son cheval qui l'attendait au pied de l'escalier, et partit au galop vers Spartan.

Les deux rois firent signe à leurs hérauts de s'avancer : ceux-ci se rejoignirent à cheval sur la bande plus sombre dessinée par le lit de la rivière qu'enjambait le petit pont, réduit à l'état de ruine dès lors que, devenu inutile, il n'avait paru nécessaire à personne de l'épargner. Un pincement de cœur saisit Antrégor lorsque, en suivant son soldat, son œil rencontra la construction. Il comprit que c'était sans doute la dernière fois qu'il la voyait, avant qu'elle ne fût noyée par la rage du combat : l'ultime symbole de la paix et du bonheur passés allait bientôt s'abîmer dans le néant qui engloutissait toute chose à ses yeux.

Les deux hommes enfoncèrent dans le sol meuble la hampe de la lance apportée par l'envoyé de Viridius, puis s'immobilisèrent, face à face, s'observant avant de fixer leur regard sur le dard sombre pointé vers le ciel.

Rompant avec l'agitation bruyante qui avait jusque-là retenti, un silence écrasant ensevelit la plaine, seulement brisé par le chahut de quelques chevaux hennissant, piaffant ou renâclant. Ceux qui les montaient devaient souvent les maintenir en place d'une main ferme : sensibles à leur environnement, les animaux étaient nerveux. Durant les jours précédents, ils avaient eu l'expérience du combat, voire de l'ivresse des hommes, mais non celle d'une telle expectation, ferment d'une fièvre bridée dans la perspective d'un déchaînement sauvage.

La tension s'élevait vers son paroxysme au rythme du soleil dont l'ascension arrivait au terme de sa phase invisible.

Pressentant, en observant le ciel, que l'instant fatal était imminent, Viridius baissa son mézail et tira son épée, aussitôt imité par ses chevaliers. En réponse, après un regard vers l'horizon, Antrégor fit de même, et entendit les claquements secs s'égrener derrière lui. L'immobilité forcée des deux armées était accusée par les mouvements que chacun voyait ou ressentait en soi : les étendards et les parements flottaient dans le vent ; çà et là, percevant un bref relâchement dans l'attention de leurs cavaliers, des chevaux bronchaient ; dans les poitrines, les cœurs battaient à se rompre ; les hommes sentaient le flux de leur sang marteler leurs chairs. L'approche de sa fin rendait l'attente insupportable.

Les hérauts dégainèrent leurs glaives.

Soudain, le disque de l'astre se profila derrière l'armée de Sarm'Eïloan, faisant briller de ses premiers rayons la pointe de métal. Les deux épées balayèrent l'air vers le sol.

Et la plaine de Sarm'Eïloan commença de trembler d'un grondement inéluctable…

* * *

« *Il n'existe qu'un moyen de détruire Silfadred* ! *Se rendre au Lac des Maléfices et y plonger le glaive qui transpercera le cœur du félon pour y réveiller ce feu qui, alors, le réduira en cendres.* »

Traversant le sommeil auquel l'avaient soumis les Célestes, la voix sombre de Theinabrÿn résonnait dans les rêves de Farkhar déchirés par une plainte muette.

(Oh ! Aïwana, où es-tu ?*)*

Une couleur ambrée l'enveloppait, sans qu'il sût dire si c'était la lumière baignant la grotte où le regard omniprésent de la jeune fille. À moins que ce ne fût celui-ci qui engendrât celle-là ?

« *Voici l'arme que tu devras plonger dans le feu d'Ischeltroëm lorsque tu auras restauré celui-ci, avant d'en percer Silfadred de part en part* ! »

(Aïwana… Aïwana…)

Pourquoi cette voix interrompait-elle toujours le cours de ses pensées ?

« *Puisse l'image de celle que tu as tant chérie raffermir le courage de ton cœur, et stimuler ta vaillance par le souvenir de son amour* ! »

(Gwenal...)

Des prunelles dorées d'Aïwana avaient surgi deux images qui s'étaient aussitôt fondues en une seule. Gwenaline... Farkhar se réveilla en sursaut. Et bondit sur ses pieds. Tournant sur lui-même comme un insensé. Qu'en était-il des hallucinations qui l'assaillaient encore un instant plus tôt ? Où étaient... ?

Il était abandonné.

Non, pas seul. Truffe d'Or tournait autour de lui, presque nonchalamment. Tranquille, Actarès balayait le sable du museau, posant par moments sur Farkhar un œil suppliant – attendait-il que celui-ci en fît surgir un brin de verdure ? Plus loin, en remontant la grève, son regard rencontra le corps de Pantrax, ratatiné au pied d'un arbre dont le tronc blanchi par la mort était maculé par une coulure sombre. Retour brutal à la réalité de la veille, à laquelle il aurait tant voulu échapper !

Car, autour de lui, il n'y avait personne. Partie, Aïwana. Parties, les Célestes. Parti, Surandir.

Surandir, le lac... Sa vaste étendue immobile contrastait avec le ballet tourmenté des nuées qui le dominaient, semblant s'engendrer entre elles pour se répandre de par le monde : elles étaient dispersées par un mouvement spiralé incessant dont le centre se situait à la verticale de l'eau. Un silence étonnant régnait sur les lieux, en complète rupture avec la tempête qui bouleversait inlassablement le ciel. Mais en parfait accord avec l'atmosphère de mort que respiraient le sol aride et la végétation sèche, comme dévitalisée, partout alentour.

En tendant l'oreille, il percevait seulement, par instants, les grondements lointains dont vibraient les contrées traversées par le Chemin des Maléfices. Mais ici, tout paraissait étouffer, s'enfoncer dans un trépas séculaire et sans fin. Même les lueurs rougeâtres qui avaient sans arrêt baigné leur périple avaient cédé la place à la grisaille, qu'elle fût cendreuse comme celle de la terre, ou luisante d'un éclat terne comme l'eau, ou encore hantée par les ombres que dessinaient dans les nuages les remous les agitant. Mais, contrairement à ce que suggérait l'apparence tempétueuse du ciel, il n'y avait pas un souffle de vent. Rien qui donnât un semblant de vie au paysage.

L'armement magique de Farkhar s'était évanoui dans l'oubli de la nuit. Il ne portait que sa tunique, moite de l'humidité tiède qui régnait comme à l'approche d'un orage. Les yeux fixés sur la voûte tourmentée, il laissa son imagination errer dans de lointains souvenirs : ceux d'une ville surmontée d'un azur serein, mais entourée de terres maudites ensevelies sous un même linceul qui, un jour, s'était refermé sur son fantôme. Thurm-Kooth était si distante à présent, dans l'espace et dans le temps ! Mais la conviction l'envahissait peu à peu que ce qui condamnait le peuple d'Okstrogh à vivre dans une pénombre éternelle naissait ici. Qu'il avait sous les yeux la clé du mystère qui hantait tous les esprits de Thurm-Kooth et avait tant de fois excité sa curiosité. Qui était-il pour avoir eu droit à cette révélation ? En même temps, combien de ceux qui s'interrogeaient à cette époque eussent réellement voulu être à sa place en cet instant ? Et en payer le prix ?

Son regard se posa de nouveau sur le lac, terme de tant de souffrances, de tant de luttes, de tant d'errances.

... y plonger le glaive qui transpercera le cœur du félon pour y réveiller ce feu qui, alors, le réduira en cendres...

Qu'allait-il réveiller s'il accomplissait cet acte ? Il réalisait que, peut-être du fait de son immobilité baignée de silence, de l'improbable discordance qu'offrait celle-ci avec le tumulte qui la surplombait – ou du reflet de ce dernier sur sa surface trop figée ? – les profondeurs lacustres semblaient habitées par une colossale puissance. D'où naissait cette intuition que toutes les apparences démentaient ?

Il ferma les yeux un instant. Et perçut un grondement lointain : mais ce n'était pas un écho venant des terres maudites. Celui-ci était plein de cris et de fureur. Une fureur trop humaine. Celui de milliers de chevaux et de pas se précipitant avec rage. Il ne savait pas ce que c'était ni ce qui en était la source. Mais un sourd pressentiment l'envahissait. Une vision de Sarm'Eïloan tourbillonnant au cœur d'un cyclone gigantesque traversa son esprit.

... le glaive...

Sous le coup de cette pensée, l'arme se matérialisa à son côté.

Il avança jusqu'à l'eau en la dégainant posément, fixant la surface limpide. C'est alors qu'il sentit un regard se poser sur lui et comme une présence se dessiner au-dessus de lui. *Autour* de lui. Une présence menaçante, guettant le moindre de ses gestes. Une présence qu'il lui fallait défier, au péril de sa vie, pour la contraindre à se manifester et... la subjuguer. Un roulement de tonnerre retentit, et les nuées esquissèrent une face hideuse. Elles se tordaient dans le perpétuel mouvement de leur masse, en dessinant d'autres, innombrables. Mais tous étaient habités par la même haine surhumaine et terrifiante, dans laquelle il perçut l'essence de la souffrance et de la mort. Celles d'Istiana et de Ghertradt, d'Okstrogh et de Theinabrÿn, de la Drak'Hoïade qui s'était sacrifiée pour le conduire à Sarm'Eïloan, de Gwenaline et d'Aïwana : celles de tous les êtres qu'il avait aimés et dont la fin l'avait abandonné à une désespérante solitude qui lui semblait avoir atteint ici son paroxysme.

Le tonnerre ébranla la voûte nébuleuse une seconde fois, la parcourant d'une fulgurance incandescente. Il savait à présent qui cherchait à le détourner de sa tâche. Et surtout, il comprit qu'il devait inverser ce qui, bien des siècles auparavant, avait permis à la divinité de l'Opprobre d'asservir la Terre en dépossédant Ischeltroëm de sa puissance.

« Thanatros ! vociféra-t-il, surmontant un troisième rugissement plus fracassant encore, au moment où le visage esquissé par les nuages ouvrait une gueule immense, tel un fauve bondissant sur sa proie. Dieu de malheur ! Que par mon geste cesse ton règne ! Que s'écroule ton empire, emportant avec lui dans le néant tous ceux qui t'ont servi ! Ou bien foudroie-moi sur l'instant ! Car c'est la dernière chance que tu auras jamais de me vaincre ! »

Un terrible fracas répondit à ses paroles, déchirant l'éther dans une palpitation rougeoyante, et de trous sombres surmontant, à la manière d'yeux, l'esquisse de la bouche monstrueuse, jaillirent deux éclairs qui convergèrent l'un vers l'autre pour fondre sur Farkhar en un glaive de feu formidable.

De ses bras tendus, il brandit son épée vers la foudre, concentrant dans l'arme toutes les forces qu'il sentait se ressembler en lui et parcourir ses membres à la rencontre du phénomène, faisant vibrer la lame. Celle-ci étincela lorsqu'il percuta la pointe. Une lueur fulgurante l'enveloppa, se muant en un halo de lumière tandis qu'il abaissait l'arme vers le lac, entraînant avec elle la décharge céleste. Farkhar sentait une brûlure de plus en plus insoutenable le consumer de l'intérieur. Il voulait hurler, mais ses mâchoires contractées ne laissaient sortir aucun son.

Au moment où le glaive touchait l'eau, la lumière qui cernait sa silhouette se concentra autour du métal, absorbant l'énergie dont elle était devenue le réceptacle. Son contact engendra un bouillonnement qui irradia sur toute la surface à la façon d'une onde, tandis que la sensation de chaleur s'évacuait de son corps. Et dans les profondeurs naquit une lueur : il semblait qu'un feu se fût réveillé en leur sein, transformant le lac en un immense chaudron. Gagnant sans cesse en volume, l'incandescence s'élevait depuis l'abysse, absorbant le reflet des nuées pour éclairer à son tour celles-ci des flamboiements qui le parcouraient, tels des courants. Comme poussé par une force titanesque, le centre des flots se souleva en un geyser massif.

Émerveillé et terrifié tout à la fois, Farkhar retira l'arme de l'eau écumante lorsqu'il vit des flammes commencer à cribler la surface.

Elles montèrent de plus en plus haut au-dessus de celle-ci, tourmentant de leur danse effrénée la folie qui s'était emparée d'elle, dévorant progressivement l'élément liquide.

Devant le chevalier, la masse aqueuse achevait de céder la place à un immense brasier : les flammes s'élançaient à présent dans l'air, volatilisant la prison aquatique qui les contenait depuis des siècles, libérant toute la puissance de la fournaise. Soudain, les nuées commencèrent à se rassembler au-dessus de la conflagration, et se mirent à descendre vers elle, comme aspirées, en une colonne de vapeur tourbillonnant à la façon d'un cyclone. Elles convergeaient de tous les coins de l'horizon en une houle pour venir s'abîmer dans le feu. Mais ce qui attira surtout l'attention de Farkhar, ce fut l'ombre qui se dessinait au cœur même des flammes. Elle avait la forme d'un géant qui s'élevait en leur sein pour se dresser dans l'univers, perçant la voûte dispersée de son front altier, dominant Farkhar de sa diaphane et colossale stature.

En se levant, les yeux du garçon ne rencontrèrent pas de visage : pourtant il sentait l'entité lui sourire, poser sur lui un regard profond, empli de bienveillance, dans l'immatérielle immensité de laquelle il avait envie de se perdre.

Dans son cerveau se dessinait la métamorphose d'un être de laideur.

Surandir... songea-t-il, dans l'instant où un autre nom envahissait ses pensées, scandant tel un gong la vision d'une transfiguration sublime : celle d'un nain redevenu dieu :

« Ischeltroëm ! »

Une voix puissante, imperceptible pour l'oreille, envahit alors sa pensée, dominant le vacarme de la fournaise :

« *Oui, Farkhar, je suis Ischeltroëm, enfin délivré de la geôle de chair dans laquelle, sans le savoir, Silfadred m'avait enfermé en noyant mon feu dans son déluge. Moi-même, je n'avais plus conscience de ce que j'étais jusqu'à ce jour.* »

Le chevalier sentait une force inédite chasser de son corps et de son esprit toute lassitude.

« *Grâce à toi, mon pouvoir peut à nouveau s'étendre et une nouvelle ère présider au destin de ce monde. Thanatros, déjà, rentre dans ses chaînes. Entends le rugissement de la tourmente qui emporte sa rage* ! »

Dans les mugissements du vent, Farkhar crut alors percevoir comme une plainte sombre et déchirée, dont l'écho se répercutait sur tout l'orbe des terres.

« *Mais ma prépotence ne sera pas totale tant que vivra celui dont le bras m'avait traîtreusement vaincu avec la complicité de mon rival* ! *Il te faut à présent retourner à Sarm'Eïloan, car le sort des armes y est incertain, et plus encore celui des deux malheureux royaumes que notre ennemi a plongés dans une sauvagerie indigne de mon règne* !

— *Comment ferai-je* ? songea Farkhar avec désespoir. *Si longue est la route menant à Sarm'Eïloan que lorsque j'y parviendrai, tout sera consommé* !

— *Non, mon fils* ! *La force de la vie qui renaît alentour te portera dans l'espace avec la célérité de l'ouragan, et Actarès, sublime présent de Theinabrÿn, t'y aidera* ! *Peut-être n'arriveras-tu pas trop tard. Mais il te faut faire vite, car le temps est compté. Chaque instant qui passe accroît l'horrible massacre déclenché par notre adversaire, et contre lequel mon pouvoir, jugulé par sa magie, est encore en partie impuissant. Va,*

Farkhar ! *Et puisse mon regard, qui sera partout autour de toi, fortifier ta vaillance* ! »

Farkhar considérait avec fascination la silhouette évanescente : elle se répandait dans l'air, devenait à la fois ciel, feu, terre, forêt… La forêt ! Tout autour, celle-ci reprenait son antique luxuriance, les arbres se paraient lentement d'une majestueuse ramée, son sol verdoyait, des essences d'une variété infinie se mêlaient dans l'atmosphère rayonnante de l'azur qui envahissait le firmament. Revenant à la vie, les branches se balançaient dans le vent léger, se couvrant de toutes les nuances du vert.

Farkhar s'aperçut bientôt qu'il était seul, avec Truffe d'Or et Actarès, devant le Feu d'Ischeltroëm ressuscité. Il fut soudain surpris que la proximité de celui-ci ne provoquât sur sa peau aucune sensation de brûlure. Il ne pouvait voir la noble maturité qui avait rehaussé ses traits. Son regard déterminé brillait d'une maîtrise paisible et implacable. Un collier de barbe d'un blond ambré encadrait à présent son visage, en harmonie avec sa chevelure soyeuse parcourue de reflets mordorés sous les rayons du soleil retrouvé.

Alors, se remémorant les paroles de Theinabrÿn, il plongea sa lame dans les flammes jusqu'à ce qu'elle rougît, une nouvelle fois surpris que cela n'eût aucun effet sur sa chair. Puis il rengaina le glaive et s'engagea sur la voie invisible que traçait son destin.

Suivi par son chien, il rejoignit Actarès et l'entraîna par la bride vers l'orée de la forêt qui reverdissait d'instant en instant. Lorsqu'il l'eut atteinte, il se tourna vers le vallon pour admirer le feu immense qui l'occupait.

Puis il monta sur le destrier. Son regard rencontra celui de Truffe d'Or : l'animal semblait attendre un geste. Mais leur échange muet suffit. Dans un bond magnifique, Truffe d'Or se hissa souplement sur l'encolure du cheval. Farkhar frappa d'un petit coup de talon les flancs de celui-ci qui réagit aussitôt en se lançant dans un galop de plus en plus rapide.

Le chevalier voyait les arbres défiler autour de lui, dessinant, sous l'effet de la vitesse, un décor chatoyant dans lequel les individualités végétales s'entrelaçaient. Puis il commença de traverser ce qui avait été une contrée maudite, et qui maintenant rayonnait d'une nature épanouie dont avait disparu toute trace des cataclysmes qui les secouaient. Cette vision ramena dans son esprit des paroles d'Eïséryne :

On pourrait croire qu'en étouffant le feu du dieu, Silfadred l'a contraint à entrer dans la terre où, prisonnier lui aussi, mais mû par sa propre énergie, il n'avait d'autre choix que de resurgir de celle-ci en mettant à profit ses moindres failles.

Concentrant son attention sur les épreuves à venir, tendant tous ses muscles vers un combat qu'il savait proche, il n'était pas davantage conscient de la course de l'astre diurne qui s'accélérait, non plus que de la rutilante armure qui, pièce après pièce, revêtait son corps et celui d'Actarès, ni de l'étoffe et de la housse rouge sang qui les paraient tous deux, ni de la cape blanche qui, comme ceux-ci, flottait dans le vent, ni des éclairs que jetait sous les rayons du soleil l'effigie de cheval cabré ornant son casque et le chanfrein de l'animal. Son regard brillait d'un rêve sans cesse traversé par la vision d'un visage mêlant intimement les traits de Gwenaline et d'Aïwana : celui-là même qui apparaissait de place en place dans l'adoubement dont resplendissait l'héroïque silhouette qu'il formait avec son palefroi…

… et que suivaient depuis les cieux, à son insu, les prunelles aux reflets tour à tour d'ambre et d'azur d'un oiseau à la gorge parée d'un plumage ocre.

Dans la plaine noyée par le sang et la haine
Il n'est moment ni lieu pour la moindre pitié !
Des royaumes maudits les mortels chevaliers
S'infligent dans l'opprobre une même géhenne...

LIVRE DES CÉLESTES
Chant V, vers 253-256

71

Et le regard du dieu se posa sur Sarm'Eïloan.

Sarm'Eïloan la Paisible, Sarm'Eïloan la Magnifique, que ses yeux de nain avaient maintes fois contemplée à l'insu des hommes. Mais sans comprendre.

À présent il se souvenait...

Il revoyait la terre et les populations tranquilles qui la sillonnaient jadis en tous sens, bâtissant leur destinée sous sa bienveillante égide. Il se remémorait Sarm'Eïloan et Aak-Sour, du temps où elles prospéraient de concert, entretenant des relations fructueuses avec d'autres villes et contrées, dont celles, fort riches d'avenir, qui entouraient une vaste mer située à l'orient, un peu vers le sud, et dont il percevait maintenant le lointain pourtour, ravagé, parcouru par quelques peuples errants, faméliques et parvenus au terme d'une décadence absolue.

La désolation quasi générale qu'il découvrait maintenant l'affligeait ; elle lui faisait mesurer tout le chemin pour revenir aux origines. Il voyait les forêts innombrables traversées par ceux qui, jadis, avaient été des hommes, et dont Thanatros, par l'entremise de son fils, avait fait des entités souvent monstrueuses. Certes, le processus de dégénérescence brutale qui les avait frappés commençait à s'inverser : mais pour que les êtres qu'il avait atteints retrouvent leur humanité sous sa forme constructive, combien de temps faudrait-il ? À condition, bien sûr, que Silfadred pérît, emportant avec lui les derniers effets de la malédiction qu'il faisait peser sur tout ce qu'il y avait de vivant !

Combien de souvenirs remontaient en lui depuis le moment où, il y a des siècles, ils s'étaient terrés dans l'inconscient de la malheureuse créature, privée de toute dignité, qui s'était à grand-peine extirpée du lac né des maléfices de Silfadred ! Depuis le jour où il avait été réduit à regarder disparaître dans la forêt la silhouette d'ébène du mage, convaincu de l'avoir anéanti en même temps que le feu qui alimentait auparavant ses pouvoirs de démiurge !

Deux mémoires – celle du nain qui avait longuement erré en quête de son passé et celle, retrouvée, de la divinité tutélaire présidant au devenir du monde – se fondaient désormais en lui pour n'en composer qu'une seule, présente en toute chose et en tout être.

Partout il voyait reprendre vie et consistance les génies, mi-hommes, mi-dieux, dont l'essence se nourrissait de ce que ses filles insufflaient dans le fécond esprit des humains, pour semer dans toute vie le ferment créateur dont ils étaient les dépositaires. Mais tout ce peuple multiforme était encore dans l'attente de ce qui achèverait de le libérer, de lui rendre sa force. Et lui était impuissant à les aider, pour la même raison qu'eux-mêmes étaient pour la plupart restreints à une action dérisoire, comparée à ce dont ils étaient capables.

Entendant la fureur du combat monter jusqu'à lui, Ischeltroëm s'émut profondément. Comment les hommes avaient-ils pu en arriver à composer le spectacle étalé sous ses yeux, dont l'horreur exaltait les pensées de ces myriades d'êtres déchaînés par une haine aveugle ? Le pouvoir de Silfadred sur les âmes était-il à ce point corrupteur qu'il pût engendrer une telle turpitude et les y maintenir ? Comment le sage Antrégor pouvait-il être devenu le guerrier meurtrier qu'il voyait tailler dans les chairs de ses semblables, fût-ce avec vaillance ? Comment avait-il pu tomber sous la coupe du cruel fils de Thanatros au point de ne pouvoir, même en de telles circonstances, se soustraire à son influence ? Comment le loyal Viridius s'était-il transformé en pasteur de troupes avides de sang ? Avait-il suffi que s'immisce dans leurs rapports le chevalier à l'armure sombre qui, au cœur de la bataille, répandait avec jouissance la mort et la souffrance, pour faire de sa soif dévastatrice un idéal universel ?

Ischeltroëm sentait revenir lentement son empire sur les esprits. Il pourrait influencer les humains, du moins les plus malléables, à condition que quelque chose les détournât du fanatisme sanguinaire dans lequel ils s'étaient enfermés. Mais qu'en serait-il des Hurleurs, entièrement en proie aux instincts que leur maître avait éveillés en eux ? Il percevait la présence des Iazliks, dont leur reine avait si bien su mobiliser l'énergie contre les créatures du mage, et aussi celle, plus lointaine, des déités aquatiques, si propices aux hommes, quels qu'ils fussent, dès lors qu'elles discernaient en eux l'ombre d'une vertu, mais si promptes à déchaîner leur ire mortelle contre ceux qui nuisaient à son œuvre.

Le dieu ne parvenait pas à saisir quelle emprise Silfadred détenait encore sur ses esclaves : sa seule certitude était qu'elle s'affaiblissait.

Car le Destin était en marche, s'élaborant par l'action de ses propres rouages auxquels il ne pouvait rien changer. Certes la lutte engagée n'était pas uniquement l'affaire des hommes. Mais elle l'était néanmoins largement, et le prix qu'ils devraient payer serait très lourd.

Alors, guettant le moment où il pourrait peut-être intervenir, l'esprit du dieu descendit sur la bataille…

* * *

Arrachant son épée rougie jusqu'à la garde de la poitrine d'un chevalier foudroyé par la mort, Antrégor s'étonna de ne pas même l'entendre crier : il réalisa combien le tumulte sauvage qui l'environnait était déjà devenu si familier à ses oreilles qu'il n'y prêtait plus attention. Il frappait de toute la force de son bras, supportant de son bouclier les assauts redoublés de ses adversaires. Chocs, cris, hurlements, hennissements se fondaient dans un brouhaha que ses sens, à l'affût des menaces qui le harcelaient de toutes parts, ne cherchaient plus à analyser. Peut-être parce que celui-ci était si confus et noyait tant les bruits le composant en un magma sonore, que d'instinct, il sentait qu'il ne pourrait distinguer en lui les alertes l'avertissant du danger.

Un mouvement brusque à sa droite, l'éclair lancé par une lame brandie à sa gauche, la pression d'un cheval contre sa cuisse : tels étaient les signes qui le faisaient réagir, esquiver un coup et en porter un autre.

Le vert de son parement était maculé de sang. Sous le heaume, son visage ruisselait de sueur. Il était effrayé par l'étroitesse de la vision que lui offraient les fentes ouvertes dans le mézail à hauteur de ses yeux. Sa monture manquait parfois de se cabrer, surprise par le heurt avec une autre où par la chute lourde d'un adversaire contre son flanc.

Mais étrangement, malgré toute l'attention qu'il portait au présent, et sous peine de succomber à la moindre défaillance, Antrégor ne pouvait arracher sa pensée au souvenir des instants qui avaient précédé le combat...

Lorsqu'il s'était lancé à la tête de ses cavaliers, le martèlement sourd des sabots avait commencé par faire naître en lui une sorte d'enivrement. La course régulière de son destrier l'entraînant à la rencontre de l'adversaire, le crescendo du grondement autour de lui, la vue de la charge de Viridius lui renvoyant, tel un miroir, l'image de sa propre chevalerie, tout concourrait à l'exalter : une euphorie rendue paradoxale par l'approche de la rencontre avec la mort qui, dans le même temps, fondait sur eux.

Puis les clameurs s'étaient élevées, accroissant l'ivresse, car c'étaient celles de ses compagnons, transportés par le sentiment de puissance invincible que suscitait en eux ce qu'ils étaient en train de vivre.

Anticiper le choc des deux armées avait pour effet de distendre l'espace et le temps. Pourtant, l'ennemi était toujours plus proche, et toujours plus court le sursis avant l'instant fatal.

Enfin, la perception du vacarme de l'adversaire avait émergé obscurément, devant eux, de celui qu'ils produisaient eux-mêmes, donnant à sa charge une effrayante réalité : mais l'élan des chevaliers de Sarm'Eïloan y avait puisé un regain de vigueur.

Tout à coup, l'imminence de la confrontation s'était imposée. Et dans une flambée de cris envahie par l'irruption des sons du combat, les deux cavaleries s'étaient heurtées, s'interpénétrant dans une confusion brutale, tels deux raz-de-marée jetés l'un contre l'autre.

Sous les yeux des infanteries et des corps de réserve, les chevaliers de Sarm'Eïloan et d'Aak-Sour se livraient à un âpre corps-à-corps. Les combattants tantôt se pressaient les uns contre les autres le temps d'un échange souvent mortel, tantôt manœuvraient pour se frayer un passage dans la mêlée, cherchant à atteindre un adversaire ou à rejoindre un compagnon en difficulté. Parfois, l'un d'eux parvenait à s'enfoncer plus avant dans les rangs ennemis, se condamnant s'il était seul, opérant une percée si d'autres l'avaient suivi.

Les deux corps de cavaliers étaient de plus en plus enchevêtrés dans un tumulte chamarré retentissant de fureur. Les chevaux piétinaient les blessés tombés à terre. Ici un animal libéré de sa charge tentait d'échapper à la tourmente, là un autre, déséquilibré par son maître resté accroché à ses flancs, tournoyait follement ou s'effondrait à demi en luttant pour se débarrasser du poids qui le privait de sa liberté, ailleurs un chevalier, meurtri, tentait de guider sa monture vers l'arrière pour échapper à la mort qui l'environnait et contre laquelle, affaibli, il ne pouvait lutter, ailleurs encore un autre, dont le palefroi, mortellement atteint, s'était abattu sous lui, s'efforçait désespérément de survivre au milieu du chaos qui le dominait et l'écrasait.

L'esprit de chacun était hanté par le sentiment diffus d'être seul au sein de la multitude.

Aisément reconnaissable à son parement blanc, Viridius rivalisait de prouesse avec les plus vaillants chevaliers des deux camps. Son bras inlassable, se confondant avec la mort elle-même, fauchait tous ceux qui avaient le malheur de croiser son chemin. Mais c'était toujours lui qui les choisissait, repérant dans la mêlée ceux dont l'ardeur était manifeste et la hardiesse d'exception. Combien de glaives et de lances se contentait-il d'écarter en se frayant vers eux une voie, abattant seulement ceux que leur orgueil poussait à l'affronter avec une téméraire obstination ? Nul duel ne le satisfaisait s'il n'était pour lui l'occasion de se mesurer à un combattant dont son œil avait estimé qu'il était au moins son égal. Le sang qui souillait sa poitrine avait depuis longtemps noyé la tête de cheval rouge qui y était brodée. Obéissant à ses moindres incitations, son destrier faisait corps avec lui, l'aidant à esquiver les attaques, assistant ses élans pour porter le coup fatal.

Le roi aperçut soudain Silfadred bataillant avec une indicible férocité, au moment où celui-ci mettait à mal un de ses chevaliers de son glaive manié avec une violence inouïe. Il ne vit pas même l'arme du mage parcourir l'espace : seulement un éclair, un giclement rouge sombre et la tête séparée du tronc qui volait.

Il émanait de la noire silhouette une impression d'invincibilité qui eût découragé quiconque. Mais le jeune souverain vit là l'opportunité de se mesurer enfin à un adversaire digne de lui qui, de surcroît, excitait toute sa haine.

Jouant des talons, il poussa sa monture vers lui. Mais à cet instant, le baron Guerremour, qui combattait un peu à l'écart du mage, se dressa en travers de sa route, cabrant son cheval en espérant sans doute gagner grande gloire en faisant pencher le sort de l'affrontement de façon décisive en faveur de son camp. Les sabots de l'animal percutèrent le flanc de celui du roi qui bascula lourdement sur le côté, jetant son cavalier à terre en s'écrasant sur sa jambe.

Déjà quatre chevaliers d'Aak-Sour entouraient la scène. L'un d'eux, abattant son fléau, arracha son bouclier à Guerremour, mais celui-ci lui porta en retour un coup d'estoc qui atteignit son agresseur en pleine poitrine, l'expulsant de sa selle dont il tomba, gardant en son corps l'épée que le poing de Guerremour avait laissé échapper. Cependant, deux cavaliers avaient mis pied à terre et aidaient le roi à se relever tandis que son cheval se redressait. D'autres étaient venus à la rescousse, qui défendaient la position, faisant barrage à ceux qui voulaient profiter de la situation. Désarmé, Guerremour guidait son cheval de sorte à esquiver tant bien que mal les coups. Quand il se vit encerclé, il se pencha sur le côté et, saisissant d'une main ferme le pommeau de son arme dressé vers le ciel, l'extirpa du corps de l'agonisant. Mais il avait préjugé de sa force. Lorsqu'il voulut se redresser, le poids de son armure l'en empêcha et son destrier, déséquilibré, bondit en avant pour se rétablir. L'un des chevaliers de Viridius abaissa sa hache, et Guerremour tomba à terre, sa cuirasse déchiquetée laissant échapper un flot de sang.

Tandis qu'il remontait sur son cheval, qu'un des siens tenait fermement par la bride, Viridius avait assisté à la scène : il se sentit bien éprouvé d'avoir vu un homme d'un tel courage succomber en des circonstances si indignes. Un instant, l'éventualité d'une mort si peu glorieuse effleura son esprit. Déjà les deux compagnons qui l'avaient aidé lui tendaient son écu et son arme. Revenant à la réalité de la bataille, il chercha Silfadred du regard. Mais en vain. Il laissa échapper un cri de rage, et rentra dans le combat avec une énergie décuplée.

Antrégor venait de pourfendre un chevalier et voyait l'homme basculer dans un gargouillement saccadé par les derniers soubresauts de l'agonie, le sang giclant de sa gorge rendue vulnérable par la perte de son casque, quand des mots traversèrent ses pensées…

Fais cesser cette hécatombe, Antrégor. Elle est la honte de ton royaume et de ton trône !

Arraché à la griserie de la violence, il se sentit un instant bouleversé, mais la chute bruyante d'un des siens, à ses côtés, le replongea brutalement dans le présent. La sauvagerie régnant autour de lui s'imposa pourtant soudain comme une évidence, en même temps qu'il réalisait en être un des principaux acteurs. Il se rendit compte qu'il n'avait aucune idée de ce qui se passait. Il lui semblait que les deux cavaleries, en s'affrontant, restaient sur leurs positions sans qu'il y eût ni vainqueur ni vaincu en perspective. Il résolut de s'extraire du combat pour tenter de gagner la tour, d'où il aurait une vue plus générale de la mêlée.

Il entreprit de se dégager à grands coups de taille. L'apercevant, Spartan, qui était aux prises avec deux adversaires, craignit que le roi ne fût blessé. Aiguillonné par cette idée, il abaissa son glaive sur celui qui lui faisait face tout en parant de son bouclier une attaque de son second agresseur, à sa gauche. La lame fendit le crâne du malheureux qui trépassa avant même d'avoir quitté sa selle. De son écu, Spartan écarta le bras de l'autre avec une telle vigueur que celui-ci se trouva soudain sans défense, s'étant découvert en tentant d'atteindre l'officier d'Antrégor. Il voulut frapper à nouveau, mais Spartan avait saisi l'opportunité ainsi offerte pour pointer son épée vers l'homme : celui-ci la sentit heurter le métal de sa cuirasse dans un choc sourd, et pénétrer aussitôt dans sa poitrine. Ses yeux regardèrent brièvement celui qui venait d'avoir raison de sa vie, et tomba lourdement de sa selle, surpris de ne ressentir aucune douleur. Son souffle s'éteignit avant qu'elle ait eu le temps de labourer ses entrailles.

Spartan parcourut avec difficulté les quelques pas le séparant de son roi.

« Que se passe-t-il, Sire ? hurla-t-il.

— Rien, Spartan ! Reste à la tête des nôtres. Je veux seulement observer l'ensemble de la situation. »

Quand il fut parvenu à se dégager, Antrégor releva instinctivement son mézail : il lui sembla qu'une bouffée d'air frais balayait son visage. Sous ses yeux, l'infanterie attendait d'entrer en action. Le vacarme du combat, qu'il croyait laisser derrière lui, l'enveloppa, lui rappelant que, comme l'avait pressenti Silfadred, la cavalerie de Viridius avait probablement attaqué ses flancs. Jetant un œil vers sa droite et sa gauche, il constata qu'à l'évidence la lutte était chaude sur chacune de ses ailes. Il partit au galop entre les deux formations de fantassins, longea sur sa droite les lignes placées à l'arrière en réserve, et gagna l'édifice de bois depuis lequel il avait assisté aux préparatifs de l'affrontement. Lorsqu'il parvint à son sommet, l'ampleur de l'engagement lui apparut dans toute son étendue.

En avant de ses piétons, le combat de cavalerie faisait rage, amalgame en perpétuel mouvement, tel un corps monstrueux traversé par des spasmes.

Ou une charogne grouillante de vers! songea-t-il, l'âme assombrie par l'écho des mots qui avaient un peu plus tôt troublé sa conscience.

Quelques étendards s'agitaient au-dessus de la masse humaine bariolée parcourue par les reflets du soleil sur le métal. Levant les yeux, Antrégor s'aperçut que l'astre approchait de son zénith : il avait du mal à imaginer que tant de temps se fût déjà écoulé depuis le début de la bataille. Sous le coup de cette constatation, il se sentit submergé par une vague de lassitude qu'il eût tôt fait de réprimer.

Son regard parcourut le champ de bataille.

Comme il l'avait entrevu, la lutte était acharnée sur chaque flanc, mais d'une tout autre nature. Les ailes de Viridius les avaient pris en tenaille : elles se heurtaient à une résistance forcenée, revenant sans cesse à l'assaut des barrières impénétrables formées par les lanciers et les archers que commandaient à gauche Aldrix, et à droite Lermigrin : à la tête de leurs bataillons, les barons semblaient faire merveille.

Aldrix avait profité d'un mouvement de retrait des ennemis pour regrouper ses rangs dans l'attente d'une nouvelle attaque. Puis il reporta son regard sur les assaillants. Devant lui, de nombreux corps d'hommes et de chevaux jonchaient le terrain le séparant d'eux, certains immobiles, d'autres bougeant encore, s'efforçant de se relever pour du moins échapper aux sabots qui risquaient de les écraser lors de la prochaine charge. Un voile de poussière couvrait le sol : soulevé par le précédent assaut, il retombait lentement, brouillant la vision que les défenseurs avaient de leurs attaquants en train de se reformer. Parmi eux, quelques-uns de leurs compagnons gisaient, victimes d'un cavalier qui, plus intrépide ou plus fortuné, les avait atteints avant de faire volte-face pour repartir aussitôt et, parfois, être à son tour percé dans le dos par une flèche.

Ici, le combat tenait du harcèlement. Dès le départ, les soldats de Viridius avaient compris qu'ils ne parviendraient vraisemblablement pas à enfoncer l'ennemi et que leur seule chance était de l'épuiser en décimant lentement ses forces. Aussi les fantassins d'Antrégor voyaient-ils la cavalerie d'Aak-Sour fondre sur eux régulièrement, frapper et se retirer, telles les vagues d'un océan érodant méthodiquement une falaise.

Chaque fois une volée de flèches accablait les attaquants qui avaient appris à mieux les parer de leurs boucliers, et les lances des premiers rangs de piétons s'abaissaient. Il se trouvait toujours quelques chevaux affolés par le tumulte pour désarçonner celui qui les montait en se cabrant de façon incontrôlée, ou pour aller s'éventrer sur des piques, mettant leurs cavaliers à la merci des fantassins qui quittaient leur place, le temps d'aller les achever d'un coup de dague. Comme il se trouvait toujours des chevaliers pour parvenir à faucher de leur épée la lance qui les menaçait, atteindre le piéton agenouillé qui la brandissait, le culbuter et le sabrer du tranchant de leur lame.

Aldrix parcourut des yeux les lignes derrière lui. Les deux premières avaient posé les hampes sur le sol, les suivantes abaissé les arcs pour détendre leurs muscles contractés par l'effort autant que par la tension qui les tétanisait, lorsque l'approche d'une nouvelle charge faisait redouter à chacun d'eux que ce fût pour lui la dernière.

Derrière lui, les soldats avaient ménagé un passage à travers lequel il se retirait à chaque assaut : non qu'il fût lâche, mais s'il succombait, toute la cohésion de la défense serait menacée et, par suite, l'infanterie serait exposée.

Un souffle de vent entraîna vers eux la poussière encore en suspension dans l'air, surprenant quelques hommes : il les vit se frotter les yeux, puis leurs paupières cligner nerveusement pour chasser la brûlure de la sueur. Comme chaque fois, un silence relatif était tombé sur cette partie du champ de bataille, laissant parvenir jusqu'à elle les échos du vacarme provenant constamment du combat des cavaleries. Chaque phase de répit était plus éprouvante que la précédente. Il imaginait que sur l'autre flanc, Lermigrin, auquel le liait une indéfectible amitié, devait connaître les mêmes affres que lui. Il se demanda si, au soir, tous deux se retrouveraient, ou si l'un d'eux chercherait en vain son compagnon. Ou si, tout simplement, aucun d'eux ne serait encore de ce monde pour partir en quête de l'autre...

C'est alors que les chevaliers d'Aak-Sour s'ébranlèrent à nouveau, et qu'une clameur lointaine et puissante s'éleva sur sa droite, couvrant le son de la charge ennemie. Elle était poussée par des milliers de voix que le vent portait vers lui depuis les collines où était rangée l'infanterie de Viridius.

Tout en se repliant derrière ses lignes, Aldrix comprit que l'allure de la bataille était en train de changer. Il ne pouvait voir clairement ce qui se passait, d'autant que son attention se fixait sur la horde qui se ruait sur sa position. Mais il eut le pressentiment qu'il devait plus fermement que jamais tenir face à celle-ci. Les muscles de ses mâchoires se contractèrent. Il imagina qu'aucun des hommes qu'il commandait n'avait sans doute pu échapper à ce réflexe.

Un frémissement parcourut l'infanterie massée en avant du camp de Viridius. Lorsque, aussitôt après, un terrifiant bruit de houle envahit la plaine et que, de son observatoire, il la vit s'élancer lentement, il ne fut pas surpris.

Il avait repéré un peu plus tôt la blanche silhouette du roi d'Aak-Sour quittant le combat pour se diriger vers l'arrière de celui-ci. S'interrogeant sur les raisons de ce départ, il avait craint le pire et savait à présent ce qui était en train de se produire : Viridius avait décidé d'engager ses réserves pour faire basculer le sort de la bataille, trop incertain par ailleurs. Il réalisa avec effroi que sa cavalerie comprendrait ce qui se passait trop tard pour réagir, et que sa propre infanterie était bloquée de tous côtés.

C'est alors qu'il vit Silfadred se détacher du combat. Le mage avait-il saisi ce qui arrivait ? Celui-ci alla se poster à l'écart, manifestement pour observer les mouvements de l'adversaire.

Antrégor se dit qu'il était temps de rejoindre son conseiller pour adapter leur stratégie à la nouvelle donne. Aussitôt à cheval, il se lança au galop en direction de l'endroit où il avait aperçu la sombre armure.

Silfadred n'avait pas entendu les cris poussés par l'ennemi ni ne l'avait vu s'ébranler. Le vacarme du combat qui se livrait autour de lui interdisait l'un comme l'autre. Mais il avait perçu le mouvement des Hurleurs. Et en avait déduit que quelque chose se passait à leur niveau.

Maintenant, l'imposante infanterie de Viridius descendait vers le lit de la rivière en avant duquel les chevaliers s'affrontaient. Ses créatures composaient les deux triangles occupant l'avant de la formation et la majeure partie des deux carrés placés derrière eux. Cris et harangues envahissaient l'éther d'un puissant tohu-bohu dans lequel se noyait le tumulte de la bataille.

La décision du mage fut rapidement prise. Il ne faisait aucun doute à ses yeux que pas un humain, si valeureux fût-il, ne pourrait résister longuement à la sauvagerie des Hurleurs, décuplée par leur total mépris du danger et de la mort. Quand ils auraient passé le lit à sec, disloqué le combat des cavaleries et commencé à mettre à mal l'infanterie de Sarm'Eïloan, il en ferait se retourner incognito une partie contre les troupes de Viridius, désorganisant la lutte, portant à son comble la confusion, propageant le massacre. Au soir, la plaine serait couverte de cadavres.

Khaaster et les Iazliks avaient eux aussi décelé l'approche des Hurleurs, et en avaient déduit ce qui se produisait, bien que, depuis leur position, sur le devant des fantassins de Guilleméru et Corbuscon, ils ne pussent voir les troupes de Viridius arriver, le combat de cavalerie s'interposant dans leur champ de vision.

Quand Antrégor passa devant leurs rangs pour rejoindre la silhouette sombre du mage en train d'observer la situation, Khaaster y perçut la confirmation de ce qu'il avait pressenti.

Il comprit qu'il ne pourrait pas intervenir face à leurs adversaires désignés sans franchir le terrain où s'affrontaient les chevaliers. Une seule solution s'imposait, mais il hésitait à la prendre, redoutant les effets terrifiants qu'elle aurait sur l'esprit des humains s'ils en étaient témoins. Alors, comme répondant à son attente, un visage se dessina dans ses pensées : le front haut, la moustache blanche aux reflets grisés, dont les coins retombaient de chaque côté de la bouche et allaient se perdre dans une longue barbe de même couleur, et le regard d'un bleu métallique brillant d'une étonnante jeunesse évoquèrent aussitôt de lointains souvenirs.

« *Theinabrÿn...*

— Salut à toi, Khaaster, dont le peuple m'enseigna tant de savants préceptes.

— On te disait disparu à jamais sous le coup des foudres de Silfadred !

— Que peut Silfadred contre un homme auquel tes pères ont fait don de leurs antiques pouvoirs, à part soustraire son corps au monde de ses semblables ? *Mais le temps presse, et il te faut ménager tes forces. Laisse-moi commencer à m'acquitter de ma dette envers le Peuple Gardien en t'aidant par la magie qu'il m'a enseignée, et fais selon ce que t'inspire ta raison.* »

La représentation s'estompa. Pénétrant dans le monde de l'Insensible, Khaaster alla se placer entre les deux formations de fantassins et se tourna vers les Iazliks qui occupaient leurs premiers rangs : aussitôt, les reflets d'émeraude qui traversaient leurs prunelles se concentrèrent sur lui. Il sentit une subtile transformation les affecter et comprit qu'ils se dissociaient de leur image. Ainsi, tandis qu'ils le suivraient, resteraient-ils en apparence parmi les hommes.

Son regard se posa sur eux :

« *Vaillants Iazliks, insuffla-t-il dans leurs esprits, le moment est venu de partir à la rencontre de l'innommable. Et de lui faire obstacle.* »

Et il les entraîna à travers l'Insensible : laissant leurs représentations derrière eux, ils pénétrèrent, invisibles, l'univers du combat que se livraient les hommes, se frayant un passage au milieu de leur lutte forcenée, formes impalpables parmi les corps qui se déchiraient.

Jaillissant du tumulte, ils prirent position dans le lit de la rivière et, quittant l'Insensible, se matérialisèrent sous le regard compatissant du dieu qui eut aussitôt la douloureuse prescience du terrible sacrifice auquel ils allaient s'abandonner.

Les Hurleurs de l'infanterie d'Aak-Sour progressaient lourdement en direction de la mêlée : ils perçurent leur apparition avec surprise, mais sans émotion. Ils étaient là pour tuer. Dans ces combattants aux armures parcourues par des reflets verdâtres, ils ne virent que matière à assouvir leur soif de massacre.

Quand les Iazliks dégainèrent avec un parfait ensemble les longues épées pendant à leurs côtés, crispant leurs deux poings sur les poignées pour les brandir vers eux, pointes en avant, les Hurleurs hâtèrent le pas, les sens enfiévrés par la perspective des flots de sang qu'ils allaient faire couler.

De loin, Silfadred regardait, incrédule, le bataillon qui avait surgi du néant et pris place face à ses créatures. Après un bref échange avec Antrégor, celui-ci était reparti pour tenter d'entraîner ses chevaliers à rompre le combat et à faire front au nouveau danger. Sentant les événements lui échapper, le mage décida de laisser les choses suivre leur cours le temps de les comprendre. Il vit les Hurleurs se précipiter au pas de charge vers leurs adversaires dont l'infériorité numérique flagrante aurait dû suffire à leur inspirer la fuite : quand il constata que ceux-ci ne bronchaient pas devant la multitude qui déferlait sur eux en poussant une clameur annonciatrice de mort, une évidence envahit lentement son esprit : il n'était plus le seul, désormais, à pouvoir donner à la bataille une allure surhumaine.

BATAILLE DE SARM'EÏLOAN
phase 1 (chap. 71) et 2 (déb. chap. 72)

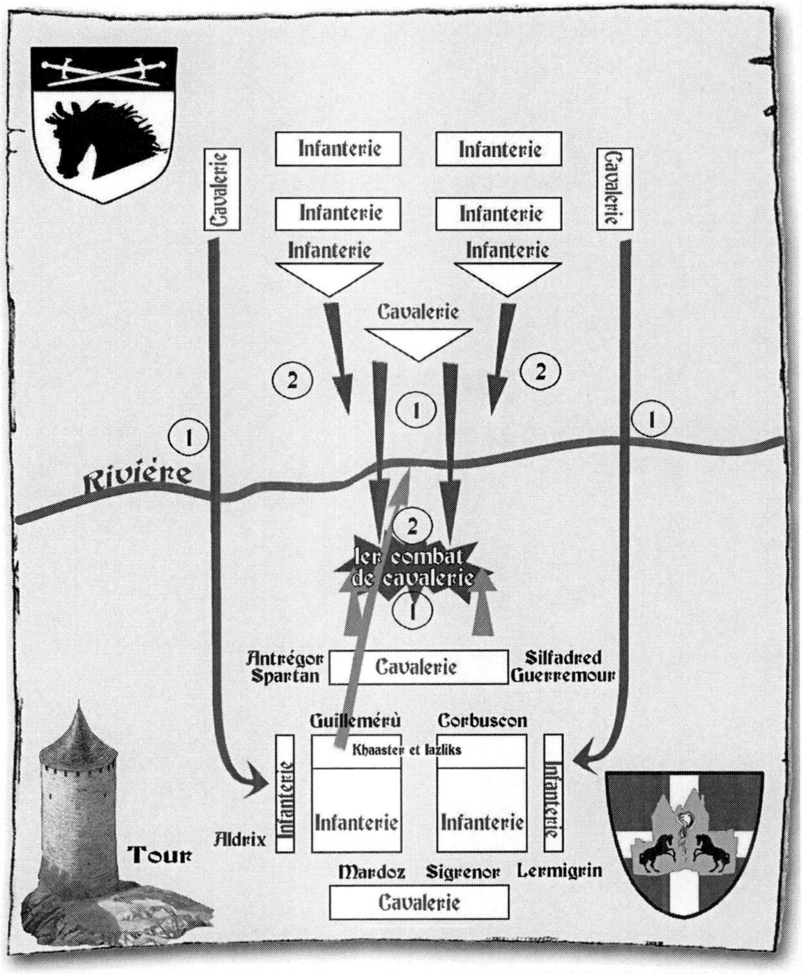

Illustration, Bréa

Par chacun de ses coups honorant Thanatros,
Le félon, dont les yeux lancent partout sa foudre,
Guette, avide, ses proies pour leur gloire dissoudre
Dans l'horrible carnage où sombrent les héros !

LIVRE DES CÉLESTES
Chant V, vers 376-379

72

Sous-tendu par le cliquetis des armes et le battement cadencé de leurs pas, tel celui d'un cœur gigantesque, le son de la ruée des Hurleurs fut si puissant qu'il attira l'attention d'un grand nombre des combattants à cheval. Cédant à la lassitude, et peut-être inconsciemment soulagés que l'occasion s'en présentât, ceux-ci se détournèrent progressivement de la mêlée : ils découvrirent à leur tour les lignes chétives de ces soldats à l'apparence si nouvelle qui leur tournaient le dos, attendant de pied ferme l'ouragan de chair et de métal s'apprêtant à les balayer.

Peu à peu, les duels s'espacèrent, le combat cessa, et les chevaliers des deux camps se regroupèrent autour de leurs rois, pour contempler les six formations compactes se dirigeant vers le bas de la colline avec une écrasante régularité.

Seules les ailes de cavaliers de Viridius continuaient de harceler les flancs de l'infanterie d'Antrégor. En regardant les siens se rassembler autour de lui, celui-ci se demandait quand les lancer contre l'armée ennemie. Il apercevait, en arrière, ses fantassins. Profitant du fait que l'interruption du combat avait dégagé le terrain devant eux, il intima du geste à Guilleméru et à Corbuscon l'ordre de faire avancer leurs troupes vers la rivière, où l'affrontement était à présent imminent.

Les rectangles d'infanterie se mirent en marche, sans se rendre compte que les premiers rangs n'étaient que des simulacres obéissant à la conscience dédoublée des êtres dont ils étaient issus.

Tout en progressant, les deux coins constitués par les Hurleurs s'étaient reformés en carrés, leur fonction n'étant plus de briser éventuellement une charge de cavalerie, mais de résister aux lignes compactes de piétons.

Quand ils furent à une faible distance de ceux-ci, les Hurleurs se ruèrent dans un rugissement nourri par la bestialité de leur assaut. Le choc fut terrible. Mais, impassibles, les Iazliks les reçurent avec une déconcertante fermeté.

Le métal finement aiguisé de leurs longues lames, maniées avec une force, une rapidité et une précision prodigieuses, tranchait le fer aussi bien que les chairs. Chaque coup faisait voler un membre, une tête ou des viscères arrachés d'un torse éventré. Surtout, les Iazliks distillaient dans l'âme de leurs adversaires un poison qui les affaiblissait aussitôt, dissolvant la cohésion leur anatomie : c'était le même fléau qu'ils avaient déchaîné contre les Hurleurs qui, sous l'apparence de végétaux monstrueux, avaient poursuivi Aïwana, Farkhar et Surandir dans la forêt, sur leur route vers le Chemin des Maléfices.

Au souvenir de cet instant, qui avait marqué celui de sa rencontre avec les trois fuyards, Eïséryne sourit dans l'Insensible depuis lequel elle assistait à la bataille, guettant le moment où elle jouerait son rôle. Elle admirait avec appréhension la silhouette d'airain qui accomplissait des prodiges de vaillance à la tête des Iazliks.

BATAILLE DE SARM'EÏLOAN

phase 3

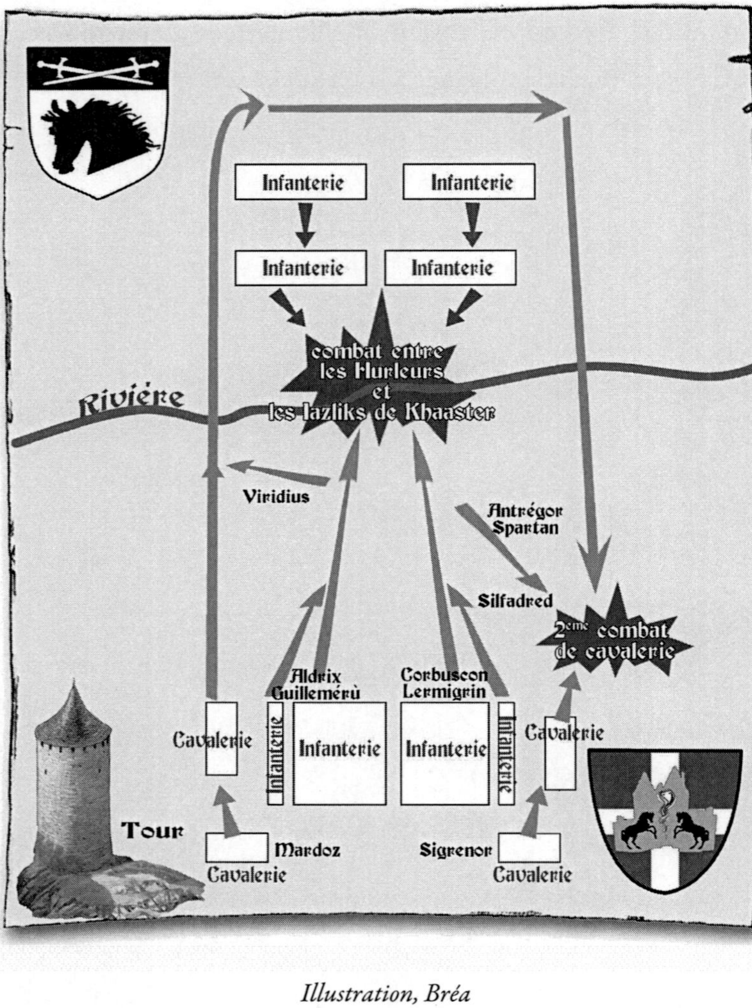

Illustration, Bréa

Bien que ne disposant pas du même pouvoir qu'eux, Khaaster luttait contre les Hurleurs avec une prouesse et une fureur égales à celles qu'il avait déployées contre les Thrughs de Pantrax.

Quel roi remarquable il ferait pour un peuple conduit seulement par une reine ! songea-t-elle, regardant les cadavres de ses ennemis s'écrouler, tels des pantins, autour de lui. Elle retint un cri quand elle vit une pointe déchirer son épaule en y laissant une estafilade sanguinolente, mais l'ardeur du guerrier n'en fléchit pas pour autant. Elle se dit toutefois qu'il méritait quelque appui pour compenser, face à semblables adversaires, la faiblesse résultant pour lui de l'absence du pouvoir des Iazliks.

Ses yeux brillèrent d'une flamboyante lueur quand ils se posèrent sur Truffe d'Ombre qui, assis à côté d'elle, ne la quittait pas du regard. Les prunelles du chien n'avaient été jusque-là que douceur : elles s'illuminèrent soudain d'un éclat féroce. Dans l'instant qui suivit, il surgit au cœur du combat, arrachant les gorges de deux Hurleurs dans le temps où Khaaster, esquivant une lance de son écu, ouvrait le crâne d'un troisième.

Enchaînant des bonds foudroyants, l'animal tenait en respect ceux qui avaient pris pour cible le roi des Ouloukhs, les condamnant à l'affronter dans une série de duels qui s'avéraient chaque fois meurtriers pour eux.

L'ardeur des Iazliks était telle qu'après avoir stoppé la charge de leurs adversaires, ils parvenaient parfois à enfoncer leurs rangs. Les corps recouvraient la terre gorgée de sang. Mais parfois aussi, la masse compacte des Hurleurs avait raison d'un de leurs ennemis qui s'effondrait, taillé en pièces avec barbarie.

Ainsi, peu à peu, au prix de pertes innombrables, la vague monstrueuse décimait le peuple d'Eïséryne.

Constatant que la plupart des Hurleurs seraient bientôt entrés sur le terrain bordant la rivière à sec, elle se dit qu'il était temps de jeter dans la bataille d'autres forces qui infléchiraient sans équivoque le sort de celle-ci.

Lorsqu'il la vit s'éloigner vers les collines bornant la partie septentrionale de la plaine, Ischeltroëm conçut comment il allait enfin pouvoir faire pencher le destin, sinon contre l'un des deux camps dont la tragédie lui inspirait une égale affliction, du moins contre les puissances maléfiques qui rendaient l'affrontement si fatal pour eux.

Le mage voyait avec satisfaction ses créatures l'emporter lentement contre leurs redoutables adversaires, dont il ignorait toujours la nature. Qu'ils ne fussent pas seulement humains ne faisait pour lui aucun doute. Mais il était tout aussi certain qu'ils ne pourraient résister indéfiniment à sa horde.

Il décida que le moment était venu de faire sombrer le combat dans un chaos dont aucun parti ne se relèverait. Imaginant déjà la stupéfaction de Viridius, quand il verrait toute une partie de son armée se retourner contre ceux qui la suivaient, il concentra sa pensée sur les deux carrés majoritairement formés par des Hurleurs qui s'apprêtaient à entrer à leur tour en action. Avec la même assurance tranquille que lorsqu'il avait jadis souillé la nature des misérables humains errant sous les Nuées, et tout récemment perverti les Thrughs assaillant le camp de Viridius à quelques lieues de Sarm'Eïloan pour en faire ses créatures, son esprit s'étendit à la rencontre de la meute tonitruante prête à se lancer à la rescousse de la première vague.

Mais très vite, il saisit que quelque chose s'était brisé.

Il ne percevait plus le lien qui avait de tout temps soumis les Hurleurs à sa volonté. Ou si faiblement qu'il douta d'avoir sur eux l'influence suffisante pour qu'ils fissent ce qu'il attendait d'eux. Et lorsqu'il les vit avancer obstinément vers la bataille, il comprit qu'il ne disposait plus guère que de moyens humains pour décider du sort de celle-ci. Son pouvoir se limitait à présent aux frontières très étroites dessinées par son enveloppe charnelle. Au-delà, il ne pouvait plus rien. La peur l'envahit : que restait-il à faire pour que Sarm'Eïloan et Aak-Sour continuent de s'enfoncer mutuellement dans le néant auquel il les avait vouées ?

Il regardait les carrés de Hurleurs s'élancer dans la mêlée au sein de laquelle Khaaster voyait désespérément s'amoindrir ses effectifs, quand son œil fut attiré par un phénomène nouveau sur sa droite. Et, tandis que la terre paraissait prendre vie sous ses pieds, la stupeur s'afficha sur ses traits.

En approchant du barrage qui retenait la rivière, Eïséryne avait senti un frémissement parcourir le sol : il s'était traduit par une infime agitation de la poussière qui le couvrait et s'était par endroits soulevée en de petits nuages translucides. Puis cela s'était reproduit, un peu plus fort, pour se muer en un tremblement de plus en plus puissant. Dans leur soif de tuerie, les Hurleurs ne remarquaient rien. Mais, plus subtils, et en dépit de l'énergie qu'ils employaient à survivre en exterminant leurs impitoyables adversaires, les Iazliks avaient été eux aussi sensibles aux secousses. Tout à l'âpreté de la lutte, ils n'avaient pas vu toutefois ce qui détournait à présent l'attention de tous ceux qui n'étaient pas encore impliqués dans celle-ci : deux traînées bleu sombre se dessinaient dans le ciel, tels des fluides de même nature parcourant l'azur. Elles se précipitaient l'une vers l'autre, de plus en plus épaisses, à mesure que la vibration du sol prenait de l'intensité. Sous son effet, le barrage bâti par les Hurleurs commença de se lézarder en une série de craquements. Puis les deux courants se rejoignirent au-dessus de la construction. Il sembla un instant qu'ils s'immobilisaient, et soudain, de leur confluence naquit une trombe qui descendit brusquement vers elle et la foudroya. Dans un fracas assourdissant, la muraille parut s'animer d'une vie intérieure, se bombant vers la plaine juste avant d'exploser, sous la pression d'une force colossale. Aussitôt jaillit du vallon qu'elle barrait une vague immense qui se projeta et alla s'écraser en aval sur le lit asséché et ses berges. Celles-ci s'effondrèrent sous le choc, emportées par le flot.

Grossie par l'accumulation de l'eau derrière la digue, la rivière se répandit avec violence, déferlant vers le terrain sur lequel s'affrontaient Hurleurs et Iazliks.

À sa vue, un effarement général s'était abattu sur la plaine. Lorsqu'elle l'atteignit, elle heurta de plein fouet les combattants, balayant d'abord nombre de Hurleurs, alors que les Iazliks, anticipant son arrivée, et libres de leurs mouvements en raison de leur dispersion, étaient parvenus à reculer. Très rapidement, le flux, en s'épandant, perdit de sa puissance. Les Hurleurs repartirent à la charge avec une fureur accrue, s'enfonçant dans l'eau parfois jusqu'à la taille, en butte à la force latérale du flot – terrible moins par sa vitesse que par sa masse –, inattentifs aux tourbillons qui naissaient à sa surface et aux sillages qui se dessinaient sur celle-ci. Comprenant qu'ils ne pouvaient se contenter d'attendre les assaillants sans agir, les Iazliks reformèrent leurs rangs derrière Khaaster. Celui-ci imposa de la voix à Truffe d'Ombre de rester sur la berge, et les entraîna à sa suite. La lutte reprit de plus belle, se compartimentant peu à peu. Les Hurleurs s'agglutinaient en grappes autour de chacun de leurs adversaires pour tenter de les vaincre par leur nombre, tant l'adresse et la pugnacité de ceux-ci leur laissaient peu de chances de l'emporter au corps-à-corps.

Il semblait que les épées des Iazliks étaient animées d'une démence meurtrière : fendant l'air à une fulgurante vitesse, manipulées des deux bras, elles infligeaient à leurs ennemis des blessures toujours mortelles avant que ceux-ci aient pu parer le moindre coup. Khaaster sentait une brûlure lancinante irradier dans son épaule, heureux que ce fût celle qui tenait son bouclier. Car, dans le cas contraire, il n'aurait pu croiser le glaive sans succomber rapidement aux assauts d'une telle multitude.

Ses effectifs recommençaient à faiblir quand, dans le voisinage de plusieurs groupes de Hurleurs auxquels résistaient pied à pied des Iazliks, des têtes fines surgirent de l'eau, portées par un long cou beige tacheté de brun. Surpris, les Hurleurs voulurent faire face, convaincus d'écarter tout danger grâce à leur nombre et peu alertés, sur le moment, par la douceur du regard que les nouvelles venues posaient sur les rangs des Iazliks. Mais lorsque leurs yeux se tournèrent vers les monstres, ils furent envahis par une froideur glaciale, meurtrière. Sortant de leurs gueules allongées, de fins jets de liquide jaillirent vers les Hurleurs, les transperçant de part en part.

Les victimes des Drak'Hoïades se vidaient de leur sang par les trous béant dans leur poitrine. En les emportant, la rivière rougissait. Ayant aussitôt reconnu ces êtres dont ils savaient n'avoir rien à craindre, les Iazliks se remirent à accabler leurs assaillants sur lesquels, par moments, les museaux fondaient pour se redresser en crachant dans l'eau un bras ou une tête que les crocs, impitoyables, avaient arrachés.

Devant cette succession de prodiges, le combat s'était partout arrêté.

Silfadred comprit que c'était là sa chance : la tension était telle que la moindre étincelle rallumerait le carnage.

Il se précipita vers Antrégor et Spartan.

« Sire, hurla-t-il, faites donner l'infanterie ! Le désarroi de l'ennemi fera le reste ! Et que votre cavalerie reparte à la charge ! Occupez celle de Viridius pendant que je m'emploie à mettre ses ailes en déroute ! »

Encore sous le coup des événements, Antrégor le regarda gagner au galop l'arrière des fantassins où les barons Mardoz et Sigremor attendaient d'intervenir avec leurs réserves de chevaliers.

Spartan vit les dernières formations de l'infanterie de Viridius s'ébranler pour renforcer ceux qui, dans la plaine, affrontaient les Iazliks et les Drak'Hoïades. La distance les empêchant de saisir les détails du combat, leurs commandants ne doutaient pas que leur supériorité numérique ne puisse faire basculer définitivement le sort de la bataille. La seule chose qui comptait à leurs yeux était de secourir leur roi qu'ils voyaient pris en tenaille avec ses chevaliers entre celle qui se livrait sur le lit de la rivière et la piétaille ennemie.

« Il a raison, Sire, dit Spartan d'une voix forte ! Si nous avons une chance de l'emporter, c'est maintenant ! »

Antrégor eut un instant d'hésitation.

Les mots résonnèrent à nouveau dans son esprit :

« *Fais cesser cette hécatombe, Antrégor. Elle est la honte de ton royaume et de ton trône* ! »

Comment faire cesser cette folie ? s'interrogea-t-il, en réalisant à son tour que les troupes restant sur la colline s'étaient mises à progresser inéluctablement vers la bataille. *Que puis-je faire* ?

Peu à peu, la clameur du combat reprenait possession de la plaine, à la façon d'une bourrasque, emportant la raison, la sagesse et l'espoir. Il posa un regard accablé sur Spartan qui y lut de la lassitude là où il n'y avait que détresse.

Oh ! *Theinabrÿn* ! *Que n'es-tu dans mes pensées pour me conseiller à la façon de cette voix qui m'obsède* !

« Sire, implora Spartan, le temps presse. L'ennemi se renforce... »

Un bref silence s'installa entre eux.

« Ordonne à Corbuscon et à Guilleméru de se porter à la rencontre de l'infanterie de Viridius et reviens vers moi, dit Antrégor. Va ! »

En se dirigeant vers les deux barons, Spartan vit un nuage de poussière commencer à s'élever derrière les fantassins de Sarm'Eïloan et se répandre de chaque côté de ceux-ci. Il comprit qu'à l'arrière, Mardoz et Sigremor attaquaient les ailes de cavalerie de Viridius qui avaient pris en tenaille les piétons dès l'engagement du combat.

Cette fois, la bataille était générale. Et la fureur qui s'emparait à nouveau de la plaine reléguait loin dans les âmes les derniers événements.

À la tête des deux ailes, Aldrix et Lermigrin virent avec soulagement surgir, le premier à sa gauche, le second à sa droite, les cavaleries conduites par Mardoz et Sigremor. Les assauts des chevaliers de Viridius avaient repris de plus belle, les empêchant de se joindre à l'offensive de l'infanterie sous peine de la condamner à l'encerclement. La terreur saisit les cavaliers d'Aak-Sour lorsque se précipitèrent sur eux ceux de l'adversaire, dont ils avaient oublié l'existence. L'épuisement provoqué par des heures de combat avait effacé le souvenir des manœuvres qui avaient préludé à l'affrontement. Attaqués sur leurs flancs, ils ne purent soutenir le choc et se replièrent vers la rivière, espérant s'y regrouper avec les chevaliers conduits par leur roi.

Profitant du fait qu'il était à proximité de la tour, Silfadred y monta pour avoir une vue d'ensemble de la situation.

Les cavaleries, dispersées, semblaient hésitantes. Sur la gauche, Viridius avait rallié autour de sa bannière les chevaliers qui avaient participé aux premières hostilités et ceux qui avaient fui devant Mardoz. À droite, ceux mis en déroute par Sigremor étaient isolés et menaçaient d'attaquer la cavalerie d'Antrégor.

Ce qui alertait le plus le mage, c'était le secteur de la rivière, où les deux infanteries étaient en passe d'engager le combat. Ses contingents de Hurleurs avaient tellement fondu qu'il savait ne plus pouvoir compter sur eux. Le fléau qui s'en était pris à eux les anéantissait peu à peu.

Plus que jamais, la bataille était incertaine. Il regarda le ciel, dans lequel la course du soleil déclinait. La nuit allait interrompre l'action. Il sentait de façon diffuse l'influence du dieu sur les hommes. Lui aussi avait perçu les mots qui avaient causé tant de trouble dans les pensées d'Antrégor.

S'il ne décuplait pas les haines pour contraindre le combat à reprendre au matin, il était à craindre que les volontés guerrières ne s'émoussent. Que les esprits faibles de Viridius et d'Antrégor, prenant conscience de l'horreur déchaînée dans la journée, n'éprouvent la tentation de…

Non ! Ce n'était pas possible. Son échec n'était déjà que trop consommé. Il serait alors total.

Ischeltroëm ne pouvait freiner d'un coup la folie sanguinaire de deux armées. Le vrai péril pour ses desseins était constitué par Viridius et Antrégor. Si l'un d'eux était tué…

Puisqu'il n'avait aucune chance d'approcher le roi d'Aak-Sour dans les circonstances présentes, la solution devint par trop évidente.

Il releva les yeux vers la bataille dont sa réflexion l'avait un instant détaché. Loin devant lui, sur sa droite, les chevaliers d'Antrégor s'apprêtaient à charger ceux de Viridius que Sigremor accablait après les avoir mis en fuite. Mais, plus étonnamment, à gauche, la cavalerie de Viridius semblait avoir repoussé celle de Mardoz, dont le comportement était par ailleurs singulier : elle se retirait. En la voyant manifestement privée de chef, Silfadred comprit : le baron qui la conduisait avait dû être blessé ou tué. Et son unité était désemparée.

Le temps qu'il s'interroge, les chevaliers qui entouraient Viridius, en nombre important après que les deux bataillons eussent fusionné, gagnaient l'arrière de l'armée d'Aak-Sour. La raison fut bientôt claire : ils entendaient la contourner pour se porter au secours de leurs compagnons pris en tenaille entre Antrégor et Sigremor.

Silfadred ne pouvait rêver situation plus propice que la mêlée qui allait s'ensuivre.

Il descendit lentement l'escalier menant vers le sol et enfourcha son cheval, imaginant comment il allait procéder.

Sur la rivière, pris au milieu des infanteries d'Aak-Sour et de Sarm'Eïloan, Khaaster et les Iazliks, ayant échappé à la barbarie des Hurleurs, achevaient d'exterminer ceux d'entre eux qui n'avaient pas succombé à la foudroyante attaque des Drak'Hoïades. Ces dernières s'étaient retirées à l'approche des armées humaines. Comme pour les Iazliks, il n'entrait pas dans leur nature de s'en prendre aux hommes. Leur univers était celui d'Ischeltroëm et des Célestes : un monde dont elles étaient à la fois le fruit et les inspiratrices, à l'essence duquel elles participaient, nourries par l'imaginaire des hommes dont la renaissance allait finir de leur rendre leur place en son sein.

Par respect pour celui qui les avait conduits avec tant de bravoure, les Iazliks laissèrent le dernier Hurleur à la merci de Khaaster. Constatant d'un regard circulaire sa solitude, le Hurleur ne comprit pas ce qu'elle représentait : elle n'entrait pas dans l'ordre des sentiments, fort rares et inconsistants, qui animaient les siens.

Pourtant, la résurgence ultime de son ancienne humanité ébranla un instant son esprit lorsqu'il se retrouva face au roi des Ouloukhs.

Il considéra celui-ci avec cruauté, et, dans le même temps, une impression de souffrance inconnue l'assaillit. Fut-ce le fait qu'il était privé de la masse de ses congénères et que le lien avec son créateur était rompu ? Faute de connaître d'autres comportements, il se rua sur Khaaster, brandissant une hache qui se voulait meurtrière, mais dans un geste que marqua une pointe d'hésitation. Khaaster para le coup de son écu bosselé et se fendit, enfonçant l'arme dans la poitrine du monstre. Celle-ci émit un hurlement rauque avant d'attraper à pleines mains la lame, comme si elle avait cru pouvoir l'extirper de ses chairs. Elle sentit sur sa peau le bouillonnement du liquide chaud qui s'échappait de la plaie, et ses paupières se fermèrent sur l'ultime regard qu'elle posa sur son vainqueur : un regard que traversa une lueur presque humaine. Elle mourut sans avoir eu conscience d'être la dernière représentante d'une espèce qui aurait pu dominer le monde.

Khaaster vit le Hurleur s'effondrer dans l'eau et dégagea son glaive du cadavre. Il balaya des yeux les fantassins qui s'affrontaient autour de lui, indifférents à ce qui était survenu, comme si cela se fût produit dans un autre univers. Les Iazliks avaient disparu.

« *Viens, dit doucement une voix à son oreille. Cette bataille a cessé d'être la tienne* ! ».

Une main fine se dessina dans l'air, à côté de lui. Il la saisit. Et rentra dans le monde de l'Insensible.

Silfadred atteignit rapidement l'arrière de la cavalerie de Sigremor. Il se fraya un passage à travers elle. Demain, une fois Antrégor éliminé, c'est lui qui conduirait l'ost de Sarm'Eïloan, dont la rage serait décuplée par la mort de son roi. Il ne laisserait d'autre choix à Viridius qu'une nouvelle bataille. Que celui-ci soit également tué – il aurait la nuit pour s'employer à en trouver le moyen ! – et les deux armées, guidées par le commun désir de venger leurs souverains, se déchireraient dans un carnage dont elles sortiraient exsangues, à sa merci, trop heureuses de se regrouper sous son égide : ailleurs existaient des êtres aussi dégénérés que les Hurleurs. Parmi le peu de pouvoirs qui lui restaient, il en était un contre lequel le rival de son père Thanatros ne pouvait rien : son immortalité. Don inaliénable que lui avait fait ce dernier à sa naissance, sur lequel il pourrait s'appuyer pour reprendre la lutte, elle constituerait un frein éternel au parachèvement de l'œuvre d'Ischeltroëm.

Il pénétra bientôt dans la mêlée au sein de laquelle s'affrontaient les chevaliers des deux royaumes. Son glaive faisait des ravages dans les rangs ennemis : la rage qui l'habitait était à son comble. Progressant difficilement parmi les duels, en engageant un chaque fois que l'occasion s'en présentait, ce qui n'était pas rare, tant son armure le rendait identifiable, il finit par apercevoir, encore loin devant lui, le parement vert sombre d'Antrégor, auprès duquel il perçut la silhouette de Spartan. Cibles de bien des attaques, les deux hommes combattaient avec âpreté.

Poussant son avance entre les deux hommes, Silfadred parvint à les séparer sans même qu'ils s'en rendissent compte. Leurs assaillants se refermant autour de chacun d'eux, le hasard des duels les éloigna lentement. Tout en pourfendant les chevaliers d'Aak-Sour à grands moulinets de son arme, le mage surveillait le roi, attendant l'occasion d'intervenir auprès de lui : il avait tout son temps. Il risquait simplement qu'un autre adversaire fît le travail à sa place. Cela lui importait peu : curieusement, alors que tailler dans le fer et les chairs excitait son besoin de pouvoir, la perspective de tuer Antrégor de ses mains n'éveillait en lui aucun plaisir.

Le sort de l'affrontement éloignait lentement le roi vers l'extérieur de celui-ci. La violence de la mêlée était telle que l'attention de chaque combattant était réduite à l'espace l'entourant immédiatement, à l'adversaire dont il parait les coups en cherchant à lui porter celui qui le terrasserait, et aux mouvements lui faisant pressentir quel serait le prochain. Les circonstances isolaient les cavaliers dans les corps-à-corps serrés auxquels les condamnait la pression des chevaux les uns contre les autres. Quand l'un d'eux, mortellement atteint, s'effondrait, il ne tombait à terre que lorsque sa monture, ne sentant plus l'emprise de son maître sur ses flancs et le mors, se libérait de l'étau de chair qui la comprimait, profitant de sa masse et du fait que nul ne se préoccupait de son sort. Alors une trouée apparaissait dans le fourmillement du combat pour se refermer aussitôt. Les destriers s'empêtraient parfois dans les corps jonchant le sol. Les parements et les armures se confondaient dans la même couleur pourpre. La lutte exhalait des relents de sueur, de souffrance et de haine dont le halo fétide noyait la bataille dans leur pestilence.

Au voisinage de celle-ci, les deux infanteries s'affrontaient avec sauvagerie, inconscientes des prémices du crépuscule : son rougeoiement propageait dans le ciel le reflet de la rivière devenue un fleuve de sang charriant des cadavres.

Toute la plaine vibrait de fureur devant l'imperturbable citadelle dressée dans le couchant.

Soudain, Silfadred vit Antrégor accablé par trois adversaires. Il entreprit de se frayer une voie dans la mêlée qui, malgré ses efforts, l'avait lui aussi éloigné du roi. Quoiqu'encore reconnaissable au sein de celle-ci, Spartan était désormais trop à l'écart pour voir ce qui allait se passer : le mage devait agir en sorte que nul, le lendemain, ne pût contester son commandement. Il savait qu'en dehors du trop zélé lieutenant d'Antrégor, aucun chevalier ne prêterait attention à ce qui ne le concernait pas directement. Guidant son cheval à coup d'éperons, estoquant à dextre, tranchant à senestre en faisant des ravages, Silfadred avançait pas à pas dans la fange humaine qui l'environnait.

Bientôt, il parvint auprès d'Antrégor dans l'instant où celui-ci plongeait son glaive dans le cœur d'un de ses assaillants et où Spartan, le temps d'un regard entre deux parades, réalisait soudain qu'il n'était plus aux côtés de son souverain, et entrapercevait l'ébène d'une armure qui progressait vers ce dernier parmi les chevaliers tourbillonnant dans des duels mortels.

Les mots que lui avait adressés Farkhar sur le gué, après qu'ils eurent affronté les Hurleurs de Pantrax, lui revinrent à l'esprit :

« *Veille sur lui et sur toi-même… Surveille Silfadred* : *il est notre seul véritable ennemi* ; *de lui, tout est à craindre…* »

Une sombre intuition s'empara de Spartan : sans savoir précisément ce qui se tramait, il comprit qu'il arriverait trop tard…

Entendant un râle derrière lui, Antrégor se retourna pour voir un chevalier s'écrouler, sa cuirasse maculée par le sang s'écoulant de son dos ouvert de haut en bas, en dévoilant Silfadred qui venait de le sabrer de son glaive impitoyable. Le temps que le roi repoussât son deuxième adversaire, opposant son écu à la hache qui s'apprêtait à le déchirer, le mage éventrait le troisième d'un violent coup de taille. L'épée du roi s'abattit, ouvrant le casque et le crâne de son assaillant dans une éclaboussure de cervelle. Et, tout à coup, une sorte de vide se créa autour d'eux, comme si la fureur du combat refluait.

Inconscient de l'irréalité de la situation, Antrégor fit tourner son destrier vers le mage en relevant son mézail :

« Tu es arrivé au bon moment, Silfadred ! » hurla-t-il.

Celui-ci amena sa monture contre celle du roi.

« Oui, Sire, et je m'en félicite ! »

Le visage d'Antrégor se leva brièvement vers le ciel.

— La nuit va tomber, dit-il. Il serait bon que nos troupes rompent le combat, sinon nos propres soldats risquent de s'entre-tuer, victimes de l'obscurité. Je te charge d'organiser le désengagement de sorte que Viridius ne le prenne pas pour une fuite. L'ennemi faiblit, et demain, la victoire sera à portée de notre main ! »

Silfadred découvrit à son tour son visage :

« Demain ? Sire... »

Ses yeux étaient soudain devenus deux fentes que traversait un regard froid et implacable, qui terrifia Antrégor tant il s'y attendait peu. Mais le roi n'eut pas le temps de s'interroger sur sa signification. Subjugué par l'éclat des prunelles posées sur lui, il ne vit pas Silfadred relever son glaive vers sa poitrine ni le mouvement qui propulsait l'arme vers lui. Il sentit sa cuirasse et son haubert céder sous l'impact, le fer s'enfoncer dans ses chairs et celles-ci se déchirer dans le sillon que la lame y ouvrait inexorablement. Un cri de souffrance s'échappa de sa bouche. Ses traits se crispèrent quand l'épée se retira et qu'une vague chaude commença de couler sous son armure, noyant la sueur qui collait contre sa peau le gambison destiné à la protéger du métal, drainant peu à peu ses forces hors de son corps tandis que son regard se voilait. Il voulut dire quelque chose, mais, lorsque ses lèvres frémirent, nulle parole n'en put sortir, et il s'effondra lourdement sur l'encolure de sa monture.

L'arme de Silfadred s'était déjà retournée vers un chevalier qui hurlait à la vue du sang giclant de son épaule tranchée. D'aucuns eussent été convaincus que Silfadred venait d'abattre celui qui avait mortellement frappé Antrégor.

« Le roi est blessé ! hurla le mage en brandissant son glaive dégoulinant de sang. Le roi est blessé ! Replions-nous ! Replions-nous ! »

Spartan, qui avait accumulé les prouesses pour parvenir jusqu'à eux, surgit à cet instant.

« Que s'est-il passé, Silfadred ? tonitrua-t-il en saisissant la bride du cheval d'Antrégor.

Celui-ci, au prix d'efforts surhumains qui tordaient ses traits, s'évertuait à reprendre contenance.

« Je n'ai pu le secourir à temps. Ils étaient trop nombreux à l'attaquer ! » lui lança le mage.

Perplexe, Spartan regarda la dernière victime de Silfadred basculer de sa selle.

« Couvre-moi ! » ordonna Spartan en entraînant le destrier du souverain.

Antrégor avait surmonté le choc et combattait les ondes de douleur qui irradiaient dans sa poitrine. Traversant la foule de ses soldats, il s'efforçait de recouvrer la dignité dont l'image éviterait à son ost de succomber à une panique brutale. Laissant échapper son épée, sa main s'était instinctivement portée sur sa blessure pour ne rencontrer que la carapace de métal sur laquelle elle se crispait.

Comprenant ce qui se passait, plusieurs chevaliers de Sarm'Eïloan se rassemblaient autour des deux hommes pour abriter la retraite de ces derniers de leur rempart. Spartan menait le roi vers la citadelle, mais celui-ci eut une nouvelle défaillance alors qu'ils approchaient de la tour en bois.

Il se redressa :

« Non, Spartan, arrêtons-nous ici... Conduis-moi à l'abri de ce beffroi.

— Mais, Sire...

— Non, te dis-je ! Je ne veux pas que mon armée me voie agoniser, car ce n'est pas une telle image qui la guidera demain vers la victoire. Mais il est tout aussi inutile que mon peuple assiste à un spectacle qui le privera de tout espoir.

— Sire !

— Non, ai-je dit. Mon destin prend fin ici : c'est à celui de Sarm'Eïloan qu'il faut à présent songer, auquel je n'ai que trop failli... »

Comprenant que l'arrêt d'Antrégor était sans appel, Spartan mit pied à terre et, secondé par deux chevaliers, aida le roi à descendre de sa monture et à s'allonger sur la terre.

Autour de l'endroit du drame, il n'était pas un chevalier, d'un camp ou de l'autre, qui n'eût entendu le cri poussé par Silfadred. La rumeur se propageait déjà, provoquant l'allégresse des uns, le désarroi des autres, et, dans tous les cas, la surprise. Car chacun prenait conscience qu'un souverain n'était qu'un homme, à la merci de la mort qu'eux-mêmes semaient de toute part, ce qui soulignait plus encore leur insignifiance face à elle.

Le flottement qui avait gagné les combattants à la vue d'Antrégor vacillant sur son destrier, puis sur le chemin de sa retraite, s'épandait sur le champ de bataille à la façon d'une onde.

Déjà la cavalerie d'Antrégor se désengageait de l'affrontement l'opposant à celle de Viridius en s'efforçant de présenter un front compact interdisant à l'adversaire de la déborder.

Sentant la subite faiblesse de l'armée ennemie, Viridius s'apprêtait à redoubler de pugnacité en lançant ses forces dans un nouvel assaut, quand un doute l'émut, inspiré par la soudaineté du renversement de la situation :

« Qu'arrive-t-il ? On dirait que l'ennemi se replie ! »

C'est alors que surgit un de ses cavaliers, fendant le combat à la faveur de son relâchement :

« Sire ! Antrégor est blessé ! Peut-être mort ! Son armée est en déroute ! C'est le moment de l'écraser ! »

Sous l'effet de la nouvelle, la vision d'Antrégor agonisant s'imposa à l'esprit de Viridius et une horreur indicible envahit son cerveau : cette image avait soudain concrétisé toute l'abomination dont la plaine était le théâtre. Il perçut confusément une voix intérieure lui disant d'arrêter le combat. Tout à coup, la haine quitta son cœur, cédant la place à une compassion douloureuse. Le vrai visage de la guerre se dessina devant ses yeux, surmontant son tumulte. La réponse sortit de sa bouche sans qu'il l'eût méditée :

« Non ! cria-t-il. Faites reculer l'armée !

— Sire, vociféra un de ses lieutenants, c'est pure folie ! L'ennemi est à notre merci ! »

Le roi parcourut ce qu'il pouvait voir du champ de bataille jonché d'agonisants et de cadavres.

« Non, fit Viridius en dodelinant la tête avec une soudaine lassitude. Non ! Je ne profiterai pas de la souffrance de mon adversaire pour l'accabler... S'il en est ainsi, laissons Sarm'Eïloan pleurer ses morts. Peut-être sera-t-elle la première à rendre demain les armes, sans qu'il soit besoin d'une nouvelle tuerie. »

Sans conviction, les chevaliers qui l'entouraient se dirigèrent vers le combat qui se déroulait sur la rivière, commençant à diffuser leurs ordres. Bientôt, les deux armées se séparèrent et se replièrent. À la rage avait succédé l'abattement engendré par la fatigue, à l'issue d'heures qui n'avaient laissé à personne le loisir d'écouter ses muscles. Certains, reconnaissant un compagnon gisant à terre, puisaient dans les quelques forces qui leur restaient l'énergie pour le soulever sur leurs épaules et l'emmener avec eux. D'autres s'écroulaient sur place pour reprendre leur souffle, avec la tentation de ne pas se relever. Laissant sur leur passage un champ de corps parfois entremêlés dans des postures grotesques, les combattants se retiraient, affligés par un sentiment de désastre : celui-ci envahissait la plaine aussi insidieusement que les doigts innombrables de la nuit, étouffant les dernières étincelles de courage aussi implacablement que la pénombre éteignait une à une les flammes du couchant.

* * *

Le soleil disparaissait derrière les collines occidentales de Sarm'Eïloan quand la silhouette d'un chevalier solitaire s'inscrivit dans son orbe sanglant.

Une vague de douleur submergea Farkhar à la vue du spectacle s'offrant à son regard.

Suis-je rendu trop tard ? pensa-t-il, en proie à un soudain désespoir.

En parcourant la plaine dominée par la citadelle s'enfonçant dans la nuit, il se remémora la vision merveilleuse qu'il avait eue de Sarm'Eïloan quand il l'avait découverte en chevauchant Terre Noire derrière Gwenaline, après leur rencontre auprès de la cascade. Il songea qu'il avait alors cru trouver là un havre de paix en même temps que le terme de ses errances.

L'abîme séparant les deux images renvoyait la première à des siècles dans le passé.

Des foyers s'allumaient, révélant le confus enchevêtrement des cadavres jonchant le sol de toutes parts. Quelques rares silhouettes se mouvaient dans le décor avec lenteur, comme supportant le poids d'invisibles fardeaux. Aucun chant d'oiseau n'égaillait plus la quiétude du soir de sa mélopée : la plaine était ensevelie sous le linceul d'un silence étrange que troublaient des bruits diffus. L'étendue d'eau la traversant, largement étalée par endroits, paraissait un souvenir lointain de la rivière qu'elle était autrefois. Émergeant de l'onde, les amorces de l'arche formée par le pont ressemblaient aux cous massifs de deux créatures aquatiques qui se fussent pétrifiées après qu'on les eut amputées de leur tête.

Peut-être sous le coup de cette impression, il remarqua à la surface quelques sillages qui le ramenèrent dans les marais environnant la cité lacustre d'Okstrogh. Bien qu'il n'eût aucune certitude quant à leur origine, son intuition lui commanda le seul sourire que pût lui inspirer le paysage.

Il aperçut la figure chétive de la tour se dressant, incongrue, au milieu de celui-ci. Des vestiges épars, à peine discernables, dessinaient comme une ligne de part et d'autre de l'édifice. À son pied, un feu brûlait devant lequel il lui semblait percevoir une présence. Cette vue fit naître en lui un pressentiment terrible.

Conduisant Actarès d'un pas lent, il descendit vers la plaine. Il traversa le camp de Viridius largement déployé, mais aussi calme que s'il eût abrité des fantômes. Puis commença d'avancer dans le champ couvert de cadavres. Des râles lui parvenaient dont la nuit, à présent presque totale, lui interdisait de voir l'origine. Il brûlait de l'envie de lancer son cheval au galop, mais la désolation qui l'environnait brisait tous ses élans. Couché en travers de la selle, devant lui, Truffe d'Or, immobile, semblait anéanti.

Des effluves mêlés de sang, de chair et de bois calciné caressaient par moments ses narines, lui donnant le sentiment de traverser le royaume de la mort. Ajoutant à l'horreur, parfois son œil saisissait un membre ou une tête séparés de leur corps, et il sentait les sabots d'Actarès fouler un sol spongieux, vestige de l'acharnement du combat.

Approchant de la tour, il se dirigea vers le feu qu'il avait aperçu de loin, réalisant qu'une forme était allongée devant lui, près de laquelle un homme était agenouillé. Entendant le pas d'Actarès, celui-ci leva le visage vers le cavalier :

« Spartan... souffla celui-ci.

— Prince Farkhar ! » lui répondit le chevalier d'une voix sombre dans laquelle perça une note d'espoir.

Mais la vue d'Antrégor, étendu, la tête reposant sur une pierre, affligea aussitôt ce dernier, qui étouffa un sanglot. La poitrine du roi se soulevait faiblement, par saccades. Ses paupières étaient closes. Sur son parement rougeoyait une tache dont d'épais ruisselets s'échappaient pour former sur la terre des traces noirâtres.

Farkhar descendit de cheval en aidant Truffe d'Or à sauter de la selle, et s'agenouilla auprès du mourant, en face de Spartan.

« Prince, châtiez-moi, dit ce dernier. J'ai manqué à la mission que vous m'aviez confiée. »

Farkhar le fixa.

« Non, Spartan, je suis convaincu que tu n'as rien à te reprocher. Je te crois fidèle. Et infaillible, au-delà de ce que peut un humain ordinaire. Mais ce que nous affrontons dépasse trop les simples mortels que nous sommes. »

En percevant leurs voix, Antrégor ouvrit des paupières tremblantes. Ses yeux brillaient d'un éclat farouche, écho des dernières forces vitales s'échappant de son corps.

« Qui es-tu, chevalier ? dit-il d'une voix faible

— Mon pauvre sire, souffla Farkhar. Pardonnez-moi, je suis arrivé trop tard. »

Le timbre de ses paroles réveilla dans l'esprit du roi des lambeaux de souvenirs qui, lentement, prirent corps pour former une image précise. Ses traits se détendirent, son regard s'illumina :

« Farkhar ! Je te croyais mort… N'es-tu pas un fantôme venu me tourmenter et me rappeler mes erreurs ?

— Non, Sire. Je suis votre homme lige, revenu pour vous servir après maintes aventures au terme desquelles j'espérais vous délivrer, vous et votre royaume, du mal qui l'a envahi ! »

Antrégor parut un instant chercher ses mots.

« Le mal ? dit-il. C'est Silfadred qui est le mal...

— Je sais, Sire.

— C'est lui qui m'a porté ce coup fatal, profitant de la confusion de la bataille. Il... »

Un soupir douloureux s'échappa de ses lèvres, dans une nouvelle tentative pour repousser les ténèbres qui l'engloutissaient peu à peu. Sans surprise, Farkhar crut lire dans les yeux de Spartan la confirmation de ce que le roi venait d'affirmer. Puis un regain de forces gagna soudain celui-ci. Son poing se crispa sur le bras de Farkhar :

« Dans l'instant où il m'arrachait la vie, j'ai vu son vrai visage... Un voile obscur s'était levé, qui m'aveuglait ! Il ne veut pas la victoire de Sarm'Eïloan ! Il ne veut qu'anéantir tout ce que cette terre porte de vivant ! Il faut l'empêcher de nuire davantage, sinon ce monde, demain, ne sera plus que ruines et désolation... »

Son regard se fit soudain lointain.

« J'aurais dû écouter Theinabrÿn... Quelle fatale sottise a été la mienne ! Le voile, Farkhar, le voile m'enveloppait déjà... »

Un hoquet secoua le corps d'Antrégor, et un filet de sang s'échappa de la commissure de ses lèvres, que le chevalier essuya doucement d'un pan de son parement.

« Je sens la nuit se refermer sur moi... Jure-moi de tuer Silfadred, Farkhar ! Et jure-moi d'empêcher que demain ne reprenne cette guerre horrible !

— Sire… »

Le prince ne sut où le mourant trouva la force de se soulever sur un coude pour empoigner son épaule de son autre main en dardant son regard dans le sien :

« Fais-en le serment, Farkhar ! Sur ton épée ! »

Farkhar leva un instant les yeux vers Spartan, dans le visage duquel il lut l'indéfectible loyauté qu'il y avait perçue dès leur première rencontre : il n'était plus seul. Cela ne lui inspira pas une résolution qu'il avait prise depuis longtemps. Mais la conforta, néanmoins.

D'un geste réfléchi, il tira de son fourreau l'épée forgée par la magie de Theinabrÿn et consacrée par le feu d'Ischeltroëm, la mit sur la poitrine du roi et posa sur elle une main ferme :

« Je vous en fais serment, Sire. Demain, dès les premières lueurs de l'aube, je vengerai votre mort, celle de Gwenaline et toute la détresse de votre royaume… »

Antrégor hocha lentement la tête en desserrant son étreinte et en se laissant retomber sur la terre, soutenu par Spartan. Son visage afficha un pâle sourire, comme envahi par une paix nouvelle. Son regard se fit lointain.

« Puisse alors la destinée de Sarm'Eïloan se confondre avec la tienne, Farkhar. Et dis à Viridius… qu'il me… pardonne… »

Ce fut à peine si Farkhar comprit les derniers mots du roi, dont les traits se contractèrent. Ses yeux se figèrent sur l'obscurité comme le voyageur fixe la route sur laquelle il s'engage. Et il n'y eut plus que le souffle du vent qui parcourait la plaine plongée dans la nuit, emportant l'écho d'une parole qu'une invisible présence lui avait confiée dans un sanglot étouffé :

« Père… »

Farkhar sentit des larmes couler sur ses joues. Il resta longuement agenouillé, attendant qu'elles tarissent d'elles-mêmes. C'est lorsqu'il vit Spartan fixer avec étonnement un point derrière lui qu'il reprit contact avec la réalité. Il se retourna, intrigué par l'émerveillement qu'il avait cru lire dans les yeux du chevalier et la lumière qu'ils avaient soudain reflétée. Et s'inclina aussitôt devant les neuf silhouettes parées de voiles diaphanes qui lui faisaient face, portant chacune une torche.

Le regard qu'elles posaient sur les deux hommes n'était qu'un ; pourtant, dans le scintillement dont les flammes éclairaient celui de chacune vivait un monde.

Ils se levèrent et s'écartèrent pour les laisser approcher lentement d'Antrégor. Tout se passa alors comme dans un rêve…

Les Célestes se penchèrent vers le corps et, de leurs mains libres, le soulevèrent telle une plume. Un zéphyr léger fit onduler leurs voiles et les porta avec le souverain sur le sommet de la tour : du moins est-ce l'impression qu'eurent les deux chevaliers en voyant les déités s'élever doucement dans le ciel constellé d'étoiles – à moins que, éveillée par l'aura de mystère qui les enveloppait, l'imagination de Farkhar et Spartan n'eût noyé la réalité dans cette vision par trop incroyable.

Une lumière étincelante naquit des flambeaux, descendant lentement autour des bras tendus vers le firmament, baignant bientôt les neuf silhouettes, puis, progressivement, tout l'édifice. Et lorsqu'elle effleura le sol, la construction se transforma en un immense brasier, dont le ronflement envahit soudain l'espace.

« Qui étaient-elles ? » demanda Spartan d'une voix tremblante.

Farkhar posa une main sur la tête de Truffe d'Or, assis à son côté, pressé contre le haubert couvrant ses mollets. Il contempla celui en lequel il reconnaissait un nouveau compagnon.

La loyauté de deux êtres devrait suffire à rebâtir un univers qu'un seul a su ruiner... songea-t-il, avant de suivre du regard les flammèches s'échappant du bûcher.

« Les filles d'Ischeltroëm, venues rendre son âme au monde... » répondit-il doucement, en cherchant douloureusement celle d'Antrégor au sein de la fumée qui allait se perdre en tourbillonnant dans la nuit.

Noble Actarès, perdu dans les sanglants vestiges
Que la brume engloutit de ses voiles blafards,
Affronte par tes dons l'ultime cauchemar
Et sois de ce combat le glorieux prodige !

LIVRE DES CÉLESTES
Chant V, vers 376-379

73

Une brume à peine teintée par les premières lueurs de l'aube couvrait la plaine lorsque Farkhar s'éveilla, entendant monter une rumeur lointaine.

Il perçut un mouvement à ses côtés. C'était Spartan, déjà debout, qui ceignait son épée autour de sa taille.

Tard dans la nuit, après que l'immense fournaise qui emportait dans ses effluves le corps d'Antrégor se fut presque éteinte, les deux chevaliers avaient gagné l'une des tentes abandonnées sur le flanc de la colline. Spartan avait rapidement conté au prince ce qu'avaient été ces neuf jours de siège, puis comment, à l'issue de la bataille, les restes de l'armée de Viridius s'étaient retirés sur les hauteurs situées au nord-ouest de Sarm'Eïloan.

En retour, Farkhar lui avait narré ce qui avait fait la gloire des journées précédentes. Mais aussi leur tragédie.

Les deux hommes avaient vainement cherché un nécessaire repos, allongés dans un vaste pavillon qui avait dû abriter bien des soldats durant le blocus, quand Farkhar avait brusquement demandé, obsédé par cette seule et unique pensée que le récit de son compagnon avait achevé de rendre brûlante :

« Où est Silfadred ?

— Il a regroupé nos troupes autour de la citadelle. Il entend en finir avec Viridius au matin.

— Il ne faut pas que cela soit », s'était contenté de dire Farkhar, avec un calme qui avait donné à ses paroles l'allure d'une sentence.

En s'éveillant, il ne se souvenait plus du moment où le sommeil s'était ensuite emparé de son esprit.

Farkhar se redressa, étouffant la plainte que lui arrachèrent ses muscles endoloris. Avant de s'étendre, il avait ôté son armure, qu'il s'employa aussitôt à revêtir sous l'œil admiratif de son compagnon.

« D'où vous vient ce magnifique adoubement, Seigneur ? demanda le chevalier. Il ferait pâlir d'envie Viridius lui-même !

— C'est un présent de Theinabrÿn. Comme Actarès. Qu'entend-on ? »

L'intensité du grondement qu'il avait perçu à son réveil croissait régulièrement. Spartan ouvrit la toile fermant la tente et sortit. Sa voix parvint bientôt à Farkhar :

« Il semble que Silfadred n'a pas perdu de temps pour avertir Viridius de ses intentions ! Et que celui-ci a hâte de les satisfaire ! »

Farkhar se précipita et fit irruption à l'extérieur. En bas, sur sa gauche, l'armée d'Aak-Sour était déjà rangée sur la rive occidentale du cours d'eau encore largement étalé. Viridius avait passé par-dessus son armure un parement propre dont la blancheur, quoique ternie par les voiles de brume qui tamisaient les premiers rayons du soleil, donnait à sa silhouette une majesté superbe. Sur sa poitrine rutilait le dessin délicat d'un motif rouge sang : sa couleur concentrait toute la souffrance répandue la veille dans la plaine, dont les cadavres la jonchant étaient les dramatiques témoins, et celle future, qu'annonçait la rumeur venant de Sarm'Eïloan.

La brume encore épaisse ensevelissait largement le terrain, ne laissant émerger que le sommet de la citadelle dans un halo rosé par le soleil dont elle noyait le disque. Au moment où le regard de Farkhar se tournait vers le son, l'ost commença de se matérialiser, spectrale d'abord, puis de plus en plus précise à mesure que l'écran ouaté qui la masquait perdait de sa densité.

Comme Viridius, Silfadred avait placé au centre son infanterie et réparti les chevaliers sur les ailes. Sa noire armure avançait à leur tête, entourée des six barons qui avaient survécu aux journées précédentes : Guillemérù, Palisso, Corbuscon, Aldrix, Lermigrin et Sigremor. Quoique fortes de nombreuses centaines d'hommes, les armées avaient grandement fondu et semblaient à présent de force sensiblement égale.

La tour avait disparu : n'en subsistait qu'un carré sombre d'où s'échappaient de discrètes volutes de fumée à l'endroit où elle se dressait encore la veille.

Le bruit des pas devenait plus menaçant à mesure qu'approchaient les combattants. Le fait que les soldats parussent prêts à s'affronter sur les corps de ceux tombés le jour précédent faisait transpirer leur présence d'un fanatisme terrifiant.

Soudain, le tumulte grandissant cessa. Le brouillard, achevant de se dissiper, laissa l'astre diurne éclairer de tous ses feux la plaine dans laquelle s'observait, dans l'attente de la charge.

« Silfadred sait ce qu'il fait, commenta Spartan en voyant les rangs de Sarm'Eïloan arrêtés à la hauteur de la tour disparue. Pour attaquer, Viridius va devoir d'abord s'engager dans la rivière. Il est à parier que son adversaire lancera l'assaut quand il en sortira et que la configuration du terrain le défavorisera le plus, coupant ses troupes en deux, et toute leur partie centrale empêtrée dans l'eau et le sol détrempé…

— Non ! Cela ne sera point. J'en ai fait le serment à Antrégor !

— Comment l'empêcherez-vous ? En vous plaçant entre les deux camps et en leur demandant de taire leur fureur ? Comment comptez-vous calmer l'ardeur des soldats de Sarm'Eïloan, affamés et brûlés par le désir de venger leur roi ? La seule vue de Viridius va porter leur rancune à son comble ! »

Le regard de Farkhar, impassible, allait de Silfadred à Viridius, dont les lignes, immobiles, semblaient inébranlables.

« Je vais provoquer Silfadred. Et le tuer. La fin de son empire rouvrira les portes de celui d'Ischeltroëm, et d'elles-mêmes, les haines s'apaiseront.

— Alors, combattons-le ensemble !

— Il n'en est pas question, Spartan ! Tu n'es pas armé contre ses terrifiants pouvoirs. Moi-même, je ne suis pas certain de triompher de lui. Mais du moins Theinabrÿn et Ischeltroëm m'ont-ils doté de l'arme qui, seule, pourra mettre fin à son existence. À condition qu'elle l'atteigne ! »

Spartan le regarda.

« Et si vous succombez sous ses coups, Seigneur ?

— Alors, je suppose, le monde retrouvera son cours versatile, oscillant sans cesse entre d'incompatibles contraires en penchant insensiblement vers le pire, comme cela arriva jadis. Car les hommes sont incapables par eux-mêmes de bâtir durablement, si leur vertu créatrice reste entravée dans les filets tendus par leurs démons. Et tôt ou tard, Silfadred reprendra sur les humains l'ascendance que leur folie et leur fatuité lui auront concédée. »

Il se dirigea vers Actarès, qui se tenait à quelques pas. Truffe d'Or, couché à ses pieds, se remit sur ses pattes. Les deux animaux guettaient Farkhar, comme conscients de la mission qui leur était dévolue. Le chevalier monta sur son destrier.

« Viens, dit-il à Spartan. C'est pour moi le moment d'affronter mon destin. »

Il baissa son mézail d'un geste sec, et commença de descendre lentement vers la plaine, émergeant des lambeaux de brume encore accrochés aux collines, découvrant les regards qui se tournaient un à un vers lui à mesure qu'on remarquait son approche. Chevalier sans visage à l'armure étincelante, dans lequel tous croyaient voir le fantôme d'une splendeur passée.

Silfadred l'étudiait, indécis, ne parvenant pas à deviner qui était le nouveau venu. À travers les fentes de son casque, Farkhar l'observait, savourant ce moment qu'il anticipait depuis tant de jours, jouissant de l'embarras contenu qu'il décelait dans les traits du mage, si éloigné de l'arrogante certitude qu'il y avait toujours lue jusqu'à leur face-à-face fatal dans la cellule du château.

Attentif au son du cheval de Spartan qu'il entendait marcher à sa suite, il avança presque jusqu'à Silfadred, au milieu du silence stupéfait qui frappait les deux camps. Le mage s'attendait à ce que le chevalier s'annonce, mais celui-ci, au dernier instant, le dédaigna pour tourner son destrier vers l'armée d'Aak-Sour, dans la direction de laquelle il le lança d'un galop léger.

Le voyant approcher, Viridius se sentit impressionné par la puissance noble et tranquille émanant du personnage. Il dégrafa son casque, l'ôta et le prit sous son bras, contre sa hanche, invitant par ce geste l'inconnu à dévoiler son visage.

Arrivant près de lui, Farkhar releva sa visière.

« Qui êtes-vous, chevalier ? demanda Viridius, reconnaissant dans les traits de Farkhar la grandeur d'âme qui avait toujours été son propre guide, jusqu'à ces jours sombres au cours desquels il avait éprouvé le sentiment croissant d'en déchoir.

« Je suis Farkhar, prince de Thurm-Kooth, désormais le vengeur de mon regretté souverain, le roi Antrégor, dans les mains duquel, avant de mourir, il a remis les destinées de son trône. »

En entendant son nom, le regard de Viridius s'était assombri.

« Prince Farkhar, êtes-vous bien celui dont la venue a sonné le glas de mon bonheur, et déchaîné sur ces terres, jadis si paisibles, les maux qui vont en ce jour sceller son sort ? »

Farkhar scruta les yeux du roi, frappé par le mélange de tristesse et de résolution farouche qu'il y avait soudain lu, et par la virulence qui avait empreint son ton.

« Roi Viridius, je vous en fais serment : jamais mon âme n'a été habitée par quelque intention de vous nuire. Et si nous sommes devenus rivaux, c'est par le jeu de sentiments qui émeuvent le cœur de tout homme, faisant fi de la loyauté que lui dicte la raison. Oui, Sire, je l'avoue : j'aimais passionnément la princesse Gwenaline, et si le temps nous en était imparti par les circonstances, je pourrais vous confier l'histoire d'un exilé qui, au plus profond de sa détresse, rencontra une femme dont il s'éprit sur l'instant bien au-delà de ce que ses rêves lui avaient fait imaginer de l'amour. Et sans qu'il eût encore entendu votre nom ni connu votre existence, Sire. Ce qui, je le concède, n'aurait rien changé… C'était un sentiment noble et pur, comme l'était le vôtre. »

Farkhar vit les traits de Viridius se contracter imperceptiblement.

« Mais à présent, poursuivit-il, Gwenaline n'est plus. Et s'il est une émotion que nous ayons en partage, ce ne peut être que la même douleur, qui fait de nous des compagnons de misère, non des ennemis, et le même désir de tirer vengeance de l'homme qui nous a privés de celle que nous chérissions tant. Car ne nous méprenons pas, Sire ! Vous et moi n'avons qu'un seul adversaire : le mage Silfadred, dont les méfaits n'ont depuis des siècles apporté que malheur sur l'univers, et dont les intrigues innombrables sont causes de toutes nos peines ! »

Viridius s'était apaisé.

« Alors, Prince Farkhar, écartez-vous ! Et laissez-moi anéantir le félon et toutes ses vilenies !

— Non, Sire. Avant de s'éteindre, le roi Antrégor m'a fait prêter serment de le venger en châtiant le traître de mes mains. Vous êtes un homme d'honneur ! Ne me contraignez pas à renier ma parole. Et si, par malheur, ma vaillance s'avérait impuissante, puissiez-vous réussir là où j'aurai failli ! »

Les deux preux se mesurèrent longuement du regard. Celui de Farkhar impassible, brillant de détermination. Celui de Viridius parcouru par une tempête d'émotions contradictoires.

« Vous avez le pouvoir d'arrêter ce carnage, Sire, insista Farkhar. Semblable attitude sera digne du souverain d'Aak-Sour. Ensuite, sur mon honneur, je vous jure de renoncer à toute querelle. Et même, si vous le souhaitez, de ne point vous disputer Sarm'Eïloan qui aurait dû, un jour, devenir le vôtre, de par la volonté du roi Antrégor, quand il vous promit sa fille. Il symbolise à mes yeux trop de souffrances...

— Soit, Prince Farkhar. J'accepte que vous me priviez d'une victoire qui me revenait pourtant de droit... en souvenir de la paix qui unissait Sarm'Eïloan et Aak-Sour, et du roi Antrégor... que j'aimais. Je vous laisse combattre. Puissent les couleurs de nos deux couronnes guider votre épée...

Quittant le visage de Farkhar, ses yeux descendirent le long de sa silhouette et se troublèrent soudain :

« ... aussi ardemment que la mémoire de celle dont les traits ornent votre armure !

— Soyez-en remercié, Sire. Et sachez que les dernières paroles du roi Antrégor furent pour demander votre pardon. »

L'expression de Viridius se fit douloureuse.

« Il est tant de choses que nos royaumes ont désormais à se pardonner..., dit-il d'une voix étranglée. Allez, maintenant ! »

* * *

Farkhar tourna bride et partit au galop en direction de Silfadred. En franchissant la rivière, il souleva des gerbes d'eau qui l'enveloppèrent d'un jaillissement cristallin, brillant comme autant de perles sous les rayons du soleil ; une fois sur la terre asséchée, un nuage de poussière vola sous les sabots d'Actarès, rehaussant la parfaite harmonie de leur silhouette d'un nimbe frangé d'or.

Arrivant sur Silfadred, il freina son destrier qui se cabra majestueusement tandis qu'une longue lance surgissait dans son poing.

« Silfadred, hurla-t-il d'une voix forte, de sorte à se faire entendre d'un grand nom de chevaliers et de soldats. En ce jour de malédiction, je t'accuse d'avoir donné la mort par traîtrise au roi Antrégor, souverain de Sarm'Eïloan, et t'invite à un combat singulier sans merci, afin d'apaiser le repos de ses cendres par ton châtiment ! »

Silfadred se contenta de lui sourire avec dédain.

« Depuis quand un condamné au supplice peut-il prétendre avoir l'impudence de provoquer le chef des armées de Sarm'Eïloan ?

— Depuis quand le meurtrier d'un roi peut-il prétendre à le remplacer à la tête de son armée ? Réponds d'abord à l'accusation portée par le roi Antrégor lui-même avant de mourir, et par son lieutenant ici présent, le chevalier Spartan ! »

Du coin de l'œil, il vit Spartan, qui s'était approché, approuver d'un mouvement du chef nettement visible par les premiers rangs de l'armée.

« Ta témérité te perdra, Farkhar ! Je n'ai qu'un geste à faire, et tu es mort ! »

Déjà, le mage levait le bras pour donner le signal d'une charge qu'il espérait voir balayer le prince. Mais la voix de celui-ci l'arrêta :

« Tous ces hommes sont las de se battre et de souffrir, Silfadred ! Pourquoi suivraient-ils un homme qui se dérobe à un combat singulier ? »

Faisant virevolter son cheval, Silfadred parcourut les lignes de soldats d'un regard autoritaire, mais ne rencontra dans ceux qui le fixaient qu'une lueur de doute empreinte d'hostilité. Celui que les barons posaient sur lui était lourd. Féaux d'Antrégor, ils ne pouvaient admettre que ce qu'ils avaient entendu restât impuni.

« Faut-il qu'au défi j'ajoute l'affront ? » tonna Farkhar.

Joignant le geste à la parole, il balaya le visage du mage de la pointe de sa lance qui y traça une estafilade sanguinolente. Le cheval de Silfadred fit un écart. La haine brillant dans les yeux du félon s'intensifia.

« Voilà qui est fait, Silfadred ! »

Observant à nouveau les troupes, le mage comprit qu'il n'avait pas le choix. Confortées par son assurance et par son panache, les paroles de Farkhar avaient atteint leur but. Ayant perdu son pouvoir sur les esprits, Silfadred devait se laver des accusations portées par ce dernier et s'imposer en le terrassant, s'il voulait les reprendre en main. Il ne craignait pas d'affronter Farkhar. Mais la pantomime à laquelle il allait devoir se livrer l'exaspérait, et ne pouvait que desservir son autorité. À moins qu'après tout, elle ne fît de lui le héros dont tous ces pleutres avaient besoin pour les conduire à la bataille…

« Qu'il en soit ainsi, jeune insensé, maugréa-t-il. Et regarde une dernière fois cette terre : bientôt elle rougira de ton sang et en gardera la couleur jusqu'à la fin des temps ! »

Sans un mot, Farkhar s'éloigna au galop de son adversaire et se retourna pour lui faire face. Silfadred saisit sèchement la haste de Guillemérù. Puis alla, à son tour, se mettre en position de combat.

Les deux hommes s'observaient. Comme Farkhar détachait d'un geste posé sa cape blanche et la laissait tomber sur le sol, il entendit le son d'un chœur à présent familier s'élever dans son esprit :

« *Tu es désormais notre champion, Farkhar. Puisse ta prouesse en être digne* ! »

Rehaussé par le rouge vif de son parement et par le pelage noir d'Actarès, l'airain de son armure rutilait sous le soleil, concentrant l'attention de tous par sa vivacité. Flamboyant des plumes pourpres qui s'en échappaient, l'effigie de cheval cabré surmontant son casque dardait sur Silfadred un regard d'acier. Le noir profond de l'armure et de la robe du mage n'en était pas moins impressionnant. L'aigle aux ailes déployées dressé sur son heaume paraissait prêt à prendre son envol, posant sur Farkhar deux yeux minuscules dont l'éclat métallique accentuait la cruauté. Les housses des chevaux flottaient dans le vent, rendant plus inexorable l'immobilité de leurs cavaliers figés dans l'attente.

Sur la poitrine de Farkhar, le regard d'ambre de l'énigmatique visage de femme à la chevelure d'or jetait dans le soleil des éclairs de feu annonciateurs d'orage, que sa douceur parait d'une aura tutélaire.

« Jusqu'à la mort ! hurla Farkhar.

— Jusqu'à la mort ! »

Dans le même instant, ils abaissèrent leur mézail d'un geste ferme, se saisirent de l'écu pendu à leur selle et lancèrent leurs destriers.

Les grondements des galops, se confondant, envahissaient peu à peu le silence lourd de la plaine. Les regards les suivaient, allant de l'un à l'autre de plus en plus vivement à mesure que diminuait entre eux la distance.

Un seul restait fixé sur Farkhar, luisant d'une dramatique angoisse que nul n'eût imaginé pouvoir déceler chez l'être qui en couvrait ardemment le chevalier : un oiseau à la gorge orangée, posé sur une branche basse, et auquel aucun détail n'échappait.

Soudain, dans un fracas de tonnerre, ce fut le choc. Sous sa violence, Farkhar manqua d'être désarçonné tandis que sa lance explosait sur le bouclier du mage. Il esquiva de justesse celle que ce dernier avait abaissée au dernier moment : elle dérapa en crissant sur sa cuirasse et déchira son parement. Tous deux se croisèrent, emportés par leur élan, échangeant un regard de feu à travers les fentes de leurs visières.

Rétablissant son équilibre, Farkhar fit volter sa monture pour voir Silfadred le charger à nouveau. Saisissant qu'il n'avait pas le temps de se lancer dans une riposte que la perte de sa haste rendait inutile, il choisit d'attendre l'attaque pour mieux la parer. Surpris par sa manœuvre, son adversaire n'eut pas le temps de réajuster la position de sa lance. Contractant ses cuisses autour d'Actarès, Farkhar le prépara à la brutalité du coup. L'arme de Silfadred glissa avec stridence sur le bouclier. Farkhar heurta la hampe : l'impact lui imposa un brusque recul auquel le palefroi l'aida à résister. Le mage n'eut d'autre choix que de lâcher sa pique, au risque d'être éjecté de son cheval.

Une clameur monta des deux armées tant la passe avait été habile et périlleuse.

Les deux combattants firent tourner leurs destriers pour se retrouver face à face, Farkhar saisissant la hache pendant sur le flanc d'Actarès, et Silfadred le fléau accroché à sa selle. Puis ils se chargèrent avec rage.

Les boules munies de pointes frappèrent le bouclier de Farkhar : inclinant à peine son buste, celui-ci sabra latéralement Silfadred en s'infiltrant sous son écu, éventrant son plastron sans toutefois atteindre ses chairs. Jouant désormais de leurs jambes pour faire tournoyer leurs chevaux, ils s'engagèrent dans un corps-à-corps impitoyable. Le martèlement des armes sur les boucliers propageait son écho dans la plaine redevenue silencieuse, résonnant dans le corps des soldats glacés par l'attente. Par instants, les deux hommes semblaient ne former qu'une entité monstrueuse prise de démence. Le métal de leurs armes et de leurs armures étincelait dans le tourbillon de couleurs de leurs parements mêlés.

Soudain, un espace les sépara et Actarès présenta son flanc. Saisissant l'opportunité, Silfadred jeta sur lui son cheval, bousculant le destrier et contraignant Farkhar à se concentrer sur son équilibre. Le fléau s'abattit sur son casque dont les lanières cédèrent, l'envoyant rouler sur le sol.

Une huée angoissée retentit de toute part, qui sonna étrangement aux oreilles du mage, tant il témoignait déjà du choix de chaque armée entre les combattants. Silfadred avait toujours connu la solitude d'un pouvoir surhumain le laissant maître de toute chose. Il éprouva tout à coup celle dans laquelle isole une hostilité générale. Il s'ensuivit une brève hésitation de sa part que Farkhar, rétabli, mit à profit pour reprendre l'initiative. Au lieu de frapper, comme s'y attendait son ennemi, il anticipa le mouvement de tourniquet que celui-ci allait imprimer à son fléau pour riposter, éleva sa hache de sorte que les chaînes maintenant les sphères mortelles s'enroulent autour du manche et arracha l'arme du poing de Silfadred, sans pouvoir retenir un cri quand l'une des pointes, perçant son brassard et son haubert, pénétra dans son membre.

Les deux hommes, que l'échange avait séparés, se figèrent un instant. Farkhar blêmit sous l'effet de la douleur qui se répandait dans son bras et sa main. Il crut voir passer une lueur de cynisme dans les prunelles du mage qui étincelaient derrière le mézail. Pourtant, Silfadred devait se rendre à l'évidence. Même son adversaire blessé, il ne pourrait venir à bout du prince avec les armes ordinaires. Il aurait pu tirer son épée. Mais il lui apparut que la terreur serait d'autant plus efficace qu'elle en imposerait à tous les hommes massés dans la plaine. Il releva lentement sa visière et darda sur Farkhar un regard étrange.

« Contemple à présent ton destin... » lui lança-t-il d'une voix sépulcrale.

Le jeune chevalier s'apprêtait à charger, hache brandie, s'attendant à voir Silfadred dégainer son glaive, quand l'air s'opacifia subtilement autour de celui-ci, s'épaississant progressivement. La silhouette formée par l'homme et le cheval devint le centre d'une luminescence noyant les détails de leurs anatomies : elles parurent soudain se fondre l'une en l'autre pour ne faire plus qu'une, dont la forme se modifiait en s'étirant. Les étoffes qui la paraient tombèrent en lambeaux sur la terre. Les pattes de l'animal s'allongeaient en s'épaississant, générant des membres noueux à l'extrémité desquels surgissaient des serres acérées. Le métal de l'armure se distendait, se transformant en une carapace sombre couvrant le corps monstrueux. Des bras de Silfadred naquirent deux ailes dessinant à leurs pointes des appendices également griffus.

Tandis que la créature continuait de prendre des proportions gigantesques, le visage du mage et la tête de son destrier se combinaient pour engendrer un mufle terrifiant aux naseaux surmontés de cornes effilées, exhibant une denture redoutable.

Quand il eut achevé sa métamorphose, l'être respirait une puissance invincible : il dominait le chevalier de sa stature immense, le noyant dans l'ombre qu'il projetait sur le sol. Des cris mêlant l'épouvante et la stupeur jaillissaient des deux armées. Viridius lui-même ne put empêcher son palefroi de se cabrer avec un hennissement sauvage dans une attitude de défi, avant de reculer. Farkhar eut l'impression de replonger dans l'univers de cauchemar qui avait englouti Thurm-Kooth.

Le monstre posa sur lui un regard métallique, tandis que sa gueule projetait une langue de feu qui le lécha, embrasant sa robe. Une clameur d'effroi balaya la plaine, les rangs des deux armées commençant à se disloquer sous l'effet de la panique : chacune imaginait déjà la créature se retourner contre elle et la réduire en cendres comme le chevalier, dont le sort paraissait désormais consommé.

Enveloppé de flammes, Farkhar sentit son armure devenir brûlante et ses chairs douloureuses. Mais, soudain, l'atmosphère se troubla devant ses yeux, dessinant le visage souriant d'Eïséryne dont la main fermée jaillit au sein de l'air, au-dessus de lui. Elle s'ouvrit, répandant autour du chevalier un halo de rosée dont l'immatérielle fraîcheur apaisa aussitôt sa souffrance, tandis que les myriades de perles dévoraient la fournaise et rendait au parement toute sa splendeur.

L'être eut un mouvement de repli : une lueur traversa ses yeux, qui dénotait en lui la présence d'une réflexion située bien au-delà de sa bestialité, et dans laquelle Farkhar crut déceler la peur. Se souvenant des mots de Theinabrÿn lorsque celui-ci lui avait fait don d'Actarès, il concentra ses pensées sur l'animal qu'il sentait frémir de combativité : au moment où le monstre s'élançait de toute la puissance de ses pattes en crachant un nouveau jet de feu, les flancs de son destrier se déformèrent et deux ailes luisantes de nuit sous les rayons de l'astre diurne se déployèrent majestueusement, l'emportant dans l'éther.

Silfadred vit les flammes ne caresser que la terre et sentit ses crocs se refermer sur le vide...

Pivotant la tête en tous sens, il se mit à épier le chevalier qui tournoyait autour de lui, lâchant sa hache et dégainant l'épée de Theinabrÿn, dont la lame étincela soudain dans l'azur.

L'épouvante qui avait secoué les troupes se mua en un tumulte exalté : il s'apaisa lentement dans l'attente de ce qui allait succéder à cette suite de prodiges qui, après avoir paru réduire Farkhar à la merci de Silfadred, venait de rendre égales leurs chances de triompher. Le mouvement de débâcle s'inversa, les rangs se reformèrent tandis que le silence retombait, résonnant de la lutte impitoyable à laquelle se livraient les deux adversaires. Farkhar entendit le son monter, lointain, comme ouaté, tant la rage du combat occupait toute son attention. De la cruauté à la morgue, il retrouvait dans le regard perçant de la créature tout ce qui lui avait fait haïr Silfadred.

Brillants d'éclairs qui étaient autant de défis, les yeux de celle-ci ne le quittaient pas, l'appelant constamment à se lancer vers les serres dont elle griffait l'air sauvagement. Mais, chaque fois, Actarès les évitait, ses ailes fouettant l'espace dans un battement dont la vigueur salvatrice se muait, dès qu'il était hors de leur portée, en un ample mouvement dont la grâce paisible les narguait.

À un moment, Farkhar aiguillonna Actarès. Celui-ci fondit sur Silfadred et l'épée manqua de peu l'être furieux qui, plus rapide, abattit ses griffes : déchirant dans un crissement strident la cuirasse du chevalier, elles lacérèrent ses chairs et, dans leur élan, strièrent de rouges estafilades le flanc du destrier. Ébranlés par le coup, l'homme et l'animal firent un écart ; la soudaineté de la douleur arracha une plainte au premier. Il s'efforça d'ignorer la sensation de brûlure qui enflammait la plaie, d'où des filets de sang s'échappèrent, souillant son adoubement.

Farkhar guida Actarès vers le sol, faisant mine de rompre le combat.

Cette fois, aucune clameur ne s'éleva. Mais l'air se chargea de la tension brutalement montée dans tous les esprits. Comme il l'espérait, la créature se précipita, sûre de sa victoire, les membres écartés, prêts à étreindre sa proie pour la déchirer, tandis qu'elle refermait sur elle la prison de ses ailes puissantes. Confiant en la vivacité de son cheval, Farkhar attendit le dernier moment pour le stimuler des talons : celui-ci reprit d'un coup son envol, piquant droit vers le poitrail gonflé par l'effort.

Esquivant avec adresse les griffes meurtrières de son épée et de son écu, Farkhar brandit sa lame d'un poing ferme au bout de son bras rigide…

… et dans l'esprit de l'être cauchemardesque, quelque chose se brisa. Comme si une brèche s'y était creusée. La course du chevalier qui fondait sur lui à une vitesse prodigieuse se tempéra brutalement pour devenir irréelle. Silfadred se mit à percevoir contre son flanc les mouvements de l'air brassé par Actarès ; il lui sembla que la pointe du glaive n'en finissait pas de l'approcher. Il crut un instant pouvoir refermer ses serres sur leur cible, réduite à une vulnérabilité extrême : mais en sentant ses muscles se crisper avec une désespérante lenteur, il comprit que son adversaire n'était pas victime d'un phénomène qui le mettait à sa merci. C'était le temps qui se figeait.

Et dans la déchirure de son âme s'engouffra une pensée…

Me reconnais-tu, Silfadred, toi qui as su me pourchasser au plus profond de mon antre ! Theinabrÿn, que tu as tant meurtri, comme tous ceux qui, depuis des siècles, ont eu le malheur de t'approcher. Toi, le maître de toutes choses ! Après avoir ressenti la perte de tes pouvoirs et la peur, qui t'était jusqu'alors si étrangère, sens maintenant le temps qui s'arrête pour te faire endurer ce que tu as tant de fois causé ! Jouis de la souffrance que Farkhar va distiller dans ton corps, comme tu as si souvent joui de celle des autres...

Silfadred réalisa qu'il n'était plus qu'un être de chair et de sang. Et il comprit qu'il ne lui restait plus rien à vivre que la vision et la sensation de la mort qui se précipitait sur lui avec la patience de l'éternité.

En dépit de la lenteur du chevalier, ses membres, comme engourdis, étaient impuissants à se refermer sur ce dernier. Il regardait l'épée de Farkhar approcher de sa carapace dérisoire au rythme du temps distendu.

L'acier toucha les dures écailles qui le recouvraient, les fracassant une à une en les arrachant à l'endroit de l'impact. Ses nerfs perçurent l'imminence de la souffrance quand la pointe commença de traverser la peau. Il éprouvait la largeur du fer qui la déchirait peu à peu, se frayait interminablement un passage en écartelant sa chair, sectionnait les vaisseaux ; la sensation du sang jaillissant, tel un lac retenu par un barrage se disloquant pierre après pierre ; celle de ses os cédant dans un craquement dont l'écho se propageait jusqu'à son cerveau ; celle de la douleur montant sournoisement dans sa poitrine. C'était comme l'onde de plaisir qui naissait en lui lorsqu'un sentiment de triomphe l'envahissait à la vue de ses victimes s'abîmant dans les supplices, comme celle de puissance qui fusait à travers lui chaque fois que s'éveillaient ses facultés divinatoires ou son pouvoir sur toute chose. Mais le flux n'était que lacération, souffrance intolérable.

La conscience aiguë qu'il avait toujours eue de chaque fibre de son corps, et qui lui en offrait une maîtrise si absolue, décuplait à présent l'atroce perception du trépas pénétrant en lui avec son cortège de tourments, et de la vie qui s'en écoulait, au rythme des palpitations lourdes et lancinantes de son cœur affolé, vers lequel il sentait le glaive ouvrir implacablement sa voie.

Entrevois-tu comme c'est horrible, Silfadred ? *Perçois-tu quelles terreurs l'impitoyable jeu auquel se livrent sans cesse la vie et la mort peut engendrer dans l'esprit de celui qui sent la seconde triompher* ?

Cette perception lui parut se prolonger aussi longtemps qu'avait duré son existence séculaire, envahissant tout son être. Jusqu'à ce qu'une ultime sensation de douleur naquît en lui, extrême, au moment où l'arme perçait le muscle qui scandait son agonie.

Un brasier s'alluma à l'intérieur de sa poitrine, diffusant une brûlure intense.

Alors que la gueule de la créature s'ouvrait pour rugir son supplice, le barrage acheva d'exploser…

… et un torrent de sang éclaboussa Farkhar avant de se répandre sur la terre.

L'éther retentit d'un hurlement déchirant qui couvrit les clameurs poussées par les soldats, tandis que Farkhar dégageait son épée pour frapper à nouveau. Mais il vit l'intérieur de la plaie devenir incandescent, des flammes s'en échapper et s'emparer du monstre qui se contorsionnait vainement, en proie à une dévorante souffrance.

Le chevalier fit reculer vivement Actarès d'un coup d'aile, restant suspendu dans les airs, contemplant la torture de l'être de feu qui, lentement, s'effondrait sur le sol, dans un râle sans fin.

À travers la fournaise, il perçut l'éclat d'un dernier regard : celui-ci suffit à lui faire comprendre qu'il venait de faire payer à son ennemi le juste prix de la géhenne qu'il avait répandue sur le monde.

Farkhar posa tranquillement Actarès sur la terre, regardant ce qui avait été Silfadred se consumer, se recroquevillant en un amas de feu dont le ronflement envahissait l'espace, entre les deux armées pétrifiées par le spectacle auquel elles venaient d'assister. Il sentit les ailes d'Actarès se replier doucement pour se fondre dans ses flancs, et entendit lentement s'élever les acclamations qui fusaient de chaque côté de lui.

Il lui semblait que l'air devenait léger, que l'atmosphère pesant sur le monde se libérait d'un poison tandis que s'envolait vers le ciel la fumée dégagée par la combustion du monstre. La plaine se mettait à respirer à mesure que la haine s'estompait dans le cœur des hommes qui, à l'aube, s'étaient assemblés pour se vouer à un mutuel massacre.

« Monseigneur, votre vaillance fut sans égale ! »

Spartan se tenait à ses côtés : il ne l'avait pas entendu approcher.

Au loin, il apercevait le peuple de Sarm'Eïloan sortant lentement de la citadelle et se répandant autour de celle-ci, à la façon de prisonniers libérés de leur geôle au terme d'une longue servitude.

Pourtant, perdu dans l'ovation que lui adressaient d'une même voix les deux armées, il avait le sentiment d'être au centre d'un vide insondable.

Un pressentiment le fit se retourner, en entendant les clameurs faiblir tel un brasier qu'éteint une brusque tempête.

Voyant depuis le Monde de l'Insensible les Célestes se matérialiser, comme déposées par le vent soufflant sur la plaine, Eïséryne saisit la main de Khaaster et la serra jusqu'à la broyer. Son regard se fixa sur Viridius, dressé sur son cheval devant son armée. Elle sut que le Destin était en marche, pour exercer son implacable cynisme sur le bonheur des hommes...

Cruelle destinée, réfractaire à nos pleurs !
De sang toujours avide, aveugle dans ta marche,
De l'univers soumis injuste patriarche,
Ne sais-tu que broyer ? Enfanter la douleur ?

LIVRE DES CÉLESTES
Chant V, vers 493-496

74

Farkhar rengaina son glaive. Il descendit d'Actarès, dont il confia la bride à Spartan, raccrochant son écu à la selle.

Truffe d'Or se précipita aussitôt vers lui, bondissant pour poser les pattes sur sa cuirasse, cherchant désespérément un coin de peau à caresser de sa langue joyeuse, témoignant son bonheur de le retrouver.

Lorsque le chien en eut terminé avec ses protestations d'amitié, Farkhar se dirigea vers les déités.

Il ramassa la cape qu'il avait laissée choir sur le sol avant d'affronter Silfadred et l'agrafa à ses épaules. Accomplir ce geste le ramena aux instants qui avaient précédé le combat : il fut confondu par la façon dont celui-ci lui paraissait déjà loin dans le temps. Son corps n'en ressentait aucune lassitude, la douleur à son poignet et à son flanc s'estompait : passant machinalement la main sur l'endroit de la cuirasse que la griffe du monstre avait lacérée, il eut la surprise de ne pas trouver la déchirure qu'il s'attendait à sentir sous ses doigts : à peine décelèrent-ils l'esquisse de quelques rainures qui achevèrent de disparaître quand ils les effleurèrent.

C'est alors qu'il réalisa que cette transformation n'était rien à côté de ce qui se produisait autour de lui.

Des nuances mordorées avaient commencé d'envahir l'azur, altérant, par un imperceptible dégradé de couleurs, la voûte dont le bleu ne restait limpide qu'au-dessus de lui. La lueur semblait monter de tous côtés depuis l'horizon pour se refermer progressivement sur le ciel. À mesure qu'elle s'épandait lentement, elle imprégnait le décor : la citadelle, les collines, la rivière, en estompant tous les êtres qui s'y trouvaient, à l'exception des Célestes drapées dans leurs voiles dont les teintes, curieusement, gardaient leur pureté, et de Truffe d'Or qui marchait à ses côtés : l'animal et l'homme se regardaient sans cesse, le premier parce qu'il sentait les yeux du second se poser sur lui, et Farkhar parce qu'il s'étonnait de voir combien le pelage et, surtout, les prunelles du chien s'accordaient avec la lumière qui envahissait l'espace. Au point qu'on aurait pu croire que ces dernières en étaient la source.

Il s'arrêta, déconcerté, pour balayer le paysage. Celui-ci baignait à présent dans une atmosphère ambrée : à sa droite, elle se reflétait dans l'eau paisible de la rivière.

Comme c'est étrange, songea-t-il. *Elle a regagné son lit et...*

Oui. L'arche du pont l'enjambait à nouveau. Comme il l'avait vue la première fois. Et sur sa hauteur, la citadelle dressait sa silhouette d'or silencieuse. Il perçut un mouvement derrière lui : luisant dans sa robe de nuit parée de reflets cuivrés, Actarès le regardait.

Toi aussi, tu es là, fidèle Actarès, à qui je dois tant ma victoire !
Dis-moi alors quel étrange soleil règne ici…

Cette atmosphère lui en rappelait une autre.

La grotte de Theinabrÿn ! se dit-il soudain

Il avait l'impression qu'un regard était posé sur lui, l'enveloppant. Il chercha partout l'être qui semblait ainsi le veiller. Qui pouvait en posséder un semblable, à part Aïwana ? La douce Aïwana, qui ne serait jamais plus à ses côtés, et dont les yeux s'étaient fermés pour toujours.

« Bienvenue dans notre monde, Farkhar, murmura le chœur des Célestes.

— Quel est cet univers ? demanda-t-il, intrigué.

— Celui dont notre père, Ischeltroëm, nous avait fait don à notre naissance. C'est en le pétrifiant que Thanatros l'avait rendu impénétrable pour quiconque, hormis Silfadred, et nous avait privées de notre pouvoir. Il nous avait ainsi soumises à la merci de son fils, et celui-ci avait pu tisser autour de nous les sortilèges dont tu nous as délivrées. Ton union avec Aïwana t'a permis de rouvrir ses portes et d'en provoquer le réveil en puisant dans les dispositions particulières que le destin, maître de toute chose, avait déposées dans ton esprit. Jadis c'étaient nous qui semions ces talents dans celui des hommes. Mais cette faculté, nous en avions été spoliées. Grâce à toi, elle va nous revenir, et notre univers reprendra toute sa vertu… »

Comme Farkhar s'approchait des Célestes, l'une d'elles, rayonnante dans l'arc-en-ciel de ses voiles, fit un pas vers lui :

« Je suis Artella, à qui notre père Ischeltroëm confia la souveraineté sur ce royaume.

— Pourquoi à toi ?

— Dernière née des Célestes, inspiratrice de l'Amour, je suis celle sans laquelle aucune de mes sœurs ne peut exercer son pouvoir, car je suis le feu qui est à la source de toute création.

— Et la chaleur qui manqua de nous réduire en cendres sur le Chemin des Maléfices, alors que nous étions si près du but ! »

Elle baissa les yeux dans un passager réflexe d'humilité.

« Cela, c'est ce qu'en avait fait Silfadred… »

Il voulut poser une main sur elle, mais celle-ci ne rencontra que l'air, traversant la forme.

« Alors, divine reine des Célestes, dis-moi quelle est cette vertu qui, selon toi, préside à l'univers d'Ischeltroëm, lui demanda-t-il, sous le charme de son mystère.

— C'est d'être le lieu où fermente ce que les hommes appellent le souvenir, réminiscence du monde réel dans lequel ils accomplissent leur existence, en attendant de la féconder par leur imaginaire, que notre rôle est d'exalter. Car c'est la disposition de la pensée à dépasser ce qu'elle contemple à travers les sens qui fonde l'immortalité des êtres et des choses.

— Pourtant… la faculté de mémoriser n'a jamais cessé de s'exercer sous le règne de Thanatros !

— Mais elle était devenue stérile ! Incapable de ramener dans le réel, sous une quelconque forme, ce qu'elle renfermait ! Ce que les hommes créaient jadis naissait toujours de la combinaison plus ou moins complexe de leurs souvenirs, sublimés par ce que nous y semions. Coupés de ce monde ultime, ils étaient impuissants à donner une consistance aux fruits de leur mémoire transmués par l'imaginaire. »

Farkhar posa sur elle un regard empreint de défi.

« Pourquoi m'avoir ouvert ce monde ?

— Te le dévoiler avec toutes ses richesses est notre façon de t'exprimer notre reconnaissance, en t'offrant la possibilité d'en ramener celle qu'Aïwana t'a promis de te rendre avant de s'éteindre : elle t'avait assuré l'avoir conservée en soi, encore prisonnière du lien magique que Silfadred avait noué autour d'elle. Mais c'est ton amour qui nourrissait son souvenir… »

Artella tendit sa main vers la sienne :

« Franchis à présent le seuil sur lequel tu te trouves. Laisse ta mémoire te porter, et féconder l'essence enfin libérée de celle qui habite ton cœur. »

Et, à sa grande surprise, en même temps qu'une sorte de vertige s'emparait de lui et qu'un battement d'ailes retentissait soudain, le contact se matérialisa sur sa peau. Farkhar se sentit entraîné par elle, et la sensation disparut aussitôt, comme si elle n'avait eu pour but que d'impulser son élan : il prit son envol à la suite d'un minuscule volatile dont la gorge se confondait avec l'ambre qui les enveloppait. Il était incapable de savoir ce qu'il était vraiment. Tout ce qu'il percevait, c'étaient les paysages d'or défilant sous ses yeux. Des terres où se mêlaient aux forêts luxuriantes des êtres verdoyants levant sur son passage des prunelles d'émeraude, des océans dont les eaux apaisées engendraient de fluides créatures : leurs têtes délicates surmontant un cou effilé, ornées de petites cornes, accompagnaient son vol d'un bienveillant regard.

Inlassable, le fragile volatile le précédait toujours, virevoltant dans la chaude luminosité de l'air.

Devant lui apparut un canyon au creux duquel coulait un torrent. Sur l'une des pentes vertigineuses qui le dominaient s'esquissa soudain un sourire : le dessin d'une longue barbe l'encadrait, matérialisé par les fissures de la roche ; au-dessus de lui, l'éclat de deux aspérités reflétant l'airain le suivait, habité par une juvénile pétulance.

Plus loin, ce fut une sylve sillonnée de rivières : sur l'une d'elles, un homme chevauchait une Drak'Hoïade : sa puissante stature réveillait sur son passage un peuple enseveli dans l'humus revivifié : lorsque l'oiseau emmena Farkhar tournoyer autour de l'être magnifique, il retrouva dans l'expression de ce dernier l'improbable noblesse dont étincelait l'œil unique d'Okstrogh.

Et au milieu du foisonnement végétal, comme engendré par lui, saillit une cité : le même ambre diffus teintait ses murs et ses façades dont des toits et des dômes émergeaient, d'un vert tendre ocré qui portait le reflet de la nature environnante ; des nuages folâtres parcouraient son ciel, dont les formes fantasques par instants esquissaient les visages de Ghertradt, son père, et de sa mère, Istiana, et de bien d'autres habitants maintes fois croisés à la cour et dans les rues de Thurm-Kooth.

Bientôt il ne douta pas que, quelque part, ailleurs, se trouvât Antrégor…

Enfin, survolant les montagnes, Farkhar découvrit une mer infinie : un remous l'agitait, vers lequel descendit l'oiseau, qui disparut dans le tourbillon. Aussitôt commença de s'exonder une île où brillaient deux lagons. Son sol, s'étirant, modelait une silhouette d'une délicate féminité. Les flots, reflétant l'or du ciel, s'écoulaient des flancs et du visage encore à peine suggéré en une chevelure soyeuse, et paraient le corps d'un drapé soulignant ses formes les plus subtiles à mesure qu'il se précisait. Et lorsque, émergeant de l'onde, deux bras se levèrent pour l'accueillir en soulevant des voiles d'écume, l'être lui sourit tandis que les lacs, moirés d'ambre et de saphir, posaient sur lui un regard…

« Gwenaline !

— Farkhar, mon tendre amour… »

Et ses paupières, contenant l'émotion qui fusait de tout son être, se refermèrent sur la vision.

* * *

« … il y a si longtemps que je t'attends ! »

Lorsque Farkhar rouvrit les yeux sur l'atmosphère mordorée baignant la plaine de Sarm'Eïloan, les Célestes étaient là, et Truffe d'Or, et Actarès, et la citadelle d'airain tranquille, et… Gwenaline, vêtue d'une robe opaline au flottement léger, qui la faisait presque paraître l'une des déités.

« Si c'est un rêve que toi et tes sœurs m'avez inspiré, dit doucement Farkhar à Artella, alors fais que je ne m'éveille jamais. »

Elle le regarda avec compassion :

« Non, Farkhar, ce n'est pas un rêve, mais cela te révèle la puissance des forces qui régissent notre monde. Toutefois, il en est une qui nous domine tous, et c'est entre ses mains que tu vas devoir maintenant te remettre, après en avoir toi-même infléchi l'action.

— Je ne comprends pas !

— À ton retour dans le réel, tu vas devoir affronter l'épreuve qui coûtera le plus à ta grandeur d'âme, et qui sera la plus périlleuse de toutes celles que tu as connues à ce jour. Car en ramenant Gwenaline dans l'univers des hommes… »

Mais Farkhar n'eut pas besoin d'entendre la suite pour saisir ce que lui disait à mi-mot la Céleste :

« Viridius ! »

Il vit tressaillir Gwenaline.

« Oui. Viridius ! Sa démesure l'a entraîné trop loin dans sa passion : le retour de Gwenaline ne peut être sans effet sur lui et sur son armée, qui a tant donné pour qu'il la reconquière. La haine que la disparition de Silfadred avait endormie, rouvrant aux peuples de Sarm'Eïloan et d'Aak-Sour les portes de la paix qu'ils avaient partagée durant des siècles, va être ranimée par la survenue de la fille d'Antrégor : dans le cœur des habitants de Sarm'Eïloan parce qu'elle est leur princesse et qu'ils la veulent voir jouir d'un bonheur incarnant le leur après tout ce qu'ils ont enduré, et dans celui de Viridius parce qu'il ne peut renoncer à ses sentiments. »

Farkhar allait répondre quand il réalisa que toute chose autour de lui reprenait lentement sa physionomie habituelle et que, de tous côtés, montait la rumeur de foules assemblées.

Bientôt il vit la population de Sarm'Eïloan qui s'était déjà mêlée aux soldats dans une ambiance d'allégresse, et, de l'autre côté de la rivière, l'armée d'Aak-Sour massée derrière son roi.

Une exclamation de stupeur s'éleva, venant des premiers. Le sol avait repris sa teinte blafarde et l'azur dominait à nouveau la plaine. Les Célestes étaient là, près desquelles se tenait Gwenaline, resplendissante.

Et une voix retentit sur sa droite :

« Prince Farkhar ! Je ne sais quels merveilleux pouvoirs vous accompagnent, mais il me semble que l'un de nous est à présent de trop sur ces terres… »

Il se tourna lentement, comme pour retarder le moment de la confrontation. Viridius marchait vers lui d'un pas résolu.

« Je suis prêt à pardonner ce qui s'est passé entre Gwenaline et vous, poursuivit le jeune souverain. Elle devait être mienne : j'entends qu'elle le soit ! »

Le regard et le ton de Viridius s'étaient durcis sur ses dernières paroles, qu'il avait appuyées en posant sa main sur le pommeau de son glaive.

« Ne serait-il pas sage, Sire, qu'elle choisît elle-même celui d'entre nous à la destinée duquel elle unira la sienne ? »

Le roi l'observa, puis avança vers Gwenaline, son expression brûlant d'une attente angoissée :

« Gwenaline, je ne sais où se trouve la vérité de votre absence ni celle de votre retour. Je vous vois, simplement. Je vous sens respirer. Et cela me suffit. Ne me laissez pas croire que vous avez oublié nos promesses. »

Les yeux de la princesse ne l'avaient pas quitté tandis qu'il venait vers elle. Ils se posèrent sur Farkhar, traversés par une flamme qui déchira d'autant plus Viridius qu'il la vit s'éteindre quand elle le regarda de nouveau.

« Viridius… L'amitié que je vous porte est la plus pure et la plus sincère qui soit, et… »

Le mot avait lacéré l'esprit du souverain :

« Ce n'est pas d'amitié que je parle, Gwenaline ! L'amour que vous m'inspirez était mon étendard : c'est pour vous que j'ai livré cette guerre ! D'abord pour vous reconquérir, puis pour vous venger. Maintenant que vous êtes devant moi, je sais que ma foi n'était point illusion. Je ne pourrais survivre à cet amour s'il n'est partagé.

— À quoi servirait-il de noyer votre affliction dans le sang ?

— Si j'ai la force de vaincre mon rival, peut-être avec le temps vos sentiments pour moi se réveilleront-ils… Et si le sort du combat ne m'est pas favorable, alors succomber sous l'épée d'un tel preux sera ma consolation. La mort qui a sévi dans ces lieux m'emportera comme tant d'autres, que mon orgueil a conduits dans ses bras. Ce sera le juste prix d'un aveuglement qui m'aura porté à voir une attitude d'honneur dans ce qui n'était que creuse vanité. »

Le silence était retombé sur la plaine. Farkhar sentait monter en lui une sourde inquiétude, craignant que Gwenaline fût prête à tous les renoncements pour éviter un affrontement fatal.

« Roi Viridius ! clama-t-il. Sans doute êtes-vous dans le vrai ! Quoi qu'il m'en coûte de combattre un homme avec qui j'aurais pu partager l'amitié la plus fidèle, j'accepte que les armes décident de notre devenir…

— Et du mien ? s'insurgea soudain Gwenaline. De quel monstrueux égoïsme vous faites-vous tous deux les champions ? »

Mais elle ne voulait pas renoncer. S'apaisant, et comprenant combien son sursaut de dignité était éloigné de ce qui animait l'esprit de ses soupirants, elle posa sur Viridius un regard intense :

« Monseigneur, de quel prix peut être l'amour d'une femme s'il est feint ? Si ses pensées sont sans cesse tournées vers un autre ? Si, quand elle s'offre, ce sont d'autres bras qu'elle imagine l'étreindre ?

— Il ne s'agit pas de cela, Gwenaline. Mais de respecter jusqu'au bout le sens qu'on a choisi de donner à son existence, et de refuser son vide dès lors qu'elle l'a perdu. De quel prix peut être pour moi ce monde, sans la douceur de votre présence ?

— Alors, dit-elle d'un ton soudain las, il n'est nul remède à un amour aussi désespéré...

— Si, Gwenaline, il en est un à mes yeux, et un seul ! »

Il se tourna vers Farkhar :

« Chevalier, acceptez-vous toujours ce duel ? »

Farkhar le dévisagea longuement, évitant le regard suppliant de Gwenaline, et dirigea ses pensées vers les Célestes :

« *Bienveillantes divinités, vous qui m'avez assisté dans les plus redoutables épreuves, je vous en implore* : *laissez mon seul courage et mes seules armes décider du sort de ce combat...* »

« Sire ! dit-il lentement. Puisse le sang que nous allons répandre être le dernier versé sur la terre de ces royaumes... »

Il s'éloigna de quelques pas et ramassa son heaume qui gisait encore dans la poussière.

Atterré, Spartan voulut s'interposer :

« Messeigneurs, n'ajoutez pas une telle tragédie au malheur de vos peuples, qui n'ont pas même pleuré leurs morts !

— Écarte-toi, Spartan, dit Farkhar avec fermeté. À la vérité, je ne serais pas plus prêt que le roi Viridius à renoncer à l'amour de Gwenaline, non plus qu'à lui survivre, si elle me délaissait. Bien que je croie savoir vers lequel d'entre nous incline son cœur, cela m'est une raison suffisante pour satisfaire à la requête du roi. Quoi qu'il dût m'en coûter. »

Gwenaline avait joint ses deux mains dans un geste de prière muette : son regard éperdu trahissait l'effervescence de ses pensées, à la recherche d'un ultime argument pour faire cesser ce qui était en marche.

Artella s'approcha d'elle :

« L'accomplissement du destin est une loi immuable à laquelle Ischeltroëm lui-même ne peut surseoir, Gwenaline », souffla-t-elle à la jeune fille qui, étouffant un sanglot, blottit son visage dans les voiles de la Céleste, en balbutiant :

« Est-ce aussi le destin qui veut qu'un bonheur à peine retrouvé tombe sous le coup de tels arrêts ? »

Se contentant de passer une main apaisante dans les cheveux de la princesse, la Céleste ne lui répondit pas. Et son silence sonna aux oreilles de Gwenaline comme la plus impitoyable des sentences.

Viridius s'était éloigné. Il revêtit son casque. D'aucuns, parmi les présents, ne purent s'empêcher de rapprocher la tête de cheval qui le surmontait de l'effigie cabrée dominant celui de Farkhar ni de remarquer la similitude des couleurs qui les habillaient : au parement rouge de Farkhar, orné d'un visage de femme brodé au fil d'or, s'opposait celui de Viridius, d'un blanc immaculé, sur lequel la figure équine écarlate se profilait.

Caressant Farkhar de ses prunelles, Gwenaline ne put réprimer un frissonnement d'angoisse : car si les traits féminins décorant sa poitrine clamaient l'idéal du jeune prince, et si l'énergique élan de son cimier augurait un triomphe, le pourpre de sa robe l'enveloppait de sang...

Les deux chevaliers allèrent prendre les écus pendant aux flancs de leurs destriers. Farkhar flatta doucement l'encolure d'Actarès avant de le quitter. Puis ils se rejoignirent et, une fois face à face, après un dernier regard, baissèrent leurs visières d'un geste lent marqué du sceau de l'inéluctable.

Ils s'observèrent longuement à travers les fentes de leurs heaumes, attentifs au bouillonnement du torrent parcourant leurs veines. Les rayons du soleil faisaient courir des myriades d'étincelles sur le métal couvrant leurs silhouettes puissantes. Le temps semblait s'être arrêté, pour attendre de battre au rythme des coups qu'ils allaient se porter.

Ils dégainèrent leurs épées qui flamboyèrent : combien redoutèrent alors, dans l'ost de Viridius, de lire un présage dans le sang séché qui souillait encore la lame de Farkhar, vestige de son précédent exploit et symbole de son invincibilité face à un ennemi plus effrayant que n'importe quel guerrier !

Tous les soldats s'efforçant d'assister à ce qui allait suivre, les deux armées s'étaient étirées pour ne plus dessiner qu'une vaste ellipse autour du combat.

Les ombres des deux rivaux commencèrent à se déplacer avec lenteur, alors qu'ils continuaient de s'observer en amorçant un mouvement circulaire. Chacun paraissait redouter de porter le premier coup.

C'est Farkhar qui prit l'initiative. Il éleva soudain son glaive en s'élançant, et le choc de son arme sur le bouclier de Viridius brisa le silence avec une terrifiante violence, qui en fit sursauter plus d'un. Sous la force de l'assaut, Viridius chancela, puis, pivotant, contre-attaqua avec vigueur.

Et bientôt, la plaine ne cessa de résonner de leurs coups, dont l'écho allait se perdre jusqu'aux murailles de la citadelle désertée pour retentir sous la voûte des cieux. Les sons du métal frappant le métal déchiraient le silence, soulignant sa lourdeur.

Farkhar et Viridius tourbillonnaient dans une danse de mort, s'accablant sans répit : s'ils se séparaient, ce n'était que pour se charger avec une ardeur redoublée. D'autres fois, ils combattaient de si près qu'ils semblaient, l'espace d'un instant, ne former qu'un seul être secoué par une rage intérieure indicible.

Soudain, Farkhar dérapa sur la poussière couvrant le sol aride, et s'effondra sous le coup que portait son adversaire. Un cri jaillit de la poitrine de Gwenaline, aussitôt englouti par une clameur, alors que Viridius retenait son geste de justesse et se reculait d'un pas.

En se redressant, Farkhar prit conscience de la moiteur de son corps bouillant sous l'armure et de la douleur qui enflammait ses muscles. À peine eut-il repris contenance que Viridius se jetait à nouveau sur lui. Il para l'attaque, mais la force du coup fut telle que la lame du roi fendit son écu dont un morceau tomba à terre. Troublé, Farkhar se contenta durant quelques instants d'éviter en reculant l'épée de Viridius qui le harcelait sous tous les angles. Son bras faiblit sous un impact plus soutenu que les précédents, et le fer, dérapant sur son bouclier, perça sa cuirasse, provoquant dans son flanc gauche l'embrasement d'une douleur intolérable.

En voyant le chevalier chanceler et le sang commencer à dégouliner sur son armure à travers la déchirure du parement, la foule assemblée vers Sarm'Eïloan laissa échapper une lamentation, tandis que, mue par un réflexe incontrôlable, Gwenaline enfouissait son visage dans le voile couvrant l'épaule d'Artella, qui le sentit devenir humide.

Étouffant le hurlement qui montait dans sa gorge, Farkhar brandit son épée à la rencontre de celle de Viridius, qui s'abattait déjà.

Et le duel reprit de plus belle…

Malgré le temps qui passait, de leur geste tissant un tragique poème scandé par leurs assauts inépuisables, il semblait que chacun portait en lui une vigueur toujours renouvelée, tant des deux preux l'ardeur était grande, et égale la vaillance. Le spectacle éveillait le souvenir de légendes oubliées dans les âmes ravagées par la trop récente mémoire d'une guerre sacrilège et sans gloire.

Se savoir cause d'une telle fureur rendait pour Gwenaline chaque coup plus inexpiable. Elle était bouleversée au point de regretter de n'avoir point péri dans les flammes du bûcher, auxquelles elle avait été soudain arrachée, en proie à l'étrange sensation de se séparer d'elle-même, en perdant toute conscience jusqu'au moment où elle s'était sentie émerger d'un néant pour se retrouver dans les bras de Farkhar. Il lui semblait que la brûlure du brasier sur sa peau lui avait paru moins intolérable que ce qu'elle éprouvait à présent dans sa chair.

Un choc d'une violence inouïe la fit brutalement se retourner vers le combat.

Les deux lames s'étaient heurtées avec une telle véhémence que celle de Viridius virevolta dans l'air, palpitant de fulgurantes lueurs, et tomba sur le sol derrière Farkhar, dont l'épée était pointée sur le roi, prête à l'estocade.

Le temps, une nouvelle fois, se figea.

Pressentant que le prince n'irait pas au bout de son geste, Viridius tourna vers Gwenaline, en face de lui, un regard que son mézail rendait pour elle indécelable. Quoiqu'il lût de la détresse dans les traits de la jeune fille, il sut qu'elle n'avait rien de commun avec le désespoir exprimé par le cri qu'elle avait poussé en voyant Farkhar à sa merci. Il eut la brusque conviction que la douleur causée à son adversaire par sa blessure devait être bien douce comparée à celle qui transperça son cœur.

Farkhar se retourna, ramassa son épée, et revint la lui tendre, lui en présentant le pommeau : que le chevalier ne lui avait-t-il offert la pointe, sur laquelle il se fût jeté avec ardeur !

Alors remonta dans sa mémoire le sentiment de sa royale dignité.

« Prince Farkhar, dit-il d'une voix tremblante d'épuisement, quelle que soit l'issue de ce combat, je veux croire qu'il aura rendu à ces royaumes l'honneur dont ils étaient déchus… »

La vision de Gwenaline brouilla un instant ses pensées. Il aurait voulu lui dédier une parole, mais les mots s'étranglèrent dans sa gorge, tandis qu'il sentait son esprit aspirer tout à coup à l'oubli.

Farkhar releva sa visière, offrant à la lumière son visage haletant, couvert de sueur, qui se contracta sous l'effet d'un élancement à son côté.

« Finissons-en, Seigneur, avant que la nuit nous surprenne ! » ajouta le roi.

Levant les yeux, Farkhar réalisa avec stupéfaction que le soleil, dans sa course immuable, approchait déjà de l'horizon. La notion du temps passé décupla la perception de sa fatigue.

L'assaut de Viridius brisa le flot de ses pensées et la luminescence déclinante du ciel baigna leur choc d'une aura crépusculaire, annonciatrice de mort. Sur l'armure de Farkhar, le sang paraissait le reflet de la robe flottant autour de lui. Sous son mézail relevé, son regard acéré ne quittait pas son adversaire : celui-ci l'accablait sans répit, ne lui laissant pas l'opportunité de la moindre riposte.

Soudain, l'épée de Viridius balaya l'espace d'un ample coup de taille, manquant de peu la tête de Farkhar qui l'esquiva d'un rapide fléchissement du torse. Élevant son écu, il fit dévier la lame et se jeta sur le roi. Le choc de leurs armures l'une contre l'autre résonna plus puissamment encore que celui des armes. Déséquilibré, Viridius recula en trébuchant, tandis que Farkhar profitait de sa surprise pour se raffermir sur ses jambes.

Les deux hommes s'immobilisèrent alors, se mesurant longuement du regard, conscients que le prochain assaut allait être le dernier.

Puis, simultanément, ils s'élancèrent. L'envol de leurs robes imprima à leur mouvement une irréelle lenteur. Tous ceux qui contemplaient le duel surent que leur rencontre allait être terrible.

Leurs boucliers et leurs glaives se heurtèrent dans un bruit de tonnerre : l'épée de Farkhar écarta celle de Viridius et, dans un même mouvement, plongea droit vers la poitrine de ce dernier, alors que résonnait encore le son du choc titanesque. La pointe déchira le parement au milieu du motif brodé en son centre, perça dans un grincement sourd la cuirasse, disloqua les mailles du haubert, et s'enfonça avec une force implacable dans le torse du roi pour jaillir de son dos, ruisselante de sang.

Lâchant son écu et son épée, Viridius s'agrippa des deux mains aux bras de Farkhar. Malgré le métal qui les couvrait, ce dernier sentit un étau se refermer sur ses membres. À travers les fentes du mézail de Viridius, il vit un regard d'une terrifiante intensité se poser sur son visage, dardant sur ses prunelles le désarroi d'une jeunesse agonisante.

Farkhar éprouvait sur lui le poids du blessé dont le sang s'écoulait sur la garde de son glaive, pénétrant à travers les articulations de son gantelet, inondant sa peau d'une chaleur encore bouillonnante de vitalité.

Le profil de cheval se noyait dans la sombre auréole qui gagnait le blanc parement du roi.

C'est à peine si Farkhar entendit la plainte qui jaillissait de la gorge de Gwenaline, reprise en écho par la lamentation des deux peuples.

La brûlure de ce regard faisait monter en lui un sanglot qui nouait sa poitrine, écartelant ses pensées.

« Sire, fit-il d'une voix triste et implorante, pardonnez-moi… »

Le corps de Viridius haletait lentement, au rythme de la vie qui s'en échappait par flots pour aller gorger la terre.

« La volonté qui nous domine est… inéluctable, chevalier… Le destin de ces royaumes est à présent… entre vos mains. C'était la meilleure chose qui pût leur arriver : mon attitude, dans toute cette affaire, m'en avait rendu… indigne…

— Sire ! » s'insurgea Farkhar.

Mais Viridius ne lui laissa pas le temps de poursuivre. Puisant dans ses dernières forces, il s'arc-bouta sur son vainqueur et s'arracha de la lame qui les soudait l'un à l'autre. Sa bouche exhala un long râle tandis que le fer sortait de son corps, la plaie béante expulsant des geysers de sang. Crispant un poing sur elle, il tituba vers Gwenaline mais tomba avant de l'avoir rejointe, roulant sur le dos, le bras tendu dans sa direction.

La princesse, horrifiée, repoussa la Céleste pour aller s'agenouiller auprès de lui. Se penchant, elle enlaça les épaules du mourant, ouvrant d'une main son heaume. Le regard dont Viridius l'enveloppa avait perdu tout éclat. Mais quand il découvrit les larmes qui coulaient sur les joues de Gwenaline, une lueur le traversa, lointain écho de la ferveur qu'elle lui inspirait. Et l'esquisse d'un sourire apaisa ses traits ravagés par la souffrance.

« Ah ! Gwenaline… fit-il d'une voix à peine perceptible, vous m'aimiez donc encore ? »

Mais aucun mot ne parvint à sortir de la gorge nouée de la jeune fille à travers ses lèvres tremblantes. Alors les yeux de Viridius se détournèrent d'elle pour aller se perdre dans le ciel, comme s'il répondait à un appel lointain.

« Oui… mon cher et vieil Olern, dit-il dans un soupir. Le moment est venu… d'honorer ta… ta fidélité… »

Son corps se raidit, et ses prunelles se figèrent dans la contemplation d'une invisible éternité.

Dans un sanglot Gwenaline unit son visage à celui de Viridius. Une brise légère souleva la poussière dont les paillettes miroitèrent dans les lueurs du couchant : la nature paraissait avoir retenu jusqu'à cet instant ses pulsions les plus intimes.

Farkhar planta avec rage son épée dans le sol qu'elle rougit en s'y enfonçant. Il se laissa tomber sur les genoux et demeura longtemps prostré, s'agrippant des deux mains au pommeau, le regard rivé sur la tache de sang qui allait s'élargissant autour de la lame. Puis son visage se leva vers l'azur flamboyant du crépuscule, et son cri déchira le silence déposé sur la plaine par l'affliction :

« Ô puissant Ischeltroëm ! Est-ce là ta justice ? Est-ce pour connaître de tels maux que je t'ai délivré ? Où se trouve le monde de rêve que devait nous ouvrir le retour de ton règne ? Autour de moi, tout ne me semble que ténèbres, plus sombres encore que celles qui couvraient jadis la Terre des Renégats ! »

Mais pour toute réponse, son esprit torturé ne perçut que l'écho de ses paroles allant se perdre dans les collines alentour.

Artella s'approcha. Il leva sur elle un regard désespéré.

« N'accuse pas Ischeltroëm de n'avoir point agi là où il n'est pas maître, dit-elle.

— Comment mon âme pourra-t-elle se délivrer du poids dont l'accable ma dernière victoire ?

— Apprends plutôt de quelle façon Ischeltroëm tempère les arrêts de la destinée... »

Le regard de la déité engendra un monde qui, soudain, le baigna de toute part, empli de silence et de paix. Dans une plaine inconnue, conduit par Artella, reconnaissable à l'arc-en-ciel de ses voiles, le cortège des Célestes portait Viridius vers une citadelle : les champs étaient d'or, et d'or les murailles. Lorsque les jeunes filles y pénétrèrent, celles-ci devinrent évanescentes, et son fantasme le transporta à travers elles jusqu'à une vaste salle où se dressaient deux trônes d'or. Sur l'un, les divinités disposèrent Viridius dont les yeux étincelaient d'une vie nouvelle, et Artella s'assit sur l'autre, prenant avec sérénité la main du roi dans la sienne.

Tous deux tournèrent vers lui leurs visages. Il était à présent face à eux. Emporté par une impulsion incontrôlable, il s'agenouilla devant la Céleste, prit sa main et l'effleura d'un baiser, tandis que la voix d'Artella résonnait, d'une infinie quiétude

« Sache que, preux parmi les preux, Viridius régnera à mes côtés sur l'univers que le dieu a édifié pour nous, et dont tu as eu la vision. La prochaine fois que tu y pénétreras sera l'instant où le destin t'aura soustrait au monde réel : tu le partageras avec Viridius comme, en d'autres circonstances, vous auriez pu vous partager la sphère à laquelle tu appartiens. Car, même si les passions peuvent enflammer vos esprits, vous êtes, l'un comme l'autre, aussi sages que magnanimes.

« Va maintenant retrouver Gwenaline. Il vous reste tant à faire pour reconstruire votre monde. Les forces que tu as dû combattre ne sont pas encore complètement éteintes. Elles gisent parfois, agonisantes, car Thanatros est immortel ! Sache achever de les murer par ton glaive en n'oubliant jamais qu'aiguillonner celles qui s'opposent à elles est la meilleure façon de condamner ces dernières au silence. Va, guerrier, poète, toi aussi preux parmi les preux, et demeure à jamais notre champion... »

Il releva vers elle le visage. Le regard d'Artella devint immense, noyant toute chose de son ambre flamboyant qui lui rappela tant celui de...

Mais sa pensée n'eut pas le temps de formuler le nom qui brûla ses lèvres.

Et l'univers ne fut plus que lumière...

ÉPILOGUE
ISCHELTROËM

SECONDE ÈRE D'ISCHELTROËM

- an 01 -

Baigné par la lumière que dispensent nos flammes,
Messager de nos dons reposant dans tes mains,
Retourne, chevalier, vers le bonheur humain,
Et sache lui offrir la splendeur de nos âmes !

LIVRE DES CÉLESTES
Chant V, vers 493-496

En elle je serai comme elle était en moi…

LIVRE DES CÉLESTES
Adieu d'Aïwana à Farkhar

Farkhar descendit d'Actarès dans la cour du château de Sarm'Eïloan. Il entendit aussitôt les aboiements de Truffe d'Or et de Truffe d'Ombre : Eïséryne lui avait fait don du premier et avait offert le second à Gwenaline.

Il s'apprêta à subir l'assaut le plus redoutable qu'il ait jamais eu à affronter, de la part des deux chiens qui exultaient de joie à son retour après des semaines d'absence.

Lui parvint des écuries le hennissement de Terre Noire, la jument de Gwenaline, que les Célestes avaient fait renaître d'Actarès, comme Theinabrÿn avait créé ce dernier à partir de Terre Noire, venue mourir dans sa grotte quand la princesse avait été brûlée.

Une bonne part de la troupe qui l'avait accompagné dans son expédition se dispersait dans les campagnes et les rues alentour, et le reste attendait dans la plaine, abreuvant ses chevaux à la rivière.

« Va, Spartan, dit-il au guerrier à cheval près de lui. Tu as bien mérité quelque repos, toi aussi ! Retourne avec les autres en Aak-Sour.

— Oui, Farkhar. Mais je sens déjà que nos chevauchées vont me manquer !

— Il y en aura d'autres, rassure-toi. Une vie ne suffira pas à rebâtir le monde, et cette reconstruction, c'est à nous de la guider ! »

Il adressa à Spartan un sourire complice, et le nouveau roi d'Aak-Sour tourna bride sur un geste amical pour s'éloigner, mené par le trot paisible de son destrier.

* * *

Ils revenaient d'un long périple : celui-ci les avait menés au-delà des Marches du Nord puis, contournant les massifs montagneux désormais emplis de paix qui abritaient le Feu d'Ischeltroëm, ils étaient descendus vers le sud, à la recherche de leurs semblables éparpillés sur des terres qui, lentement, renaissaient. Les êtres que leur chemin avait croisés semblaient partout sortir d'une hébétude qui les avait rendus faciles à convaincre d'intégrer une communauté humaine cherchant sa voie.

Puis ils avaient rencontré une étendue d'eau qu'ils avaient tenté de longer, mais ils avaient renoncé quand, après de nombreux jours, ils étaient parvenus à un détroit infranchissable avec leurs seuls chevaux. Regardant la côte qui leur faisait face s'orienter résolument vers le levant, alors qu'eux-mêmes avaient commencé par suivre la mer vers l'occident avant de piquer à nouveau vers le sud, Farkhar s'était montré songeur. Désignant le large, il avait demandé à Spartan :

« Selon toi, se pourrait-il que, loin dans cette direction, se rejoignent les deux rivages – celle que nous avons sous les yeux et celle que nous avons parcourue au nord ?

— Comment le savoir, Sire ? lui avait répondu le chevalier. Mais c'est une possibilité à envisager… et peut-être à explorer !

— Pourquoi pas en effet, Sire ? » avait répliqué Farkhar, amusé.

Il leur arrivait parfois d'ironiser ainsi sur leurs anciens rapports. Avant que Farkhar ne confiât à Spartan la royauté d'Aak-Sour et n'en fît son égal.

Puis Farkhar avait regardé le soleil descendant vers l'horizon. C'était dans la même direction que se trouvait par rapport à Sarm'Eïloan le vaste océan qu'il avait traversé avec Okstrog… et dans la même direction que s'était jadis dressée Thurm-Kooth ! Il se dit que peut-être, la mer qui s'étendait à l'ouest du détroit était la même que celle dont les flots l'avaient conduit vers Sarm'Eïloan.

Il lui restait tant à faire pour découvrir l'univers qui lui était échu et – pourquoi pas non plus ? – partir à la reconquête d'un passé qu'il n'avait jamais admis, au fond de lui-même, abandonner en l'état où il l'avait quitté.

Poussé par le destin, auraient dit les Célestes.

Poussé ?… ou chassé ? se demanda-t-il, sentant monter en son cœur une rage qui s'était pourtant depuis longtemps retirée de lui. Depuis l'instant où la lumière s'était dissipée sur la plaine déserte, vide de tout cadavre, de toute trace des heures qui l'avaient tant meurtrie, parant de sa diaphane magie Gwenaline qui avait pris sa main, pour l'entraîner vers la citadelle renaissant à une vie nouvelle.

Remontant alors vers le nord durant de nombreuses journées, ils avaient fini par longer à nouveau les terres d'Ischeltroëm, sur leur versant sud cette fois. Ils étaient ainsi parvenus au village du Peuple Gardien. Là, ils avaient été reçus par les Ouloukhs, métamorphosés à l'image de leur roi, mais décimés par la lutte impitoyable qu'ils avaient menée contre les Thrughs de Pantrax. En dépit de leur malheur, ils avaient réservé à leurs visiteurs un accueil digne de leur séculaire jovialité. Leur bonheur, il est vrai, avait trouvé matière à renaître dans la venue d'Eïséryne aux côtés de Khaaster, et dans celle des Iazliks qui, facétieux partout où jaillissait le moindre brin d'herbe, étaient à leur façon de joyeux compères.

Maintes fois, en chemin, Farkhar s'était tourné vers le ciel ou avait regardé autour de lui, en quête d'une invisible présence. Un jour, Spartan lui avait demandé, intrigué :

« Mais enfin, que cherches-tu sans cesse ? »

Son compagnon lui avait répliqué, sur un ton empreint d'une secrète ferveur :

« Je suis sûr qu'il est là. Car à sa façon, il a toujours été là...

— De qui veux-tu parler ?

— De Theinabrÿn, bien sûr ! »

En fait, il espérait de tout son cœur que ce fût le cas. Malgré l'enthousiasme qui l'habitait, Farkhar ne pouvait empêcher les paroles d'Artella de revenir hanter sa mémoire. *Les forces que tu as dû combattre ne sont pas encore complètement éteintes. Elles gisent parfois, agonisantes, car Thanatros aussi est immortel* ! Il savait que sans la volonté de se mériter eux-mêmes, des hommes garderaient toujours un pied dans le néant.

Puis, sortant d'un silence dans lequel il paraissait s'être soudain enfermé sous le poids d'une intense réflexion, Farkhar avait ajouté :

« Et je veux croire qu'elle est avec lui... »

Ne voulant paraître niais, Spartan n'avait pas demandé qui était « elle ». Farkhar avait eu accès à certains mystères qui lui étaient étrangers : c'était ce qui faisait que, tout égaux qu'ils fussent, le roi de Sarm'Eïloan conservait à ses yeux une aura qui le rendait unique.

Ce qu'il ne pouvait concevoir, c'était que Farkhar avait une bonne raison de savoir que celle à laquelle il songeait vivait toujours, à sa façon.

Enfin, ils avaient repris la direction de l'ouest où les attendaient Sarm'Eïloan et, un peu plus loin, Aak-Sour, l'âme tiraillée entre le désir de retrouver *leur* monde, et celui de poursuivre leur voie dans la vastitude que leur imagination et leurs rêves peuplaient de chimères...

* * *

La cour du château était vide. La citadelle et la campagne environnante plongeaient dans une nuit que l'embrasement du crépuscule moirait encore de reflets fauves.

Une brise fraîche pénétra par l'ouverture de la fenêtre depuis laquelle Farkhar contemplait le paysage. Seule l'étoffe légère d'une large cape enveloppait son corps nu.

Il perçut un mouvement derrière soi mais, par jeu, ne détourna pas le regard.

Des mains se posèrent sur ses épaules et délièrent avec délicatesse la fine cordelette refermant le vêtement autour de son cou.

Le glissement du tissu enflamma ses reins, et il entendit le son feutré de sa chute sur le sol. Depuis l'autre côté de la porte close lui parvinrent les soupirs conjugués de Truffe d'Ombre et de Truffe d'Or : sous l'effet d'une étonnante osmose, ils semblaient toujours partager l'intimité de leurs maîtres sans jamais la violer.

Farkhar inspira profondément. Lorsqu'un doigt se posa sur sa nuque pour descendre le long de son dos avec légèreté, un frisson parcourut son corps : il sentit sa peau se hérisser délicieusement et son être se tendre sous la montée du désir naissant.

Puis les pointes fermes d'un buste aux formes toutes de douceur le caressèrent dans un subtil attouchement, des bras ceignirent sa poitrine et des mains s'enlacèrent sur ton torse frémissant.

Alors, aussi posément que si cela lui eût ouvert l'éternité, il se retourna, savourant l'intimité de leur étreinte.

Farkhar et Gwenaline se contemplèrent longuement. Comme s'ils se découvraient.

Et il se laissa transporter par le regard d'azur qu'embrasaient des reflets d'ambre…

POST-ÉPILOGUE

en forme de flash-back

Un certain jour de l'an 20...

L'Être s'allongea, fermant de ses paupières le regard chargé de lassitude qu'il posait de plus en plus fréquemment sur le monde.

Comme il se sentait fatigué de voir celui-ci courir siècle après siècle à la catastrophe ! Désenchanté d'assister au triste spectacle de la société humaine ne cessant de dénaturer sa culture profonde jusqu'à la renier ! Surtout durant les tout derniers siècles. En s'enfermant progressivement dans le matérialisme le plus étroit, en plaçant le quotidien sous les auspices d'un bonheur dénué de tout idéal, dans lequel le rêve n'avait plus d'existence, elle sombrait dans une décadence conduite par la fatuité.

Finalement, se disait-il, *c'est peut-être bien cela le vice le plus intime de l'homme : cette conviction de sa supériorité, forte seulement du fait que nul n'est là pour la contester, et au nom de laquelle il remet tout en question... sauf lui-même* !

Car au commencement était un monde en attente, fertile mais vierge, parallèle à celui du réel. L'imaginaire des humains y avait pris racine puis germé, y réveillant des puissances qui elles-mêmes l'inspiraient : depuis le début, cet imaginaire accroissait donc sans cesse l'immensité de ce monde, à mesure que celui-ci l'enrichissait. Aucun d'eux n'entendait dominer l'autre, non plus que s'y soumettre. Ni même être né de l'autre. Ce fructueux échange était le secret d'une fécondation mutuelle, garante d'une constante élévation.

Puis les hommes avaient délaissé cet univers, pour sombrer dans l'adoration de divinités façonnées à leur image – aux vues rétrécies par l'unicité dont elles se réclamaient et par le pouvoir tyrannique qu'elles prétendaient en tirer – en s'illusionnant sur l'idée que c'était l'inverse.

Après tout, se sentir le fils d'une entité parfaite n'est-il pas la première manifestation du sentiment qu'on revendique d'être soi-même parfait ?

Mais la certitude de sa propre perfection n'ouvre-t-elle pas la voie à l'assèchement de soi, à force de se contempler et d'ignorer le reste, en réduisant peu à peu son existence aux seules choses qu'on croit matériellement utiles ?

Ainsi, suivant le cours du temps, l'être était-il passé de l'époque où les Muses, parmi tant d'autres, tous héritiers de l'imaginaire humain, ensemençaient progressivement l'esprit des hommes, à celui où on les honorait. Voir n'émerger de ces fécondes prémices qu'une idolâtrie dirigée vers le seul bien-être matériel, sous ses formes les plus superficielles et les plus éphémères, le faisait songer à un arbre florissant au printemps qui ne produit à l'été qu'un fruit unique et pourri.

Le progrès, se disait-il, est une longue route : elle est jalonnée de carrefours où il faut chaque fois savoir choisir la voie la plus propice pour sublimer les étapes déjà franchies.

Cheminant en ne prenant progressivement pour guide que leur conviction d'être toujours à la pointe de l'évolution, les humains avaient ignoré les voies menant vers les idéaux que leurs inspirateurs et inspiratrices avaient insufflés en eux, en se fondant sur leur génie. Allant d'erreurs en aberrations, ils étaient passés d'un élan vers l'absolu, synonyme de liberté nourrie par l'épanouissement de soi dans le respect des autres, à une chute dans la dérision, s'isolant dans les cachots les plus sordides, tournant le dos à leur humanité profonde et tombant dans la servitude la plus abjecte et la plus difficile à secouer : celle qu'on s'inflige à soi-même.

Quel naufrage !

Non, décidément, les hommes ne méritaient pas qu'on les sauve. Et comme ils étaient devenus incapables de se sauver eux-mêmes...

Puis il avait eu un songe. Ce songe lui avait dévoilé, dans un lointain futur, l'image d'un monde qui, après avoir frôlé le chaos, aurait enfin ses chances d'emprunter la voie susceptible de le faire s'élever vers des sommets que cette lente ascension, fondée sur l'humilité, rendrait à chaque étape plus nécessaire à atteindre. Car par nature, l'ambition de tout idéal étant de se dépasser soi-même, ces sommets reculeraient sans cesse et n'en deviendraient toujours que plus fascinants !

Lui qui avait déjà porté tant de noms au cours des âges se demanda lequel il pourrait prendre dans cette autre vie. Une idée traversa son esprit parfois facétieux.

Théos.

C'est par ce terme que les Grecs désignaient, plus que leurs dieux, la Divinité, créatrice de toute chose et, par-delà elle, l'âme du monde, à laquelle participe toute la nature dont l'homme n'est qu'une infime partie. Du moins était-ce ainsi que l'Être avait toujours compris le mot. Ces Grecs qui, malgré leurs multiples travers, avaient, selon lui, compté la plupart des derniers sages du cycle entrepris par la vie sur cette planète, et dont les humains avaient la prétention de se prendre pour le stade d'évolution le plus achevé. C'était dire combien les sages avaient été peu nombreux, et peu écoutés, dans cette lamentable histoire ! Car l'Être ne les avait jamais confondus avec les philosophes, qui n'en étaient que l'ébauche, et moins encore avec les intellectuels, qui n'en étaient que la prétentieuse caricature. Quant aux politiques, qui se targuaient implicitement de toutes les facettes du génie humain pour justifier leur action par une prétendue vision du monde...

C'était d'ailleurs, avait-il fréquemment remarqué, un peu après cette antique époque que les hommes avaient basculé dans une dérive sans issue ni retour : quand ils avaient remis leur destinée entre les mains de certains de leurs semblables qui brandissaient des divinités de pacotille souvent désincarnées, prêchant que ne pas être de chair conférait une prééminence : contrairement aux dieux qui les avaient précédées et qui, proches des hommes, étaient avec ces derniers les acteurs d'une émulation réciproque, ces pseudo-divinités étaient tout aussi incapables de s'inspirer de l'imaginaire humain que de l'enrichir, sinon en le conditionnant, voire en le fanatisant. Aux mains des manipulateurs, elles étaient devenues les instruments d'un pouvoir sans âme véritable, dont l'illumination cachait l'absence de vues prospectives et la volonté d'asservissement.

Prisonniers de ces rets, peu à peu coupés de l'univers que leurs rêves édifiaient tout en y puisant la source de leur constante efflorescence, les hommes en avaient progressivement négligé son opulence infinie, s'asséchant dans la quête insatiable d'un bonheur seulement matériel...

Quel sabordage !

* * *

Théos.... La consonance sonnait bien aux oreilles de l'Être.

Ce serait une bonne base pour imaginer le nom sous lequel il se présenterait la prochaine fois aux hommes, dans ce monde dont l'onirique évocation lui avait rendu quelque raison d'espérer. Mais qu'en faire ? Théon... Thei... Theina...

Avant que le nom se fût complètement formulé dans son esprit, le sommeil des siècles s'empara de celui-ci.

Qu'importe, aurait-il dit s'il en avait eu conscience, *il me reste quelque temps encore pour concevoir la suite, avant que ces sots ne sombrent dans leur ultime démence...*

FIN DU TROISIÈME

et

DERNIER TOME

LEXIQUE

Des termes médiévaux, techniques, archaïques ou peu usités

VÊTEMENTS & ARMURES

ADOUBEMENT

Désignant la cérémonie au cours de laquelle un jeune noble était armé chevalier et recevait son équipement, le mot désigne aussi l'équipement lui-même et particulièrement l'armure.

BATES

Pièces verticales fixées à l'avant (bâte d'arçon) et à l'arrière (bâte de troussequin) de la selle : la première était une protection et permettait de retenir les rênes quand on les lâchait, la seconde assurait au cavalier un point d'appui en cas de choc pendant un combat.

BAUDRIER

Au Moyen-Âge, le terme désigne la courroie à laquelle est attachée l'épée : elle se porte comme une ceinture et non en bandoulière, comme ce sera le cas au XVIIe siècle.

CAMAIL

Partie complémentaire du haubert destinée à couvrir la tête et les épaules.

GAMBISON
Vêtement sans manches, parfois rembourré, couvrant le corps du cou à la ceinture.

GONFANON
Bannière.

GREVES
Vêtement en mailles protégeant les jambes du genou jusqu'au pied.

GUIGE
Courroie permettant de suspendre l'écu au cou.

HAUBERT
Cotte de mailles à manches descendant en général jusqu'au genou, et souvent munie d'une coiffe.

HOUSSE
Vêtement du cheval, équivalent du parement du chevalier.

MERLON
Intervalle plein laissé entre les créneaux d'un rempart, le mot « créneau » désignant quant à lui les vides laissés au sommet de celui-ci pour permettre aux défenseurs de voir les assaillants et de les accabler de projectiles

MEZAIL
Visière mobile du casque.

PAREMENT
Vêtement ornemental porté par-dessus l'armure.

PLASTRON
Partie de l'armure protégeant le torse.

RONDACHE
Bouclier circulaire.

SPALLIÈRE
Pièce de l'armure protégeant l'épaule.

TASSETTE
Pièce de l'armure protégeant la cuisse.

VOCABULAIRE HÉRALDIQUE

ÉCARTELÉ
Désigne un écu divisé en quatre parties.

ENGINS DE SIÈGE

BALISTE
Machine de guerre basse (sensiblement de la hauteur d'un homme) destinée à envoyer des projectiles, notamment des pierres. Aussi désignée par les mots catapulte, onagre ou pierrière.

BEFFROI
Tour mobile en bois destinée à l'attaque des remparts.

MANGONNEAU
Haut engin de tir, muni d'un contrepoids, permettant d'envoyer des projectiles par-dessus les murailles. Il était semblable au trébuchet, mais plus précis que ce dernier.

ONAGRE
Voir baliste.

SCORPION
Arbalète géante, catapulte à flèche.

TRÉBUCHET

Haut engin de tir, muni d'un contrepoids, permettant d'envoyer des projectiles par-dessus les murailles. Il pouvait lancer jusqu'à plus de 200 mètres des poids allant jusqu'à 120 kg.

DIVERS

OST

Armée.

PALANQUE

Mur de retranchement fait de troncs et de pieux plantés verticalement.

PAVILLON

Tente.

POLIORCÉTIQUE

Ensemble des techniques de siège des villes.

UNITÉS DE MESURE

COUDÉE

Environ 52 cm

MILLE

Environ 1,5 km

PAS

Environ 75 cm

PIED

Environ 30 cm

REMERCIEMENTS

J'exprime cette fois encore toute ma reconnaissance à mon épouse, Arlette, pour le stoïcisme éclairé avec lequel elle supporte depuis quelques décennies, déjà, un époux passionné d'histoire et d'épopées en tout genre – avec tous les à-côtés que cela implique et qu'on imagine parfois mal ! – pour la patience dont elle fait preuve avec un (presque) constant sourire quand je disparais des heures entières m'enfermer dans mes rêves d'un autre temps et d'un autre monde. Je la remercie surtout pour les précieuses remarques dont elle a jalonné la longue rédaction de ces lignes, et les corrections qu'elle m'a suggérées en les relisant, jusqu'à la dernière minute, avec la plus minutieuse attention.

Mes remerciements aussi à mes éditeurs, qui ont permis à ce travail de ne pas rester dans un tiroir, et à leurs collaborateurs qui ont apporté leur talent à la réalisation de cet ouvrage.

Dans un tout autre ordre d'idées, sans doute dois-je aussi remercier quelques écrivains, poètes, peintres et cinéastes dont j'ai croisé les univers.

D'aucuns lecteurs avertis auront peut-être repéré dans ce roman quelques allusions, quelques discrètes citations, faisant référence à des textes classiques, parmi lesquels je mentionnerai, en tête, Homère, Virgile et Thomas Mallory ; mais aussi à des films appartenant aux genres historique et merveilleux, particulièrement des années 1950-70. Ils m'ont enthousiasmé dans ma jeunesse et je reviens souvent à eux.

Le compositeur auquel j'ai dédié cette trilogie est en soi une référence en la matière…

C'est toujours sous ma plume une façon, non de les imiter, mais de leur rendre un hommage mérité.

Car il n'est pas de création qui naisse du néant.

BIOGRAPHIE

Écrivain, journaliste, réalisateur et scénariste, Bertrand Borie a enseigné les Lettres Classiques avant de se consacrer à l'écriture et à l'image.

Sa passion pour l'Antiquité et son intérêt pour l'histoire en général ont inspiré une large partie de ses entreprises. Spécialiste de la civilisation gréco-latine, et plus particulièrement de la République romaine, il collabore régulièrement à la revue *L'Histoire, de l'Antiquité à nos jours* (ex-*Histoire Antique*).

Cet attrait et celui qu'il éprouve pour le Fantastique et le Merveilleux sont à l'origine de ses premiers romans : une trilogie d'heroic fantasy (*Les Amants de la Lumière*), hommage affiché à la littérature arthurienne, et une tétralogie historique (*L'Aigle et le Lion*) qui suit jusqu'à sa mort la destinée du général et stratège carthaginois Hannibal Barca, à travers une évocation épique de la Méditerranée du IIIè siècle avant Jésus-Christ et de la deuxième guerre punique, entre Rome et Carthage.

L'Aigle et el Lion a reçu le Prix Histoire 2018 de l'Académie des Lettres et des Arts du Périgord.

Romancier

Les Amants de la Lumière

L'Aigle et le Lion

Journaliste

revue *Histoire Antique* (Ed. Faton)

(act. *L'Histoire, de l'Antiquité à nos jours*)

Conception et rédaction de plusieurs Hors-Séries :

Hannibal (2006)

Cicéron (2009)

L'esclavage dans l'Antiquité (2010)

Conflits sociaux et guerres civiles de la République romaine (2012)

Sénèque (2013)

Jules César (2014)

Scipion l'Africain (2015)

Marc Aurèle (2017)

Alexandre le Grand (2018)

La dynastie Plantagenêt (2018)

(la légitimation arthurienne & la vision shakespearienne et cinématographique)

De nombreux dossiers : Les guerres puniques, Néron, Trajan, les Antonins,

Carthage, Brutus, Pouvoir militaire et pouvoir civil sous la République romaine,

série d'articles sur les voies romaines de l'Empire, etc.

Plusieurs années de collaboration

aux revues *Positif*, *Écran* et *L'Écran Fantastique*

Auteur/Réalisateur de Documentaires

Les voies romaines d'Alsace et la naissance du carrefour européen de Strasbourg

Évreux, mémoire du coutil

Mentions légales

ISBN : 979-10-348-1200-4
ISSN : 2608-8665

Evidence Editions
ZAI Bel Air
17230 Andilly

Site Internet : www.evidence-editions.com
Boutique : www.evidence-boutique.com

Dépôt légal décembre 2019

Imprimé sur papier **Clairefontaine** fabriqué dans les Vosges.

Achevé d'imprimer par C.L.I.P

9 791034 812004